七月派诗学研究

吴井泉 ◎ 著

七月派
诗学研究

中国文史出版社

图书在版编目（CIP）数据

"七月派"诗学研究 / 吴井泉著. -- 北京：中国
文史出版社, 2023. 1
ISBN 978-7-5205-3771-1

Ⅰ. ①七… Ⅱ. ①吴… Ⅲ. ①"七月"诗派-文学研
究 Ⅳ. ①I207. 209

中国版本图书馆 CIP 数据核字（2022）第 181396 号

责任编辑：牟国煜

出版发行：**中国文史出版社**
社　　址：北京市海淀区西八里庄路 69 号院　邮编：100142
电　　话：010-81136606　81136602　81136603（发行部）
传　　真：010-81136655
印　　装：北京新华印刷有限公司
经　　销：全国新华书店
开　　本：720×1020　1/16
印　　张：18.75　　字数：286 千字
版　　次：2023 年 1 月第 1 版
印　　次：2023 年 1 月第 1 次印刷
定　　价：66.00 元

序

罗振亚

  研究诗和写诗是一样的，它们都不仅仅需要工夫，更需要灵性的神助。吴君井泉的学术经历，再次证明了这一点。

  多梦的大学时代，青春心理戏剧的驱遣，使井泉不知不觉间听命于神性的呼召，走向了缪斯。当年，《守望》《心的河流》《杏花村的女人》等诗花的次第绽开，曾经誉满校园，为他赢得过响亮的诗名。那是个浪漫的艺术季节，缤纷的思绪一经他的心灵抚摸，旋即情趣盎然，自然而大气，在读者的心壁上留下深刻的烙印。可是就在创作几近辉煌之际，他却"急流勇退"，将主要精力用于诗歌研究，一时令不少对他充满期待的人惋惜不已。

  如今，我逐渐明白井泉那时的角色转换，乃是一种深思熟虑后的明智选择，他是通过"以退为进"的方式，在另一个向度上为缪斯尽着自己的责任。数载写作的切身感受和甘苦体察，让井泉深谙诗歌的肌理、修辞与想象方式，能够更准确、更内在地深入文本，提供一种异于常人的价值经验，所以他很快就寻找到了中国新诗的研究"裂隙"，在"七月诗派"、20世纪40年代诗学等领地有了自己不菲的思想建树。

  吴君的诗歌研究，不是靠那种貌似高深实则空洞不已的所谓的理论支撑，完全是硬性"做"出来的，而多是出于自身的感动和切肤的感受，然后再求系统的概括和理性的提升，因此很少隔靴搔痒之嫌；诗作、诗人、诗派、诗潮、诗学等多层次的综合探讨，克服了宏观扫描与细微论析、整体透视与个案解剖背离的弊端，立体、多维、比较的眼光和视野，决定了他的言说里常有超凡之见、精警之辞；特别是从容温和、恰适到位而又裹挟着淡淡诗意的表述方式，总能一扫沉闷、干瘪的感觉，强化文字的美感和可读性。

目睹井泉二十多年的学术成长，我由衷地为他感到高兴、自豪。从山区小路上一个奔跑的少年，成长为如今的文学博士、教授，其间天分的作用自不待言，父辈遗传给他的勤奋和韧性，也铺就了他通往成功顶峰的一层一层的台阶。而他的善良宽厚、真挚热诚，则为他带来了良好的人际关系和成才的氛围。这几种因素的合力，还会促使井泉在学术征途上走得更远、更稳。

想着在远方姑苏的井泉和他的诗歌研究，我们之间由相识到相知的一幕幕情景竞相涌入脑海。后朦胧诗讲座上他专注听讲的眼神，我第一次拥有住房时我们欣喜若狂地打扫卫生，某个春节前夕在北京修改诗歌赏析丛书的彻夜长谈，知道考取博士研究生那一瞬间他长长嘘出的那口气，论文写作、修改中他的匆忙和执着，看到他的文章在国家级刊物发表时我的欣慰，我离开生活多年的故土的那一刻他双手的紧握，每一次重逢的期待和交流……一切的一切，都已在我的心底长出了一圈一圈的年轮，即便是数九隆冬，想起来就感到温暖。

吴君的新著《"七月派"诗学研究》即将付梓，作为他的老师和兄长，我愿意写下对他的文和人的真实感受。

是为序。

2022 年 7 月 23 日

目　　录

第一辑　编辑论

第二辑　本体论

第五辑　影响论

附　　录

第一辑　编辑论

第一章　胡风的编辑思想与"七月派"诗学

　　胡风作为20世纪三四十年代著名的文艺理论家、诗人，在中国现代文学史上享有盛名，影响颇巨；他也是一位杰出的编辑出版家，其卓越的功绩在于他通过编辑出版《七月》《希望》等刊物，由此形成了"在中国现代文学史最后一个十年里最有影响的诗歌流派"①——"七月诗派"。"七月诗派"的称谓是因价值取向、审美趣味趋近的诗人群体在胡风主编的《七月》（亦含后期的《希望》）杂志发表诗歌、评论等作品而得名。"七月诗派"是中国共产党领导的外围的文学组织和诗歌流派，其活动贯穿于整个抗日战争和解放战争时期。"七月诗派"的作者队伍主要活跃在国统区，也有一部分来自解放区和沦陷区。胡风作为组织者和领导者，对该流派的形成和壮大起到了决定性的作用。所谓"七月派"诗学主要是指胡风和"七月诗派"的诗歌理论和创作实践。

　　本书主要以胡风的编辑思想与"七月派"诗学的关系研究为切入视角，探讨胡风的编辑思想、文艺思想和编辑人格等对"七月派"诗学的生成与建构所起的作用、影响。同时，对"七月派"诗学的内涵、理论形态、价值取向也进行了界定与梳理。并且将"七月派"诗学与同时代的"延安诗派"诗学（以下简称"延安派"诗学）、"九叶诗派"诗学（以下简称"九叶派"诗学）进行了横向比较，更加清晰了"七月派"诗学在20世纪40年代（以下简称"40年代"）中国现代诗学中的定位、贡献与价值，以及"七月派"诗学对当代诗歌的影响和启迪。

---

　　① 张松如主编：《中国现代诗歌史论》，吉林教育出版社，1995年版，第155页。

3

第一节　胡风编辑思想的内涵与形态

1937 年，胡风在编辑《七月》杂志之前，曾编辑过几份刊物，积累了一定的编辑出版经验，但那时他编刊物，还不能完全由他说了算。当他编《七月》《希望》的时候，就与以往不同了。也就是说，他编这些刊物时，完全可以由他独立自主。胡风非常珍惜这样的机会，把自己的心血和热情全部投入到他亲手创办的刊物中去。同时，刊物的创办成功，又为胡风赢得了尊严和赞誉。正如邵荃麟所言："中国那时的刊物谁都比不过胡风，胡风的刊物编得最好。它好在什么地方？它有完整的对文学的观点、美学追求，而且政治上也不糊涂，是革命的，符合人类进步思想。"① 实际上邵荃麟所言的正是胡风的编辑思想。那么，什么是胡风的编辑思想？抑或说胡风的编辑思想是怎样构成的？我认为胡风的编辑思想的核心主要还在于他那著名的，也最能引起人们争议的思想主张，即强调自觉突入现实生活的"主观战斗精神"。胡风认为作家对现实和生活不能冷眼旁观，不能以漠然的态度把现实生活看作是自己的身外之物，这是对生活、对艺术极其不负责任的，是不可取的。胡风要求作家书写的现实生活一定"得透进艺术家的内部，被艺术家的精神欲望所肯定、所拥有、所蒸沸、所提升不可"。胡风指出，如果现实生活脱离了作家的主观战斗精神的观照，那就等于掉进了客观主义的窠臼，等于否定了"主观精神"在创作中的作用和意义，即混淆了艺术与生活的界限，艺术无论如何也不能走上这一步。因此胡风认为作家必须养成"主动精神"和"独立负责精神"，从而能够"猛烈地向赤裸裸的现实人生深处搏斗""这样的搏斗才是真的艺术创造的根源"②。因此他呼吁游泳须在水里，诗人首先必须是战士，强调要保持风格与人格的高度一致。值得注意的是，胡风的"主观战斗精神"的提出，不是标新立异，也不是革命浪漫情绪的表现，而是有着重大的现实意义，他主要是针对当时文坛上盛行的公式化或概念化（主观主义）的倾向和琐碎的

---

① 牛汉：《散生漫笔》，北岳文艺出版社，1999 年版，第 87 页。
② 支克坚：《胡风与中国现代文艺主潮》，《文学评论》，1998 年第 5 期。

冷淡（客观主义）的倾向而言的。他认为：“公式化是作家廉价地发泄感情或传达政治任务的结果，这个新文艺运动里面的根深蒂固的障碍，战争以来，由于政治任务底过于急迫，也由于作家自己底过于兴奋，不但延续，而且更滋长了。写将士底英勇，他底笔下就难得看到过程底曲折和个性底矛盾，写汉奸，就大概使他得到差不多的报应……这不但因为对于形象的思维这个文艺的特质的认识不足或能力不够，也由于一般地应具体地认识生活，在现实生活里面把握政治任务的这个努力底不够。但有人却以为作家一和政治任务结合，就只会写出‘抗战八股’，那要不得，倒不如写些‘与抗战无关’的‘轻松’作品。”① 也就是说，“公式化是架空地去迎接政治任务，离开了客观的主观”，表现的是一种想当然的主观想象，它严重地割裂了文学与现实生活的联系。“在公式化作品里面，我们看得到过多的壮烈词句，一般结论，但不能得到真正的兴奋。”而“琐碎的冷淡的倾向”，即指作家“奴从地去对待生活事件，离开了主观的客观，即所谓客观主义了。……在烦琐化的作品里面，我们看得到过多的生活枝叶，事实毛发，但也不能得到真正的实感”。② 胡风认为要彻底解决创作中的主观主义、客观主义这两种倾向，就要发挥好“主观战斗精神”的作用。胡风在编辑实践中主要就贯穿了这种思想核心，但同时构成胡风编辑思想核心的还有两个支撑点：一是作家要有一定的生活体验，即强调客观现实与创作主体的融合、统一；二是要有广泛的作者、读者。唯有这样，才构成了胡风完整的编辑出版思想。

胡风的编辑思想主要呈现出以下几方面的形态。

第一，鲜明的爱国主义的思想形态。1937 年 7 月 7 日，爆发了举世瞩目的“卢沟桥事变”，全国人民掀起了反击日本帝国主义侵略的全面抗战，一场伟大的民族解放战争开始了。这是一场空前的民族劫难，也是一场民族团结、民族存亡的大考验和大搏斗。所有爱国的、有血气的中国人无不团结在这面大旗下，投入到火热的斗争中去。正是在这样的历史背景下，一切爱国的文艺工作者纷纷走出书斋、走出课堂，投身到

---

① 胡风：《胡风全集》第 2 卷，湖北人民出版社，1999 年版，第 575—576 页。
② 胡风：《胡风全集》第 2 卷，湖北人民出版社，1999 年版，第 576 页。

民族解放的行列中去。对于胡风来说，爱国不仅是一种赤子对母亲的情感，而且更是一种实践。抗战初期，国内一些大的文学刊物都停办了，只有茅盾主编的周刊《呐喊》还在惨淡经营，苦苦地支撑着。《呐喊》是由原来的《文学》《中流》《作家》和《译文》等期刊合成的一个刊物，但由于该刊物篇幅太小，影响不大，不能发挥更大的抗战作用，胡风对此感到很失望，决定自己创办一个文学刊物，以改变这种单调、被动的出版局面。1937 年 9 月 11 日，胡风在上海自费筹办了文艺周刊《七月》。《七月》的刊名题字用了鲁迅先生的墨迹，它有两层含义：一是纪念鲁迅；二是纪念抗战，号召抗战，并且坚持团结抗战。在胡风的编辑思想里，爱国主义是贯穿其中的一条主线，无论是《七月》还是《希望》，爱国主义始终是其刊物的文化底色。

　　第二，思想启蒙的形态。在胡风的编辑思想中，思想启蒙一直是他关注的视点。他从"五四"先驱者鲁迅先生那里继承了更多的思想启蒙因子。如果说救亡是一个民族迫不及待的任务，那么对于启蒙来说，则需要更深入更持久的精神探险，后者更具艰难与坎坷。胡风就是这样一位自觉衔接"五四"新文化的知识分子，他敢于"铁肩担道义"，他敢于让作家去描写"精神奴役"的创伤。这是他十分强调的当时中国现实的一个重要的历史内容。他说："作家应该去深入或结合的人民，并不是抽象的概念，而是活生生的感性的存在。那么，他们的生活欲求或生活斗争，虽然体现着历史的要求，但却是取着千变万化的形态和复杂曲折的路径，他们精神要求虽然伸向着解放，但随时随地都潜伏着或扩展着几千年的精神奴役底创伤。作家深入他们要不被这种感性存在的海洋所淹没，就得有和他们底生活内容搏斗的批判力量。"[①] 在这里，胡风强调了思想启蒙的重要意义，而对于"精神奴役底创伤"，我认为，这恰恰与鲁迅先生所批判的"国民劣根性"是一脉相承的。早在1937 年 10 月，当《七月》在武汉复刊时，胡风在《愿和读者一同成长》代致辞中就敏锐地指出："今天抗日的民族战争已走向全面展开的局势。如果这个战争不能不深刻地向前发展，如果这个战争底最后胜利不能不从抖去阻害民族活力的死的渣滓，启发蕴藏在民众里面的伟大力

① 胡风：《胡风全集》第 3 卷，湖北人民出版社，1999 年版，第 189 页。

量而得到，那么这个战争就不能是一个简单的军事行动，它对于意识战线所提出的任务也是不小的。"① 这里所提到的"抖去阻害民族活力的死的渣滓"和"启发蕴藏在民众里面的伟大力量"，正是中国现实主义文学的一个长期而又艰巨的重要任务，它也是"五四"以来中国新文学的光荣传统。胡风之所以一再强调"民族解放"与"社会进步"有机统一起来，强调中国民族战争不能够只是用武器把鬼子赶走了事，而是需要一面抵抗强敌，一面改造自己。因为他尖锐地意识到，具有浓厚的封建买办色彩的国民党政府当局，正在"一致对外"的口号下，拒绝人民实行民主政治、加速社会改造的民主主义要求。因此，他在《论现实主义的路》中一再指出，抗日战争的本质是将"反帝反封建的伟大的斗争在民族危机下面达到了全民性的高度"，"并不是反帝反封建的斗争，现在仅剩下了反帝，而是以反帝来规定并保证反封建，把反封建提到了反帝同等的地位"，他提醒人们，"要从抽象的爱国主义解放出来"，防止在爱国主义旗帜下偷运"国粹主义"的私货。因此胡风就是带有这样的初心和使命来编辑刊物的。

第三，矫正不良创作倾向的思想形态。胡风作为一个具有一定的文艺思想的编辑家和诗人，他始终关注并不断矫正创作的思潮和发展方向。他以创作主体为本，针对当时的创作实际，主要反对两种主义，即主观主义和客观主义。胡风认为创作的最高境界是客观对象与主观情绪的融合。他认为主观主义即作家的热情离开了生活内容，没有能够体现客观的主观。他反对诗人把哭泣或狂叫照直吐在纸上，主张要"压缩在、凝结在那使他哭泣、使他狂叫的对象里面，使他哭泣、使他狂叫的对象底表现里面"②。离开了具体的抒情对象而呼喊狂叫的创作现象，在 20 世纪 20 年代后期及 30 年代（以下简称"30 年代"）的革命诗歌中是曾经存在过的，严重的甚至发展到标语口号化。因而，胡风反对诗歌创作中离开客观主义的主观主义。同时，胡风也反对客观主义，即生活形象吞没了作品的思想内容，作家奴从地对待现实，完全被现实牵着走，在现实面前，完全丧失了历史主动精神和独立思考之心，缺少了历

① 七月社：《愿和读者一同成长——代致辞》，《七月》，1937 年第 1 集第 1 期。
② 胡风：《胡风全集》第 2 卷，湖北人民出版社，1999 年版，第 511 页。

史情怀。胡风所指出的客观主义，在诗歌创作中表现为"灰白的叙述"，也就是"诗人的感觉情绪不够，非常冷淡地琐碎地写一件事情，生活现象本身"①。胡风诊断，这是诗歌创作的致命伤。胡风在他的编辑实践中始终在校正这两种不良的创作倾向。《七月》《希望》能在40年代独树一帜，标领风骚，这不能不体现其编辑家胡风先生的睿智和胆识。

第二节　胡风的编辑思想促发了
"七月诗派"的形成

"七月诗派"的形成与发展是与胡风的编辑思想密不可分的，这是不容置疑的。那么，胡风的编辑出版思想到底是怎样对"七月派"诗学产生作用的？我认为主要有以下几方面原因。

第一，《七月》的创刊，所以能在现代文学史上形成一个流派的发轫，重要原因之一是它一开始便有一个具有共同倾向的、相对稳定的作者队伍。这不仅仅表现在编者胡风对作家群体的组织与团结上，而且更重要的是胡风对新人新作的敏锐发掘，重视新生力量的发现和培养。胡风在青年作者中享有很高的威望。这不仅仅是因为鲁迅晚年对他的器重与信任，"那时候文艺界大都认为胡风是鲁迅精神的继承人"②；而更重要的是胡风有自己的一套理论体系，即"他具有独立的姿态，对历史、对文学、对鲁迅，都有独自的见解"③，而胡风的那些谈诗的理论对年轻人很有吸引力，对刚开始创作的人很有指导意义。据统计，"七月"诗人在"七月派"有关杂志发表作品时年龄一般都不足二十岁。胡风以极大的热情关怀着这批刚刚走上文学道路的年轻人。在他主编的《七月》《希望》杂志，"七月"丛书及其有关刊物上，大量发表青年诗人的作品，并随时给予中肯的指导和评价，对这些文学幼苗茁壮成长起到了关键性的作用。诗人牛汉曾说："我到华北解放区以前，把我的全部

---

① 胡风：《胡风全集》第 2 卷，湖北人民出版社，1999 年版，第 548 页。
② 牛汉：《散生漫笔》，北岳文艺出版社，1999 年版，第 81 页。
③ 牛汉：《散生漫笔》，北岳文艺出版社，1999 年版，第 87 页。

作品（诗）寄给胡风，我内心十分崇敬他的。那是1948年夏天，从北京寄到上海，他看到后颇欣赏，替我编了一本集子《彩色的生活》。"①此外，还有许多，这里不再赘述。可以看出胡风对那些初露锋芒、锐气十足的青年诗歌爱好者是十分爱护并情有独钟的。而这些青年诗人对胡风显然又有着一种感情上的吸引力，他们的情感类似于师生的情谊。这不仅仅表现在文学创作上，更表现在精神气质上，他们自愿地以胡风为导师为楷模，自觉地向他靠近。于是，这一诗派所独有的精神品格和艺术个性便逐渐显现出来。《七月》《希望》是半同人杂志，这份杂志独特的精神气质是从编辑上有一定的态度，基本撰稿人在大体上倾向一致而来的，胡风基本实现了"愿和读者一同成长"这一编辑出版愿望。当时在胡风的周围，集聚了一大批文学爱好者和作家。他们踊跃地向《七月》《希望》投稿，"如丘东平、曹白、鲁藜等。他们写小说、写报告文学、写诗，这些作家当然是有自己的看法的。向哪个刊物投稿，不是随随便便的，而是根据自己创作的美学观点选择的"②。田间、东平、孙钿、鲁藜、天蓝、冀汸、阿垅、邹荻帆、曾卓、绿原、牛汉、路翎、化铁等都与胡风保持着精神上的联系和拥抱。

第二，胡风是一个学者型的诗人，或者说是学者型的编辑。在具体的编辑实践中，胡风有他自己的选诗标准。他认为"诗应当从生活中来，不是从诗到诗，不是从艺术到艺术"。他主张作者直接面对生活，与生活没有距离；他把作诗与做人看成是一致的，不能写诗唱高调，等等。他认为，一篇诗作既要真实地反映斗争生活，又能拨动着诗人的心灵和时代的脉息……很显然，胡风反对的是那些空虚的作品，即浮在生活表面上空洞喊叫的作品；或者，作品中的形象并不是从作家所深知的现实人物的性格熔化成的或生动起来的，而是为了表演某种概念而制造出来的。这样的作品和形象都是胡风所排斥的，例如庄涌的诗。当时正在徐州大会战之际，"他（庄涌）寄来了《颂徐州》。作者是一个中学生，很容易被一种激情所征服，但他的激情是被战争概念或政治概念所刺激起的兴奋，并不是从和人民的生活实际相结合的内在要求出发的，

---

① 牛汉：《散生漫笔》，北岳文艺出版社，1999年版，第82页。
② 牛汉：《散生漫笔》，北岳文艺出版社，1999年版，第82页。

所以这里面的苦难主义不能不是一种表面的形象。他继续写了下去，有的气概更雄壮，但基调没有大变化。1939 年在重庆，我把他的诗编成一本《突围令》，寄往上海出版了。我认为这种空虚的声音可以结束了"①。胡风特别强调，诗歌创作应保持情绪的自然状态，反对矫揉造作。关于这个问题，绿原曾回忆说："在写作方面，我当时脱去了《童话》时期的天真和明朗，一度热衷于一些雕琢而又朦胧的意象；胡风也是几次来信，叮嘱我注意保持情绪的自然状态，不要把它揉了又揉，揉到扭曲的程度……正是这样，我陆续写出了一些仿佛从心里流出来的政治抒情诗，大都由他编在《希望》上发表了。"② 胡风是诗人、编辑家，在编辑诗歌作品时，"很少有编辑像他那样具有敏锐的诗的审美能力"。他曾敏锐地指出："诗人的力量最后要归结到他和他所要歌唱的对象的完全融合。在他的诗里面，只有感觉，意象、场景的色彩和情绪底跳动……用抽象的词句来表现'热烈'的情绪或'革命'的道理，或者是没有被作者的血液温暖起来，只是分行分节地用韵语写出'豪壮'的或'悲惨'的故事——在革命诗歌里最主要的两个同源异流的倾向，田间君却几乎没有。诗不是分析、说理，也不是新闻记事，应该是具体的生活事象在诗人的感动里面所搅起的波纹，所凝成的晶体。"③ 这里提出的诗歌创作的感觉、意象、场景的色彩和情绪的跳动等问题，确属行家之言，对"七月"诗的创作和发展具有指导和促进作用。毋庸置疑，胡风的这些观点是正确的。"七月派"诗人牛汉认为："艾青、田间以及后来的'七月诗派'，当时在党的影响和感召下，为苦难的祖国和人民写诗，各自发生了激越的、真诚的、充满血肉气息的声音，这首先是他们的艺术生命活跃在神圣抗战的洪流中的表现；但作为一个流派来看，这些不同的血肉之音形成一个合唱，则又不能说同胡风作为《七月》编者和文艺理论家的一些主张和要求完全没有联系。"④

　　第三，胡风的编辑出版思想对"七月诗派"的影响还体现在他那

---

　　① 胡风：《胡风回忆录》，人民文学出版社，1997 年版，第 107 页。

　　② 绿原：《胡风和我》，晓风主编《我与胡风》，宁夏人民出版社，2003 年版，第 565 页。

　　③ 胡风：《胡风全集》第 2 卷，湖北人民出版社，1999 年版，第 444 页。

　　④ 牛汉：《学诗手记》，生活·读书·新知三联书店，1986 年版，第 63 页。

独具特色的"旗帜意识"上。虽然胡风也是现代文学史上有一定影响的诗人，但其有限的创作实践和艺术经验尚不能完全满足青年诗人的创作需求，必须为青年诗人寻找艺术上的导师。于是，胡风发现了诗人艾青和田间。胡风是最早为艾青写过诗歌评论的人。早在1936年，胡风编辑《工作与学习丛刊》时就已经开始注意到艾青了。自《七月》创刊后，艾青就是该刊的重要作者。艾青的许多重要作品都发表在《七月》上面，如《雪落在中国的土地上》《乞丐》《北方》《向太阳》，等等。在胡风的编辑意识里，艾青是一个特殊的作者。胡风有意使艾青的优秀创作成为"七月派"诗人的榜样和楷模，成为一面鲜活生动、猎猎飘扬的旗帜。在胡风"旗帜思想"的烛照下，艾青确实担负起了这一崇高的历史使命，与胡风珠联璧合，从理论到实践齐头并进，对"七月派"产生了不可估量的影响。胡风为了强化诗人艾青的领军地位，他曾用连续传播的手段，集中时间连续编辑出版艾青的诗作、诗论，发表推介艾青的评论，并开设专栏，邀请艾青主持回答文学爱好者的问题等。据统计，艾青是在《七月》发表诗作最多的一位诗人，也是"七月诗丛"中少数几个连续出版两部诗集的作者。胡风这一做法，无疑强化了艾青作为大诗人的形象，巩固了艾青在广大文学爱好者心中的位置。"七月诗派"中有很多诗人都承认受到艾青的影响，如牛汉、绿原等。绿原曾在二十人集《白色花》的序言里对引领者艾青做了这样的概括："中国的自由诗从'五四'发源，经历了曲折的探索过程，到三十年代才由诗人艾青等人开拓成为一条壮阔的河流。把诗从沉寂的书斋里、从肃穆的讲坛上呼唤出来，让它在人民的苦难和斗争中接受磨炼，用朴素、自然、明朗的、真诚的声音为人民的今天和明天歌唱：这便是中国自由诗的战斗传统。本集的作者们作为这个传统的自觉的追随者，始终欣然承认，他们大多数是在艾青的影响下成长起来的。"[①] 由此可见，胡风的这种"旗帜意识"已经得到了充分体现。胡风对"七月诗派"的另一位"领头雁"——田间也是情之所向的。胡风也像推介艾青一样推介田间，田间的诗发表在《七月》上计30首之多，田间也是在"七月诗丛"中连续出版两部诗集的诗人之一。其《给战斗者》一

---

① 绿原、牛汉编：《白色花》，人民文学出版社，2000年版，第2页。

诗传播深远，已成为现代文学的经典之作。有许多诗人也深受田间的影响，牛汉认为："田间昂奋的激情、奔跑的姿态，只有短促而跳跃的节奏才可相应地表现出来……田间当年的诗是健壮而红润的，粗粝的语言有很大的爆发力，我有两三年光景沉醉在他的战鼓声中。"[①] 由此可见，胡风的编辑思想是成功的，也可以看出艾青、田间在当年对"七月派"年轻诗人产生的积极影响。

总之，"七月诗派"的形成是一群进步的作家与文学青年在胡风的"主观战斗精神"的旗帜下自觉选择、集结的审美产物。《七月》《希望》等出版物是他们的发表园地。胡风的编辑出版思想既有力地促进了"七月派"成员的创作，又及时地避免了创作上的偏差，引导着具有浪漫主义倾向的诗歌流派——"七月诗派"健康而勇敢地向前发展，并由此构建出独具特色的具有浪漫主义倾向的"七月派"诗学体系。

---

① 牛汉：《学诗手记》，生活·读书·新知三联书店，1986年版，第63页。

第二章 胡风人格生成论要

《七月》《希望》杂志的品格是胡风人格物化的呈现形态。胡风编辑的刊物之所以有凝聚力和影响力，是其人格魅力之使然。胡风编辑人格的生成与其生理缺陷、家庭环境、文化熏陶和地域生态等因素密切相关，它们相互作用，共同创造出一个特立独行、个性鲜明、有责任担当的文艺理论家和办刊人。胡风的优点是引人注目的，但其自身的缺点也是不能忽略的。鲁迅先生生前曾对胡风做出这样的评价，可谓入木三分："胡风鲠直，易于招怨，是可以接近的。"至于缺点嘛，当然也有，"诸如神经质，烦琐，以及在理论上的有些拘泥的倾向，文学上不肯大众化"①，等等。胡风的这种正直、坦诚、执拗不圆滑的个性，"招怨"是必然的。但从反方面来看，欣赏他、赞同他、追随他这种精神气质与个性的人也是大有人在的。《七月》《希望》之所以能形成一个个性鲜明的流派，恐怕也与此紧密相关。江山易改，禀性难移，个性的形成既有先天的基因所致，也有后天环境因素之塑造。

第一节 胡风幼年的生理性缺陷与其心理结构

胡风，原名张光人，湖北蕲春人。1902 年冬天，他出生于湖北省东部一个穷苦的滨湖的乡村。幼时，他得过天花，脸上留下了星星点点的疤痕。在童年时，土里土气的胡风常常遭到一些孩子和油头粉面的富家子弟的侮辱和嘲笑，这无疑深深地刺痛了胡风弱小而敏感的心灵，激起了他的冲动、暴躁、神经质等对抗别人、防范自卫的心理。弗洛伊德

---

① 鲁迅：《鲁迅全集》第 6 卷，人民文学出版社，1998 年版，第 535 页。

认为："童年的影响力远比遗传的力量容易了解，也更值得我们去致力寻索。"① 著名心理学家阿德勒强调，有十种因素对孩子早期经验发生着重要影响："母爱剥夺、父母对儿童要求不一致、同胞间的竞争、惩罚、苛求、诱惑、生理性挫折、角色混乱、父母操纵、忌妒。"胡风脸上的麻子使他迥异于常人，这给他幼小的心灵带来了无法弥补的创伤性的记忆。这种生理性的创伤体验使胡风的自尊心受到了伤害，对其人格的形成产生了不可估量的影响。童年及少年是人生的起步阶段，虽然这一过程并不漫长，但给人尤其是作家、文艺家们留下不可磨灭的人生记忆，这种人生记忆无论是正向的还是负向的，都会伴随着人的一生，影响着人的思维方式和认知结构。翟瑞青认为："这种主体图式和先在意向结构将成为作家观察世界，感受生活，进而进行文学创作的发生学意义上的起点。"② 文艺理论家鲁枢元也曾指出，作家的童年、少年时代的经验以及在故乡生活时所形成的心理感知与情感体验等主体性因素，"会形成一种稳定的基本心理定式而影响人的一生"③。由此可见，年少时的生活经历对人尤其是对作家来说是多么的重要，它是人的一生中最初的经验累积和情感积淀，形成了一种不可复制的经验图式，已经深深地融化到人的血液中。一般说来，童年经验分为丰富性经验和缺失性经验两类。所谓丰富性经验，即童年生活很幸福，有优渥的物质生活条件和丰富的精神生活，身心健康；缺失性经验，即他的童年生活很悲惨，或者贫穷困顿，或者是精神受到刺激或创伤，总之是残缺的，不圆满的。我认为，丰富性经验应该是人生的正向经验，而缺失性经验应该为人生的负向经验。从这两种经验的比较来看，还是负向经验对人的影响大，它直接影响或左右人的认知世界和情感世界，决定人的价值判断，尤其是那些超常规的难以忍受的痛苦体验和心理创伤的负向经验，对人的品质、个性、气质等塑造起到了关键性作用。汤锐认为："每一个成

---

① 弗洛伊德著，林克明译：《爱情心理学》，作家出版社，1986 年版，第 56 页。

② 翟瑞青：《童年经验和现代作家的文学创作》，人民出版社，2014 年版，第 19 页。

③ 翟瑞青：《童年经验和现代作家的文学创作》，人民出版社，2014 年版，第 19 页。

年人的灵魂深处都有一个永远的儿童存在着，从他的幼年直到老年，这个儿童逐渐从生活的表层沉潜入生活深层，却一刻也未放松地把握着、控制着他的整个个性和人生。这就是每个人自童年时代所形成的人格基质和那一份童年经验，它伴随着并影响着每个人的一生。"① 综上所述，可以得出这样的结论，年幼时的成长经历和情感记忆，尤其是创伤性的生理、心理体验对一个人的性格影响是巨大的，甚至可以起到决定人的一生的作用。比如，幼年时遭受的生理性创伤的经历，对一个人来说，通常不会忘记，总会在一定的情境下有意或无意地勾起相关连锁性的应激反应：要么是冷漠麻木，要么是敏感过度，要么是两者兼而有之。这些危机如果不能及时得到心理干预和治疗，它将会或隐或显，如影随形，伴随一生。

诚然，胡风这种年幼时产生的生理性或心理性的创伤记忆，严重地影响了胡风后来的心态和人格。比如，胡风在文坛上的敏感、多疑、好斗、偏激、爱冲动、暴躁、神经质、不合群，等等，这种负向的、不兼容的性格不能不说与其幼年时的特殊的际遇有关。实际上，还有一个现象需要引起我们的格外注意，那就是胡风极度的自傲与自信。其实在胡风极度的自傲与自信的背后隐藏着一个小小的自卑心结。由于隐藏得很深，轻易是不会被人发现的。正是由于自卑的心结，才会激发胡风那种不服输、不懈怠和"争强好胜"的心态与斗志。自卑与自傲是雌雄同体，是一个优秀人物身上必备的品质，或者说自傲是自卑的另一种特殊的表现方式。如胡风曾这样刻画过故乡一位堂叔父的形象：

> 他看起来有些憨气，但骨子里却韧得很，总不肯认输低头，固执地用他那贫苦的生活所形成的僵劲儿对抗别人，保卫自己。当他肩着农具下田或者回家，眼睛不看别人，裤脚卷得高高的脚锤子有力地登登走过的时候，那并不是单纯的筋肉动作，而是他整个人在恣恣地向别人表示着他自己的存在。②

---

① 汤锐：《现代文学本体论》，江苏少年儿童出版社，1995年版，第33页。
② 戴光中：《胡风传》，宁夏人民出版社，1994年版，第13页。

15

胡风用白描的笔法刻画出的堂叔父的形象，孤傲清高，刚烈决绝，"对抗别人，保护自己""忿忿地向别人表示着自己的存在"，其形象个性鲜明。其实在堂叔父的潜意识里，一定有深深的自卑心结，因为贫穷，很怕别人漠视他、瞧不起他，所以，堂叔父以清高自傲"暴力"的形象示人。从胡风的字里行间隐约地可以看出胡风对堂叔父的欣赏与赞许，也可以说堂叔父的形象就是胡风的自画像。

第二节　父母的性格对胡风的影响

胡风的父母都是普通的农民，"父亲初为做豆腐的手工小贩，母亲是雇农孤女，童养媳"[①]。父亲性情刚直、专断严苛，却精明强干，争强好胜而又坚韧不屈，面对困顿越挫越勇，以惊人的力量带领全家走出赤贫，步入小康。在胡风眼里，父亲是一个生命力旺盛、宁折不弯的硬汉子。胡风的母亲是胡姓女子，胡风笔名的胡，即来源于此。母亲温良宽厚，忍辱负重，特别隐忍耐劳。胡风曾满含深情地回忆起母亲："母亲是一个心肠慈善而多感的女人，对于贫苦的邻居和亲戚，总是偷偷地给予帮助；由于长年的艰苦的劳动和营养不良，害了贫血症，常常忽然间陷入了意识迷糊的状态。"[②]

父母的性格处于两极对立，按理来说，家庭矛盾应该冲突不断，"硝烟弥漫"，然而真实的情况却是平静如水，波澜不惊。一旦有家庭矛盾时，母亲从不力争，总是忍让屈从，从来没有与父亲发生过直接冲突。冲突没有爆发，并不意味着它不存在。在胡风眼里，母亲也是有血有肉的人，母亲的不争，并不是她没有思想和感情，也不是说明她冷漠和麻木，母亲只是不得已而采取了一种无意识的以退为进的抗争方式，消极地对抗夫权的专治与压迫。母亲之所以选择这种方式，除了夫权和男尊女卑之外，还因为有深受封建礼教迷信挤压的精神负累，如母亲患上了贫血症，时常因劳累而昏迷，家里曾请来了过阴道士给她看病，过阴道士污蔑说母亲在前世因丈夫去世改嫁而没有守节，因而前世的丈夫

---

① 胡风：《胡风自传》，江苏人民出版社，1996年版，第1页。
② 胡风：《胡风自传》，江苏人民出版社，1996年版，第1页。

做鬼来向她讨债，等等。年少时，胡风对母亲的悲苦境遇感同身受，他爱他的母亲，尊重他的母亲。他认为母亲就是挣扎在生活底层被奴役、被侮辱、被迫害的伟大的"受难者"，需要把她们从精神的囚笼中解放出来。后来胡风在文章中反复强调的"启蒙意识""苦难意识"等关键词，不是他凭空想象出来的，而是深深地扎根在苦难的生活大地的基础之上，也是贯穿他文艺思想中的基本的价值链条，尊重女性、同情弱者也是胡风一生的情感所向，恐怕这也与母亲生存的境遇有关。

貌似平静的家庭，看起来一团和气，实质上暗流涌动，不可能有什么安全感和信赖感，这样的家庭也不可能有真正融洽和谐的民主气氛与和风细雨的情感交流。小家庭大世界，家庭是通向世界的窗口，这对胡风的影响是潜移默化的，甚至是伴随终生的。胡风与人交流大多不畅，很少信任别人，敏感多疑，更莫说与人论争时，总是把对手当作敌人，即使不是敌人，也以敌对情绪来看待，构成这种心理和行为的紧张感或情绪张力总是有意识无意识地出现，这实际上是他恐惧、不信任别人和没有安全感的"症候"在作祟。

由于不信任别人或交流不畅，胡风在求学期间总是与同学尤其是与那些富豪子弟不能友好相处。据其《自传》记载，十八岁的胡风在武昌启黄中学读书，对其他"喝着白开水学说英语"的同学一概反感。胡风拒绝和其他同学交好，坚决不与环境妥协，宁愿一个人独处。胡风也许潜意识里觉得，只有极度地封闭自己，才是最安全的。此外，他认为，获得安全的途径和方式，就是把事情做得最好，让别人刮目相看，使别人永远也赶不上他，这才能给他带来心理上精神上的慰藉满足和安全感，所以胡风无论做什么事情都异常努力，竭力做好，无论诗歌创作、文学评论，还是办刊等都异常出色，别具一格，令人不得不钦佩。

这样的家庭虽然残缺，对孩子成长不利，但也不是一无是处的，这对孩子观察社会，体验人生，感受人情冷暖、世态炎凉等，能提供一种别样的视角与文化感知。胡风复杂的个性特征与家庭父母的性格及交往行为相关联。胡风从父亲身上承继了争强好胜、坚韧不屈、百折不挠的个人英雄主义基因。个人英雄主义情结很早就埋在胡风的心中，小时候，他和小朋友们玩游戏时，他总爱当孩子王，常自命为《水浒传》中的梁山首领宋江或晁盖。胡风又从母亲的身上得到了善良的品质和对弱者同情、体恤的情感取向。这就是胡风既敢于单枪匹马挑战权威和强权，但同时又不乏对弱小者同情的原因所在。

第三节 "五四"新文化与胡风人格的建构

胡风年少时在家乡的"经馆"跟随朱以莆先生学习，虽然学习时间不长，却印象深刻。朱先生是经受辛亥革命思想洗礼的现代中国知识分子，给予学生许多当时先进的思想观念。1921年胡风考进了武昌启黄中学。他说："这时候是1921年，新文艺作品大量出现了，我狂热地像发现了奇迹似的接受了它们。"[①] 由此可见"五四"新文化对胡风的吸引与影响。

"五四"文化是狂飙突进、个性张扬、情感高涨的浪漫文化，同时"五四"文化又是反帝反封建、蔑视权威、革陈布新的文化。沐浴在"五四"文化心理场域的胡风深切地感受到与这种文化精神和灵魂上的会同，胡风自身的性格、情感、气质等恰恰暗合了这种文化肌理与精髓，或者说胡风个人的性格特征与"五四"文化特征同构。

一是对个性解放的认同与文化性格的建构。"五四"新文化运动的功绩之一是"人"的发现，肯定"人"的个性和情感解放，尊重和保护个人、自我价值实现的合法性诉求，即"人"应该按照他的自然天性天真浪漫地诗意地栖居，不应抹杀其个性和压抑真实情感。胡风身上拥有的叛逆的个性与情感，在常人看来是另类，但放在"五四"新文化思潮的场域中考察，便会发现"五四"新文化思潮需要这种个性气质的人，没有个人的自我个性的解放，肯定不会带动整个社会个性主义思潮的解放。社会个性主义思潮的解放，也需要胡风这类性格的知识分子，同时胡风的文化性格的形成离不开这种社会思潮的培植和保护。胡风的文化性格实际上是"五四"文化性格的翻版，个性意识、民主平等意识和自由理念等早已深深地楔入胡风那一代知识分子的文化结构里，流淌在他们的血液中。

二是敢于挑战，建构主观战斗精神的文化性格。从文化源上看，

---

① 胡风：《胡风自传》，江苏人民出版社，1996年版，第2页。

"五四"文化应该是积极主动生发的"动"的文化。胡风的性格是敢想敢为，快意恩仇，他耿直，不为世俗所囿，面对黑暗和不平，敢于赤膊上阵。胡风这种敢于挑战的性格恰恰是"五四""动"的文化最需要的，也是最容易被"五四"文化思潮所接受所认可的。初中二年级的胡风在《晨报》副刊发表了《改进湖北教育的讨论》，文章讨论如何改进湖北教育的宏大问题。文章的中心思想可以用八个字来概括，即"打倒军阀、赶走老辈"，可以看出胡风是以"五四"新青年毅然决然的姿态、积极主动的勇气去挑战封建专制和改造社会。他曾在自己主办的《新蕲春》报上，敢于直接点当地军阀的名字加以痛斥和抨击。正是在"五四"平等、自由文化精神的感召下，胡风开始吐丝结网，破茧而出，完成了个人行为向社会行动的转化，少年时期所形成的精神脉络"对抗别人，保护自己"已升华为一个孤军奋战的革命文艺理论家的"主观战斗精神"的文化象征。

第四节　地域文化对胡风人格的涵化

"十里不同风，百里不同俗"，一方水土养育一方人，不同的地域会孕育不同的文化。一般说来，地域文化具有鲜明的文化生态痕迹和得天独厚的人文特征，这种生态痕迹和人文特征是不可复制的。这不仅能从普通人身上看到其影子，而且从这里的文化人身上，更能感受到其鲜明的性格特征。[①] 法国著名哲学家丹纳对此也有过精彩的论断，他认为地域不外乎是由某种温度、湿度、气候、土壤、植物等诸多要素构成。地域的小生态环境是决定植物和草木的生存条件，"所谓自然界有它的气候，气候的变化决定这种那种植物的出现；精神方面也有它的气候，它的变化决定这种那种艺术的出现。……精神文明的产物和动植物界的产物一样，只能用各自的环境来解释"[②]。

地域文化是由自然生态和人文生态构成的环境场域。自然生态是人

---

① 何西来：《文章千古事——关于〈白鹿原〉评论的评论》，《中国文学研究》，2000 年第 3 期。

② 丹纳著，傅雷译：《艺术哲学》，人民文学出版社，1963 年版，第 8—9 页。

们轻易不能改变的物质环境，人们只能去适应和顺从这种生态环境的变化。在各种实践中，人们的经验、智慧等便会积淀下来形成一种独具特色的地域精神的活化石。地域文化对这片土地上生活的人们起到了"集体无意识"的培育、涵化作用，而且还因具有极强的超稳定的遗传基因而传承下来，在这里生活的或生活过的人都会留下这种明显的基因符号。我们知道，胡风所处的文化地带是典型的湘楚文化或荆楚文化带。他们的文化都具有强悍、豁达、热情、率性而为的特点，同时也具有"霸""倔""韧""蛮"等文化基因。比如，胡风所赞赏的乡下堂叔父的形象就是这种生态文化的标记之一。胡风深受这种文化浸润，身上自然而然地流淌着这种文化血脉。如只要他认准的路就会一直走到底，头撞南墙也不回头。他勇于坚持己说，百折不挠、刚毅勇悍、好胜任性，有时甚至偏激、反应过度、神经质等等，所有这些，无论优点与缺点，都不能说与这种文化的遗传基因没有关系。

以上从生理缺陷、家庭环境、文化熏陶和地域生态环境等因素分析了胡风的人格形成的原因，勾勒出一个特立独行、个性鲜明、有责任担当的文艺理论家和办刊人的形象。胡风的优点是引人注目的，但其自身无法克服的缺点也是不能忽略的。比如，他不宽容、褊狭、任气、阴鸷等负面性格也是令人难以接受的，甚至对自己最亲近的人也不例外。胡风能成为一个现代知识分子，首先应该感谢他的父兄，尤其长兄居功至伟。虽然胡风并非完全忽视长兄对他的关爱，但他总下意识地去分辨别人对自己的帮助，是否隐藏着不利于自己的"险恶"动机。他认为，父亲供他读书是有他精明的算计，是希望他将来做官，免得家族受外人欺负；大哥帮他也是"别有用心"的，是为了将来能帮上大哥的独子。胡风曾回忆说："大哥对这个独子抱有很大的希望，他之所以支持我读书，说服父亲筹钱让我去日本，有一个私心就是希望我将来帮助他的儿子。"①

这里我们无意分析大哥帮助胡风是否有私心，即使有也是可以理解的，但胡风以这种阴鸷心理去揣测和怀疑兄长，这多少有"小人"之作也。正是因为他有这样褊狭、阴鸷的心态，所以胡风对那些有意无意

---

① 胡风：《胡风回忆录》，人民文学出版社，1993年版，第127页。

冒犯自己的人，总是记在心里，从不原谅。对于一些在常人看来或许不是问题的问题，在胡风看来，却是不能容忍的，因为他们越过了他那敏感、神经的心理边界，引起了胡风的不满或不适，这总会激起他激烈的反抗。而有时对方却莫名其妙，一头雾水，不知因何而起。由此，不少朋友或对他敬而远之，或弃他而去，或老死不相往来。

第三章　胡风编辑人格与办刊理念的生成

在中国编辑出版史上，胡风以自己独特的办刊理念和实践，构建了"七月诗派"，这是一个非常重要的编辑出版事件，赢得了现代文学界和出版界的尊重。"七月诗派"之所以能够独树一帜、个性鲜明，我认为除却胡风的编辑出版思想之外，其中最重要的因素还在于办刊人胡风的人格魅力使然。"七月派"诗人绿原认为，若没有胡风就不会有"七月诗人"和"七月诗派"，他说："这一群普普通通的文化人是围绕胡风一人结合起来的；他们之间并没有天然的共同性，有些人彼此甚至并不相识，因此他们的结合只能证明胡风本人是一个精神上的多面体；以这个多面体为主焦点，这个流派的基本成员各自发出缤纷的光彩，在中国文学史上形成一个罕见的，可一不可再的，真正体现集合概念的群体；虽然如此，离开了胡风及其主观战斗精神，这个群体又将不复存在，只能保留它的历史形态供后人研究，而其成员今后的个别成就都不足以产生流派的影响。由此观之，胡风不仅作为诗人和评论家，而且作为出色的文艺组织家，在中国文学史上有其特殊的地位。"① 胡风是有人格魅力的，他辐射出强烈的亲和力和感召力，吸引着大批的同道者与他荣辱与共，无怨无悔。在胡风的人格结构中，"主观战斗精神"是其主体人格架构，勇敢、激情、热烈、自信、好斗、倔强、偏执、自负、孤独、沉郁、多疑、反叛、好辩等性格特点是其主体人格的补充，体现胡风人格的多元、复杂的一面。胡风把这种人格投射到编辑实践中，于是就形成了胡风的编辑人格，也最终影响到办刊的风格。所谓编辑人

---

① 绿原：《胡风和我》，晓风主编：《我与胡风》，宁夏人民出版社，2003年版，第620—621页。

格，即办刊人在编辑实践中形成的相对稳定持久的人格，具有专业性、职业性特点。

第一节　胡风编辑人格中的民主与革命的观念

胡风很小就感受到了社会的黑暗、残酷和腐朽，同时也埋下了追求革命、反抗黑暗专制的革命思想的种子。胡风少年就学时，深受朱以莆先生的影响，朱先生是经受辛亥革命思想洗礼的现代中国知识分子，给予学生许多当时先进的思想观念。1921 年，胡风考进了武昌启黄中学。他说："这时候是 1921 年，新文艺作品大量出现了，我狂热地像发现了奇迹似的接受了它们。"① 经历"五四"新文化运动洗礼的胡风，有着强烈的革命意识、民主意识和启蒙精神，有着抗争黑暗、追求光明的精神动力。首先，是对黑暗社会当权当政者的愤激。初中二年级的胡风在《晨报》副刊发表了《改进湖北教育的讨论》，文章讨论如何改进湖北教育的宏大问题。文章的中心思想可以用八个字来概括，即"打倒军阀、赶走老辈"。可以看出胡风是以"五四"新青年毅然决然的姿态、积极主动的勇气去挑战封建专制社会。他曾在自己主办的《新蕲春》报上，敢于直接点当地军阀的名字，并对之痛斥和抨击。1923 年，胡风在武昌读书期间，目睹了京汉铁路工人大罢工的悲壮场面，工人运动遭受镇压流血牺牲的场景，使他感同身受，年轻心灵受到震撼，喷发出愤怒的火焰。其次，是对社会内部的阶级压迫、宗族压迫和民间社会中腐朽势力的压迫不满，使他滋生出绝不妥协的抗争精神。如在他家乡曾发生这样一件事，为了争夺湖塘的利益，张、方两族之间有很大的纠纷，由于方姓人家的子弟官居湖北省党部主任，他们就利用权势压迫张姓家族，因而胡风所属的张姓家族一方明显处于劣势，长期受其侮辱，若干年后，胡风的大哥就是在这两族冲突中被方家一方殴打致死。② 在胡风的成长时期，他对社会感受最多的是黑暗的一面，也促使他产生了与黑暗抗争到底的决心与勇气。最后，具有了共产主义思想倾向。1923

---

① 胡风：《胡风自传》，江苏文艺出版社，1996 年版，第 2 页。
② 胡风：《胡风自传》，江苏文艺出版社，1996 年版，第 241 页。

年，胡风离开武昌来到了南京。在这里，他遇见了同乡宛希俨，宛希俨是共产党员，也是胡风革命道路的引路人。在他的引导下，胡风阅读了大量的革命书刊，积极参加宛希俨领导的南京学生运动，尤其在声援上海的"五卅运动"中成为最活跃最坚定的革命分子之一。后来胡风在日本留学期间，还加入了日本共产党。胡风像一株永不疲倦的向日葵不断地追随着光明之源，他将这种精神苦恋投射到他的文学事业和《七月》《希望》期刊之中，形成了一种鲜明的革命进步的人格价值取向。

第二节　胡风编辑人格中的"立人"观念

胡风创办期刊不是为了名利，而是为了文学事业和对文学的信仰。胡风的事业与文学信仰主要建立在立人与立业上。立人有两方面含义：一是培养文学新人，给中国文学输送新鲜血液；二是对人的改造与启蒙，使人成为自由民主的现代人。立业主要是通过创办期刊来实现文学事业的健康发展与繁荣，立人则是通过立业来完成的，而立业又需要立人来支撑，两者共同发展，不可偏废。20 世纪 30 年代以降，在胡风看来，整个中国文学的发展出现了偏至：一是创作精神萎靡，主观公式主义、客观主义、色情主义和市侩主义等创作不良倾向盛行；二是鲁迅的启蒙精神被战争环境压制得窘迫，其生存空间被进一步压缩，甚至面临着被剿杀的危险；三是部分左翼中老年作家思维僵化、抱残守缺，自我革新的内生动力不足，而文学新生代还没有形成气候。胡风清醒地意识到要改变目前的文学困境，必须要以壮士断腕的勇气、精益求精的职业精神和舍我其谁的担当来拯救文坛、拯救文学。因此，胡风选择办文学期刊，以此立功、立言和立业，以期通过个性鲜明的期刊改变文坛、培育新人、闯出新路。

对胡风而言，创办刊物本身就是一项伟大的创业工程，是一项庄严神圣的立业工程。刊物既是阵地又是武器，能最大限度发挥出巨大的引领作用并积聚力量。胡风利用《七月》《希望》，有力地抵制了文学的庸俗化，强力地进行了"纠偏"；胡风点名批评了若干左翼作家，如张天翼、姚雪垠、臧克家等；深入地探析了鲁迅的启蒙思想和精神，在伟大的抗日战争和解放战争期间，对人民群众"精神奴役创伤"等话题

24

的探索与延伸，在当时文艺界和社会上产生了巨大影响。胡风认为，要使期刊有力量，就要牢牢地把住期刊和作者的制导权，这样才能保证声音的一致性和方向的聚焦性。目标、力量和声音的导向促使胡风选择了同人期刊，同人期刊的显著特征是排他性，只有排他性，才能显示出聚焦性和方向的一致性。陈纪滢在回忆录中谈到了这样的观点，很耐人寻味："他（胡风）的门关得很紧，不是什么人都能闯入。除了聂绀弩、艾青等少数几个人外，多数作家必须是压根出身在他的门下。这些作家有名无名不关紧要，毋宁越是生面孔、陌生人，他越欢迎。他宁肯捧一个不见经传、初出茅庐的青年作者，也绝不愿意一个知名的老作家出现在他的刊物之内。他把握住这个个性，非常要紧，绝不妥协。"① 胡风的不妥协与排他性，不是说说而已，而是身体力行，贯以始终。这也是《七月》《希望》杂志的办刊策略和办刊底线。胡风的期刊之所以能成为独具特色的名刊，恐怕是与胡风的这种独特的人格和执守分不开的。他的希望与期许更多的还是寄托于青年同道上，他认为，只要青年同道能够健康成长起来，就会产生一支强大的足可以改变文坛的力量。事实证明："七月派"的同道们没有辜负胡风的希望与期许，他们以健康红润的青春面孔和个性张扬的勃勃生机完成了文学之约，"丘东平二十七岁，曹白三十岁，阿垅三十岁，田间二十一岁，彭柏山二十七岁，贾植芳二十一岁，邹荻帆二十岁，冀汸十七岁，化铁十二岁，绿原十六岁，杜谷十七岁，方然十八岁，孙钿二十岁，彭燕郊十五岁，鲁藜二十三岁，胡征二十岁，贺敬之十三岁，路翎十四岁"。"《七月》《希望》近乎三分之二的作者是二十岁左右的青年作家，他们在《七月》《希望》之前也有作品公开发表，但《七月》《希望》是把他们推向文坛的重要转折，甚至，这个时期成为他们一生创作的高峰期。"② 路翎"他的小说创作的'异质'的表现是心理描写分量大，以心理活动推动作品情节的发展，人物性格的多层次，叙述语言的欧化色彩，呈现出新的文学

① 张玲丽：《在文学与抗战之间——〈七月〉〈希望〉研究》，武汉大学出版社，2016 年版，第 201—202 页。

② 张玲丽：《在文学与抗战之间——〈七月〉〈希望〉研究》，武汉大学出版社，2016 年版，第 127 页。

风貌，创造出新的审美品格"①。诗人绿原也是这样的，他的政治抒情诗呈现出"异端"思维，以扭结、变形等方式，以及知识分子迥异于诗歌的大众化和民间话语形式的精英气质，令人耳目一新，具有强烈的反常规的审美冲击力。

胡风除了在杂志上不遗余力地推介文学青年，而且还呕心沥血地编辑"七月"丛书向文坛推送新人。1939年至1944年，共出版"七月诗丛"二十种，出版诗集的作者有庄涌、胡风、艾青、孙钿、亦门、冀汸、邹荻帆、绿原、鲁藜、田间、天蓝、牛汉、化铁、艾漠等；1939年至1948年，共出版"七月文丛"十七部，出版作品集的作者有丘东平、陶雄、S.M.、曹白、丁玲、路翎、孔厥、亦门、胡风、杨力、舒芜、晋驼、鲁藜、吕荧、绿原、萧军等；1943年至1944年，共出版"七月新丛"七部，出版作品集的作者有路翎、胡风、东平、孔厥等。除丁玲、艾青、田间和萧军等成名的作家外，基本上都是文坛上的新面孔。由此可见胡风对青年同道伙友的关爱和良苦用心。正如胡风所言："为青年作家出版编辑丛书，而和我接近的正在成长中的一些作者的作品，我不去编选出版，也将是放弃了责任。"②

第三节　胡风编辑人格中的鲁迅精神的基因

鲁迅对胡风的影响是巨大的，可以肯定地说，如果没有鲁迅，就不会有胡风编辑人格的形成。鲁迅对胡风的影响深入骨髓，青年时期的胡风就已经接受了鲁迅的思想启蒙。胡风在《自传》中写道，在他年轻的时候，最初接触到鲁迅作品，便在他心灵深处产生了无比巨大的震动："最初是鲁迅的作品对我产生了重大影响，不但从他的作品和杂文受到了重大影响，也从他译的作品受到了重大的影响。"③

1933年6月，胡风因在日本留学参加日本共产党活动，被遣返回国，来到上海，被任命为"左联"的宣传部长，因工作关系与鲁迅熟

---

① 张玲丽：《在文学与抗战之间——〈七月〉〈希望〉研究》，武汉大学出版社，2016年版，第128页。

② 晓风选编：《胡风家书》，复旦大学出版社，2007年版，第46页。

③ 胡风：《胡风自传》，江苏人民出版社，1996年版，第44页。

识。1934 年 10 月，因"左联"复杂的人际环境以及与周扬的抵牾，胡风被迫辞去了"左联"的一切职务。当他将自己的苦恼、遭遇倾诉给鲁迅时，鲁迅"沉默了好一会，平静地说：'只好不管他，做自己本分的事，多用用笔……'"① 鲁迅是位实干家，他认为"如果是口号论争，倘没有坚实的作品产生，那就没有什么意义"。这些教诲对胡风触动很大，也更加坚定了胡风的务实态度和脚踏实地的作风。胡风做职业撰稿人，创办《七月》杂志，也是深受鲁迅的实干精神和独立人格的感召。

胡风与晚年的鲁迅交往十分密切，感情、友谊无比深厚，成为鲁迅最为倚重与信任的弟子之一。这在贾植芳的回忆中有所体现，贾植芳说，他对《七月》之前胡风的深刻体认，更多的还是通过鲁迅的评价而得到的："我认为他（胡风）是一个优秀的马克思主义文学批评家，又是诗人和翻译家。在中国文坛上，属于左翼阵营的革命作家，又是鲁迅先生晚年的忠实助手。我从鲁迅先生在逝世前写的那篇《答徐懋庸并关于抗日统一战线问题》的重要文章里，又认识了他的为人的品质，鲁迅先生对他的生活性格和文风的评价。鲁迅先生为他被'四条汉子'轻信转向者穆木天的流言，因而使胡风在政治上受到诬陷鸣不平的话：'胡风鲠直，易于招怨。'这句话更深深地印在我的脑海里，以致 1948年为论主观问题，胡风受到在香港的同一阵营里的同志的批判，1954年对他更大规模地批判时，我都想到鲁迅先生的这句话。"②

鲁迅与胡风共同经历了"两个口号论争"和"左联"解散这两大事件，他们对待这两大事件的立场和态度是鲜明的，都反对解散"左联"和"国防文学"的口号。"对于鲁迅与胡风而言，左翼文艺组织，包括作家与创作都应该保持坚定的内核，解散'左联'，以及'国防文学'的提出在很大程度是对这个内核的弱化甚至取消。"③ 鲁迅坚守的内核是什么？是文学的立场、革命的立场和启蒙的立场，这是不可或缺

---

① 胡风：《胡风自传》，江苏人民出版社，1996 年版，第 40 页。

② 贾植芳：《我和胡风同志相濡以沫的情谊》，晓风主编：《我与胡风》，宁夏人民出版社，2003 年版，第 170—171 页。

③ 张玲丽：《在文学与抗战之间——〈七月〉〈希望〉研究》，武汉大学出版社，2016 年版，第 197 页。

的"三位一体"的构成。有了这样的内核也就有了明确的"作家为什么人"的指向，这是极其宝贵的精神与思想资源，应该值得人们倍加珍惜。然而，在解散"左联"的事件中，"左联"领导对鲁迅的不尊重，对鲁迅的孤立、排斥等行为，让鲁迅愤怒不已。胡风感同身受，也深刻体会到了鲁迅当时的境遇与处境。鲁迅先生逝世后，中国进入了抗战时期，在救亡大于启蒙的背景下，鲁迅的思想、精神已被弱化，甚至被边缘化，整个社会似乎不再需要鲁迅，不再需要启蒙精神，这无疑激起了胡风的担忧和斗志，并坚定了他保卫鲁迅、捍卫鲁迅、传承鲁迅思想与精神的决心。

胡风办刊物有鲜明的目的，其目的之一，是纪念鲁迅。《七月》周刊创刊号的刊名用的是鲁迅的笔迹："唯一的表示了纪念的意思。"① 1937 年《七月》的创刊号和 1946 年《希望》的终结号，都有纪念鲁迅的专辑或专门纪念鲁迅的文章发表，表达了胡风要将鲁迅思想和精神进行到底的决心与勇气，也表现出了胡风的坚韧与执着的人格魅力。绿原说："要使鲁迅的传统化为真正的创作实践，只有刊物——写文章也可以，但是写文章只是作家个人的事情，而只有办刊物才能团结一大批青年作家。所以，可以说，在胡风刊物上写文章的那些作家们，都是多多少少、远远近近跟胡风的文艺思想相一致的。也就是说，如果跟胡风文艺思想不一致的人，一般不可能在胡风的文艺刊物上发表作品。这样就形成后来的所谓'胡风派''七月派'，这些派实际上是一个文艺思想的结合，而不是像后来解放后所说的一个政治上的派别，怎样怀着政治野心。胡风就是为了坚持实现自己的文艺思想，就是想通过刊物团结一批作家，形成一股力量，把中国的文艺向前推进。"② 这也是胡风一定要创办同人杂志的缘由之一。胡风的《关于鲁迅精神的二三基点》一文着力阐发了鲁迅的"心"与"力"相结合的斗争方略，他认为鲁迅的"能杀才能生，能憎才能爱，能生才能文"③ 的人生态度和斗争精神，正是今天我们所需要的。正是由于鲁迅的斗争精神的感召和指引，

---

① 胡风：《胡风自传》，江苏人民出版社，1996 年版，第 69 页。
② 鲁贞银：《关于"胡风编辑活动和编辑思想"访谈录——访谈牛汉、绿原、耿庸、罗洛、舒芜》，《新文学史料》，1999 年第 4 期，第 154 页。
③ 胡风：《关于鲁迅精神的二三基点》，《希望》，1946 年第 2 集第 4 期。

才有了胡风那种不畏施压、敢于挑战的斗士性格。

胡风是鲁迅"绝顶忠实"的传人，这个论断虽有夸张之嫌，但也能从中看出鲁迅对其的影响。胡风完全继承了鲁迅的办刊传统，他创办刊物的宗旨与鲁迅的编辑思想以及所提倡的办刊风格等内在精神脉络上大体一致，价值取向趋同，即通过刊物救国图存，改造国民性，启发民众，培养青年，为中国文艺增加新的力量，以达到立人的目的。首先，鲁迅认为刊物的影响力要大于作者个人的影响力，刊物所形成的力量足可以左右一时的社会风气。鲁迅从事文艺的目的，是通过文艺"唤醒沉睡的国人的灵魂"，刊物为他提供了一个较为稳固的战斗阵地，在这里，他可以针砭时弊，启发民智，"揭出病苦，以引起疗救的注意"，以改善民族精神素质。因此，他采取了一种以"文明批评"和"社会批评"并重的编刊方针，指导自己的编辑实践，既表现了他的历史使命感，也体现了他的战斗精神。所谓"文明批评"，即对中国封建思想意识、传统积习的批判；"社会批评"，即对当时社会现象的批判。其次，鲁迅认为刊物要有自己的个性，这个个性，既要体现在所刊作品的思想性上，也要体现在刊物本身的艺术性上。他认为文艺作为一种武器，应有吸引力和感染读者的魅力，战斗力不能排斥趣味性，如鲁迅十分注重刊物的封面设计装帧工作，他创办的每一种刊物都给人一种美的启迪。同时，他对插图的选用也是经过深思熟虑后确定的，他在《"连环图画"辩护》一文中说："插图不但有趣，且亦有益，……书籍的插画，原意是在装饰书籍，增加读者的兴趣的，但那力量，能补助文字之所不及。"① 在这一点上，胡风表现得也很突出，他努力使每本刊物都成为一个完整的个体，变成一个完整的艺术品。胡风也非常重视木刻及其他新美术，《七月》《希望》几乎每期都要刊登一些木刻等美术作品。最后，鲁迅从所编刊物中发现人才，培育新人。鲁迅的编辑思想的一个重要方面就是不遗余力地发现和培养人才。许广平在《鲁迅和青年们》一文中曾说："鲁迅先生每编一种刊物，即留心发现投稿中间可造之才，不惜奖掖备至，倘可录用，无不从宽。"② 比如，胡风、萧军、萧红等

---

① 鲁迅：《鲁迅全集》第 4 卷，人民文学出版社，1998 年版，第 446 页。
② 倪墨炎：《鲁迅与书》，天津人民出版社，1984 年版，第 30 页。

作家都是在鲁迅的关怀下成长起来的，他们从鲁迅身上感受到了温暖、爱和无私奉献的精神。胡风浸染其中，自然将鲁迅的甘为人梯的精神发扬光大。可以说，在现代文学史上，除鲁迅之外，也只有胡风能给予青年作家们那么多的关怀，进而使他们在文坛上起到应有的作用，并形成一股新鲜的力量。胡风的确是鲁迅的传人，不仅接受了他的思想，在编辑刊物上也完全如此。

　　胡风作为优秀的文学编辑出版家，既有极高的专业素养，也有极高的文学造诣。更为可贵的，他将出版事业与文学事业视为自己的使命，并且有一种为维护这一使命而永不放弃和妥协的执着精神，哪怕是面对国民党黑暗统治的压迫，或者是来自人民内部的狂风暴雨般的批判，他也绝不动摇。作为编辑，他是许多文学青年的知音与导师，更是慧眼识才的伯乐，他将挖掘、培植文学新秀的编辑工作看作是自己为中国新文学传承血脉的工作，从中不难看出胡风对中国新文学的赤诚之心。在编辑刊物的过程中，胡风事无巨细必当亲力亲为，约稿、审稿、校对、回信等诸多事宜，他从未懈怠，目的就是要为新文学接一点元气，这样的行为着实令人钦佩，也让人深深为其人格折服。由于性格原因，胡风与很多人交恶，笔墨官司不断，但不能因此而抹杀他对文学的贡献。因此，当对胡风的编辑人格进行评价时，一定要全面、客观，尤其要站在中国新文学发展的角度来看，既要看到他创办《七月》《希望》等刊物为丰富、发展中国新文学所做出的努力和贡献，也要看到他为中国出版业和中国文艺发展所付出的心血和汗水。当我们欣赏胡风以及在他周围形成的整个"七月派"为中国新文学留下灿若星河的作品时，定然会为胡风那执着而坚定的编辑人格所感动，也会为他那与作者、读者"一起成长"的理念而钦佩不已。

第四章　胡风编辑人格的特征及其启示意义

第一节　胡风的编辑人格是革命、启蒙的精神人格

胡风编辑人格的首要特征是革命的、启蒙的，具有强烈追求光明和希望的价值取向。胡风编辑的《七月》是在国统区里最早发表反映延安革命生活、新气象内容作品的期刊。在《七月》《希望》发表作品的延安及解放区的作家有：丁玲、鲁藜、孔厥、吴伯箫、艾漠、邵子南、周而复、公木、晋驼、侯唯动、胡征，等等。《七月》时期，胡风与延安交往甚好，联系紧密。甫一出刊，胡风总会在第一时间把《七月》寄给丁玲、刘雪苇等友人，由丁玲、刘雪苇等分送给毛泽东、周恩来等领导人。1939年9月，丁玲与胡风通信云："从办事处带的《七月》十份，收到了，除我与雪苇各留一份，余皆送给各要人机关了。"① 1938年3月，《七月》第四期刊发了《毛泽东论鲁迅》② 一文，出刊后，胡风将刊物照例寄给在延安的刘雪苇，并请他将样刊转赠给毛泽东。毛泽东收到后，即回信表示感谢说，很欣喜，如有新的，请继续寄。据吴奚如回忆："1937年抗日战争全面爆发后，当时文艺刊物不多，《七月》最先发出了歌唱，为广大读者所欣喜和关注。有许多先进革命价值和理念的作品被翻译到苏联那边去了。"③ 由于与共产党方面保持良好的密切联系，《七月》常被认为是"共产党刊物"而遭到国民党报刊审查部

---

① 杨桂欣：《丁玲与胡风》，《新文学史料》，2007年第1期，第104页。
② 大漠笔录：《毛泽东论鲁迅》，《七月》，1938年第2集第4期。
③ 吴奚如：《我所认识的胡风》，晓风主编：《我与胡风》，宁夏人民出版社，2003年版，第24页。

门的无端干扰和刁难。

在胡风的编辑人格中，其启蒙思想、启蒙意识占有很大比重，尤其是在反封建的立场上态度鲜明，毫不妥协。胡风认为，反帝反封建是两个维度的斗争，两者同样重要，不可偏废。反帝是针对帝国主义侵略而言，必须把帝国主义侵略者赶出中国，使中国成为独立自主的现代性国家；反封建，即改造中国社会内部肌体，包括思想、精神、制度、器物、肉体等，要对它们刮骨疗毒，更多地揭出自家的"黑暗"和"污秽"来，以引起疗救者的注意。在救亡压倒一切、启蒙被边缘化的情势下，胡风仍坚信启蒙的任务远远没有完成，只不过斗争已进入了更为隐蔽、更为艰难也更为复杂的历史阶段。胡风认为，黑暗与污秽并没有成为历史，仍在阻碍着抗战的胜利、社会的进步。如何抖落掉这黑暗与污秽的精神负累，只有一条路径可走，即发挥知识分子的先锋作用，将鲁迅开拓的启蒙精神、启蒙传统向纵深推进。《七月》创刊两年后，胡风在与曹白通信中透露，《七月》是在反抗帝国主义的侵略中"倒是'不由得'揭出自家的黑暗和污秽来……本意是完全站在建设的这一面，并没有想到半点的破坏的。然而我真担心《七月》会受到这破坏的恶名，因而会莫名其妙地夭折了"①。胡风的这种知识分子启蒙精神的精英气质吸引了众多知识分子和青年学生的关注和认同。但是，在全民抗战的背景下，在建立最广泛的统一战线的情势下，胡风还要延续启蒙精神，这是否与当时的社会主题错位？我们知道，启蒙也具有"双刃剑"的性质，在抨击国民党的黑暗统治、腐败的官僚专制体制上，人们是理解和赞同的；但对国民性的改造，对民众精神奴役创伤的揭露上，人们就有不同的看法，甚至有人坚决反对。然而，胡风是站在更高的文化高地来思考战争中以及战争后"人"的问题，他希望"人"能够得到彻底解放，并能得到全面自由的发展。这也是他所期望的这场伟大的抗日战争既能彻底改变中国的社会现状，更能改变中国人的思想、精神面貌的心理预期的实现，这是他提倡启蒙意义的真实意图所在。

---

① 胡风：《胡风全集》第 2 卷，湖北人民出版社，1999 年版，第 685 页。

第二节　胡风的编辑人格是特立独行的人格

胡风的编辑人格是特立独行的人格，洋溢着个人英雄主义的价值取向。胡风性格耿直、争强好斗、不合群、有主见，这在左翼文艺家当中是出了名的，这种性格也突出地表现在《七月》《希望》上。胡风坚决反对和他人合作办刊，同时也不办组织指导性刊物，这是他的底线，绝不让步。胡愈之曾提议，让《七月》与《文艺阵地》合并出版，由胡风和茅盾合编，他还说，茅盾即将去新疆，刊物即由胡风一个人主编，但被胡风拒绝了。① 冯乃超也提出把《七月》办成指导性的组织刊物，胡风断然拒绝，他解释说：编刊物完全是自己个人的事情，别人无权干涉。② 只有是自己的刊物，才能不受别人的掣肘，才能完全保证自己的办刊意图和办刊思想的实现。事实证明，胡风是明智的，如果真的与茅盾合作，其结果是可以预料到的。胡风也不想受制于外界的压力与束缚，哪怕是组织上的，如按冯乃超提议的那样，把《七月》办成抗战文艺运动的指导类杂志，《七月》就会成为国防文学的机关刊物，其独立个性便会荡然无存，什么文学思想、美学理念和独立自主办刊的想法就会落空，只能仰人鼻息，没有话语权，这是他坚决不能接受的。

左翼文艺主流对胡风的孤立与排斥，在一定程度上，激发了胡风的逆反心理，一种个人英雄主义和对文学的责任感也随之迸发出来，要做出一番事业给那些人看看，其实胡风的性格里早已充溢着领袖欲和孤傲气。胡风坚信自己能办成最有特色的延续文学命脉的期刊。1937 年 10 月，他在与梅志通信中这样写道："这《七月》，在目前，是顶大的也是最有内容的杂志，为了作者们，为了读者们，为了无数万的英勇的战士们正在用生命保卫它的苦难的祖国，我不能不用我底血液抚养她。比《木屑文丛》，比《海燕》，比《工作与学习丛刊》，我更爱这《七月》，因为我编辑的时候，有时愤激，有时流泪，有时苦恼，有时为了一篇文

---

① 胡风：《胡风自传》，江苏人民出版社，1996 年版，第 119 页。
② 胡风：《胡风全集》第 7 卷，湖北人民出版社，1999 年版，第 490 页。

章底取舍要费去几小时的考虑。"① 因为这是他用自己的血液抚养的刊物，正如他所言："这杂志，是吃我底血长大的。"② 尽管在后来胡风面临着各种极端困苦的考验，但都没有想到放弃它，"这刊物，无论我怎样吃苦，也非支持下去不可，因为这成了新文艺运动唯一的命脉"③，"坚守《七月》，使我固定得不能动，反而越弄越小，但要丢掉也实在可惜了"④，"为我自己，当然不办的好，物质精神都受损失，但这是文学运动的一条命脉，丢掉了也实在不忍"⑤。胡风以清醒的体认，充满自信地认为，他创办的刊物一定是新文学运动中不可或缺的价值链条之一。胡风说他不办那些四平八稳、一团和气的刊物，要办读者喜欢的、有冲击力的高质量的刊物。"搞一个有左翼以及中间作家在内的大刊物，在我也是一种'统一战线的平均面孔'，不但不必要，而且划不来，那会把有一点新鲜质素的，得之不易的作品的影响惨淡了，形不成冲刺力量。"⑥ 同时，胡风为了与指导性杂志的办刊方针保持疏离，使其刊物有所为、有所不为，即不办统一战线的国防文学的大刊物，而办成"小"而"精"、"内质集中"的小刊物，突显个性色彩，他说与茅盾等编的大刊物相比，他的刊物"只算是打打游击的小民兵"。这是一种低调的自信。其实胡风有这样的心理，就是想用这种小刊物与茅盾等的大刊物争一下高低，这种以民间定位的视角敢于去和官方竞争求得期刊发展的态度和精神，需要何等的勇气。胡风的自信确实得到了验证，他的期刊木秀于林，争得了一日之长。

第三节　胡风的编辑人格是甘于奉献的人格

胡风属意年轻面孔，希望向新文学输入新鲜血液，他认为，"五四"以来的新文学，应该到了收获的时代了。的确，在胡风的扶掖下，

---

① 晓风编：《胡风家书》，复旦大学出版社，2007 年版，第 37—38 页。
② 晓风编：《胡风家书》，复旦大学出版社，2007 年版，第 55 页。
③ 晓风编：《胡风家书》，复旦大学出版社，2007 年版，第 59 页。
④ 晓风编：《胡风家书》，复旦大学出版社，2007 年版，第 63 页。
⑤ 晓风编：《胡风家书》，复旦大学出版社，2007 年版，第 57 页。
⑥ 胡风：《胡风全集》第 6 卷，湖北人民出版社，1999 年版，第 627 页。

年轻作家群体不断地成长起来，给新文学带来了新的美学观念，新的美学原则在悄然崛起，如路翎的小说、绿原的抒情诗等，都给文坛带来了新的审美冲击和体验。基于此，胡风才敢于排斥成名老作家，不向中老年作家约稿，比如郭沫若、茅盾等。"而这种办刊思想在许多左翼作家那里产生的反响是，臧克家认为胡风对他有成见，茅盾则认为胡风口袋里有一批作家。"①

胡风办刊深受读者市场欢迎，这也是他办刊自信的来源之一。《七月》在当时具有不俗的销量与影响力。如《七月》第一期在武汉出版的上午，"总代售生活书店两小时内被抢买去了四百多份"②。"在《七月》明信片中可以窥见，读者不断地要求补订，刊物采取的相应策略是出版合订本。"③ 据胡风回忆，《希望》第一集（合订本）在重庆出版后，"不几天就卖光了。这是近年来没有过的。外埠发得很少，后来听说在昆明竟出现了排队买《希望》，甚至用比定价高十多倍的黑市价来买的现象"④。

胡风编辑人格的特征之一是关爱青年同道，甘为人梯，用心血浇灌文学嫩芽。以爱恨极端鲜明而著称的胡风对青年作者的关爱与尊重是令人钦佩的。胡风作为期刊主编、诗人和文艺理论家，在当时文坛上是举足轻重的权威人士，属于青年崇敬的领袖人物。但胡风从没有在文学青年面前耍大牌，颐指气使，对青年同道始终是充满温情与爱的。《七月》《希望》几乎每期都发表新作家的作品，制作新作家专栏。贾植芳认为胡风编辑刊物继承了鲁迅先生的编辑传统，不以作者的名位为准，而是完全看作品的质量，尤其重视青年作者的来稿，其中绝大多数青年作者，被他培养成了作家、诗人。但他的认真和敬业，得罪了一些知名的作家和诗人，他被扣上"宗派主义""小集团"的帽子，大概与这一

---

① 张玲丽：《在文学与抗战之间——〈七月〉〈希望〉研究》，武汉大学出版社，2016年版，第233页。

② 胡风：《胡风自传》，江苏人民出版社，1996年版，第80页。

③ 张玲丽：《在文学与抗战之间——〈七月〉〈希望〉研究》，武汉大学出版社，2016年版，第193页。

④ 胡风：《胡风自传》，江苏人民出版社，1996年版，第223页。

点不无关系，有时他的处境就显得很微妙、尴尬和难堪。①

青年作者侯唯动，这位二十来岁的农村青年，成名作《斗争就有胜利》长诗就发表在《七月》上。胡风曾回忆说，他读侯唯动初次寄来的诗是写在粗糙发黄的毛边纸上的，对其模糊的字迹，文理有些不通的句子，感到非常吃力，但这首诗却有着异常的魔力吸引了他，他将这首诗进行了修改编辑加工，一首好诗就这样诞生了。② 而当时，胡风对作者的情况一无所知。著名作家路翎是胡风一手带大的文学新人，为他在"七月文丛"推出了三部文集，实属罕见。胡风与路翎互相成就的故事成为作家与编辑家珠联璧合的佳话。可以说，胡风倾尽了全部的心血和热情努力培养更多的青年同道。

胡风热情而平等地对待青年同道，对他们的劳动创造给予最大的尊重。比如，对于不采用的稿件退稿时，一般都附上退稿意见与勉励之语，让作者感受到温暖和尊重，这也是青年作者敬重胡风的原因之一。青年作者马希良当时是一所流亡中学的学生，由于受《七月》的启迪，根据身历当地的社会实感，农民仍处于原始耕牧方式的贫困状态，与抗战需要相差甚远，因而写成课堂作业《沙地的牧民》（诗），国文老师看了，好心鼓励他向文学刊物投稿。但先后通过《自由中国》《文艺阵地》，寄给郭沫若、茅盾两位文学大师均无反响。后来他把已视为废纸的作业寄给胡风，精神上已做好准备，失望当在意料之中。不料竟出乎意料，很快收到胡风的回信。他认为这首诗试想写出西北牧民的疾苦，还可以继续修改，努力写好。③ 在重庆《七月》复刊的困难时期，有出版商给胡风开出的出版合同条件非常苛刻，胡风说："整个刊物一期只百元，除了稿费，我所得无几。他（出版商）的意思是，稿费可以看情况，有的可以少给点。而我的意见是，稿费决不能少，不管新老作

---

① 贾植芳：《我和胡风同志相濡以沫的情谊》，晓风主编：《我与胡风》，宁夏人民出版社，2003年版，第174—175页。

② 华然：《文苑繁茂忆园丁——胡风编辑活动纪略》，宋应离等编：《20世纪中国著名编辑出版家研究资料汇辑》（5），河南大学出版社，第271页。

③ 马希良：《一个中学生心目中的胡风》，晓风主编：《我与胡风》，宁夏人民出版社，2003年版，第543页。

家，都应一视同仁。"① 从稿费不能少、新老作家没有差异的态度中，可以看出胡风对作家创作劳动的尊重，尤其是对青年作者的尊重，对青年作家人格和创造的尊重。贾植芳于 1939 年 11 月间来到重庆，他给胡风寄去一篇稿子，并告知他在一个报馆工作。胡风费了千辛万苦，找了多家报馆，最后才找到了他，刚一见面就递给他一叠纸币。"这是二十元，你过去在前方给《七月》寄稿子来，还存有一点稿费，因为给战地寄钱不便，还在我这里，现在我带来了。"② 胡风刚直不阿、疾恶如仇的性格，俨然成为青年同道的爱护者、保护神，敢于为青年同道争"口袋"、鼓与呼。比如，年轻诗人田间出道不久，便面临着文坛的责难与非议，胡风义愤填膺，力排众议，为田间奠定了擂鼓诗人的地位。1985 年 3 月，田间逝世前，还对胡风的帮助充满了感恩的情怀。③

胡风提携的青年作者何止田间一人，还有许多不知名的青年作者，如雷蒙。当时的雷蒙对于编者、读者来说是陌生的。有人批评雷蒙不懂诗，幼稚，韵都不会押，而且还指责胡风将雷蒙的《母亲》一诗放在杂志的开篇。胡风在《编后记》里写道，他似乎不懂诗，也不会押韵，在批评家看来，当然是"幼稚"的，但我读了却有点感动。这当然是我的"幼稚"的欣赏力还只能接受这种"幼稚"的作品的缘故。④ 对青年同道的引领、战士与诗人一体化的倡导，是胡风多年的一贯坚持。鲁迅先生曾云："从喷泉里出来的都是水，从血管里出来的都是血。"⑤ 胡风深得鲁迅先生真髓，也反复强调青年同道要成为战士和诗人的"集合体"，要真诚地对待革命和艺术，这两者合二为一，不可偏颇。曾卓认为自己深受胡风的教诲和影响，尤其是"战士和诗人原来是一个神的两

① 胡风：《胡风自传》，江苏人民出版社，1996 年版，第 126 页。
② 贾植芳：《我和胡风同志相濡以沫的情谊》，晓风主编：《我与胡风》，宁夏人民出版社，2003 年版，第 172—173 页。
③ 华然：《文苑繁茂忆园丁——胡风编辑活动纪略》，宋应离等编：《20 世纪中国著名编辑出版家研究资料汇辑》(5)，河南大学出版社，第 270 页。
④ 华然：《文苑繁茂忆园丁——胡风编辑活动纪略》，宋应离等编：《20 世纪中国著名编辑出版家研究资料汇辑》(5)，河南大学出版社，第 271 页。
⑤ 鲁迅：《鲁迅全集》第 3 卷，人民文学出版社，1998 年版，第 544 页。

个化身"的人诗合一理念，给了他很大教益和启迪。①

难能可贵的是，胡风本人也是"战士型"作家，胡风用他崇高的人格影响和感召了大批青年同道。"七月派"同道也不负胡风战士与诗人一体化的期许，内化于心，外化于行，"可以被压碎，但决不可能被屈服"②的精神血液，凝结为中国现当代文学史上一股刚健蓬勃的力量，至今仍然给人以警醒、以启迪。

第四节　胡风编辑人格的启示意义

胡风的《七月》《希望》杂志虽已是过眼云烟，成为一种文化现象，但历史并没有忘记当年期刊所发挥的作用，以及所做出的贡献，其价值与意义不可估量，在今天仍然具有值得深入探索的意义。胡风的编辑人格应该是这种文化现象的核心，其编辑人格的形成、特征和价值取向等对当下办刊人仍具有启迪意义。

胡风的编辑人格昭示我们当代编辑工作者，要有家国情怀的责任担当。胡风在极其艰苦的战争年代和风雨飘摇的环境里，仍然没有忘记中国现代知识分子的责任和使命，以一己之力艰难地实践着"为天地立心，为生民立命，为往圣继绝学，为万世开太平"的文化理想。他以笔为旗，为祖国而歌，表达了自己如何融入战争的思考和心声："人说：无用的笔呵／把它扔掉好啦／然而，祖国呵／就是当我拿着一把刀／或者一支枪／在丛山茂林中出没的时候吧／依然要尽情地歌唱／依然要倾听兄弟们底赤诚的歌唱／迎着铁底风暴／火底风暴／血底风暴／歌唱出郁积在心头的仇火／歌唱出郁积在心头上的真爱／也歌唱掉盘结在你古老的灵魂里的一切死渣和污秽／为了抖掉苦痛和侮辱的重载。"（胡风《为祖国而歌》)③ 在这首诗里，胡风的指向是非常清晰的，他对在战争时期作家

① 曾卓：《简单的交往，几乎影响了我一生——记我与胡风的关系》，晓风主编：《我与胡风》，宁夏人民出版社，2003 年版，第 554 页。

② 阿垅：《可以被压碎，决不被屈服》，晓风主编：《我与胡风》，宁夏人民出版社，2003 年版，第 37 页。

③ 绿原、牛汉编：《胡风诗全集》，浙江文艺出版社，1992 年版，第 55—56 页。

投笔从戎是认可的，认为是值得鼓励的，是义不容辞的任务；但他更强调的是不能丢掉"以笔为旗"的主体责任，"书生许国凭文字"，作家的特殊使命与担当就是要做祖国和人民的赤诚歌者，记录时代的风云变幻、国恨家仇，抖掉古老灵魂里的民族痼疾的卑污、苦痛和侮辱的重载，使整个民族实现肉体与精神上的浴火重生，创造出一个新中国。这是极其重要的文艺任务，万万不能丢掉。同时，胡风非常重视"战士型"作者，他的《七月》和《希望》上发表的"战士型"作者的文章数量最多，许多作者来自八路军和新四军，如柏山、丘东平、彭燕郊、孙钿、吴奚如、曹白、天蓝、鲁藜、聂绀弩、阿垅、侯唯动等，他们直面战争的悲壮与惨烈，经受着血与火和生与死的考验，歌唱出心头的仇火与真爱，完成了"战士型"作家的塑造。胡风是以编辑期刊的方式完成了家国情怀的责任担当，显示其编辑人格的伟大。

胡风的编辑人格昭示我们当代编辑工作者，要有事业心和创新精神。胡风创办期刊不是为了沽名钓誉，而是为了文学事业和自己的文学信仰。胡风编辑的期刊，付了作者的稿酬等费用外，利润几乎所剩无几，主要的利润都被《七月》杂志挂靠的出版公司赚去，对于畅销杂志的主办人胡风来说，这是无可奈何的事情。《七月》是胡风的最爱，因为这是用自己的血液抚养的刊物，在极端困苦的环境下，胡风都没有放弃它，"为我自己，当然不办的好，物质精神都受损失，但这是文学运动的一条命脉，丢掉了也实在不忍"。由此可见，胡风把办刊视为一种崇高的事业、一种崇高的信仰，是薪火相传的"文学运动的一条命脉"。胡风的这种对办刊事业的敬重和热忱，其境界与格局，不能不令人感佩。

胡风办刊讲究质量，讲究精益求精，创新精神贯穿始终。胡风编辑的期刊质量精美，形质如一，浑然天成，体现了他的敬业态度和工匠精神。其中最主要的是，他把编辑"一本杂志作为一篇创作"来看待，创作就要讲究创新，讲究独辟蹊径，这就使胡风在编辑期刊时，敢于冒险，敢于突破墨守成规、抱残守缺的思维定式，勇于创新，探索出别具一格的编辑理念、编辑策略和编辑方法。胡风认为，编刊人"不是一个单纯编刊物的人"，编刊人一定要有"愿和读者一同成长"的编辑理念，这对于今天的办刊人来说，仍然具有借鉴意义。①

胡风的编辑人格昭示我们当代编辑工作者，要有甘于扶掖新人、为作者做嫁衣的无私奉献精神。他的编辑人格的特点是不以"名人"为本位，不拉"名人"稿件，不搞"名人效应"，他的主要精力和心血放在了青年作者的身上，甘于为青年作者做嫁衣，这不是一般办刊人所能做到的，尤其是在当下。胡风扶掖的青年作者基本上是从读者群中挑选出来的，也可以说《七月》《希望》的成长进步是与读者、作者的成长进步相一致的。《七月》《希望》几乎每期都推出青年作家作品，尤其还设立新作家的专栏，这无疑为青年作者的脱颖而出提供了平台和通道。这些编辑策略起到了风向标的作用，极大地激励与激发了青年作者的创作激情。

胡风的编辑人格是令人钦佩的，他不畏权势和名家、特立独行、敢于挑战的性格和勇气值得我们借鉴，他敬畏思想和质量、敢于创新创业、尊重作者、扶掖新人的情怀值得我们学习。他的编辑人格是一部敞开的大书，永远值得我们去品味和阅读。

---

① 段永建：《胡风"编辑"的三个向度》，《文艺报》，2016 年 7 月 20 日第 6 版。

40

第五章　自信与执守：胡风编辑人格的文化探源

在胡风编辑人格的建构中，自信与执守是不可或缺的元素。"自信"是对自己心理或精神力量的确信与认同，即充分相信自己，对自己充满信心。人一旦产生出这种心理力量的确信，就会形成稳定的情感结构，轻易不会改变。"执守"是对一种思想或行动的执着守护和坚持。自信是执守的基础，执守是自信的表现形态。自信与执守的人格元素在胡风的编辑人格中占据重要位置，充分体现了胡风的人格魅力。胡风这种自信与执守的人格的形成，与他的政治资源、文学思想和编辑出版实践等有直接关系。

第一节　胡风的政治资源和社会影响力

胡风少年就学时，深受具有先进政治观念和思想观念的现代知识分子朱以莆先生的影响，内心埋下了革新图强的革命种子。1921 年，胡风考进了武昌启黄中学。在启黄中学，胡风深受"五四"新文学报刊的影响，在这里他初步奠定了革命的观念。"这时候是 1921 年，新文艺作品大量出现了，我狂热地像发现了奇迹似的接受了它们"，但"我并不能忘记身边的现实。加以读书的广泛和'五四运动'后当地的互助社和《武汉评论》所给我的影响，我也有了当时年青人所有的愤激。'二七事件'后，我用了不完全的字句写了一篇算是呈献给牺牲者的'小说'，投到为当时的青年们所爱读的上海《民国日报·觉悟》上面。

这算是我第一次发表了的‘作品’”①。1923 年，胡风离开武昌来到南京，并遇见了同乡宛希俨。宛希俨是共产党员，也是胡风革命道路的引路人，在他的引导下，胡风阅读了大量的宣传革命的书刊。胡风参加宛希俨领导的南京声援“五卅运动”而开展的罢课、罢工运动，是最活跃最坚定的分子之一，成为当时学生运动的领袖人物，被选为“反抗上海外人惨杀华人东大附中后援会”的“委员长”②。“在 1925 年的‘五卅运动’里面，我也是当地的奔走在街头和工厂中间的一人。”③ 1929 年 9 月，胡风东渡日本留学，在日本期间，胡风积极参与普罗作家同盟的文艺活动，结识了许多日本普罗作家，如江口涣、秋田雨雀、小林多喜二和池田寿夫等，还加入了日本共产党，从事反抗日本侵略的各项斗争活动。1933 年春，胡风“受到了日本警察底逮捕和拷打，被监禁三个月以后就被押解出境了”④。1933 年 6 月，胡风回到上海，被任命为左联宣传部长。胡风认为，和日本普罗作家同盟比较，左联的工作方式太简单，工作也等于敷衍塞责地过日子。胡风认为左联是思想团体，因而工作应集中在宣传部方面，随即在宣传部下面设立了三个研究会，即理论研究会、诗歌研究会和小说研究会。诗歌研究会和小说研究会还分别出版了小刊物《新诗歌》和《小说》。另外，胡风还编了一个油印的内部小刊物《文学生活》，这是一本工作刊物。后来，接任冯雪峰左联书记一职的茅盾坚决辞职，周扬决定让胡风接任左联书记，他自己改任宣传部长。胡风回忆说：“由我管外部工作（左联工作），这是党的决定，我不能不接受。实际上宣传部的工作还原封不动，全由我管。”⑤

1934 年 10 月，胡风被诬陷为“叛徒”，他在左联的工作处境非常艰难，为表清白，愤而辞去左联所有职务，成为专业作者。虽然胡风在左联工作的时间不长，即从“1933 年 8 月到 1934 年 10 月上下，约占左

---

① 胡风：《胡风自传》，江苏文艺出版社，1996 年版，第 6 页。

② 吴宝林：《作为“雄辩员”“总编辑”与“委员长”的胡风——以新见〈东南大学附中周刊〉为中心》，《文学评论》，2019 年第 3 期。

③ 胡风：《胡风自传》，江苏文艺出版社，1996 年版，第 7 页。

④ 胡风：《胡风自传》，江苏文艺出版社，1996 年版，第 11 页。

⑤ 胡风：《胡风自传》，江苏文艺出版社，1996 年版，第 37 页。

联存在期间的五分之一"①，但是他积累了一定的政治经验。

1937 年 7 月，抗日战争全面爆发后，胡风于当年 10 月初由上海来到武汉，接受在武汉主持党的工作的董必武的领导，"我向董老报告了在上海和冯雪峰的组织联系、工作情况以及现在的工作打算。董老勉励我，说，现在好了，随时都在直接联系中，只要注意和总的统战任务灵活结合起来，就好了"②。不久，中共中央其他几位领导人也到了武汉。由博古组织一个调整文艺领域工作的小组，成员有博古、何伟、冯乃超和胡风。每周开会一次，报告文艺界的情况，交换工作意见。这个小组一直持续到"中华全国文艺界抗敌协会"成立。在武汉，胡风第一次与周恩来有了工作上的交集。周恩来在与胡风的谈话中提到上海文艺领域的情况，"他做了扼要的分析。要点之一是，关于统战局势，是要争取大发展的，但如果做得不好，也可能出现某种停滞甚至倒退。原则是，一要工作面广阔，二要坚持原则立场。没有前者，就会陷入宗派关门主义，脱离广大人民的要求；没有后者，就会陷于机会主义甚至投降主义。两者都会招致抗战的失败，即革命的失败"③。自那次谈话以后，凡是周恩来或其他领导人和文化界的集会、谈话，都约胡风参加。可喜的是，"进延安去了的左翼盟员吴奚如回到了武汉。他在八路军办事处工作，也用周恩来秘书的身份，对外发生工作联系。他热心于《七月》的工作"，胡风说："通过他（吴奚如），我和党的联系更密切了。"④

1938 年 3 月 27 日上午，在汉口总商会成立了"中华全国文艺界抗敌协会"。胡风被选为常务理事，并出任研究股的副主任。主任为郁达夫，但实际主持工作的是胡风。据胡风回忆，自从"1939 年迁到重庆起，到抗战胜利止，一直由我任主任"⑤。

1939 年 5 月 10 日，迁到重庆的胡风与周恩来又接上组织联系，胡风回忆说："我和他谈《七月》的出版经过，不由得在他面前诉起苦来。又和他谈起，聂绀弩愿意在江浙一带发行《七月》江南版，我则

① 胡风：《胡风自传》，江苏文艺出版社，1996 年版，第 41 页。
② 胡风：《胡风自传》，江苏文艺出版社，1996 年版，第 73 页。
③ 胡风：《胡风自传》，江苏文艺出版社，1996 年版，第 73 页。
④ 胡风：《胡风自传》，江苏文艺出版社，1996 年版，第 41 页。
⑤ 胡风：《胡风自传》，江苏文艺出版社，1996 年版，第 89 页。

提出要办成《七月》大众版。他十分赞成，答应为《七月》帮忙，给了我不小的鼓励。"① 5 月 24 日，胡风向周恩来汇报周扬拟邀请他去延安任鲁迅艺术学院中文系主任事宜。胡风阐明了自己不想去的理由，并请周恩来帮他拿主意。据胡风回忆："我把我的工作和自己的看法都同他详谈了。最后我说，留在外面至少可以给国民党一点不痛快，用笔凿穿一下他们的鬼脸总是好的吧！周副主席同意我的决定，还说'国民党地区需要能公开出面的人，不一定非到延安去不可。这事我同你向他们说明一下，你留下吧'。"②

胡风经常去位于重庆市曾家岩 50 号，即中共中央南方局和八路军驻重庆办事处（周公馆）汇报工作，他说："我每次去 50 号就像回到家里一样，可以不受拘束地随便聊天，抒发自己的感情。"③ 有一次，胡风在这里还见到了从延安来的凯丰，他们谈了一个小时的话。胡风说凯丰对他很友好，很亲切，使他十分感动。

1940 年 11 月上旬，国民党成立了文化工作委员会。这个文化工作委员会是在撤销郭沫若的第三厅及厅长后成立的。那时国民党的反共气焰嚣张，撤销郭沫若的厅长是他们阴谋实施的第一步。周恩来当时针锋相对地予以反击："你们不要这些人，我把他们带到北方打游击去好了。"④ 国民党无话可说，只好在国防部下面成立了这个文化工作委员会。周恩来把胡风放了进去，成为专任委员。这样安排，使胡风在国民党统治下多了一个合法身份，更有利于工作。胡风回忆说："我和郭沫若主任等党所领导的作家们就能经常见面，加强相互了解和团结。同时，也解决了我离开国际宣传处和复旦大学后的生活问题。几个月后，粮价飞涨，市上的米不好买，我一家人就靠文工会这几十斤军粮度日，这时，我才更感到周副主席这一安排对我们是多么重要啊！"⑤

1940 年，"皖南事变"和《新华日报》事件发生后，中国共产党为了表示对国民党倒行逆施的抗议和防止他们对进步知识分子的迫害，在

① 胡风：《胡风自传》，江苏文艺出版社，1996 年版，第 130 页。
② 胡风：《胡风自传》，江苏文艺出版社，1996 年版，第 131 页。
③ 胡风：《胡风自传》，江苏文艺出版社，1996 年版，第 142 页。
④ 胡风：《胡风自传》，江苏文艺出版社，1996 年版，第 153 页。
⑤ 胡风：《胡风自传》，江苏文艺出版社，1996 年版，第 153 页。

周恩来的精心组织下，胡风将被转移到香港避难。1941年4月30日晚，临行前，胡风在曾家岩50号周公馆住宿。胡风回忆道："深夜，我已睡下，恩来同志来了，轻轻地叫醒我，说，来晚了很抱歉。他交给我一百元美钞和若干法币，还说，可惜港币没有了。"① 周恩来离开时，又和胡风握了握手，还轻轻地为他掖了掖被子。

1943年3月，胡风从香港脱险返回重庆，向周恩来汇报了从香港脱险的经过。几天后，周恩来还专门宴请了胡风一家。后来，周恩来在郭沫若家召集了一次从香港脱险返回重庆的作家的聚会，胡风在会上谈及了夏衍在香港的种种做法，表达了他的不满。由此可见胡风耿直、易于招怨的性格。同年5月13日下午，蒋介石在寓所单独接见了胡风，并有过简短的谈话。

1945年1月底，周恩来召集茅盾、以群、冯乃超、徐冰、乔冠华等开会，讨论发表在《希望》杂志的舒芜《论主观》② 一文的观点问题。会上，胡风简要地介绍了《论主观》的要点，并解释、说明"客观主义"的内涵和界定。周恩来指出，胡风所言的"客观主义"容易招致误解，不如用"旁观主义"更好些。会后，周恩来对胡风仍有温馨提醒，并对他提出两点要求：一是理论问题只有毛主席的教导才是正确的；二是要改变对党的态度。

1946年2月下旬，胡风在赴上海的前夕到周公馆看望周恩来，周恩来对他做了国内外的形势分析，说明共产党是要和平的，并说国民党挑起内战是自绝于人民。后来，在提到思想改造问题时，周恩来仍对胡风善意地提醒说延安正在反对主观主义，而他却在重庆反对客观主义……胡风回忆说："愚不可及的我依然没有理会，没有重视，只觉得我的观点是针对文艺创作来谈的，与哲学和政治无关。"③

综上可见，胡风有一定的政治资源和社会影响力，以及丰富的政治经历和革命经历。在大革命时期，他曾在蕲春县参加过革命，与当地的土豪、劣绅进行了斗争；他曾担任"学运委员长"一职；他参加了日

---

① 胡风：《胡风自传》，江苏文艺出版社，1996年版，第159页。
② 舒芜：《论主观》，《希望》，1945年第1集第1期。
③ 胡风：《胡风自传》，江苏文艺出版社，1996年版，第230—231页。

本反战同盟和日本共产党，是与日本普罗作家同盟上层有过密切合作的中方代表；曾做过左联宣传部长和书记，还是中国共产党在国统区的一个调整文艺领域工作的四人小组成员之一；担任过"中华全国文艺界抗敌协会"的常务理事和研究股的主任，以及"文化工作委员会"的专任委员等。尤为重要的是，他与中国共产党的高层领导，比如周恩来、董必武等，都保持着深厚的友谊。同时，他也与国民党的高层领导有一定的交集，蒋介石还亲自接见了他。尽管胡风不是搞政治的好料，其短板和劣势也很明显，但他始终与高层的政治圈、文化圈接触甚密，或参与其中，这样丰富的政治经历和社会阅历，使他情不自禁地流露出一种舍我其谁的自信心与优越感。

第二节　胡风卓越的文学思想与创作实力

1933 年 6 月，胡风因在日本组织左翼抗日文化团体被捕，被驱逐回国。回到上海后，被组织委任为左联宣传部长，数月后改任书记。在日本东京留学期间，胡风参加了日本当时蓬勃发展的普罗文学运动，并接受了苏联文学的影响。同时，加深了对新文学中以鲁迅精神为主导的革命文学传统的理解。虽然他进了日本庆应大学英文科，但主要精力还是集中在马克思主义、普罗文学的研究和革命活动上。他参加了日本普罗科学研究所和新艺术学研究会，与日本作家江口涣、小林多喜二等普罗作家保持了友谊。他曾在日本普罗刊物《艺术学研究》《普罗文学讲座》撰文介绍中国革命文学的情况，在日本和中国左翼文艺界产生了一定的影响。

在左联期间，胡风与鲁迅先生建立了工作联系，并结下了深厚的友谊。胡风曾回忆与鲁迅先生初次见面时的情景，表达了他对鲁迅先生的敬仰之情："周扬陪鲁迅先生来见了面。先生亲自来到韩起住的三楼上。他和我们很随便地谈着，他谈到'第三种人'戴望舒从巴黎寄回的谬论，谈到上海文坛的复杂性，说到了'鸳鸯蝴蝶派'。并说，将来你在这些方面可以做些工作。我心里感到惶恐。他扼要而又具体地触到了左翼文学的主要斗争对象，那样平易和坦率，似出意外又在意中。但我有什么能力担负他提示的斗争呢?"① 与鲁迅初次见面，胡风感觉到鲁迅对他的能力还是认可的。当然，胡风的文学能力和组织能力也确实强。早在 1932 年底，胡风按照日本反战同盟的安排，回上海落实中国代表参加国际"远东反战会议"等事项。其间，国内正在进行对"第三种人"的批判。当时，冯雪峰和周扬意见不合，他们都极力地向胡风阐释自己的观点，为自己辩护。胡风说："我在政治原则上觉得冯对，但在文艺看法上却偏向于周扬的过左倾向。我就'第三种人'刊物《现代》上的一些作品写了《粉饰、歪曲、铁一般的事实》，在《文学月报》上发表了。"② 胡风这次回国，接触的都是左翼文化界的人，心情十分愉快。但也让他忧虑，冯雪峰、周扬为增加各自的力量，都极力地拉他入自己的阵营。同时，胡风也感受到当时鲁迅先生与"创造社"之间的矛盾是那样的激烈而又难以调和。在这种情况下，胡风决定离开上海，回东京待一两年，弄一弄基本理论问题，免得陷进宗派纠纷里面。直到1933 年 6 月他才从日本回国。

1934 年 10 月，胡风被诬陷为"内奸"，他在左联的处境异常艰难。当胡风把自己被污蔑的情况反映给周扬时，周扬不置可否，不做任何决定，只对胡风说因为工作原因，他要搬家了，也不告诉其新家地址。言外之意，以后就不会与胡风联系了。周扬的做法使胡风非常生气，内心受到了极大的伤害，为表达抗议，愤而辞去了左联书记职务。

胡风把辞去左联职务的事情简单地告诉了鲁迅，"他沉默了好一会，平静地说：'只好不管他，做自己本分的事，多用用笔……'当时万万没有想到，我离职以后，左联就和鲁迅断了联系。更没有想到，像后来鲁迅在答徐懋庸的公开信里所提到的穆木天的所言所行，竟至掀起了那大的风波"③。

胡风脱离了左联，远离了复杂的人事纠纷，却获得了相对的宽松和自由。胡风开始以专业作家的身份定位，投身于他所挚爱的文学事业。他既做翻译、创作，也做文艺评论，写出了比较有分量的作家论，如

---

① 胡风：《胡风自传》，江苏文艺出版社，1996 年版，第 31—32 页。
② 胡风：《胡风自传》，江苏文艺出版社，1996 年版，第 22 页。
③ 胡风：《胡风自传》，江苏文艺出版社，1996 年版，第 40—41 页

《张天翼论》《林语堂论》等。胡风在《张天翼论》一文中肯定了张天翼出现的文学意义，重点论述他在创作中存在的缺陷，如人物形象缺少血肉，作家缺少爱的欲求，等等。同时胡风还尖锐地批评了张天翼作品中出现的客观主义、公式主义倾向，并认为这是创作的大敌，希望引起作家的注意。

更重要的是，他与鲁迅先生的关系更近了。胡风成为晚年鲁迅最为信赖与器重的弟子，至鲁迅先生逝世前，胡风始终围绕在鲁迅的身边。1935年初，通过鲁迅的介绍，胡风结识了萧军、萧红和叶紫等青年作家。鲁迅推荐萧红的中篇小说被《文学》杂志退了回来，鲁迅就交给胡风看。胡风读着原稿，为小说中的东北穷苦人民被侵略被压迫的现实生活而痛苦，又被他们顽强挣扎着的求生意志和悲壮不屈的反抗斗争精神所感动。胡风非常赞赏萧红那厚重的生活底蕴和越轨的笔触。当时，该小说还未定名，萧红就请胡风帮题，胡风就题了"生死场"作为书名。同时，萧红又请求胡风给《生死场》写序，胡风毫不迟疑地答应了。这就是胡风写作的那篇对后来影响深远的《生死场》的后记，但因为有鲁迅的序，胡风坚决要求将自己所写的序移作后记。

1936年5月6日，胡风在鲁迅的家里见到了从陕北被党中央派回上海领导文艺和统战工作的冯雪峰。7日上午，在鲁迅家，冯雪峰提到"国防文学"的口号，觉得不大好，于是，让胡风提一个口号试试看。胡风提出了"民族解放斗争的人民文学"。冯雪峰说，不如用"民族革命战争"，这是党中央早已提出了的口号："人民文学"不如用"大众文学"。胡风说，"大众文学"在日本是指类似中国鸳鸯蝴蝶派和武侠小说的。冯雪峰回答说："我们在正确的意义上用惯了，群众不会误解的。"① 8日上午，冯雪峰告诉胡风，口号确定为"民族革命战争的大众文学"，鲁迅也同意了，要胡风写篇文章反映出去。胡风当晚翻阅了手头的有关材料，写了《人民大众向文学要求什么?》一文。9日上午，胡风交给了冯雪峰。10日上午，冯雪峰把稿子交给了胡风，一字未改，说鲁迅也看过了，认为可以，要胡风找个地方发表出去。胡风将稿子交给了聂绀弩，在左联盟员马子华编辑的《文学丛报》第三期上发表了。

---

① 胡风：《胡风自传》，江苏文艺出版社，1996年版，第57页。

于是，两个口号的论争由此揭开了序幕。

鲁迅对胡风文艺评论的潜质和能力是肯定的，也是非常欣赏的，如《人民大众向文学要求什么？》一文，鲁迅阅后，一字未改，这给予胡风极大的鼓励。再如，茅盾的英译文小说《子夜》即将出版，茅盾邀请鲁迅作序。但鲁迅把此项工作交给了胡风，并解释说："他们要我写，我一向不留心此道，如何能成，又不好推托，所以只好转托你写。"①这段话中"我一向不留心此道"一句被后来某些研究者认为是鲁迅对于茅盾的创作没有"同道"之感，也是有一定道理的，因为"茅盾的自然主义倾向和鲁迅的社会主义现实主义的战斗的实践道路并不是同一性质的"②。但这句话也可以这样理解：鲁迅不擅长偏于抽象式的论文写作，他对此没有十足的把握和信心，而当时胡风已经涉足了评论界，并写出几篇颇有影响力、思辨色彩浓厚的评论文章，所以把这一写作任务交给胡风，鲁迅是有充分考虑的。上述两种解释都有道理，我们不再赘述。但不可否认的是，鲁迅对胡风的理论水平和创作能力是极为肯定和赞赏的。由此可见胡风在鲁迅心中的分量。1936 年 10 月 19 日，鲁迅先生逝世，胡风悲痛的心情无以复加。他作为为鲁迅扶棺送行的十六人中的一员，参与了葬礼的全程。此后，胡风没有辜负先生的期望，以笔为旗，以鲁迅的精神为传承，沿着鲁迅开辟的新文学道路前进。他被称为"'鲁迅的大弟子''活着的鲁迅'和'中国的别林斯基'"③。

胡风对文学走向的关注、对作家创作得失的研判、对文学理论的深思与考问等，都体现出他对那个时代、社会和文学发展状况的熟稔和驾驭全局的能力。胡风用他非凡的智慧、诗人的敏感和生命的热度，构筑了现代文学史上的一座丰碑。冯雪峰对于胡风的评价是"胡风有诗人的敏感，对于一个理论家，这是很好的"④。诗人艾青和田间的诗歌评论最初就出自胡风的笔下，胡风给予他们热情的鼓励，也为新诗的走向确

① 鲁迅：《给胡风的六封信》，《希望》，1946 年第 2 集第 4 期。

② 胡风：《胡风自传》，江苏文艺出版社，1996 年版，第 64 页。

③ 朱健：《胡风这个名字……》，晓风主编：《我与胡风》，宁夏人民出版社，2003 年版，第 745 页。

④ 彭燕郊：《他心灵深处有一颗神圣的燧石——记胡风老师》，晓风主编：《我与胡风》，宁夏人民出版社，2003 年版，第 447 页。

定了方向。尤其是对"吹芦笛的诗人"艾青的评价，切中肯綮，令人耳目一新；对"擂鼓诗人"田间的激励之语，可谓石破天惊，让人过目不忘。如今这两篇诗歌评论仍为研究艾青和田间的经典之作，学术价值和启迪意义值得信赖。又如对萧军、萧红的评价也说明了这样问题。他说："读到了《八月的乡村》。这是有领导的战斗，生活内容和战斗规模和《生死场》有所不同，生活和斗争的人民性实感，以及求真精神和现实主义的风格，不及《生死场》。"①

胡风与许多作家诗人交往甚密，感情深厚。除却鲁迅先生之外，还有郭沫若、老舍、冯雪峰、丁玲、萧军、萧红、艾青、聂绀弩等，以及日本普罗作家江口涣、小林多喜二等。当然，他们都很认可胡风的文学成就，以及他对中国文学的贡献。同时，胡风有完整的文艺思想和编辑出版思想，对整个出版界与创作界的情况了如指掌，这是他的优势所在。胡风之所以敢在文坛上指点江山，激扬文字，恐怕与此有关。

第三节　胡风办刊的信仰和编辑出版经验

胡风办刊时间较长，应该占据他一生中大部分时间。据记载，胡风在读初中时，就编辑过《新蕲春》报。他敢于在自己创办的《新蕲春》报上直接评点当地军阀，并对之进行痛斥和抨击。1923 年 9 月至 1925 年夏，胡风就读于南京东南大学附属中学高中部。在校期间，他乐此不疲地参与到学校期刊的编辑出版工作中去。东南大学附属中学在 20 世纪 20 年代就以革新精神闻名于全国，校园民主气氛活跃。学校办有一本综合类期刊《东南大学附中周刊》（《附中周刊》），每期一般八页，少数十六页，不仅登载教学情况，还刊登师生作品，如"对于时局的分析""创作或翻译的各种小说、诗歌、戏剧"等。同时，也发表校外名人来校的讲演记录稿。该刊的许多作者后来都成为有影响的学者和革命者。《附中周刊》在当时是一本比较进步的刊物。《附中周刊》的总编辑执行的是轮流制，可以由学生担任。1924 年 9 月至 1925 年 1 月间，胡风担任该刊总编辑一职。"胡风所编刊数从 1924 年 10 月 17 日第 33

---

① 胡风：《胡风自传》，江苏文艺出版社，1996 年版，第 51 页。

期至 1924 年 12 月 19 日第 42 期，中间还有一期是'郊聚特刊'。"① 从这些期的编辑中"可以鲜明地感受到胡风对自己所编稿件的自信与坚持，也可知'总编辑'的权限也是相对较大和独立的""尤其在与周刊其他几任'总编辑'的对照中，更能看出'编辑'特征和'权力意志'"。②

1927 年，胡风在南昌编过《野火》杂志（后受到恐吓改名《长天》）。胡风于 1929 年 9 月至 1933 年春在日本东京留学期间，编辑出版了油印刊物《新兴文化》。在出版的第一期上，胡风自作主张地"狂妄地印着'新兴文化研究会书记局出版'，分送给相识的留学生看"③。书页印有"新兴文化研究会书记局出版"的字样，引起了"社会科学研究会"的不满，他们认为《新兴文化》自命为"中国文总"在东京支部，是站在了他们的头上，于是，产生了应激反应。他们专门攻击《新兴文化》，污蔑说它是"托派"组织的，总之，这一闹，这本刊物也就夭折了。

在抗战前，胡风编辑过左联的油印内部刊物《文学生活》，属于会刊类的；公开出版的刊物有《木屑文丛》《海燕》和《工作与学习》等。那一时期，刊物的生存非常艰难，整个出版环境不好，具体表现为两点：一是办刊经费困难，二是检查制度严苛。刊物的生命期一般都不长，尤其是进步的刊物，"这种刊物总是出过一两期，钱完了，刊物也被禁止了"④。

《木屑文丛》创办于 1935 年 4 月 10 日，属于不定期刊物，主要由胡风编辑。该刊仅仅出版了第一辑就停了。据胡风回忆："应该提提《木屑文丛》。记不得是谁弄到钱，要我编的。这刊物我已没有了，无从查考。只记得，有吴奚如写的以苏区生活为题材的小说和署名'环'

① 吴宝林：《作为"雄辩员""总编辑"与"委员长"的胡风——以新见〈东南大学附中周刊〉为中心》，《文学评论》，2019 年第 3 期。

② 吴宝林：《作为"雄辩员""总编辑"与"委员长"的胡风——以新见〈东南大学附中周刊〉为中心》，《文学评论》，2019 年第 3 期。

③ 胡风：《胡风自传》，江苏文艺出版社，1996 年版，第 21 页。

④ 胡风：《胡风自传》，江苏文艺出版社，1996 年版，第 52 页。

译的一篇论文。"①《木屑文丛》这一期卷首语很有意味，显示出胡风办刊思想的务实与低调。"这里面没有佳作巨制，也许不过只是竹头木屑，但伟大的匠手在柱石栋梁之外，对于一钉一楔也是不能抹杀它们的功用的。"②

《海燕》杂志创刊，是在鲁迅愤而退出《文学》杂志，停止向该刊写稿后创办的。当时，萧军、聂绀弩都写信给鲁迅，向鲁迅说明他们都有办刊物的想法，鲁迅同意了他们的想法。但鲁迅不同意他们各自办刊，认为这样会分散力量，办不好，不如以胡风为中心合出一个，并提议由胡风出任主编。他俩都同意了鲁迅的提议。拟刊名时，鲁迅提出了"闹钟"，胡风提出了"海燕"，鲁迅马上同意了胡风的提名。再见面时，鲁迅把写好的刊名交给了胡风。《海燕》由胡风约稿集稿，做总决定。第一期主要有鲁迅的小说、杂文和瞿秋白翻译的高尔基的文学论文等。在排印形式上，《海燕》与别的刊物有两点不同：一是因为刊名"海燕"是横写的，所以正文采用横排，这是一项革新，之前鲁迅编《奔流》时，曾采用过，但没能够推行；二是全部采用小字号，新5号和6号，同样的篇幅可以多容纳三分之一的内容。《海燕》首刊期印了两千册，出版当天就在上海本埠被抢买光了。《海燕》第二期，鲁迅又给了杂文、文论等。第二期出版后，影响仍旧很大，但由于国民党的横加阻挠，《海燕》不得不停止了歌唱。《海燕》出版的价值、意义我们姑且不论，仅从刊物的装帧设计上的创新，就不能不令人刮目相看，这也体现了胡风求新求变的编辑意志。

鲁迅先生逝世后，为了在思想、创作上学习鲁迅，继承鲁迅思想，发扬鲁迅精神，冯雪峰建议胡风编个刊物，以发挥舆论宣传作用，胡风接受了冯雪峰的建议。胡风认为登记出版杂志一定得不到国民党当局的批准，便决定以"丛刊"的方式出版，取名为《工作与学习丛刊》。《工作与学习丛刊》第一辑刊名《二三事》，1937年3月出版，刊名是从鲁迅《关于太炎先生二三事》一文的标题中截取的。第二辑刊名

① 胡风：《胡风自传》，江苏文艺出版社，1996年版，第52页。
② 张玲丽：《在文学与抗战之间——〈七月〉〈希望〉研究》，武汉大学出版社，2016年版，第198页。

《原野》，是用艾青译的凡尔哈仑的一首诗命名的。第三辑刊名《收获》，是用力群的一幅木刻命名的。第四辑刊名《黎明》，是用艾青的一首诗命名的。冯雪峰作为领导人，每期稿子都得经他终审后才能发排。这四辑文章，"他没有提出任何意见和批评"①。1937 年 6 月，《黎明》排好版后，准备付印。这时，胡风得到书店通知，前三辑都被禁止了，这一辑也不能付印，只好拆版。从此，这个丛刊的生命便终结了。《工作与学习丛刊》的第一辑《二三事》中的"几点声明"和第二辑《原野》中的"校读后记"等编刊说明，都很有特点和创见。胡风把办刊的宗旨、内容导向、作者群体和选稿标准等都写得非常清楚，"可见，在此时期，胡风已经对于刊物具有一套自己的定位体系，刊物的外貌与内质定位已经初具雏形"②。这与胡风后来《七月》的办刊定位和方向接近。由此可见胡风对刊物的投入，以及他的主观战斗精神。

综上，胡风在办《七月》之前就已积累了大量的编辑出版经验，他的编辑理念、办刊方向和编辑组织才能得到了鲁迅、冯雪峰等的认可和肯定。但遗憾的是，他编的这些刊物都不能由他完全"独立自主"，不能放手一搏，这无疑抑制了他的创造力和生命激情。同时，受各种条件限制，他编的那些刊物基本都是"短命"的，有些还未来得及"结果"就夭折了。他是多么希望有一天能获得独立办刊的机会，一旦有这样的机会，他一定会加倍珍惜，必会以全部心血和生命投入其中。

1937 年 7 月 7 日，中国全面抗战终于爆发。为了把大家激动的感情转移到实际工作里面，胡风决定自费办个小刊物，这让周围亲近的人都很高兴。"于是，确定了《七月》这个小周刊的出版。刊名是复印了鲁迅的笔迹的，唯一的表示纪念的意思。"③《七月》在上海共出了三期，分别于 9 月 11 日、9 月 18 日和 9 月 25 日出版，内容完全集中在抗日斗争上。据胡风回忆："当然，希望是和群众的生活结合在一起的斗争和战争的反映，如曹白、柏山、萧军、萧红、胡兰畦的散文。希望是从这个斗争、这个战争触发起来的感情表现，如艾青和我的诗，如李桦、力

---

① 胡风：《胡风自传》，江苏文艺出版社，1996 年版，第 66 页。
② 张玲丽：《在文学与抗战之间——〈七月〉〈希望〉研究》，武汉大学出版社，2016 年版，第 199 页。
③ 胡风：《胡风自传》，江苏文艺出版社，1996 年版，第 69 页。

群等人的木刻。"①《七月》周刊在上海甫一面世，就得到了"饥渴中的读者欢迎"②。

由于受战争影响，许多商业联系和邮路受阻，上海的刊物很难发行到外地去。同时大批作家又纷纷离开上海。面对这种情况，胡风决定离开上海，把《七月》也转移到武汉去。据胡风回忆："这时候，和我和《七月》有联系的友人们有些陆续到武汉来了。我把在上海出的小周刊上发表了的文章选出一些，再加上新写的，编成了第一期。"③ 在武汉出版《七月》第一期，其内容有以下特点：一是突出了反映战时生活的散文、报告；二是把诗列在第一篇，这是别的刊物很少见的；三是确定了办刊宗旨和方向，在代致辞的《愿和读者一同成长》中，提出来编辑愿望。尤其是这篇代致辞，可谓是胡风办刊的指导思想：

> ……在神圣的火线后面，文艺作家不应只是空洞地狂叫，也不应作淡漠的细描，他得用坚实的爱憎真切地反映出跃动的生活形象。在这反映里提高民众的情绪和认识，趋向民族解放的总的路线。文艺作家的这工作，一方面将被壮烈的抗战行动所推动、所激励，一方面将被在抗战热情里面涌动着成长着的万千读者所需要、所监视。……文艺作家不但能够从民众里面找到真实的理解者，同时还能够源源地发现从实际斗争里成长的新同道伙友。……我们愿意在工作中和读者一同得到成长。④

在这里，胡风强调的是生活观点和实践观点，"希望把工作进程放在民族革命战争和人民生活实际里面。这样，才能够坚持并推进文艺上的现实主义道路，警戒着脱离人民生活实际的主观公式主义，和漂浮在生活表面而失去了思想斗争立场的客观主义。这样，作家在工作过程中

---

① 胡风：《胡风自传》，江苏文艺出版社，1996年版，第69页。
② 胡风：《胡风自传》，江苏文艺出版社，1996年版，第70页。
③ 胡风：《胡风自传》，江苏文艺出版社，1996年版，第79页。
④ 七月社：《愿和读者一同成长——代致辞》，《七月》，1937年第1集第1期。

才能在能有的条件下和人民和读者群众深相结合，接受人民的教育和监督，这才能在推动读者前进中自己得到改造和成长"①。

1937 年 10 月 16 日，胡风在武汉出版的《七月》（半月刊）第一期面世，出版当天上午，总代售生活书店在两小时内销售四百多份。

《七月》自 1937 年 10 月 16 日的第一期至 1938 年 1 月 1 日的第六期，合为第一集；自 1938 年 1 月 16 日的第七期至 1938 年 4 月 1 日的第十二期，合为第二集；自 1938 年 5 月 1 日的第十三期至 1938 年 7 月 16 日的第十八期，合为第三集。《七月》在武汉共出版了十八期，这是在日寇的飞机不断的轰炸声中出版的，也是在国民党黑暗势力层层阻挠和盘剥下出版的，更是在极为恶劣的经济状况下出版的，体现了办刊人胡风顽韧执守的意志和牺牲精神。在这十八期刊物里，出现了许多新面孔，如曹白、丘东平、阿垅、侯唯动、黄既等，他们在胡风精心的扶持下，正在茁壮成长，成为文坛上不可忽视的一代文学新人。他们的出现与崛起，兑现了胡风在代致辞中立下的"愿和读者一同成长"的庄严承诺。

1938 年 12 月 2 日，胡风从武汉撤离到重庆。1939 年 7 月，经过他百般艰难的努力，《七月》（月刊）终于在重庆复刊了。在《七月》复刊号上，胡风再次推出《愿再和读者共同成长》的复刊辞，以表明自己一以贯之的鲜明的态度，即不会改变办刊宗旨、办刊方向。除了继续强化"愿和读者一同成长"的承诺外，胡风还对复刊后《七月》刊物的角色、定位进行了微调，即谦虚地把《七月》视为整个文艺战线上的一个堡垒、一个岗位。当然，这是与那些阵势堂堂的大刊物比较而言的。当初《七月》创刊的时候，文学活动还很消沉，期刊还不多。现在不同了，许多大刊物陆续登场了，《七月》的地位自然受到了挤压，有人认为它没有存在的必要了。而胡风却不这样认为，他充满自信地回答："就文艺活动和现实内容底丰富的对照上说，不是还没有达到万花缭乱，多一朵少一朵都毫无关系的地步上？所以我们还是复刊了。"②

胡风不放弃《七月》，是因为胡风对它的存在意义有着清醒的认

---

① 胡风：《胡风自传》，江苏文艺出版社，1996 年版，第 80 页。
② 胡风：《胡风自传》，江苏文艺出版社，1996 年版，第 134 页。

识，他自信地认为，"这是文学运动的一条命脉"，"是顶大的也是最有内容的杂志"。他说："这《七月》，在目前，是顶大的也是最有内容的杂志，为了作者们，为了读者们，为了无数万的英勇的战士们正在用生命保卫它的苦难的祖国，我不能不用去我底血液抚养她。比《木屑文丛》，比《海燕》，比《工作与学习丛刊》，我更爱这《七月》，因为我编辑她的时候，有时愤激，有时苦恼，有时为了一篇文章的取舍要费去几小时的考虑。"① 胡风付出的心血终会得到回报，在刊物的销量上就得到了验证，"《七月》前天出版，销数好到出人意料，每天一千多，还只是在生活书店一家门市卖的，没有发到别的书店，外埠更不用说了。大概今明天得再版"②。

"皖南事变"后，为躲避国民党反动派对进步人士的迫害，胡风被党组织安排撤往香港。《七月》不得不停刊了。在重庆三年多的时间里，《七月》共出版十四期，合为第四到第七集，即 1939 年 7 月的第一期至 1939 年 12 月的第四期，合为第四集；1940 年 1 月的第一期至 1940 年 10 月的第四期，合为第五集；1940 年 12 月的第一期至 1941 年 6 月的第四期，合为第六集；1941 年 9 月的第一、二期合刊，合为第七集。

1943 年 3 月，胡风从香港脱险后经桂林返回重庆。他回到重庆后，就忙着《七月》的复刊工作。此后，在近两年的时间里，胡风都在为复刊事宜到处奔走求人，其间，他所经受的"苦役"和"到处求人的难堪"，不是一般人能做到的。在他不懈的努力和坚持下，刊物终于批下来了，但不是原来的刊名《七月》，而是新刊名《希望》。按照国民党出版条例规定，原《七月》的出版登记证已作废，必须重新更名登记。胡风开始将新刊物命名为《朝花》，但未被审查通过，后改为《希望》。胡风在着手更名登记时，曾去拜访周恩来，向他汇报登记刊物的情况，并说需要他支持三万元保证金，周恩来一口答应，马上给胡风开了一张支票，并祝他办刊顺利。1945 年 1 月，《希望》第一期在重庆出版，"立即引起了读者的注意。仅重庆市第一天就卖出几百份，不几天

---

① 晓风编：《胡风家书》，复旦大学出版社，2007 年版，第 37—38 页。
② 晓风编：《胡风家书》，复旦大学出版社，2007 年版，第 35 页。

就卖光了。这是近年来没有过的。外埠发得很少,后来听说在昆明竟出现了排队买《希望》,甚至用比定价高十多倍的黑市价来买的现象"①。

胡风后来分析了这种现象,他认为,这一方面是由于作品总倾向适应了苦闷的读者群的进步要求和对国民党反动统治的不满情绪;另一方面,是由于《希望》发表了舒芜的《论主观》一文,引起了思想文化界人士的轩然大波,如黄药眠针对舒芜的《论主观》发表了批判论文《论约瑟夫的外套》,表达了对舒芜观点的拒斥态度。胡风对《希望》第一期刊登的文章基本上是满意的,但也有一定的疏漏。他后来说:"我编《希望》,除了错发了《论主观》惹出一些是非之外,我认为其他都没有什么错。"②

但让胡风感到困惑和意外的是,《希望》这本刊物这样受读者欢迎,销量这么好,为何出版商金长佑却迟疑着不肯再版。金长佑曾向胡风建议约请郭沫若和茅盾等为《希望》写稿,但被胡风拒绝了。胡风说:"这是我多年来办刊物的宗旨。如果我用名人做广告,就不至于在出杂志时受到这多的阻力,在个人经济方面遭受这多的剥削。我的目的就是愿在众多的读者来稿中选出新的活力的新人的作品。"③ 从《希望》第二期起,金长佑就对刊物出版表现出冷淡的态度,以致刊物脱期。后来,金长佑毁约,不再出版《希望》了。胡风说:"《希望》出版三期后,同五十年代出版社结束了出版关系。本来预定是出四期为一集的,现在,剩下的第四期只能自己设法出版,以完成这一集的计划。"④

1946年5月4日,上海版《希望》第一期出刊;6月16日,第二期出刊;7月,第三期出刊;10月18日,第四期出刊。凡四期,合为第二集。关于《希望》停刊的原因,后来研究者见仁见智,推论出多种原因,如胡风受到批判,共产党不支持他办刊,等等。这些都有一定的道理。但据胡风的说法是,"由于国民党对文化投资公司一再明里暗里捣乱,使得《希望》的印刷和发行都困难。胡国城(出版商)找我

---

① 胡风:《胡风自传》,江苏文艺出版社,1996年版,第223页。
② 胡风:《胡风自传》,江苏文艺出版社,1996年版,第222页。
③ 胡风:《胡风自传》,江苏文艺出版社,1996年版,第223页。
④ 胡风:《胡风自传》,江苏文艺出版社,1996年版,第229页。

谈，不再继续出版了。这样，只得暂时停刊了"①。

《希望》1945 年 1 月在重庆创刊，1946 年 10 月在上海终结，共出版两集共八期。从此，《希望》完成了历史使命，便永久地落幕了。《希望》作为一本民间刊物，在当时能取得如此盛誉，殊为不易，这说明了办刊人胡风的能力和水平。

胡风对《七月》《希望》倾注了全部心血，要说他是用生命来守护这两本刊物亦不为过。从刊物诞生的那天起，都是他一个人在孤军奋战，尤其是在极端困苦的战争环境下，这两份刊物前后竟坚守近十年之久，可谓艰苦卓绝，弦歌不绝，如果没有强大的自信心支撑和坚忍不拔的执守，是很难做到的。唯有热爱，方能坚持，胡风将自己创办的刊物视为生命一样，即使为之耗尽所有，也无怨无悔，从这里可以看出胡风身上的那种不屈不挠的拼搏精神。

第四节　胡风编辑人格的文化局限

胡风的自信与执守的人格形成，来源于其丰富的政治经历、生活阅历，深刻的文艺思想和成熟的编辑出版经验。周恩来、鲁迅等都对他报以肯定与赞赏之情，这对胡风而言，是莫大的鼓励与巨大的支持，使他产生了优越的自信。这种优越的自信呈现为三种心理状态，即政治心理的优越心态、文学心理的优越心态和编辑经验心理的优越心态。这三种心态的有机交融，内化为胡风编辑人格的血肉和肌理，即形成充满自信的"主观战斗精神"的心理与文化结构的基础；胡风编辑人格的外化特征，具体表现为"英雄主义""浪漫主义"，以及"好斗"和不服输的抗争精神。

胡风个性刚直果敢，恃才傲物。他一旦形成了见解或观念，一般不会轻易改变。无论有多大的阻力或压力，他都不会退缩，甚至越挫越勇，不肯服输，敢于抗争。他说："我可从来没有想到过自己，只要能工作，能为自己的理想工作，是从不后退的。"②

---

① 胡风：《胡风自传》，江苏文艺出版社，1996 年版，第 240 页。
② 胡风：《胡风自传》，江苏文艺出版社，1996 年版，第 193 页。

胡风个人英雄主义的表现，是他的"领袖欲"和排他性。陈纪滢在回忆录中谈到了这样的观点，很耐人寻味："胡风的'领袖欲'与其独创文坛势力的用心，是显而易见的。他（胡风）的门关得很紧，不是什么人都能闯入。除了聂绀弩、艾青等少数几个人外，多数作家必须是压根出身在他的门下。这些作家有名无名不关紧要，毋宁越是生面孔、陌生人，他越欢迎。他宁肯捧一个不见经传、初出茅庐的青年作者，也绝不愿意一个知名的老作家出现在他的刊物之内。他把握住这个个性，非常要紧，绝不妥协。"

他坚守独立自主办刊的原则，决不允许他人置喙。他婉拒了冯乃超提出的将《七月》变成文协的指导性刊物的提议，他说："在文化工作的文艺问题上，除了个别的事如文协的工作，我有责任主动和他商量，听取他的意见外，我自己编刊物完全独立自主，不受任何人影响的。"①胡愈之也曾建议，胡风的《七月》与茅盾的《文艺阵地》合并出版，要胡风和茅盾合编，他还说，茅盾即将去新疆，刊物即由胡风一个人来编，但胡风拒绝了，"我没有同意，因为这两个刊物的性质和读者都不同，我无法合起来"②。他认为有些左翼名作家在创作上有"主观公式主义"和"客观主义"倾向的流弊，散发着腐朽的气息，又不肯吐陈纳新，这无疑严重地阻碍了文学的健康发展。胡风对此是深恶痛绝的，坚决不向他们约稿，而且还对他们进行毫不留情的批判。比如，对姚雪垠、碧野、王亚平、臧克家等都直接点名批判，毫不顾情面。从中也可以看出胡风的"好斗"和不宽容的一面。

实际上，自信与执守的人格另一面，是自负与封闭。茅盾曾认为，胡风总是站在道德的制高点上，去评判一些左翼作家，唯独没有自我批评和反省。"胡风自信，甚至有时达到盲目自信的程度，一方面建构自己刚健的性格，坚守自己的文学以及文化理想；同时，与鲁迅的'自我反省'精神有所差异。因此陷入一种自我封闭的境地，显示出狭隘的文化思维。"③

---

① 胡风：《胡风自传》，江苏文艺出版社，1996 年版，第 154 页。
② 胡风：《胡风自传》，江苏文艺出版社，1996 年版，第 119 页。
③ 张玲丽：《在文学与抗战之间——〈七月〉〈希望〉研究》，武汉大学出版社，2016 年版，第 211 页。

我们知道，一种健康的文化人格，应该是开放、和平与民主的，唯有这样，才能有海纳百川的气象，才能有突破自身、超越自我的可能。这是胡风自信与执守的编辑人格给我们带来的启迪与反思。

第六章 "七月"同人圈对胡风办刊的影响

胡风创办的《七月》《希望》杂志不仅继承、发展了鲁迅的斗争精神，坚持以推动抗战文艺的蓬勃发展、启蒙广大民众投入反侵略战争为己任；同时，也通过两刊会聚了有着共同文艺理念与政治目标的一支有影响力的同人群体——胡风同人圈。在对胡风同人圈的辩证考察中，我们认为胡风同人圈作为一个文艺观念、政治目标相同或接近的知识群体，有着互相影响、互为支持的显著特质。一方面同人们为《七月》《希望》的创办与发展提供了明确的思路和方向；另一方面，胡风也"通过刊物团结一批作家，形成一股力量，把中国的文艺向前推进"。并且，这些志同道合之人通过《七月》《希望》的同人空间，发表趋向接近的文艺作品，表达共同抗敌的强烈心声。

第一节 胡风的同人圈

R·柯林斯在批判和反思学术研究生活中的"观念产生观念"与"个人产生观念"等对立观点时认为："在相当大程度上说，哲学的历史就是群体的历史。这里说的不是任何抽象的东西，而就是朋友群体、讨论小组、同人圈，它们通常都具有社会活动的特征。"①

事实上，在现代中国的文坛上，这种"群体的历史"的矛盾对立同样存在着。"同人"一词最初源于日语どうじん，意为"同好，志同道合之人"，如"同人志"意为"精英文学爱好者们创办的私人刊物"，

① ［美］R·柯林斯著，吴琼等译：《哲学的社会学——一种全球的学术变迁理论·导论》，新华出版社，2004年版，第4页。

后经留日学生引入中国形成"同人刊物"。陈独秀在创办《新青年》时便有此语:"去年《新青年》发行了一千多册,书社仍嫌其过少,将《新青年》改为同人刊物,一定会有大的发展。"① 钱玄同也说:"《新青年》里的几篇较好的白话论文、新体诗,和鲁迅君的小说,这都算是同人做白话文学的成绩品。"② 之后,现代文坛上的同人刊物、同人圈层出不穷,各领风骚。20世纪三四十年代,胡风曾创办过《木屑》《海燕》《工作与学习丛刊》《七月》《希望》等刊物。其中《七月》《希望》两刊因坚持时间最长、影响最大,成为抗战时期"大后方的进步青年中有相当的影响,是坚持抗日坚持民主的一支文艺力量"③,而且以这两份杂志为核心的志同道合之人构成了现代文学史上非常有影响的同人圈编创群体。两刊从上海到武汉再到重庆,历经了中国抗战的全程,创办者胡风在十年的办刊、编辑过程中所形成的同人圈对抗战文艺乃至现代文学都产生了极大的影响。

1937年7月,抗日战争全面爆发,为了配合抗战需要,八年中涌现出大量的新办文学刊物,蔚为大观。据统计,"战争时期出版的刊物大约一千九百六十八种,约占现代文学总刊物的百分之五十六"④,但是这些刊物中有广泛影响力的并不多见,能够形成流派的更是凤毛麟角。其中的"七月派"和"九叶诗派"在当时可谓异军突起,影响颇大。然而"九叶诗派"作为现代主义诗歌流派命名则是20世纪80年代的事了,"七月派"或"胡风派"则在40年代就已经传播开了。胡风创办的刊物《七月》和《希望》也是当时最为重要的刊物之一。杨义先生认为:"在抗战时期应运而生的文学期刊中,创办最早的当推《呐喊》,坚持最久的要数《抗战文艺》,但最有力度也最有特色的则非《七月》莫属。"⑤

① 朱洪:《陈独秀传》,安徽人民出版社,1998年版,第83页。

② 钱玄同:《钱玄同文集》第1卷,中国人民大学出版社,1999年版,第355页。

③ 《现代革命文艺战士胡风同志追悼会在京举行》,《文艺报》,1986年1月18日,第1版。

④ 张玲丽:《在文学与抗战之间——〈七月〉〈希望〉研究》,武汉大学出版社,2016年版,第17页。

⑤ 杨义:《中国新文学图志》(下),人民出版社,1998年版,第324页。

从《七月》到《希望》，可以说是胡风以自己独有的性格特质、编刊理念和写作特色参与抗战的全程，为现代文学历史书写出一抹亮丽的色调。

那么，胡风为什么会创办《七月》呢？关于这一点，有学者指出是因为胡风的性格过于耿介，在很多问题上不愿妥协低头，因而得罪了很多人。特别是鲁迅逝世之后，他在文学界备受排挤和打压，而且自己的文章也因此受到影响不易发表，由此他便想到自己创办一个刊物，联络一批志同道合的同人，形成一个可以发表言论的空间，同时也能更好地传播鲁迅的思想和精神。

1937年9月11日，《七月》周刊在上海创刊，发行三期后因战火逼近，被迫于9月25日停刊。在上海沦陷前，胡风与同人们前往武汉，并于10月16日将《七月》改为半月刊重新发行。经过前三期的编辑出版，胡风越发明确了自己办刊的目标，他在其《愿和读者一同成长——代致辞》中特别强调了为抗战胜利、为民族解放创造文艺的使命和职责，并对所有文艺作家提出了要求，他说："在今天，抗日的民族战争已经在走向全面展开的局势……在今天，可以说整个中华民族都融合在抗日战争的意志里面……我们以为：在神圣的火线后面，文艺作家不应只是空洞地狂叫，也不应作淡漠的细描。他得用坚实的爱憎真切地反映出蠢动着的生活形象。在这反映里提高民众的情绪和认识，趋向民族解放的总的路线。文艺作家这一工作，一方面要被壮烈的抗战行动所推动、所激励，一方面将被在抗战的热情里面涌动着生长着的万千读者所需要、所监视。"这其中，一方面表达了胡风内心中澎湃着的抗日报国的热血与激情，另一方面也隐含着他意欲凝聚同人作家的态度，希望能够通过《七月》这一刊物"源源地发现在实际斗争里成长的新的同道和伙友"。在1939年7月重庆复刊致辞《愿再和读者一同成长》中，胡风认为《七月》"是整个文艺战线上的堡垒之一""是在许多作家的协力和读者的参加下面产生，成长的"，并特别强调《七月》"不会仅仅止于政治上的共同目的'抗敌'一点，就是创作态度或'方法'，也会趋向接近"。① 可以看出，"同道"和"伙友"便是胡风认定的同人

---

① 七月社：《愿再和读者一同成长》，《七月》，1939年第4集第1期。

圈范畴，而态度和方法的趋向接近是胡风编刊的旨趣和追求，是形成同人圈的基础。

事实上，胡风自创办《七月》到后来编辑《希望》所形成的同人圈，可以说是与鲁迅有着很大的关系。这是因为，胡风是鲁迅在30年代最为倚重和信任的弟子，也是最坚定不移地高举鲁迅精神伟大旗帜的旗手。1933年7月，胡风从日本归国后到了上海，在组织安排下进入新成立的左联任宣传部长。在工作期间与鲁迅接触甚密，并结下了终生情谊。他与鲁迅亲身经历了"左联解散"和"两个口号论争"两大对文坛影响深远的事件，在这个过程中，胡风坚定地与鲁迅并肩战斗，旗帜鲜明地反对解散左联和"国防文学"口号的提出。鲁迅逝世后，胡风不仅继承了鲁迅的精神，而且坚定不移地走鲁迅的路。与此同时，他也要面对鲁迅过去所结下的种种恩怨——以鲁迅之友为友，以鲁迅之敌为敌。司马长风说，胡风是继承鲁迅衣钵最彻底的人，不但继承和发展了鲁迅的思想和主张，就连鲁迅的恩恩怨怨、脾气秉性，也都完整地继承和发扬了下来。①

胡风也因此得罪了很多人，包括同战线的战友，再加上胡风耿介、不圆滑甚至有些神经质的性格，可以说在文坛上结怨树敌颇多。诚如鲁迅对其评价说："胡风鲠直，易于招怨。"而这一点，我们通过胡风处理自己与周扬的关系上便可见一斑。在左联时期，胡风便与周扬因"政见"不同产生了很深的矛盾，虽然鲁迅去世后二人有所缓和，但芥蒂仍存，即便是在延安时期周扬邀请胡风到延安鲁迅文学院工作，仍然被胡风婉拒，可见胡风骨子中的犟劲儿以及不愿仰人鼻息的孤傲。胡风倔强、耿介的天性，让他在文坛中倍感孤独寂寞，而他那永不消沉的精神又推动着他。特别是抗战爆发后，他满怀激情地希望能够为民族、为国家的存亡之战奉献自己的全部心力。就像他在自己的诗歌中写道："人说：无用的笔呵/把它扔掉好啦/然而，祖国呵/就是当我拿着一把刀/或者一支枪/在丛山茂林中出没的时候吧/依然要尽情地歌唱。"（《为祖国

---

① 鲁贞银：《论胡风编辑思想的几个特征》，宋应离等编：《20世纪中国著名编辑出版家研究资料汇辑》(5)，河南大学出版社，2005年版，第285页。

而歌》）①这或许是胡风创办同人刊物《七月》的初心缘由，他要在鲁迅精神的指引下，团结所有与他志同道合的"同道"和"伙友"。"皖南事变"后，胡风被迫从重庆转移到香港，因此《七月》无奈停刊，四年的努力让胡风和他的同人们收获了三十二期计三十册的丰厚成绩，"总是为抗战文艺工作尽了力"②。

从《七月》停刊到复刊不得的无奈中，1943年3月，返回重庆的胡风不得不开始筹办新的刊物，后确定名为《希望》。可以说，在当时的抗战局势和后方环境下，重新办一本杂志是非常不易的，就像胡风在1944年创作的一首诗中写道："又向荒崖寻火粒，荆蓁凝露不胜寒。大千掔浪连方寸，极目云天夜未阑。"诗中表达出胡风在逆境中仍艰难前行的心境。这本刊物终于在1945年1月创刊，让胡风得以继续"七月"的事业，这份杂志依然一以贯之地延续着胡风的编辑风格和同人思想。《希望》虽然只出版了两集八期，于1946年10月停刊，然而其影响在当时还是很大的。可以说，这也成为日后胡风遭受排挤和批判的一个口实，比如1952年6月8日《人民日报》转载舒芜的文章，题头的"编者按"中特别强调，《希望》杂志"是以胡风为首的一个文艺上的小集团办的"。

从上述梳理中我们基本可以确定的是，胡风以《七月》所凝聚的同人圈里一定不会有这样三类人：一是与胡风"政见"不合的左翼文艺领导者和跟随者；二是胡风批评和排斥的一部分左翼中老年作家；三是与鲁迅有"过节"的人。之所以做出这样的判断，是因为我们从《七月》到《希望》的编辑全过程中可以看到没有一个这样的作者出现在刊物中。

第二节　同人圈的构成与类型

据研究者统计，胡风在创办编辑《七月》《希望》的过程中凝聚了

---

① 绿原、牛汉编：《胡风诗全集》，浙江文艺出版社，1992年版，第55—56页。

② 胡风：《胡风全集》第7卷，湖北人民出版社，1999年版，第511页。

大量的作家群体。其中，"包括封面以及刊物内部的木刻作品作者在内共约有二百五十个"，两刊的文学作者分别为二百一十人和五十三人，"两个刊物的重合作者有十一个，是胡风、路翎、鲁藜、贾植芳、孙钿、孔厥、方然、阿垅、吕荧、冀汸和邹荻帆"①。整体来看，相对封闭的同人圈不仅为两个刊物保证了丰富的稿源，同时也能看到两刊文化机制、生态和空间的稳定性。在某种意义上来看，以胡风创办的《七月》《希望》杂志为中心的同人圈形成，并不是单纯的编辑与作者、友人与故人的聚合，而是有着多种内在与外在力量共同促动而成，这一点我们从胡风同人圈的三个构成范围中可见一斑。

第一个是鲁迅生前的好友或追随者。在胡风创办这些杂志时鲁迅已经去世，但胡风作为鲁迅精神坚定的继承者，许多与鲁迅关系密切或者以鲁迅为师的作家自然地凝聚在胡风周围，其内在缘由正是"因为胡风是鲁迅的亲密战友"②。当时中共江苏省委领导人之一的王尧山曾断言："中国文坛上将来有造就的人，恐怕只有老谷。"③ 胡风笔名"谷非"。诸如萧军、萧红、端木蕻良、聂绀弩、曹白、彭柏山、欧阳山、周文、鹿地亘等人能够成为《七月》《希望》坚定的拥护者，与鲁迅不无密切关系，就像彭柏山在信中对胡风说："我和曹白如今正式地携起手来了。这原因，是由于彼此对于豫翁（注：鲁迅）的崇敬，也由于对你的信赖。"④

他们认为鲁迅的启蒙思想和鲁迅的道路远远没有完成，现代中国的独立自强还需要鲁迅，需要鲁迅思想和鲁迅精神。"鲁迅一生是为了祖国底解放、祖国人民底自由平等而战斗了过来的。但他无时无刻不在'解放'这个目标旁边同时放着叫作'进步'的目标。在他，没有为进

---

① 张玲丽：《在文学与抗战之间——〈七月〉〈希望〉研究》，武汉大学出版社，2016 年版，第 122—123 页。

② 侯唯动：《从读者中走向胡风》，晓风主编：《我与胡风》，宁夏人民出版社，2003 年版，第 364 页。

③ 彭柏山：《彭柏山书简》，《新文学史料》，1984 年第 4 期。

④ 彭柏山：《彭柏山书简》，《新文学史料》，1984 年第 4 期。

步的努力，解放是不能够达到的。"① 特别是抗战时期的救亡压倒一切，成为时代最紧迫任务的时候，许多人认为"启蒙"可以暂缓，或干脆搁置一旁。然而，胡风等同人们却对此表达了不满和忧虑。曹白、舒芜、聂绀弩、雪苇、吕荧等纷纷著文阐释当下的中国仍然需要鲁迅式的启蒙，启蒙的主题不应成为救亡的陪衬，而应与救亡一道成为双重任务。"反封建"即改造国民性，要刮骨疗毒，"反帝"并不能代替反封建，反帝与反封建是两个不同的主题，虽然有密切的交集，但不能相互取代，更不能把反封建消解于反帝之中，必须继承鲁迅开拓的启蒙传统。

第二个是与胡风有着同样理念和信仰并与他走一条路的友人们，如辛人、吴奚如、丁玲、冯雪峰、丘东平、艾青、田间等人。事实上，胡风耿介不低头的倔强性格，以及与当时许多作家"集团"不兼容的气质，使他的文化生存空间受到一定的打压和限制，常常处于孤立无援的境地，《七月》的创办可以说是胡风为了摆脱这种处境并能够更好地继承发扬鲁迅精神的一种主动出击。就像他在 1942 年给路翎的信中所说："我自信是在艰苦地走着一条路，同情我的'友人'当然是为了在一条路上或愿意在一条路上的缘故。这路绝不是为我自己的。"②

第三个是胡风在编辑《七月》《希望》等杂志以及丛书过程中，以其独特的选材方式和坚定的编辑理念逐渐凝聚和培养的青年作家。或者也可以说，胡风的"文艺理论观点决不是书斋里空想出来的，而是从他的编辑工作的实际过程中产生的，又通过他所培养的作家的创作实践来完成与深化的"，他"就是想通过刊物团结一批作家，形成一股力量，把中国的文艺向前推进"。③ 胡风通过办刊培养起来的同人圈主要有两个，一是在左联时期即以成名的作家群体，主要集中在《七月》的前期；二是胡风在《七月》《希望》作者（读者）中培养出来的作家群

① 华然：《文苑繁茂忆园丁——胡风编辑活动纪略》，宋应离等编：《20 世纪中国著名编辑出版家研究资料汇辑》（5），河南大学出版社，2005 年版，第 262 页。

② 胡风：《胡风全集》第 9 卷，湖北人民出版社，1999 年版，第 198 页。

③ 鲁贞银：《关于"胡风编辑活动和编辑思想"访谈录——访谈牛汉、绿原、耿庸、罗洛、舒芜》，《新文学史料》，1999 年第 4 期。

体，因为他"毫不怀疑二十来岁的青年能干大事"①。这些同人主要集中在《七月》中后期和《希望》时期。并且这两个同人圈血脉相通，承上启下，弦歌不绝，确保了近十年的《七月》《希望》思想的同一性以及内在线索的坚固性，创造了同人杂志史上的奇迹。正如端木蕻良在一次关于《七月》杂志座谈会上所说的："《七月》的态度不管是同人杂志也好，非同人杂志也好，他（胡风）却是以同人的主观力量来奠定的。"②

由此可见，胡风对同人圈的聚合确实是起到了卓越的组织者的作用。

早在《七月》创刊不久，胡风便把自己的友人们召集在一起，分别于1938年1月16日、4月24日和5月29日连续组织了三次座谈会，其内容主要围绕"抗战以后的文艺活动动态和展望""宣传·文学·旧形式的利用"和"现时文艺活动与《七月》"等主题。三次座谈会的记录分别发表在《七月》第七期（1938年1月16日）、第十三期（1938年5月1日）和第十五期（1938年6月1日）。其中不仅涉及办刊的思想主旨，同时还对当时文艺界主要的现实问题和出现的种种矛盾进行了分析和判断。这三次座谈会的讨论对胡风后来的文艺思想，尤其是编辑思想起到了重要而积极的影响，也为《七月》乃至后来《希望》的走向提供了非凡的指导性意义。

第三节　同人圈与胡风的互动

著名诗人牛汉在谈到胡风的时候说，左翼文艺理论家邵荃麟先生对胡风编辑的期刊评价非常高，认为："中国那时的刊物谁都比不过胡风，胡风的刊物编得最好……有完整的对文学的观点、美学追求，而且政治上也不糊涂，是革命的，符合人类的进步思想……他不是个简单的没有知识的人。"

① 胡风：《胡风全集》第7卷，湖北人民出版社，1999年版，第138页。
② 《现时文艺活动与〈七月〉——座谈会记录》，《七月》，1938年第3集第3期。

胡风的《七月》《希望》办得有思想、有特色、有个性，这是毋庸置疑的，除了胡风自身的努力外，当然也离不开同人们的鼎力支持，他们对《七月》和《希望》两刊内在品格的塑造有着不凡的贡献。邵荃麟的评价应该说是中肯的，这从胡风组织的三次座谈会参加的人员和讨论的内容即可清楚地看到。在 1 月 16 日的座谈会中，参加者有艾青、丘东平、聂绀弩、田间、胡风、冯乃超、萧红、端木蕻良、楼适夷、王淑明。在座谈会记录中有"萧军因病不能出席"的记录，而萧军也没有参加后面两次的座谈会。这些人可以说是胡风同人圈中最核心的支持者和资助者。其中，聂绀弩、艾青、端木蕻良、萧红也都参加了后面的两次座谈会。这种集中化、连续性的同人群体的座谈无疑对集中问题意识、统一思想观念有着绝大的好处。他们作为胡风的同道好友，在座谈中对于讨论的内容可谓见仁见智，有解释、有赞许、有提醒、有争辩，民主友好的氛围贯穿始终。

三次座谈会概括起来主要集中讨论的问题，在以下几个方面达成共识。

第一，文艺工作者如何面对抗战题材、如何投入抗战生活的问题。事实上，这是抗战初期许多文艺工作者共同面临的苦恼和困惑，是积极投入到抗战洪流之中还是固守一隅全心写作？如丘东平所说："我们不跟着军队跑，就没有饭吃，如果跟着军队跑，就不能写东西。"而聂绀弩却认为这不是绝对化的二元对立，他说："现在，我们想参加到实际生活去，但是没有机会；所以生活没有办法，写文章的材料也没有了，弄得非常苦恼，我觉得，如果能够参加到实际生活里面，宁可不写文章。"对于这个问题，冯乃超和萧红分别提出了看法，认为主要还是作家主观能动性问题，萧红以为作家们实际上"并没有和生活隔离。譬如躲警报，这也就是战时生活，不过我们抓不到罢了"。胡风综合大家的讨论意见，认为作家在抗战过程中应该"参加一切社会活动"[1]。

第二，在作家与抗战生活关系的讨论中实际上也引出了另一个问题，即面对这场伟大的反侵略战争，作家如何写出伟大的作品。聂绀弩

---

① 《抗战以后的文艺活动动态和展望——座谈会记录》，《七月》，1938 年第 2 集第 1 期。

表达出自己的"徘徊"心态，因为伟大的作品"总是有力量的，能经过时间的磨炼的"，然而有些"虽然不是伟大的作品，是乘机起哄的……是粗糙的，没有力量的，但这些作品也有一时的影响。如果没有这些，我想文坛就更寂寞了"。端木蕻良认为"文学的价值，伟大或不伟大，要看它对于人类有用没有用"，只要是符合时代的作品就是伟大的。胡风对此问题显出一种开放的态度，认为文艺作品的伟大或不伟大并不是独立的两个问题，而是"应该联系起来看的，现在的这些作品，同时也就是将来的伟大的作品的准备"①。

第三，关于文艺作品的形式问题。这个问题仍然是新文化运动以来讨论不休的老问题，包含着文艺作品形式的新旧问题。然而在战争时期对此问题的讨论，实际上已经脱离了原来的争夺新旧文化阵地的狭隘框架，而是基于新的社会形式和国家危亡时刻，哪种形式更加符合现实情况的思考，可以说是一种更加务实的讨论，是与当时文艺大众化运动密切相关的。在充分讨论国内外各种"主义""形式"等话题中（第一次和第二次座谈会均有涉及），艾青站在"五四"新文化的立场上主张坚决否定旧形式，认为对旧形式的利用就是文学发展的倒退。而吴组缃则主张实行"两分法"，即用旧形式来满足文化落后的民众需要，这对提高他们的思想觉悟是有益的；而新形式继续服务于知识分子和文化水平高的读者。胡风明确说"新形式并不完全否定旧的，倒是要接受旧形式的一切长处"，这种颇具前瞻性的论断在现在来说仍然是我们需要走的路。

第四，关于《七月》的定位、性质和宗旨等办刊问题，也是第三次座谈会针对"有些朋友还不明白《七月》的态度"而"借这机会作一点说明"。鹿地亘指出，抗战以后的文艺界已经发生了很大的变化，而《七月》在其中也取得了很大的功绩，现在最要紧的工作就是把这些功绩和成果展现出来，"使它成为今天的文学界的普遍的东西"②。在这次座谈会上，大家更多地讨论到《七月》对于当下文学界的作用、

---

① 《抗战以后的文艺活动动态和展望——座谈会记录》，《七月》，1938 年第 2集第 1 期。

② 《现时文艺活动与〈七月〉——座谈会记录》，《七月》，1938 年第 3 集第 3期。

任务以及同人性质的问题，也就是给这个刊物定调子。比如楼适夷认为《七月》表现了"不肯让位"的态度，"能在最艰苦的处境凛然屹立"。①针对胡风提出的"同人杂志"要求"编辑上有一定的态度""撰稿人在大体上倾向一致"②，端木蕻良指出了其中蕴含的矛盾性，他说："假设有人说《七月》是坐在屋子里写伟大的作品的一个同人的机关，那么，又怎样会养育出接触现实生活的作家了呢?"③冯乃超表示更希望《七月》成为指导性杂志，发挥更大的统战作用。同时，他不赞成"伟大作品"的讨论，认为这是一种小集体关起门来搞创作的现象，有"逃避抗战"之嫌④。楼适夷和鹿地亘对《七月》的"同人"性质地位表示理解与赞许，但他们同时也提醒"同人"性质的定位要避免视野狭隘，要有全局的文学观念和开放的作家空间。关于办刊宗旨的问题，主要是推动文学向前发展和培植新人⑤。端木蕻良、鹿地亘都很认同《七月》的孵化器作用。如曹白、丘东平就是《七月》培育出来的优秀作家代表。"《七月》把当时的风气置之不理，在一贯的编辑态度下面努力地发现这样的作家，正是没有忘记组织者的任务。"⑥在讨论中可以看出，多数人更希望《七月》能够承担起时代的要求，在民族危亡时刻肩负起文学界的引领先锋、指导方向的责任，从而真正"守住文学的方向"。

综合来看，座谈会所讨论的问题既涵盖着丰富的内容，且又符合当时抗战初期的现实情况。其中不论是文艺界的发展方向、创作的内容形式，还是《七月》的责任使命，等等，这些问题都为胡风后来编辑

---

① 《现时文艺活动与〈七月〉——座谈会记录》，《七月》，1938 年第 3 集第 3 期。

② 《现时文艺活动与〈七月〉——座谈会记录》，《七月》，1938 年第 3 集第 3 期。

③ 《现时文艺活动与〈七月〉——座谈会记录》，《七月》，1938 年第 3 集第 3 期。

④ 《现时文艺活动与〈七月〉——座谈会记录》，《七月》，1938 年第 3 集第 3 期。

⑤ 《现时文艺活动与〈七月〉——座谈会记录》，《七月》，1938 年第 3 集第 3 期。

⑥ 《现时文艺活动与〈七月〉——座谈会记录》，《七月》，1938 年第 3 集第 3 期。

《七月》《希望》等刊物提供了明确的思路，也更加确认了胡风创办《七月》刊物的思想，即抗战时期"应该有文艺作品来反映生活、反映抗战、反映人民的希望和感情"①。

第四节　同人圈对胡风办刊的影响与启迪

同人圈提出的建设性观点和意见给了胡风启迪，并在办刊中逐步实现。首先，对文艺作品的质量评价，要做到内容和形式的完美融合，或者说社会学与美学的统一；同时，文艺作品一定是采用新形式的，他们认为新形式是"五四"新文化运动开创的硕果，其本身即代表着文化启蒙的意义，如果提倡旧形式，必然是与新文学道路背道而驰。事实上，《七月》《希望》确实没有刊发过一篇采用旧形式的作品，从中我们可以看到胡风办刊采取的是精英文化策略，其价值取向是知识分子的先锋文化。其次，关于作家如何参与抗战生活的问题，胡风在综合考虑同人意见后认为，在全民投身于抗战大潮的救国救亡运动中，创作题材是丰富的，只是看作家是否愿意主动与抗战生活深入结合，这取决于作家的主观能动性。他认同主观强烈、个性鲜明以及有现实生活内容的作品。再次，对于期刊的定位、性质和宗旨等问题，胡风对同人意见或建议进行了取舍，这也在办刊的过程中得到了验证，如坚持"文学不肯让位"的策略以及走"同人杂志"道路。但同时他也注意到刊物的作者不能局限于小圈子范围，在保证同人趋向的同时也要有开放的格局，特别是在《七月》中表现明显。在《七月》时期的约二百一十个作者中有同人、半同人和非同人等作者群，而在后期的《希望》中，因政治形势的挤压和左翼文艺界形势的变化（如对胡风派的孤立、攻击等），《希望》不得不收缩阵容，以抱团取暖的方式坚持办刊。

对于胡风而言，他能够一如既往地坚持办刊初心和使命是与同人圈的情感和策略支持分不开的。实践证明，主编对杂志的发展有着重要的作用，但其周围的至交、"智库"也同样有着不可低估的作用。纵观《七月》《希望》的办刊过程也可证明这一点，如胡风的挚友曹白、彭

---

① 《关于〈七月〉和〈希望〉的答问》，《书林》，1983 年第 2 期。

柏山、丘东平等人对刊物的成长策略、发展路向和品格塑造等方面都发挥了积极的作用。在胡风的办刊过程中，"他们的对话交流直接促成了刊物的发展走向，最直接的体现就是他们与胡风的书信交往。丘东平在1937年至1942年的一束信被刊登在《希望》第一集一期，而彭柏山与胡风的书信近年来被公开。从他们书信来往中可知他们确实提供了大量有建设性的意见"①。在《七月》创刊后，他们既是支持刊物的作者，同时又是胡风同人圈中的重要力量，如曹白对《七月》刊发内容和办刊风格提出的在战争中揭发社会黑暗、民众疾苦和发扬"五四"新文学传统的启蒙批判精神的建议，让《七月》刊发的文章始终保持着与社会现实生活密切关联。彭柏山希望《七月》更加健旺起来并在抗战中发挥更大的战斗力，他对胡风说，"为了使《七月》在大地上开起花朵来，我是希望你积极行动的"，同时建议"稿件的选择，有比较可用的稿子，就用了，不必怎样保持一定水准，但也不能拉杂；我希望你把文学的任务，更能贴近现实的生活，多从现实生活中提拔新人，作品幼稚，不必十分计较，更不要株守刊物的什么水准，天天拉着几个老人在自己周围兜圈子，来来去去，就在一个狭窄的范围里活动；一个文学团体，只有在不绝地吸收新的力量，才显得有生命"②。其中彭柏山认为要警惕"老人（名人）效应"和拥有开放的视野对胡风来说不啻一服良药。

从《七月》《希望》的整体发刊情况来看，同人圈显现出了承上启下的精神接力特质，这不仅为刊物的稿源质量提供了绝对的保障，同时也让刊物在精神追求、内容定位等内质方面达到相对的稳固性。胡风在1937年抗战全面爆发后即要创办一本适应抗战需要的文学刊物的动议得到艾青、萧军、萧红等同人友人的大力支持，可见同人圈赋予胡风的勇气和底气。当《七月》创刊后，萧军、萧红、端木蕻良、曹白、聂绀弩、辛人、彭柏山、丘东平、田间、艾青、丁玲等中青年作家纷纷为《七月》撰稿，成为创刊的领军人物、同人圈的核心群体，这也是《七

---

① 张玲丽：《在文学与抗战之间——〈七月〉〈希望〉研究》，武汉大学出版社，2016年版，第124页。

② 彭柏山：《彭柏山书简》，《新文学史料》，1984年第4期，第164页。

月》一经发刊便产生了较大影响的原因所在。像聂绀弩、辛人等作家在左联时期就展示出非凡的创作实力，为文坛所瞩目，他们"具有相对稳定的文学观和文化思想，对于非常态的战争环境具有消化与理解力。他们思想相对成熟沉稳，由此使刊物具有理性的沉淀，相对较少肤浅的狂热之气"①。他们"对于抗战的思考也显示出沉静、凝练的气质。这种沉思品格对于刊物的发展无疑具有重要的意义，奠定了刊物健康明朗的发展路向，对于刊物后来的作家群是有益的引导"。可以说，同人圈的价值取向、艺术品格等等实际上也代表了期刊的价值取向与艺术品格，这些成熟稳健的中青年作家为胡风、为《七月》摇旗呐喊、攻城略地，使《七月》自创刊伊始便以厚重、健朗、沉思的文学面貌立足于历史舞台，不仅拓展了抗战时期文学的发展空间，也为现代中国文学史和期刊史留下了宝贵的经验。或许可以说，如果没有同人圈的支撑，即便胡风是"巧妇"也会为"无米之炊"所困，更无从谈编辑思想的实现。

从胡风同人圈的形成到《七月》《希望》的创刊、复刊及终刊，可以证明凡事利弊各见，固定的同人圈也是如此，流水不腐，户枢不蠹。期刊的发展，虽需保持定力的持久和品格的凝定，但还需更多新人加入，才能新陈代谢，薪火相传。否则期刊就会陷入封闭僵化的思维中，自生自灭。《七月》后期，尤其是《希望》时期，胡风从读者（作者）中培植起来的新同人圈崛起，实现了新旧更替，如阿垅、绿原、牛汉、贾植芳、胡征、鲁藜、舒芜、杜谷、冀汸、邹荻帆等同人陆续向《七月》聚合。他们当时大都二十岁左右，创作思想活跃、沉稳老练、个性鲜明，并极具反叛和怀疑精神，在当时已被文坛所关注。他们都深受鲁迅、胡风、艾青、田间等左翼先辈的熏陶和影响，这使他们的文学创作呈现出守正创新的特点，他们展现出来的鲜明的战斗文学传统流脉，保证了《七月》《希望》两刊内在的精神血脉的贯通。诗人绿原在"七月派"诗集《白色花》的序言里说："本集的作者们作为这个传统的自觉的追随者，始终欣然承认，他们大多数是在艾青的影响下成长起来

---

① 张玲丽：《在文学与抗战之间——〈七月〉〈希望〉研究》，武汉大学出版社，2016年版，第124页。

的。"① 牛汉也曾坦言，当年田间的诗对他有着惊人的吸引力，他有两三年的光景是沉醉在田间的战鼓声中的。②

总而言之，胡风同人圈在鲁迅精神氛围的感染下，在旗手胡风的引领下，以《七月》《希望》为凝聚平台和发声空间，通过新旧同人的承上启下发挥出巨大的汇聚效应，既保证了《七月》《希望》文学旨趣的同一性和内在思想的坚固性，同时也为中国抗战文学的成熟和深化起到了重要的推动作用。从《七月》的"苦斗"思维和挑战性气质（如路翎小说的反叛姿态和对"精神奴役创伤"的深度透视），再到对"另类""异端"的探索（如舒芜对文学创作的"主观""个性"等问题的思考），都深深隐含着胡风同人圈的价值取向和主体性构建，也是胡风的同人圈的贡献。

---

① 绿原、牛汉编：《白色花》，人民文学出版社，2000年版，第2页。
② 牛汉：《学诗手记》，生活·读书·新知三联书店，1986年版，第9页。

第二辑　本体论

第一章　西方浪漫主义诗学对
"七月诗派"的影响

第一节　主观表现：西方浪漫主义诗学观念的发生

西方浪漫主义文学流行于 18 世纪末 19 世纪初封建制度衰亡、资本主义上升这样一个新旧历史交替的时代。这是在反对讲理性、讲规则的新古典主义美学斗争中孕育出来的一种全新的文学观念。这种全新的文学观念主要以主观表现为核心，它彻底颠覆了长期以来在欧洲文艺理论界占统治地位的"模仿自然"的文艺观念。

"模仿说"是欧洲最古老的文艺理论，古希腊美学家亚里士多德在批判柏拉图的客观唯心主义模仿说的基础上，提出了文艺是模仿现实世界的文艺观念。他肯定了文艺反映现实，现实生活是文艺的源泉这一唯物主义美学的基本原则。他的"模仿说"对后世影响极大。尤其从文艺复兴到 18 世纪末，欧洲的文艺经历了文艺复兴、新古典主义、启蒙主义等不同历史发展阶段，各种文艺思潮风起云涌，弦歌不绝，但文艺批评家在对待艺术与现实的关系上，从未敢逾越亚里士多德的"模仿自然"说。

亚里士多德"模仿说"坚持了文艺反映生活这一唯物反映论的正确观点，对欧洲数百年来文艺的发展和繁荣有巨大的推动作用和不可磨灭的历史贡献。但"模仿说"也有其不可避免的历史局限，要而言之，它对艺术的主观因素关注不够，忽略了艺术创造中对艺术家的主观能动性的关注，这是亚里士多德"模仿说"理论不够严谨和周密之处。同时，自亚里士多德以降，许多文艺批评家，尤其是新古典主义批评家在阐释"模仿说"时，也存有一定理解上的偏颇。他们按照"模仿"字面的含义，把艺术活动理解为照葫芦画瓢似的对现实的机械模拟。其显著特色在于对现实的忠实。它不改变生活，而是把生活复制、再现，像镜子一样把生活的现象反映出来，一点也不能走样。这样的结果往往否定了艺术家的虚构和夸张的权力，否定了艺术的创造性想象，最终也否定了艺术家主观能动性的发挥。事实上，艺术家对现实的反映不可能像镜子那样冷漠无情、无动于衷，而是在艺术创造中融入主观的情感和评价，这种主观的思想感情凝结在作品中，艺术的内容就是客观再现与主观表现的统一。这是艺术反映现实有别于科学的一个最重要的特征。而恰恰是这样的一个特征，却被古代批评家，包括亚里士多德这样的理论鼻祖所忽略，这也是欧洲古代文论普遍存在的不足之处。正因为"模仿说"在解释、概括艺术本质方面有一定的不足与缺陷，随着历史的发展、文学的进步，一定会有另一种新的学说浮出水面，独领风骚。这是历史发展的必然规律。

1800 年，华兹华斯发表了著名的《抒情歌谣集》序言，这篇序言被视为浪漫主义运动的理论宣言。在华兹华斯看来，诗不是对自然的单纯模仿，而是诗人主观情感的产物。他说："一切好诗都是强烈情感的自然流露。"[1] 这简短一语，开启了文艺的本质是主观表现的先河。此后，许多浪漫派批评家给艺术下了不同的定义，但实际上只是用不同的话语来表达的大致相同的观点，如想象的表现、感情的流露、心灵的语言，等等。浪漫主义文艺批评家们几乎一致认为，艺术是表现主观的，艺术的基础和源泉来源于艺术家的主观精神世界。这种艺术本质观与模仿说是截然不同的。这是浪漫主义批评家对艺术本质的一种基本认识和解读。

艺术是表现主观的。这种主观表现说的发生具有丰富的社会、文化和哲学的基础。

一是从社会层面上看，浪漫主义诗学观念的产生，是法国资产阶级

---

① ［英］华兹华斯著，曹葆华译：《〈抒情歌谣集〉一八○○年版序言》，伍蠡甫、蒋孔阳、秘燕生编：《西方文论选》下卷，上海译文出版社，1979 年版，第6 页。

大革命和英国工业革命促生的结果。1789 年，法国大革命彻底推翻了法国封建专制政权，摧毁了封建经济基础。它既是一场政治革命，更是一场思想革命，它把人们从封建思想教条的禁锢和束缚的重压下解放出来。法国大革命后，一种自由解放的思想理念直接影响到整个欧洲的意识形态领域，它对浪漫主义诗学观念的产生起到了难以估量的作用。尤其是法国大革命那种特有的自由精神已渗透到浪漫主义诗人的血液和骨髓里，给那些被称为"法国革命产儿"的华兹华斯、雪莱、拜伦等浪漫诗人留下了不可磨灭的记忆。法国大革命尘埃落定，然而，伟大的启蒙思想家所预言的那个理想社会根本没有实现。启蒙思想家曾经认为，按照他们的思想推翻封建统治之后，就会建立一个新的合乎理性原则的国家和社会。然而，现实却出乎他们的意料。人们痛苦地感受到个人权利无情地遭到了粗暴践踏，社会生活的沉沦直接导致了精神世界的黑暗，理性在粉碎了神圣的宗教信仰之后，又被理性自身所吞噬。除了那些毫无价值的抽象教条之外，精神世界一片苍白。尽管资本主义制度比封建制度有不少合理之处，但也不是绝对合乎理性的。正如恩格斯所言，由理性的胜利建立起来的社会制度和政治制度竟是一幅令人极度失望的讽刺画。在这样的社会背景下，以一种非理性的形式积极或消极地来对抗理性，这或许是比较好的选择。此时法国大革命的自由思想早已深入人心，不仅仅法国，整个欧洲社会都已露出了非理性思潮的端倪。

英国走上资本主义道路比欧洲各国都早。18 世纪的英国工业革命改变了英国的社会经济基础，带来了生产力的迅猛发展和经济的繁荣。但是资产阶级的残酷剥削和金钱统治所带来的恶果也暴露无遗。布莱克在《伦敦》等诗中沉痛地控诉了资本主义大工业城市的黑暗景象，令人触目惊心。资本主义工业文明所带来的社会灾难，如人类情感遭到破坏、人性异化和生命力受到压抑等，这对于英国那些激进敏感的，同时又都深受法国大革命自由精神和卢梭人性本善影响的资产阶级知识分子来说，不能不产生极大的心理或精神上的震颤。他们对社会现实抱着厌恶和否定的态度，面对这难以接受而又不得不接受的黑暗现实，还缺乏一定的思想准备，尚不能做出清醒的判断和理性的选择，这就使他们不得不退避到心灵和理想世界去寻求出路。这为浪漫主义诗人和浪漫主义诗学观的产生提供了丰富的社会与生活的土壤。

二是在哲学领域，以康德、费希特、谢林等为代表的超验主义哲学兴起，为浪漫主义诗学观念的产生提供了思想支撑。超验主义哲学家把"自我"提到高于一切的地位，他们强调天才、灵感和人的精神力量，尤其夸大主观的作用。康德认为，美的艺术就是天才的艺术。所谓天才，就是天生的心灵赋资。美的艺术只有作为天才的作品才有实现的可能。这是因为天才的作品里面包含创作主体先天存在的主观创造力。其实，康德的落脚点就是要突出艺术创作中的主体作用。费希特在1794年出版了《科学学》，建立了自己的主观唯心主义体系。他无限夸大自我精神作用，把人自己的精神视为世界万物的创造者和源泉，让外部世界屈从于"我"的内心，让客观屈从于主观。谢林接受和发展了费希特的主观唯心主义思想，他提出了万物有灵的思想。他认为，自然和精神是一个统一的整体，自然是可见的精神，精神是不可见的自然。自然从本质上讲是精神不断前进的揭示和显现，宇宙万物因而无不充满灵性。谢林美学观的形成主要体现在《论造型艺术与自然的关系》等著作里，他认为，艺术与宗教是紧密联系和结合起来的，艺术是世界万物最高赋形等。谢林所言的宗教无非是一种充满自然神论精神的新信仰，一种以其自然哲学为基础却又蒙着神秘外衣的新宇宙观而已。这样就形成了他的客观唯心主义哲学思想。这一哲学思想对浪漫主义诗学观的影响很大。由此可见，突出强调主观精神和个人主义是这一时期以康德等为代表的超验主义哲学思想的一个闪光点，也可以说是浪漫主义美学的源头。"主体的感性诸功能被摆到一个异常的重要的地位。单纯的思辨理性已经失去了权威，让位于信仰、情感、愉悦、想象一类的实践感觉。在以后的德国浪漫主义美学中，都无不强调超理性的想象、情感（爱）、灵性等个体的感性因素。"①

三是从文化传统层面来看，浪漫主义诗学观念的产生与人文主义精神在新的历史条件下重新被重视有关。西方文化的两大源头是古希腊文学和希伯来文学。古希腊文学具有"张扬个性、放纵原欲、肯定人的世

---

① 俞兆平：《中国现代三大文学思潮新论》，人民文学出版社，2006年版，第19页。

俗生活和个体生命价值的特征，具有根深蒂固的世俗人本意识"①。这种"世俗人本意识是原欲型的，虽然其中也不乏理性精神，但这种精神主要体现在对人的肯定上，而不是与原欲相对意义上的理性意识和道德规范"。由此看来，古希腊文学是属于原欲型文化的。而希伯来文学"强调的是人对上帝的绝对服从；尊重灵魂，主张人的理智抑制肉体的欲望；轻视人的现世生命的价值与意义，看重来世天国的幸福"。显然，希伯来文学是"一种重灵魂、重群体、重来世的理性型"文化。② 从人既是感性又是理性的动物的角度来看，原欲与理性是人不可或缺的两个方面。因此，古希腊文学与希伯来文学属于异质文化。这两种文化关系既对立又统一，既矛盾、冲突又互补、相融，体现在人的身上就是原欲（情感）与理性、肉体与灵魂的关系。"希腊化"时期，这两种文化出现了第一次碰撞，希伯来文化吸收了古希腊文化的某些成分后，演变成一种新形态的文化，即基督教文化。这种文化的主体仍然属于希伯来文化。基督教文学是基督教文化的产物。其文学观念蕴含一种理性化的人本意识，或者说是一种宗教人本意识。它的显著特征是重视人的理性精神、强调对上帝的崇拜、主张理性对原欲的限制等。当然，这种文化对人的理性精神的探求与提升，对原欲型文化的平衡起到了积极作用。然而，当世俗教会把基督教精神推向极端之后，上帝就成了人的异己力量。在沉重的十字架下，人的生命的本能冲动、个性的合理要求、主体的主观能动作用都被基督教教义视为罪恶的或无意义的，人性遭到了压抑。当一种文化走向极端之后，必然会有另一种文化对其进行调节与反拨。西方文化的发展就是沿着这样的路径螺旋式上升。欧洲文艺复兴运动中人文主义对基督教文化思想的胜利，实质上就是以人为本、以人权反神权、以人性反神性、以个性自由反禁欲主义等思想的胜利，也是原欲型文化的胜利。由于文艺复兴运动过多地片面追求个性自由，造成了人的道德水准下降和一定的社会动荡，于是，强调理性与秩序的古典主义文学出现了。古典主义文学既肯定人的自我意志和主体精神，又强调理智对原欲的制约，最终达到理性战胜情感的目的。古典主义文学显得

---

① 蒋承勇：《世界文学史纲》，复旦大学出版社，2009 年版，第 3 页。
② 蒋承勇：《世界文学史纲》，复旦大学出版社，2009 年版，第 3—4 页。

理智、冷静和成熟，但缺少热情、自由意识和生命意识。启蒙文学与古典主义文学一样强调理性精神，但它更多地站在自然法则的高度，强调人和人之间平等自由，肯定人的自我情感的天然合理性。这既是对人性反动的基督教神性的彻底否定，又是对否定情感自由的古典主义理性精神的一种反拨。因此，启蒙文学家大多把个性与情感自由强调到高于理性与秩序的程度，是当时其他文学所不能比拟的。卢梭是启蒙文学中崇尚个性自由、情感自由的典型，他否定了基督教的原罪说，认为人的本性是善的和美的，因而一切发自自然人性的欲望与要求都是合理的，而可悲的是人类自己创造的文明却成为人类束缚自己的精神囚笼。卢梭发现了人类历史异化现状，发现了文明建构的正值增长中的负值效应，由此，发出了振聋发聩的对文明解构的呐喊。在此意义上，可以说卢梭是浪漫主义文学的"精神之父"。强调个性自由的浪漫主义文学观念的发生，其实质就是文艺复兴人文主义文学中的人本意识，尤其是世俗人本意识在新的历史条件下的再现。这种再现绝不是简单的再现，而是包含对文明的解构和对人的异化现象反思等丰富内容。个性自由主要包括人的自然天性和自由情感。前者的核心是人性对基督教文明的反抗，后者的核心是人性对资本主义工业文明的反抗。这是原欲型文化在新的历史条件下演进的结果。

综上所述，可以看出主观表现的浪漫主义诗学观念的发生，是多方面因素共同作用的结果。

第二节 情感凸显：西方浪漫主义诗学观的核心阐述

任何艺术作品都是主客观的产物，这毋庸置疑。以主观表现来概括浪漫主义诗学的本质是否合理？浪漫主义诗学的主观与客观的关系如何建立？浪漫主义批评家是如何处理这种关系的？这些都直接涉及浪漫主义诗学的本质问题。这也是建构浪漫主义诗学本质观的逻辑起点。

浪漫主义批评家无一不强调艺术是表现主观的。美国现代学者艾布拉姆斯在《镜与灯》一书中，把浪漫主义诗学称为艺术的"表现理论"，并对其主导倾向做了如此概括："一件艺术品本质上是内心世界的外化，是激情支配下的创造，是诗人的感受、思想、情感的共同体现。因此，一首诗的本原和主题，是诗人心灵的属性和活动。如果以外部世界的某些方面作为诗的本质和主题，也必须先经诗人心灵的情感和心理活动由事实而变为诗。（华兹华斯写道：'因此诗……从人类心灵中适时而生，将其创造力传给外界的种种形象。'）诗的根本起因，不是像亚里士多德所说的那种主要由模仿的人类活动和特性所决定的形式上的原因；也不是新古典主义批评所认为的那种意在打动欣赏者的终极原因。它是一种动因，是诗人的情感和愿望寻求表现的冲动，或者说是像造物主那样具有内在动力的'创造性'想象的驱使。"① 但也有浪漫主义批评家认为，艺术表现主观情感是毋庸置疑的，然而，也不应排斥客观事物。赫斯列特认为，艺术创造应当是这样一个主客观统一的过程，而艺术作品则是内心感情与外界景物凝聚而成的结晶。

浪漫主义批评家认为，艺术是表现主观的，但同时又肯定艺术创作中的主客观的统一，这岂不是自相矛盾吗？浪漫主义批评家基本都受到唯心主义哲学的影响。华兹华斯、柯勒律治、雪莱等也都深信在客观世界之外先验存在的绝对理式或神是一切创造力和美的源泉，也是人的精神意识的源泉。因此，艺术既是人的主观表现，同时又是永恒的理式的创造和显现。他们一致承认，艺术的最终源泉存在于精神世界，这是他们构建浪漫主义诗学的基础与核心。这种认识与传统的现实主义理论观点是背道而驰的。

浪漫主义批评家认为艺术是艺术家主观表现的产物，但在构成主观的诸多要素中，他们认为情感是第一位的。西方传统的现实主义理论家如亚里士多德等也都重视情感在艺术中的作用，但他们的立足点大多放在艺术对观众产生的情感效果上。而浪漫主义批评家主要把情感作为文艺表现和描写的主要内容。由于把情感作为主要内容，浪漫主义批评家们不遗余力地夸大情感在艺术中的地位和作用。应该说他们如此重视情感，是为了颠覆古典主义所建立的理性王国。在反对唯理主义的斗争中，浪漫主义做出了非凡的贡献。但由于矫枉过正，相对地忽视或有意识地贬低了理性、理智在艺术中不可或缺的作用，走到了与古典主义相

① ［美］艾布拉姆斯著，郦稚牛、张照进、童庆生译：《镜与灯——浪漫主义文论及批评传统》，北京大学出版社，2004年版，第20页。

反的另一个极端，这是浪漫主义诗学的缺憾之处。

浪漫主义批评家强调，艺术家的主观情感也是文艺表现的内容，这是古代批评家所忽略的。这对文艺理论发展具有一定的补充作用。但是，从唯物论角度来看，文艺要再现客观生活，再现社会生活现象的面貌和实质，因而绝不能把艺术家的主观世界与文艺所表现的内容等同起来。更重要的是，文艺表现的对象和内容并不能与艺术的本质画等号，更不能确定这是艺术的最后根源。文艺可以表现艺术家的主观世界，并不能说艺术的最终源泉就是艺术家的主观世界。因为作为文艺内容的有机组成部分的艺术家的精神生活本身也是一定的历史、社会和时代生活的反映，是受社会存在决定和制约的。而浪漫主义批评家却否定了这一点。

浪漫主义批评家注重主客观的统一也是有其哲学基础的。浪漫主义时期，批评家不同程度地受到当时流行的泛神主义或客观唯心主义哲学的影响，把自然看成是具有神性的、精神化的。浪漫主义批评家所言的"自然"，与古代传统批评家亚里士多德"模仿说"中的"自然"是有区别的。古代传统批评家所言的"自然"是指人性或人的社会生活，在浪漫主义时代特指封建宫廷和城市的社会生活。而浪漫主义批评家心目中的"自然"有两种含义：一是指与城市文明相对立的粗犷蛮荒的大自然；二是指没有受到污染的人的自然情感，即人的本真情感。柯勒律治的论述是非常具有代表性的。柯勒律治所言的"自然"是指粗犷蛮荒的大自然，即客观世界。柯勒律治从谢林的客观唯心主义哲学出发，认为人的精神与大自然都是某种客观的绝对精神的外化，因此，在本质上，自然与人的精神是相通的。这就是柯勒律治所谓精神与自然统一的哲学基础。但他又特别指出，尽管自然和人的精神是相通的，但他们却处于两个不同层级。人的精神属于高级的、有意识的层级，自然属于低级的、无意识的层级。艺术是人的精神的有意识活动的结果，自然若成为艺术表现的对象或内容，就必须通过人的精神赋予自然情感和生命。只有把主观精神投射到客观自然中去，通过这种主客观的统一，自然才获得美的价值，才获得艺术表现的意义。柯勒律治还着重说明，艺术要传达主观的思想情感，必须借助一定的感情形式。因此，他认为客观自然是必不可少的，它的意义主要在于：一是借助自然的形式来唤起艺术家头脑中固有的某种精神的象征符号，以此表达思想感情；二是自然成为主观情感表达的载体。

从以上阐述，可以得出这样的论断：浪漫主义批评家尽管提倡主客观统一，但主观与客观的地位是不对称的。主观占有绝对的支配地位，而客观自然在艺术中处于被支配的地位，成为主观精神的产物或主观表现的物质载体。

现实主义理论家也主张主客观的统一。所谓主观，实质上是指艺术家的主观理想。在现实主义理论家看来，这种主观理想是对客观必然性的能动反映，必须按照事物应该有的样子去描写。由此可见，现实主义理论家所说的主客观的统一，是以主观反映客观现实为基础的统一，是主观统一于客观，受制于客观。而浪漫主义批评家与现实主义理论家恰恰相反，浪漫主义的主观是不受任何客观条件所束缚和制约的，艺术家可以按照自己的主观愿望和感受去任意地抒写，而不顾及对客观事物本质的正确反映。也就是说，浪漫主义主客观统一，是以客观表现主观为基础、以艺术家的主观表现为目的的统一。

主观性是浪漫主义诗学最突出的特征。对浪漫主义这种主观性的特质，哲学家和美学家们曾做过如下经典论述。黑格尔认为："浪漫型艺术的真正内容是绝对的内心生活，相应的形式是精神的主体性，亦即主体对自己独立自由的认识。"① 这种主观性的具体表现大致有以下几点。

一是浪漫主义诗学所推崇的主观性，是在与古典主义片面强调艺术表现理性和秩序的对抗中产生出来的。17 世纪欧洲古典主义思潮是当时政治上弱小的资产阶级向强大的封建王朝妥协的产物，因此，带有浓厚的封建性质。在文艺创作上，古典主义讲求理性和秩序。这种理性和秩序，实质上就是一种理想化的封建道德规范。古典主义试图用这种理性和秩序来压制个人的情感和欲求，压制当时正在萌生的个人主义倾向。随着资产阶级力量的壮大和个性解放思潮的勃兴，浪漫主义文艺家们迫切要求冲破这种封建的理性和秩序的束缚，以获得情感的解放、心灵的自由。在卢梭的自由思想和法国大革命精神的鼓舞下，这种重视主观表现倾向的文艺观念就成为主宰一个时代的文艺特征。

---

① 黑格尔著，朱光潜译：《美学》第 2 卷，商务印书馆，1996 年版，第 276 页。

二是浪漫主义诗学以主观表现为本位，是在工业化与科学进步把理性推到至高无上的地位，而感性与情感被日益贬低的情况下表现出来的。科学的进步与现代工业文明的强力渗透，物欲横流的时尚崇拜以及人的异化生存的严峻现实等，无情地摧毁了人们诗意浪漫的梦幻式向往。要从这一困境中解脱，拯救的希望只能回到人的自我本身。具有神性的、超验精神的人的自我及其情感性、想象力等，被浪漫主义者提高到前所未有的地位。现实中的个体自我虽然是感性、经验的存在，但他可以通过主观情感上的信仰、意志、爱、想象、灵性等途径，取得如海德格尔所向往的"诗意的栖居"境界，以此获得生存的价值与尊严。只有在这样的历史语境中，我们才能真正理解浪漫主义思潮强调情感、自我以及想象等真正意图之所在。

　　三是浪漫主义诗学的主观性还体现在主观理想上。浪漫主义批评家对主观理想化非常重视。赫斯列特认为，诗居位在自己永久的乌托邦世界中。诗是虚构的，是由我们希冀的事物组成的。其实承认艺术可以而且能够表达艺术家的主观理想并不奇怪，传统的现实主义理论家也不否认这一点。但是对理想化的理解是不同的。传统的现实主义理论家所论及的主观理想，实质上是受客观现实制约的。而浪漫主义批评家所说的主观理想是不受现实制约的，也就是说这种理想化与主观随意化是同一的，主观随意化与想象随意化也是密切联系的。浪漫主义诗学把想象看成诗人自由地选择艺术类别、追求艺术规律、表达艺术趣味的法则。为了冲破长期以来理性的束缚，浪漫主义企图以想象去激荡主观情感，使心灵借助艺术的理想之风，冲破各种扼杀自由精神存在的清规戒律。

第三节　西方浪漫主义诗学对"七月诗派"的影响

　　我国"五四"新文学革命，彻底打开了通向世界文学艺术的闸门，西方的古典主义、浪漫主义和现实主义、现代主义等文学思潮几乎是在同一时间蜂拥而至，对我国现代文学多元格局的建构产生了深远的影响。从接受美学的角度上看，由于深受外来多元文化的熏染和影响，这也决定了我国现代文艺思想具有斑驳、繁复的多元化特征。也就是说，我国的浪漫主义、现实主义和现代主义等文学思潮几乎都受到了上述文化影响，形成了杂糅并存、复杂难辨的局势。如果想从这些文学思潮中寻求到与上述西方相同的纯而又纯的各种"主义"，显然是徒劳的。但是，尽管受多元文学思潮的影响，而具体到现代文学中的某一文学流派，其作品中表现出的主导性的思潮倾向，即"主义"还是有迹可循的。这种主导性思潮倾向就构成了中国版的各种"主义"的核心要素。西方诗学之所以能在现代中国传播与发展，是因为现代中国已经对西方诗学的原初之义进行了本土文化的重构，即被本土认同的因素便能得到张扬与强化，反之，有的因素便被过滤掉了。卢卡契认为："一个民族特点在被对方民族接受之后，它不再与原来的民族文化相同了，而起作用的也不再是那使作家在本国获得影响的同样因素。有时这个作家的社会、文学背景已模糊不清或者在对方国家中已经完全湮灭，在这种情况下常会招致读者对他的误解，但同时，这位作家的某些重大特点在这个国家里又往往比在本国中更为鲜明。"①

从"七月诗派"对西方浪漫主义的接受来看，可以证明这一点。如"七月诗派"对西方浪漫主义的主观表现、主观抒情和个性张扬等推崇与认同，并由这些关键词来建构"七月派"诗学，西方浪漫主义诗学对其影响可见一斑。"七月诗派"是一个重主观表现、强调情感冲击、张扬个性的诗歌流派，是"最具浪漫主义、理想主义与英雄主义色彩的一个诗歌流派"②。"七月诗派"的诗学思想、美学追求、创作理念和个性精神与西方浪漫主义诗学理论与实践接近，应该说"七月诗派"的浪漫主义倾向是非常鲜明的。

1948年2月《诗创造》第8号上发表了"九叶诗派"诗人、评论家唐湜的一篇文章——《诗的新生代》，认为"七月"诗人私淑着鲁迅先生的尼采主义的精神风格，崇高、勇敢、孤傲，在生活里自觉地走向了战斗。他们的气质很狂放，有堂吉诃德的勇敢与自信，要一把抓起自己掷进这个世界，突击到生活的深处去，同时也突出地表现了独特的个

---

① ［匈牙利］卢卡契：《卢卡契文学论文集》第2卷，中国社会科学出版社，1981年版，第451页。

② 钱理群：《1948：天地玄黄》，山东教育出版社，1998年版，第114—115页。

性，甚至有些夸大，也同样用身体的感官与生活的"肉感"思想一切。① 唐湜对"七月派"诗人的这种浪漫主义风格的评价可谓一语中的，切中肯綮。从唐湜的描述中，能体悟到这一诗派整体的审美风格，即汪洋恣肆的情感之美与个性张扬的力感之美。唐湜所肯定的"七月诗派"的这种审美风格，如果与胡风、阿垅等文艺理论家一贯追求的"主观战斗精神""情感的冲击""个性的张扬"等诗学关键词联系起来看，"七月诗派"具有的浪漫主义审美倾向是毋庸置疑的。因为"七月诗派"强调诗的主体性——"'主观战斗精神'，必然使其所追求的理想诗境是精神大于形式，主体高于客体的，这就不可避免地使其创作涂上了浪漫主义色彩。"② "七月派"诗学体系是在中外浪漫主义诗学的坐标系上得以建构的。如阿垅，在他身上洋溢着更多的孤独感和忧伤气质，他从屈原、陈子昂那里获得以"物感"为基础的人生与艺术的表现真谛，在他的诗中则呈现出鲜明的正义与邪恶的两极对抗和多重心灵矛盾的纠缠，由此出现与屈原相似的抒情形式，即在内心争辩中展露主体的心灵律动。同时，阿垅还多借鉴屈原的瑰丽的想象，强化情感一元化的灌输作用。如《去国》一诗更是沿袭了《天问》的反复设疑的形式，使该诗呈现出汪洋恣肆、凌厉铺排的情感之美。而其他"七月"诗人也都不同程度地从我国古典浪漫主义诗歌中汲取了养分。如冀汸就承认他的艺术风格就是从南唐二主的词中获得熏陶与启迪，如邹获帆所喜爱的东坡乐府也在他的诗里留下了借鉴的痕迹。

当然，"七月诗派"诗学更多地还是从新诗浪漫主义与西方浪漫主义文化中汲取理论资源和创作灵感。在中国新诗传统中，如创造社、湖畔派、新月派等几大主要浪漫派都曾是"七月派"诗人学习和借鉴的审美范式；而在西方那些具有民主主义思想和反叛精神的浪漫派诗人中，如普希金、莱蒙托夫、歌德、海涅、拜伦、雪莱、惠特曼等对"七月派"诗人的影响也是非常大的。总而言之，中外这些浪漫主义诗学传统无一不是以其强烈的个性主义精神而著称的，正是在这种精神氛围的熏陶下，"七月派"诗人才能如此自觉而深刻地集大成式地对人和诗进

① 唐湜：《新意度集》，生活·读书·新知三联书店，1986 年版，第 162 页。
② 龙泉明：《中国新诗流变论》，人民文学出版社，1999 年版，第 512 页。

行了整体性的思考与反思：郑思的《秩序》、冀汸的《跃动的夜》等诗歌，都明显带有郭沫若式的狂飙突进的个性追求、创世情怀和闻一多的民族忧虑；胡风、孙钿深受普希金热烈地为民主为人民而歌的品格影响，因而在他们的诗中往往激涌着战斗的热情，敢于直面现实批判；莱蒙托夫的诗深受牛汉喜欢，莱蒙托夫的那种歌颂自由、反抗暴政的叛逆精神，很容易同牛汉这种充满反叛战斗精神而又遭受反动政治迫害的知识分子发生深层的情感共鸣；又如绿原，他不仅得益于歌德的人文主义精神的影响，而且还深受雪莱、拜伦和海涅的感染，因此，在他身上呈现出较为复杂的审美"复调"。

关于"七月诗派"的审美归属问题，许多学者还是愿意将其归为现实主义。为什么诸多学者把"七月诗派"看成现实主义？有的甚至为了稳妥起见，在"现实主义"的前面加上一个限定语，即"高扬主体"一词，以显示与一般的现实主义不同，但归根结底还是现实主义。这说明"七月诗派"本身具有极其复杂的现实与浪漫等多重思想的审美倾向，而这一诗派的两大理论家胡风、阿垅始终认为自己的理论是现实主义，这就无疑给研究者带来了一定的研究难度。在学术研究中，我们不能只看被研究对象说了什么，而要看他们主要表现了什么，否则就会被遮蔽或误读。如果梳理胡风、阿垅的理论著述，其字里行间确实明白无误地表明自己的理论为现实主义，但这只是他们自己的看法。与他们同一时期的周扬与何其芳等却不这样看，他们认为胡风的"主观战斗精神"理论不是现实主义。甚至有人认为，胡风的理论是沿着现实的路，爬进了唯心主义的泥潭。从这些不同的见解中至少说明了一个事实，即胡风、阿垅等的现实主义不是周扬、何其芳所理解与认同的那种现实主义。实际上，人们对问题存有疑虑和理论上的分歧并没有什么不好，这只是说明该问题的复杂性。因此，在研究问题时，就不能以单一的视角来看待。邵荃麟在40年代曾指出："在中国新文艺史上，浪漫主义和现实主义……几乎是同一时候出现的。这就规定了它们具有同样的历史内容——民主主义的革命内容。只要不脱离这个内容，那么虽然是浪漫主义，它就不能不含有它的现实性。"[①] 反之亦然。

---

① 邵荃麟：《作为一个读者的备忘录》，《大刚报》，1946年10月7日。

40 年代是一个理论自觉的年代，同时又是一个高度融合的时代。这种较大包容性的时代特点，为现代诗学的发展成熟奠定了基础。"因此 20 世纪 40 年代诗学应该互相融合，朝着一切可能融合的方向发展。独特性寓于变化之中，也同样寓于融合之中，每一种独特的个性都可以创造出一种独特的融合来。"① 从这个层面来看，"七月派"诗学应该属于包容现实主义内容的具有浪漫主义倾向的诗学。

对"七月诗派"是浪漫主义还是现实主义的审美归属的界定，确实很难予以论断。如果很容易对其做出结论，说明其本质特征明显。然而，"七月派"诗学的理论内涵毕竟复杂难辨，充满了歧义。一是它融合了浪漫主义和现实主义等多种质素；二是在这多种质素的融合中现实主义和浪漫主义的创作倾向也都非常明显；三是如果从创作内容和对象来看，"七月派"诗学是现实主义是有道理的；四是若从创作发生学或创作主体的主观能动性来考量的话，"七月派"诗学属于浪漫主义审美范畴是不容争辩的，也是有其自身合法性存在根据的。尽管对"七月派"诗学的归属问题见仁见智，但我还是认为把它归为浪漫主义诗学范畴更为恰切。"美国当代著名美学家苏珊·朗格认为，任何文艺思想体系中必定包含一个核心的要领和问题，这个问题的解决，规定和制约着其他一系列文艺理论问题的解决。这个问题就是艺术的本质问题。对于这个问题的解答尽管历来众说纷纭，但大致不外两种倾向，德国现代哲学家卡西勒概括说：'就像我们在语言哲学中遇到的一样，艺术哲学也显示出同样的两种对立倾向的矛盾。这当然不仅仅是历史的偶合，而是植根于对现实解释基本的分歧。语言和艺术往复不停地摆动于客观与主观这对立的两极之间，没有一种语言或艺术的理论能完全忘却或驱逐两极中的任何一极，尽管它们强调的重点时而放在这一极，时而放在那一极。'从文艺批评史上看，如果说现实主义理论家强调的重点常常放在客观方面，那么与之相反，浪漫主义理论家强调的重点则往往摆在艺术的主观方面。"② 基于此，所以我们说，"七月派"诗学属于浪漫主义诗学，并且属于拥有现实主义倾向的浪漫主义诗学。

---

① 龙泉明、邹建军：《现代诗学》，湖南人民出版社，2000 年版，第 19 页。
② 罗钢：《浪漫主义文艺思想研究》，陕西人民出版社，1986 年版，第 141 页。

第二章 "主观战斗精神"："七月派"诗学理论的本体构成

第一节 "主观战斗精神"的内涵及其在艺术创作中的作用

在中国现代文学史上，也许还没有哪一个文艺理论家像胡风那样重视作家主体的能动作用，并形成自己独特的思想体系。"所以，在一定的意义上，可以说胡风乃是今天提倡'主体论'的人们在中国现代的'祖师爷'。"① 胡风的主体论核心，是他反复提倡的"主观精神"和"主观战斗精神"。那么，胡风的"主观精神"和"主观战斗精神"的实质是什么？下面，来回顾一下这一概念的提出及其意义的指向。1943年，胡风在《现实主义在今天》一文中指出，主观精神是为了反映"人生的真实"，"所'采'者、所'揭发'者，须得是人生的真实，那'采'者'揭发'者本人就要有痛痒相关地感受得到'病态社会'的'病态'和'不幸的人们'的'不幸'的胸怀"②。这段话的意思是作家要反映人生的真实，就必须与人民与社会有休戚与共的真情实感。1944年，胡风在《文艺工作底发展及其努力方向》中认为，主观精神就是指作家"对于客观现实的把捉力、拥抱力、突击力"。根据胡风的解释，"主观精神"含有这样几方面的意义："一是文艺家的人格力量，文艺家的战斗要求""一是对于现实生活的深入和献身，人格力量或战斗要求都是在现实生活里面形成，都是对于现实生活的反映；一是促进

---

① 支克坚：《胡风与中国现代文艺思潮》，《文学评论》，1988年第5期。
② 胡风：《胡风全集》第3卷，湖北人民出版社，1999年版，第38页。

作家的出现和成长；一是用具体的努力开展广大人民的文化生活"。这些都是决定着"文艺发展生死攸关的几个主要的问题"①。1951 年，胡风在《论现实主义的路》中把"主观战斗精神"解释为"主观的思想立场"②。除此之外，胡风有时还将"主观战斗精神"称为"敏锐的感受力""燃烧的热情""深邃的思想"以及"在创作过程中应有的爱爱仇仇的感情"等。从中可以看出胡风对这一概念内涵把握的多变性与不确定性，也反映其逻辑思维缜密性的不足。但是看一个理论家的理论体系应从整体上把握，而不应抓住细枝末节的缺陷不放。如果从胡风一贯深恶痛绝地反对文坛上的主观公式主义和客观主义倾向，并与之进行艰苦卓绝的斗争的态度来看，我们就能体悟到"主观战斗精神"的内涵和深刻指向。"主观精神"是一个比较宽泛的概念，它是诗人的"情感""人格""思想"等主体意识的集合体。胡风强调主观战斗精神，实质上是对创造主体的侧重，更加注重作家的主观能动性、自主性和创造精神。诸如"敏锐的感受力""燃烧的热情""生命力的冲动"和"感情的爆炸"等，使作家能充分认识到自己的精神主体的灵性，最大限度地调动自己的创造才能。在他看来，离开了诗人的主观，客观现实不可能单独起作用；离开了人的主观能动，就不会有文艺的存在，自然也就没有人类文化的存在。他说："在现实生活上，对于客观事物的理解和发现需要主观精神的突击；在诗的创造过程上，客观事物只有通过主观精神的燃烧才能够使杂质成灰，使精英更亮，而凝成浑然的艺术生命。"③ 没有"主观精神的突击"，诗人对于客观事物的理解和发现就可能受到阻碍。这是对诗人在现实生活中对客观事物的感受与体验而言。一个主观精神萎缩或者主体意识不强的人，他对于现实生活的理解，当然只能是被动的和浅层次的，他就不可能认识到事物的本质和规律。因为现实生活是复杂的原生态，是现象与本质、真相与假象相杂而生的。没有强烈的主体意识和主观精神，对生活很有可能只能是"照相式"的复写，而不是一种能动的穿透性的观照与反映。在诗歌创作过程中，

---

① 胡风：《胡风全集》第 3 卷，湖北人民出版社，1999 年版，第 178—181 页。
② 古远清：《中国大陆当代文学理论批评史》，台北文史哲出版社，1999 年版，第 202 页。
③ 胡风：《胡风全集》第 3 卷，湖北人民出版社，1999 年版，第 79 页。

"客体"必须经诗人的"主观精神"的"燃烧",否则,写出来的作品,也可能只是生活现象的冷淡的"照相"而已。"主观精神"的"燃烧",就可以让"杂质成灰"。而"精英更亮"之结果,就是"浑然的艺术生命"之"凝结"。可见,在现实生活和艺术创作过程中,诗人的"主观精神"的作用是不可低估的。胡风之所以不断地强调"主观战斗精神"的作用,根本的原因就在于此。

"主观战斗精神"在艺术创作中怎样发挥作用?胡风认为,在创作过程中,"主观精神"的发展或实现过程,也就是一个作家"对于血肉的现实的人生的搏斗,是体现对象的摄取过程,但也是克服对象的批判过程",同时,也是作家"不断的自我扩张过程,不断的自我斗争过程。在体现过程或克服过程里面,对象的生命被作家的精神世界所拥入,使作家扩张了自己;但在这'拥入'当中,作家的主观一定要主动地表现出或迎合或选择或抵抗的作用,而对象也要主动地用它的真实性来促成、修改,甚至推翻作家的或迎合或选择或抵抗的作用,这就引起了深刻的自我斗争"[1]。概言之,这是一个"创造主体(作家本身)和创造对象(材料)"相生相克的"斗争"过程。在此过程中,"主体克服(深入、提高)对象,对象也克服(扩大、纠正)主体",这就是艺术创作源泉之所在。胡风认为,在文学创作中,如果没有作家主观精神这一维度,也就没有了文学。如果对胡风整个诗学思想有所了解,那么就会发现胡风所强调的"主观战斗精神"绝不是简单的意识能动的反映,而是主观精神的主动冲击。他承认"主观的战斗要求是唯心论"。胡风认为:"就是这么一个'唯'法,'精神重于一切的道路',就是这么一个'重'法,'把艺术创作过程神秘化的倾向',就是这么一个'化'法。别的任何东西都可以而且应该'无条件地'抛弃,但这一点'唯'或者叫作'重'或者叫作'化'的,却是无论冒什么'危险'也都非保留不可。"[2] 西方浪漫主义诗学的哲学根基是唯心主义,胡风为强调"主观战斗精神"在艺术创作中的决定作用,而不惜甘冒危险承认自己的创作理论是唯心的,这是需要极大的勇气的。所

---

① 胡风:《胡风全集》第3卷,湖北人民出版社,1999年版,第188—189页。

② 胡风:《胡风全集》第3卷,湖北人民出版社,1999年版,第556页。

以，他极力提倡作家和诗人要有"主观力量"的"坚强"，要以自己主观人格的力量，去改造客观现实，突入客观生活，才有可能产生有深度和力度的作品。

在"主观战斗精神"的母题下，胡风还使用了许多带有"力"的概念，来描述"主观战斗精神"的主体创造激情与生命的冲击力。在他所强调的诸种"力"的因素中，居于核心地位的是"思想力"和"艺术力"这两个概念。张清民认为："胡风所谓的'思想力'，其实也就是指作家对于文学题材的认识和分析能力（批判力）。而所谓的'艺术力'则包含了作家对表现对象的基本的发现能力（追求力）、对所发现的对象的体验和感悟能力（感受力、感觉力）、对已经获得的素材的分解能力（突击力、区别力）、对分解后的素材的整合能力（把捉力、拥抱力）以及在整合基础上的想象变形的创造能力。这些不同因素的'力'，是作家的'主观精神'亦即作家的心理能量在创造过程中的具体体现，它们构成了主体在创作过程中心理能量的'磁场'，这个心理磁场对创造对象的'感应'和'辐射'程度的强弱，决定了作家创作能力的高低。"[①] 从以上的论述中，足以看出胡风对主观精神、情感和想象等主体性因素的偏执与迷狂，由此而构建了具有鲜明特色的以"主观战斗精神"为核心的文学观。

第二节 "主观战斗精神"的诗学观念的产生

"主观战斗精神"，是胡风诗学的核心观念，也是"七月诗派"的理论核心。也许有学者会从辩证唯物论观点出发，认为胡风的主观战斗精神只是意识能动作用反映的产物，而把它纳入现实主义这一理论框架内加以思考。从表面上看，这种做法似有一定的道理；但是，艺术创作是一个异常复杂的问题，绝不能以套用数学公式的方式对待。在这"主观战斗精神"的烛照下，胡风的浪漫主义诗学倾向的光芒则显得更加耀眼而夺目，更能显示出胡风独特的浪漫主义精神气质，因为在胡风看

---

① 张清民：《话语与秩序——20世纪40年代文学理论形态研究》，中国社会科学出版社，2005年版，第213—214页。

来，诗的特质是主观的、抒情的。关于对诗的理解与界定，胡风最早的文章是这样论述的："原来，诗的特质是对于现实关系的艺术家的主观表现，艺术家对于客观对象所发生的主观的情绪波动，主观的意欲；这和以把捉对象真实为目的的小说戏剧等不同。所以，是诗不是诗，不能仅仅从文字方面去判断，应该看那内容所表现的是不是作者的主观的情绪。当然，还应该进一步看那情绪是不是真实的，是不是产生在对于对象的正确的认识基础上面。"① 这段话虽然比较简短，但他已建构了诗的基本思想和基本框架，那就是要抒真情、表真意，要有一种主观精神。在此后的论述中，他始终不断地丰富和完善这一思想和框架。他在《一个要点备忘录》中对此又进行了补充："所谓情绪的饱满，是作为对于现实生活的反应的情绪的饱满；所谓主观精神作用的燃烧，是作为对于现实生活的反应的主观精神作用的燃烧。"② 因而他在强调诗人的生活实践的同时，更注重诗人的主观精神力量。生活"经验"与"作品"之间一定要有作家的受难精神。很明显，胡风说的"受难的精神"正是由作家的主观精神、创作态度对客观生活的血肉搏击所产生出来的。如果离开了这种主观精神的突击，那么在诗的创造过程中，客观事物是不能通过主观精神的燃烧使杂质成灰，精英更亮，而凝成浑然的艺术生命。"七月诗派"另一位理论家阿垅对诗的本质特征有明确的把握，与胡风相比，其情感主色调更加突出。阿垅对诗所下的定义是：它所要有的，是"典型环境中的典型情绪"③，"诗是自内而外的，不是自外而内的"，"诗的生命的东西，是情感；而且只能是情感"④。同时还强调与肯定诗的强大的感性力量对读者的强制灌输作用。显然，他是以情绪（情感）作为诗的基本。"七月诗派"的诗学理念与艾布拉姆斯的浪漫主义诗学观如出一辙，体现了他们共同的审美追求以及在此观念上的心灵默契。

---

① 胡风：《胡风全集》第 3 卷，湖北人民出版社，1999 年版，第 246 页。
② 胡风：《胡风全集》第 3 卷，湖北人民出版社，1999 年版，第 634 页。
③ 阿垅：《箭头指向》，《人·诗·现实》，生活·读书·新知三联书店，1986 年版，第 7 页。
④ 阿垅：《形象片论》，《人·诗·现实》，生活·读书·新知三联书店，1986 年版，第 47 页。

那么，"七月诗派"的这种浪漫主义诗学观的理论支撑是什么？其所秉持的精神向度有哪些？胡风的"主观战斗精神"理论的提出，主要是针对当时文学理论界"左"倾机械论以及文学创作中主观公式主义、概念主义和自然主义倾向的。这些倾向的诸种表现，主要来源于被胡风戏谑为"黑格尔的鬼影"① 理念。黑格尔的"绝对精神"理念在艺术上的体现，主要是把艺术史的发展过程，看成是绝对精神自我展现的过程，也是人类认识绝对精神的过程。在这个过程中，主体也成为绝对精神自我实现的一个工具。这一理念为主观公式主义、概念主义和自然主义倾向者图解概念的创作方式提供了理论借口。胡风分析了这种理论对文学创作所产生的危害，即在创作中抑制个人的情感与想象等主体性因素，让客观对象自流式地装进一个工具或一个唯物的死的容器中，把作品变成逻辑公式平面上的思想再现。胡风对此是深恶痛绝的，他的主体性理论就是在这种背景下产生的。其理论来源于马克思主义经典作家早期著作中的人本主义思想，尤其是从《关于费尔巴哈的提纲》《德意志意识形态》《神圣家族》和马克思恩格斯关于文艺问题的几封信等经典著述中寻求到了思想与精神支撑，即重视人的主观因素，强调作家在创作中的主体性作用。

从创作层面来看，"七月派"诗学思想主要针对"左"倾机械论以及文学创作中主观公式主义、概念主义和自然主义，因而具有极强的现实针对性，这也是其理论存在的客观基础。但是，"七月诗派"毕竟是一个有独立思想与精神的诗派，显然，还有深层次的文化指向。如果联系一下延安时期的文艺政策就会发现，延安文学提倡的是以集体主义为本位的"人民至上"的现实主义文学，而仍坚守个人本位或主观主义观念的文学显然是不合时宜的。尽管胡风们无意与以延安文学为主流的现实主义精神对抗，但事实上这种个人主义与主观主义已经对其构成了一定的冲击，开始呈现负面的意义，尤其是胡风提出的"精神奴役创伤"的启蒙命题已经与时代的主流方向发生偏移。他认为："作家应该去深入或结合的人民，并不是抽象的概念，而是活生生的感性存在。那么，他们底生活欲求或生活斗争，虽然体现着历史的要求，但却是取着

① 胡风：《胡风全集》第 3 卷，湖北人民出版社，1999 年版，第 512 页。

98

千变万化的形态和复杂曲折的路径；他们底精神欲求虽然伸向着解放，但随时随地都潜伏着或扩展着几千年的精神奴役底创伤。作家深入他们要不被这种感性存在的海洋所淹没，就得有和他们底生活内容搏斗的批判的力量。"① 由此可见，"七月诗派"诗学的理论家们仍然坚守知识分子的精英立场，以"五四"启蒙精神为己任，并且以一种鲜明的民主意识、个性精神、英雄主义激情与人民身上有意无意残留下的封建主义、专制主义以及"精神奴役创伤"进行搏斗，以达到"立人"之目的，体现了他们强烈的文化担当与使命追求。

"七月派"诗学就是以高扬主观战斗精神，执守知识分子的良知和精神独立，反对工具理性、集体理性对人的奴役与戕害，充分尊重人的个性、价值与尊严，也是对于人的异化现象的担忧与部分知识分子精神上的崩落状态的抵制。由此，通过主观战斗精神，寻求自身解放与精神救赎。如果从这一哲学层面来看，就会发现"七月派"诗学与西方浪漫主义有精神会通之处。或许"七月派"诗学有这样"超前"的文化意识，因而不被当时人们理解而备受指责，也就有了一定的合理解释。

第三节 "七月派"诗学的"主观战斗精神"
与"延安派"诗学的浪漫主义

从整体上看，主观主义在 40 年代命运多舛，这是其必然的命运归宿。"主观战斗精神"本身所蕴含的强调个人主观和个性情感张扬的特质决定了它一旦过于强调身份的合法性就必然遭到环境的抵制。而此时另一种主观性却得到了张扬，这种主观性不是"五四"时代那种个体主义的多愁善感，也不同于"七月派"的"主观战斗精神"；这种主观性表现为所要求的思想性，即以明确的目的、意识和观念来指引创作。这是一种"理智的主观性"。40 年代，"延安派"诗学②就是这样一种

---

① 胡风：《胡风全集》第 3 卷，湖北人民出版社，1999 年版，第 189 页。
② 主要是指"延安诗派"的诗歌理论以及包括倡导延安现实主义的思想家、文艺家的理论。"延安诗派"并不是一个纯地域性的诗歌流派，它是在中国共产党领导下的与工农密切结合的诗歌流派，以延安的诗人群体为主，也包括由其辐射到其他根据地的诗人群体。

主观性很强的现实主义诗学，这种主观性也即李泽厚概括的"理智的主观性"。在延安现实主义诗学中也包含浪漫主义，这种浪漫主义是政治学的浪漫主义。这种主观主义从严格意义上说，应该是一种创作方法或创作态度，其背后思想的支撑是政治的实用主义。文艺理论家俞兆平先生认为，中国文艺理论界对西方浪漫主义概念的接受可分为两个时期，分界点约在1930年。此前，所接受的主要是以卢梭为代表的美学的浪漫主义；此后，所接受的主要是以高尔基为代表的政治学的浪漫主义。① 以此作为观照的视点，可以说，延安诗学所体现出的浪漫主义应该属于后者。而拥有"主观战斗精神"的"七月诗派"似乎与美学的浪漫主义接近。

高尔基的文艺观是建立在为政治服务的逻辑基点上，他是用一般的认识论取代了特殊的审美认识论。马克思主义哲学认识论是坚持物质现实是第一性的，因此，高尔基认为："在无产阶级建立自己的思想体系之际，他们应该是严格的现实主义者，把自己的结论建立在现实的资料之上，而绝不是从心灵、从个人的经验来摄取思想体系的素材，像个人主义的浪漫主义者所做的那样。"② 高尔基这样断言："浪漫主义乃是一种情绪，它其实复杂地而且始终多少模糊地反映出笼罩着过渡时代社会的一切感觉和情绪的色彩。"③ 从这里可以看出，浪漫主义对于高尔基来说，既不是一种理论，也不是文学创作理论，它仅仅是一种情绪和感觉的色彩而已。由此可见，高尔基已经对"浪漫主义"的原初之义进行了改变。高尔基还说："不要因我把浪漫主义这名词应用到无产阶级的心理上面而感到困惑；我使用这个名词——因为没有别的名词好使用——仅仅限于指无产者底崇高的战斗情绪而已。"④ "仅仅限于指无产者底崇高的战斗情绪而已"，这就是高尔基政治学的浪漫主义的概念内涵。最为明显的是，他把浪漫主义分为"个人主义的浪漫主义"即消极浪漫主义和"社会性的浪漫主义"即积极浪漫主义两种对立的概念。

---

① 俞兆平：《中国现代三大文学思潮新论》，人民文学出版社，2006年版，第38页。

② 高尔基：《俄国文学史》，新文艺出版社，1956年版，第115页。

③ 高尔基：《俄国文学史》，新文艺出版社，1956年版，第70页。

④ 高尔基：《俄国文学史》，新文艺出版社，1956年版，第114页。

"个人主义的浪漫主义"，"这种思潮的特征是对现实的极端不满，而显然是宁肯弃现实而取幻想与梦想，它企图把个人提到高于社会之上，企图证明个人乃是神秘力量的渊源，赋予个人以神奇的能力"①。正因为如此，他认为这种浪漫主义是病态的，是反动的。而"社会性的浪漫主义"则是"力图加强人的生活意志，在他心中唤起他对现实和现实的一切压迫的反抗"。因而，这种积极浪漫主义充满了社会主义理想，充满了革命激情与反抗意志，所以是积极的、进步的，是值得信赖与张扬的。

高尔基的这种政治学的浪漫主义对我国左翼作家、诗人所产生的影响是积极而深远的，如左翼诗人蒋光慈就曾直率地宣布："浪漫派？我自己便是浪漫派，凡是革命家也都是浪漫派，不浪漫谁个来革命呢？有理想，有热情，不满足现状而企图创造出些更好的甚么的，这种精神便是浪漫主义。具有这种精神的便是浪漫派。"② 据说郭沫若非常喜欢这个想法。当然，蒋光慈、郭沫若等对这种浪漫主义概念内涵的理解与高尔基的政治学的浪漫主义是一致的。

用政治学的浪漫主义方法进行创作，容易出现主观公式主义倾向，那就是热情离开了生活内容，没有能够体现客观的主观。胡风反对的是这种离开客观的主观主义。主观公式主义是胡风在总结 20 年代后期到 40 年代的革命诗歌创作经验教训基础上提出来的。当然，胡风并不一概反对标语口号入诗。他说："例如'打倒日本帝国主义'这喊声，只要是被丰满的情绪所拥抱的意志突击的爆发，不用说是可以而且应该在诗里出现的。"③ 在胡风看来，写实主义者只是忠实于主观感觉、印象所及的客观对象，而没有触及对象的灵魂，这就使创作主体对客观对象所做的不过是"主观浮影的描写"，抄录"死样活气的外在形象"而已，而不懂创作主体必须深入到生活的"内在的形象"使创作主体与客体水乳交融。因而，胡风反对诗人把哭泣或狂叫"照直地吐在纸上，而是要压缩在、凝结在那使他哭泣使他狂叫的对象里面，那使他哭泣使

① 高尔基：《俄国文学史》，新文艺出版社，1956 年版，第 71 页。

② 李欧梵：《中国现代作家的浪漫一代》，新星出版社，2005 年版，第 275—276 页。

③ 胡风：《胡风全集》第 3 卷，湖北人民出版社，1999 年版，第 14 页。

他狂叫的对象的表现里面"①。从这段论述中，我们可以明显地感受到胡风所反对的主观公式主义，就是离开生活内容的主观抒情主义，其实也就是高尔基所言的政治学的浪漫主义。

为什么会出现主观公式主义？这主要在于生活与写作之间是"直出直入"的。胡风认为："生活与写作，不是直出直入的。"他做了这样的解释：所谓"入乎其内、出乎其外"，讲的是创作过程的内在规律。但这话不能解释为一半对生活而言，另一半对创作而言。他进一步指出："诗，不是生活激流的本身，而应该是生活激流的浪花。诗，首先源于生活，紧连着的是诗人自身的'质'生发出的战斗火花。没有主观战斗精神的搏斗，就没有诗。"② 这段话表明，诗歌是要表现诗人的主观情感，诗人必须要有"主观战斗精神"，但是这种主观，并不是诗人自己想当然的主观，而是在深入生活现实之后所产生的主观。诗人是要深入现实生活，但诗人并不只是要表现生活和现实的本身，而是要表现经过诗人的主观浸泡后的"客观"，并且，这种"客观"与诗人自身的"质"是紧密联系在一起的。没有诗人的"主观战斗精神"，也就没有诗。从生活到创作，必须要经过极其重要的中间环节，这一环节是不能省略的，即为作家在生活和艺术之间受难的精神。诗不是现实生活的原样，而是必须有所选择与取舍，否则，是不能构成真正的艺术作品的。其实情感的表现也是这样，长期以来，很多人以为诗就是表现情感，以至于出现了许多漂浮着个人的滥情之作。这被胡风痛斥为主观主义，并对这种"客观对象的主观浮影式抒情发出警告"。显然，胡风等"七月派"理论家深谙艺术审美规律，并且强调艺术自律。这样也就清晰地区分了诗与非诗、艺术与政治等意识形态的界限。

那么，胡风所反对的主观公式主义，其产生的理论基础是什么？为什么胡风把主观公式主义称为"黑格尔的鬼影"？

如果浏览一下黑格尔的理论谱系，就可以清晰地看到这种理论的来龙去脉。"黑格尔把科学、哲学和艺术等都断定为唯一的'绝对理念'

---

① 胡风：《胡风全集》第3卷，湖北人民出版社，1999年版，第511页。

② 胡征：《如是我云》，晓风主编：《我与胡风》，宁夏人民出版社，2003年版，第259页。

在不同运动阶段外化的产物，它们只有形式的变异，而无内容差异。"①别林斯基继承了黑格尔的理论，他说："人们看到，艺术和科学不是同一件东西，却没有看到，它们之间的差别根本不在内容，而在处理特定内容时所用的方法。哲学家以三段论说话，诗人则以形象和图画说话，然而它们说的都是同一件事。"② 而高尔基的文艺理论又来自别林斯基，高尔基认为文学艺术、科学和哲学的对象客体是同一的，文学、科学和哲学所反映的对象都是思想，所不同的，文学是以"血和肉"的形式来表现，哲学则是以抽象的形式来表现。由黑格尔、别林斯基、高尔基到1932年苏联作家协会筹备委员会等，他们对艺术都是这样认识的，并将之传承下来，这就是胡风所戏谑的"黑格尔的鬼影"的来龙去脉。

既然对象内容是一样的，区别在于形式，那么文学在本质上也就失去了自身的独立性，当然更谈不上文学审美的自律性了。俞兆平认为："马克思主义遵从的是唯物主义，是坚持物质现实第一性的。当唯物主义以绝对的权威君临一切，在文学艺术领域中一般的哲学认识论吞并、取代审美认识论，就理所当然的了。"③ 按照这样的逻辑判断，浪漫主义是没有资格成为一种独立认识人和社会现实的哲学体认与美学思潮，只能降格为一种方法而已。如此看来，唯物主义认识论与政治学的浪漫主义的结合，便构成了后来影响深远的现实主义与浪漫主义相结合的创作方法。

胡风对主观公式主义是坚决反对的。他明确地指出黑格尔将人看作"绝对理念"的"工具"是不正确的。因为这种不以人的经验做基础的"人"不是人而是"鬼"。而费尔巴哈尽管从"鬼"走到了"人"，但他只是把人看成是没有任何"人对人"的"人的关系"的"有着个人的血肉的人"，也就是只将人当作"感性对象"来把握。这也是不正确的。按照马克思的观点，人不仅是"感性对象"，而且还应该把人当作

---

① 俞兆平：《中国现代三大文学思潮新论》，人民文学出版社，2006年版，第17页。

② 别林斯基著，满涛译：《别林斯基选集》第2卷，时代出版社，1952年版，第429页。

③ 俞兆平：《中国现代三大文学思潮新论》，人民文学出版社，2006年版，第17页。

主观的"感性活动"来把握。如果把这种观点运用到艺术创作中，就是要发挥作家独特的审美创造性活动，作家不能成为一种被动的工具。在胡风看来，主观公式主义者把自己当成思想的工具，又将作品人物当作工具来说明思想，因而不能通过主客观的化合把握住客观对象的真实性，只能得到一些虚浮的乃至虚伪的思想，自然也包括情感在内。他认为："作家是一个'感性的活动'，不能是让客观对象自流式地装进来的'一个工具'，一个'唯物'的死的容器。"① "从对于客观对象的感受出发，作家得凭着他的战斗要求突进客观对象，和客观对象经过相生相克的搏斗，体验到客观对象的活的本质的内容，这样才能够'把客观对象变成自己的东西'而表现出来。"② 其实，在这里胡风强调的还是"主观战斗精神"的重要性。

以胡风"主观战斗精神"所构建的"七月派"诗学是一种张扬主体情感和个性主义的诗学，它代表的是一种创作本体论，而"延安诗学"的浪漫主义只是依附于现实主义中的一种创作方法。胡风的"主观战斗精神"的情感应该是主体论或本体论的情感，而"延安诗学"的浪漫主义情感应该算感觉论情感，是一种抒情话语。"七月诗派"注重艺术自律，即诗首先是诗，然后才是政治；而"延安诗学"的浪漫主义注重他律，即诗首先是政治，而后才是诗。这是两者之间的本质差别。

---

① 胡风：《胡风全集》第 3 卷，湖北人民出版社，1999 年版，第 522 页。
② 胡风：《胡风全集》第 3 卷，湖北人民出版社，1999 年版，第 523 页。

第三章 "主观战斗精神"："七月诗派"文本世界的价值显现

西方浪漫主义文学是在反新古典主义美学和基督教文明斗争中孕育出来的一种以主观表现为核心的全新的文学观念，鲜明地表达了反封建、反黑暗社会统治和批判人类异化现象的主题，对社会文明进步、发展起到了重要的推动作用。40 年代以"主观战斗精神"为核心，浪漫主义倾向的"七月诗派"，在反抗日本帝国主义侵略、抨击黑暗社会统治、追求美好生活，勇于为理想光明献身等方面，可以说与西方浪漫主义思想相似。"七月诗派"主要以《七月》《希望》以及后来的《泥土》等杂志为阵地，发表了大量具有社会价值和美学价值的诗歌。诗人群却是不固定的，既有国统区的，也有解放区、游击区和战争前线的。尽管诗人的地域不同，生活的境遇和美学情趣不同，尽管他们各自拥有自己的抒情领域和艺术风采，但在诗人群的总体创作上自觉地将"主观战斗精神"的美学理念运用于创作实践，非常明显地流露出以下四种价值取向。

第一节 讴歌抗争，呼唤解放

《七月》创刊伊始，胡风便在题为《愿和读者一同成长——代致辞》中申明："中国的革命文学是和反抗日本帝国主义的斗争一同产生，一同受难，一同成长。斗争养育了文学，从这斗争里面成长的文学又反转过来养育了这个斗争。"① 此后，他强调"战士和诗人原来是一

---

① 七月社：《愿和读者一同成长——代致辞》，《七月》，1937 年第 1 集第 1 期。

个神的两个化身"①，只有先做"向前突进的精神战士"②，才能做一个真正的诗人。他还强调诗人只有"跳跃在时代的激流里"才"能够在事实的旋律里找到他的史诗的形态"③。胡风非常重视"七月派"的史诗形态的建构。所谓史诗形态，是指"对时代精神和民族性格现在时态的反映"，也就是他所阐释的："诗人底声音是由于时代精神的发酵，诗底情绪的花是人民的情绪的花，得循着社会的或历史的气候；……诗人的生命要随着时代的生命前进，时代精神底特质要规定诗的情绪状态和诗的风格。"④ 正是在这种"史诗意识"的灌注下，"七月"诗群才显示出了一种飞扬不息的民族精魂风采，闪现出苍凉、刚健的诗美风格。

在中华民族全国抗战爆发不久，胡风最先以燃烧的怒火和昂扬愤激的情绪，发出了一声嘹亮的呐喊，呈现出救亡文学特定的民族情绪和典型的心理状态，表现了中华民族不屈的抗争精神："在黑暗里在高压下在侮辱中/痛苦着呻吟着挣扎着/是我底祖国/是我底受难的祖国！……祖国呵/你底儿女们/歌唱在你底大地上面/战斗在你底大地上面/喋血在你底大地上面。"（胡风《为祖国而歌》）⑤ 这是一代诗人的战歌，代表着一切为民族解放、为反抗日本帝国主义侵略而战的人民意志，代表了整个华夏民族的心声。另一位诗人苏金伞在《我们不能逃走》的反复吟唱中也传达了要与"鬼子拼一拼"的价值取向，深切而忧患地透视出人民要保卫自己家园的同仇敌忾的斗争意识。像这种将个人内心的激情与整个民族的愤怒复仇的情绪融合在一起，唱出时代与民族的最强音的当属抗日救亡诗坛上的"三大重镇"之一的诗人田间。田间的政治抒情诗和街头诗被视为时代的号角，他因此也被闻一多先生誉为"时代的鼓手"。"亲爱的/人民/抓出/木厂里/墙角里/泥沟里/我们的/武器/挺起/我们/被火烤的，被暴风雨淋的/被鞭子抽打的胸脯/斗争吧//在斗争里/胜利/或者死……"（田间《给战斗者》之六）"在诗篇上/战

① 胡风：《胡风全集》第2卷，湖北人民出版社，1999年版，第428页。
② 胡风：《胡风全集》第3卷，湖北人民出版社，1999年版，第76页。
③ 胡风：《胡风全集》第2卷，湖北人民出版社，1999年版，第514页。
④ 胡风：《胡风全集》第3卷，湖北人民出版社，1999年版，第65—66页。
⑤ 绿原、牛汉编：《胡风诗全编》，浙江文艺出版社，1992年版，第54页。

士的坟场/会比奴隶的国家/要温暖/要明亮。"（田间《给战斗者》之七）① 对于田间的诗的这种风格，闻一多先生给予极高的评价："它只是一片沉着的鼓声，鼓舞你爱，鼓动你恨，鼓励你活着，用最高限度的热与力活着，在这片大地上。"②

抗战初期这种慷慨激昂、悲壮有力的歌唱在"七月派"诗人的创作中都有不同程度的回响，使人们感到中国不会灭亡，中国抗战一定能胜利，因为整个中华民族已经从痛苦与悲愤中站立起来，挺直胸膛，迎着残暴的侵略者，用生命和热血保卫着可爱的家园："我看到了他们战斗的行列/为了消灭那凌辱他们和你的顽敌/他们倔强地在你的血泊里/仆倒而又爬起。"（杜谷《写给故乡》）③ 再如勇士们"抬着辎重/抬着曲射炮和机关枪/活跃的身子/活跃的脸色/活跃的复仇的心"（冀汸《跃动的夜》）④ 等等，都凸现出中华民族的优秀儿女救亡图存、浴血奋战的精神，如一束微小的视镜折射出中华民族不甘沉沦、不甘屈服的真实心态。

然而战争是艰苦的，更是残酷的。40 年代初，正是抗战中最艰苦卓绝的相持阶段，民族的生死存亡又一次面临严峻的考验。作为中华民族的赤子与歌者，"七月派"诗人们再一次对民族的命运表现出深切的关注。他们"真切地感受到了民族生存与发展的艰辛与悲壮，又更感受到了深蕴于这个古老民族内部的韧性精神和顽强的生命力"⑤。他们用气势雄阔、不可阻挡的诗句，突显出苦难中缓缓前行的中国形象："前进/强进/这前进的路/同志们/并不是一里一里的/也不是一步一步的/而只是——一寸一寸那么的/一寸一寸的一百里/一寸一寸的一千里啊/……但是一寸的强进终于是一寸的前进啊/一寸的前进是一寸的胜利啊/以一寸的力/人的力和群的力/直迫近了一寸/那一轮赤赤的炽火飞爆的

① 周良沛选编：《七月诗选》，四川人民出版社，1984 年版，第 28—29 页。
② 孙玉石：《20 世纪中国新诗：1937—1949》，《诗探索》，1994 年第 4 期。
③ 绿原、牛汉编：《白色花》，人民文学出版社，2000 年版，第 165—166 页。
④ 绿原、牛汉编：《白色花》，人民文学出版社，2000 年版，第 97 页。
⑤ 张松如主编：《中国现代诗歌史论》，吉林教育出版社，1995 年版，第 552 页。

清晨的太阳！"（阿垅《纤夫》）① 多么艰难，又多么坚韧和顽强啊！这是一寸一寸地在搏斗中前进啊！只有前进才有出路，这不正象征着中华民族历经苦难而永不衰竭的英雄斗志和进取精神吗？与《纤夫》异曲同工之妙的，还有冀汸的《渡》一诗。诗人"悲哀地呼喊：'渡船呀！'"，诗人"含愤地呼喊：'渡船呀！'"，他要过河，要在河的彼岸"把枪炮刀火苗/把力血液/把一切兑换自由的东西/重新准备好"②，以战斗到达希望的胜利的彼岸。再如朱健的长诗《骆驼和星》、侯唯动的《偷袭》、辛克的《我爱那一幅旗》等等都表现了这方面的主旨情思，为我们民族塑造了一座充满苦难与蕴藏活力的历史雕像。

忠于历史主潮的进取精神，对祖国、民族命运的休戚关怀，始终是"七月派"诗人创作的主体情结，即使到了解放战争时期，诗人们也一如既往，情有独钟。正如谢冕先生所言："体现这一流派最为可贵的品质，是'七月'同人对于社会、民族的哀乐与共的参与精神。'七月派'诗人一方面体认自己作为诗人的使命，一方面他们更乐于承认自己属于历史、属于社会、属于民众。"③ 抗战胜利后，当人们高呼万岁，举国狂欢的时刻，诗人当然比任何人都更激动。"但这激动并不仅仅只是一种情绪，同时还是一种力量。诗人是弄潮儿，他能推波助澜，随波逐流，但也能驾驭感情的狂潮，乘风破浪。这一切，取决于他所意识到了的、整个时代的历史发展趋势与美学走向。"④ 因此，诗人一方面兴奋地感觉到"中国的/体温/升腾着/脉搏/弹跃着"，另一方面又清醒地意识到"这是/九死一生的/胜利/与失败几乎没有距离的胜利呀"。胜利来之不易，胜利岌岌可危。为了巩固这胜利，只有把这个"终点"当作"又一个起点"，时代要求"中国人民/再前进"（绿原《终点又是个起点》）。因为光明和自由的春天并没有真正到来，国民党反动派正急于发动内战，破坏这刚刚取得的来之不易的国内和平。诗人高屋建瓴，以其敏锐和智慧，深刻地预示出中国未来的发展图景，从那一星微弱的"火种"看到了民主、自由的明天。事实上也确实如此，在其后

---

① 绿原、牛汉编：《白色花》，人民文学出版社，2000 年版，第 16—17 页。
② 周良沛选编：《七月诗选》，四川人民出版社，1984 年版，第 352—353 页。
③ 谢冕：《新世纪的太阳》，时代文艺出版社，1993 年版，第 201 页。
④ 江锡铨：《"诗的史"与"史的诗"》，《贵州社会科学》，1998 年第 3 期。

的几年里，"七月诗派"诗人同全国人民一道积极投入到争民主、争自由、反饥饿、反内战的革命洪流中去，用诗的火种点燃了亿万人民愤怒、反抗的燎原烈火，使人们终于从黑暗的王国里杀出了一条生存的血路。

当一个朝气蓬勃的新中国在火海与血海中诞生的时候，"七月派"诗人同全国人民一样是那样的欣喜和激奋，他们饱蘸激情写下了这样的诗句："这是怎样的欢腾的世纪啊/这是怎样的开花的季节啊/每一片土地与每一片土地，联结了起来了呀/每一座村落与每一座村落，都站立起来了呀/苦恼的人们跳跃着，歌唱着，劳动着/从二十世纪的奴役的、残暴的、古老的中国/站立了起来。……中国，中国啊/你的人民带有多少的光辉啊！你的土地蕴藏着多少的力量啊！"（化铁《解放》）① 此外，还有胡风的政治抒情长诗《时间开始了》等等也都艺术地记录了那段无限欢乐、无限幸福的共和国的童年历史，抒写了一曲曲充满感激和幸福的赞歌。他们写出了中国革命的真正史诗，他们唱出了亿万人民想唱的歌。

从抗日战争、解放战争到新中国成立，"七月派"诗人始终是人民的歌者、时代的歌者。正如胡风先生所言，"诗人应该成为在受难的祖国大地上"升起的"庄严的诗"的创造者，是"真诚地为人民而歌的诗人"②。"七月派"作为一个以讴歌民族解放与进步为己任的现代文学流派，"集结在国破家亡的战火硝烟中，艰难地又是顽强地穿越中国历史上最后一段漫漫长夜，走到了中华人民共和国的灿烂阳光下，胜利地完成了自己的历史使命……他们以自己的政治敏感与美学敏感，忠实地录存了中国历史中十分厚重的一页"③。

第二节 抨击丑恶，揭露黑暗

"七月派"诗人大多来自生活的底层，因而对人民的同情和爱始终是他们关注的焦点。如"悲哀""灾难""黑暗""丑恶""不平""愤

① 绿原、牛汉编：《白色花》，人民文学出版社，2000年版，第315—317页。
② 胡风：《胡风全集》第3卷，湖北人民出版社，1999年版，第440页。
③ 江锡铨：《"诗的史"与"史的诗"》，《贵州社会科学》，1998年第3期。

灊"等常常是他们诗的关键词。正因为他们对平民苦难的生活有切肤的痛感，因而他们才能以更加宽广的眼界凝视人民的苦难与创伤、民族的新生与希望。"中国的苦痛与灾难/像这雪夜一样广阔而又漫长呀//雪落在中国的土地上/寒冷在封锁着中国呀……"（艾青《雪落在中国的土地上》）①，使我们感到了"七月派"诗人是蘸着血泪写诗，一片忧国爱民之情令人心情激荡。那一种种难以忍耐的悲苦情绪，那一幅幅无比沉痛而又悲伤的景象是那样刺目、惊心，深刻地表现了诗人对苦难的民族和人民的无限同情。"七月派"诗人大多诞生于一个民族意识与群体意识觉醒与高扬的时代，这也是人民力量被认识被高扬的时代，因此，作为一个拥有"以天下为己任"和经世济民的优秀传统的民族的一代新型知识分子，"七月诗派"诗人的情感世界更自觉地倾向了民族和人民这块广袤的土地，他们的感伤和忧郁凝结着对民族和人民的深厚感情和深切关注。在"七月诗派"的诗中，无论是阿垅淌着"铁液一样无情的泪滴"在无弦琴上抚奏（《琴的献祭》）②，还是邹荻帆的"飘雪的村庄"（《雪与村庄》）③，杜谷的"破碎的巷"（《巷》）④，徐放的"动乱的城"（《在动乱的城记》）⑤ 等，都流淌着一种苍凉悲壮的气息，透露出诗人心中的悲哀和对民族命运的深重忧虑。这种厚重的感伤情绪在中国现代诗歌史上是很突出的。曾以极为高亢的音调写过《祝中原大捷》一诗的庄涌，也曾以犀利的笔锋写下了《朗诵给重庆听》，他在诗中毫不留情地解剖战时的"陪都"——重庆的"病体"。如果说庄涌的这类揭露黑暗、痛陈时弊的诗篇还略带飘浮、浅露，那么到了抗战后期出现的作品就显得含蓄、深沉得多了。如绿原的长诗《给天真的乐观主义者们》从纵深处开刀，横剖了这光怪陆离的人世，画出了一幅幅生动逼真的社会相。"大街上，警察推销着一个国家的命运"⑥，一语双关地揭露了蒋介石的《中国之命运》的荒谬。而中国的命运让他们随

---

① 周良沛选编：《七月诗选》，四川人民出版社，1984 年版，第 34 页。
② 周良沛选编：《七月诗选》，四川人民出版社，1984 年版，第 34 页。
③ 周良沛选编：《七月诗选》，四川人民出版社，1984 年版，第 124—129 页。
④ 绿原、牛汉编：《白色花》，人民文学出版社，2000 年版，第 101 页。
⑤ 绿原、牛汉编：《白色花》，人民文学出版社，2000 年版，第 243—256 页。
⑥ 绿原、牛汉编：《白色花》，人民文学出版社，2000 年版，第 178 页。

意支配，造成无尽的灾难，是我们民族的大悲剧。各种离奇古怪的事情由此发生：杀人者获赏，被害者有"罪"；高官阔佬灯红酒绿，童工们面黄肌瘦，落难的人沿街乞讨；知识分子患了失语症，不敢吭声；"鸦片批发，灵魂收买，自行失踪，失足落水"，等等。这是一个多么污浊肮脏的社会，一个罪恶的世界。郑思的《秩序》、朱健的《沉默》等诗都强烈地表达了诗人们对黑暗统治的不满和愤怒，对祖国的前途命运有着深重的忧思。绿原曾经说过，这一时期"作者们不但继续面临民族的大敌，而且在生活周围的各个角落，都遭到了空前反动的反共反人民的黑暗势力，人和诗在原来的生活环境下便日益感到那些历史的限制，作品的情感也不得不日见沉郁和悲怆起来"[1]。"七月派"诗人的忧患郁愤在表现主体生命意识的压抑与抗争中得到了极大的强化。绿原在反对政治高压下，承受着年轻的生命被压迫的痛苦："一朵朵不祥的乌云/盖在我们头顶上""我们发现自己/在悬岩峭壁面前"（《复仇的哲学》）[2]。阿垅则在政治压迫和人生劫难中倔强地昂起头："要开作一枝白色花/因为我要这样宣告，我们无罪，然后我们凋谢。"（《无题》）[3] 彭燕郊的《雪天》《岁寒草》《不眠的夜星》等诗作则在悲凉的背景上镌刻着他对于多难的祖国和人民的热爱，从忧伤和孤独中折射出追求的执着和挣扎的辛酸。

"七月派"诗人"以他们深重的忧患意识和浓烈的郁愤情绪，构成了他们的情感世界与艺术世界的基本内涵、基本色调"[4]，同时也表达了诗人们刻骨铭心、至死不渝的与国共运、与民共舞的感情。

第三节　缅怀烈士，崇尚英雄

1982 年，诗人邵燕祥曾在《文艺报》上对"七月派"诗人集《白色花》进行评价时说："这些当时的年轻歌者曾经频繁地接触到受伤、

---

① 绿原、牛汉编：《白色花》，人民文学出版社，1981 年版，第 2 页。

② 周良沛选编：《七月诗选》，四川人民出版社，1984 年版，第 383 页。

③ 绿原、牛汉编：《白色花》，人民文学出版社，2000 年版，第 21 页。

④ 郑纳新：《论"七月诗派"的整体风格》，《广西师范大学学报》（哲学社会科学版），1994 年第 3 期。

流血、牺牲一类题材和主题。然而，与鲁迅叹为'呜呼，头痛极了'的'先前是花呀爱呀的诗，现在是血呀死呀的'迥然不同，这是出于身经战斗者的倾诉，所表现的是爱国者、革命民主主义者的生死观。"的确，"七月派"的诗中有许多是描写革命烈士的，形象地传达出诗人的孤愤、正直和哀悼。1926年，北京"三一八"惨案发生后，胡风怀着无比的愤恨写下了这样的诗句："死者/火样地，你们生/火样地，你们死//死者/血染红了他们底爪牙/血也染红了我们底心！""我们的心颤动了/来呀，来呀/我们底兄弟/我们的心愤恨了/来呀，来呀/我们的仇敌！"（《给死者》）①诗句慷慨激昂，热烈深沉，以长歌当哭的痛楚和愤郁控诉了军阀及其走狗们的暴行，表现了诗人要与敌人血战到底的决心和勇气。

"七月派"诗作更多地表现了战士们迎着风暴浴血战斗的历程。天蓝的《队长骑马去了》一诗深刻地描绘了斗争的复杂、情形的严峻，一个游击队长收编、改造了溃散的乱军，组成了一支能打硬仗的游击队，并且连战连捷。他们在一次敌我悬殊的战斗里中了埋伏，伤亡惨重。正当队伍需要重建时，队长却被敌人骗过黄河杀害了。此诗写得沉痛悲壮，呼声切切："队长骑马去了/骑马去了/一个月还不见回来//队长/呵，回来//我们/一千个心在想/一千双眼睛在望/你呀/你什么时候回来？""队长/呵，回来/正当现在我们改编的时候/知道您永不回来了！"②真正是千呼万唤，撕心裂肺，扣人心弦。方然的《邓正死了》一诗写一名战士牺牲了，战友们踏着烈士的血迹继续奋勇杀敌。没有悲伤，没有眼泪，他们以复仇的决心和胜利进军的方式告慰死者："战士死了/葬在黄河边/中条山环抱着/黄河日夜为他唱着雄壮的歌/唱出他的愤恨/他的希望/他的欢欣。"③歼敌以后，长长的队伍又开过他的墓前，没有仪式，没有鞭炮，但大家都在默哀，都在宣誓，部队又将奔赴新的战场。全诗构思匠心独运，别具一格，化悲痛为力量，以奋战寄托哀思。

---

①　绿原、牛汉编：《胡风诗全编》，浙江文艺出版社，1992年版，第11—12页。

②　周良沛选编：《七月诗选》，四川人民出版社，1984年版，第336—346页。

③　周良沛选编：《七月诗选》，四川人民出版社，1984年版，第119页。

真的勇士敢于直面惨淡的人生，敢于正视淋漓的鲜血。"当有血的时候是没有眼泪的/一个兵是没有一滴眼泪的/一滴朝露那样小小的也没有啊/流血的人不是流泪的人。"（阿垅《再生的日子》）① 鲁藜的坦然且近于天真的诗情给他的诗赋予理想色彩。他写在冬天里暂用雪掩埋一个战死的同志："雪堆成一座坟/血液渲染着它的周围//血和雪相抱/辉照成虹彩的花朵//太阳光里，花朵消溶了/有种子掉在大地里。"（《红的雪花》）② 于是他写下这样的诗句："一个勇敢的人/勇敢地战死/就是最大的快乐。"（《夜葬》）③ "不要害怕死，阴谋，毒辣的杀害/做一个永远的青年/把自己当作一粒种子/播开去/在灾难的荒芜的原野。"（孙钿《行程》）④

"七月派"诗人在对死者以及革命烈士赞美与歌颂的同时，也更强化了他们"威武不能屈"的高尚人格境界。"鞭子不能属于你/锁链不能属于我//我可以流血地倒下/不会流泪地跪下。"（冀汸《今天的宣言》）⑤ 在屠杀和死亡面前，他们勇敢而无所畏惧地面对："汉子们吓破了胆吗/没有！没有/微笑着一语不发。"（绿原《坚决》）因为诗人早已下决心："把自己的血/和敌人的血流在一起。"因为相信"奴隶们的血总有一天要冲垮那帝王的龙庭"，而且深知"生是美丽的/为了美丽的生而死/更美丽"（徐放《在动乱的城记》）⑥，而即便死了，也"甘心瞑目/死于追求/死于理想……"（鲁煤《默悼几只扑火者的死》）⑦。正是因为诗人有了这种壮烈的生死观和崇高的人格境界，他们的诗才具有了一种永恒的精神魅力。

第四节　歌吟自然，礼赞光明

"七月派"的诗中有很多歌咏大自然的。艾青就曾以歌唱大自然而

① 绿原、牛汉编：《白色花》，人民文学出版社，2000年版，第6页。
② 绿原、牛汉编：《白色花》，人民文学出版社，2000年版，第39页。
③ 绿原、牛汉编：《白色花》，人民文学出版社，2000年版，第36页。
④ 绿原、牛汉编：《白色花》，人民文学出版社，2000年版，第55—56页。
⑤ 绿原、牛汉编：《白色花》，人民文学出版社，2000年版，第111页。
⑥ 绿原、牛汉编：《白色花》，人民文学出版社，2000年版，第243—256页。
⑦ 绿原、牛汉编：《白色花》，人民文学出版社，2000年版，第295页。

闻名于诗坛，如《雪落在中国的土地上》《北方》，等等。彭燕郊、冀汸、杜谷、牛汉等也是善于描绘大自然的歌者。"在厦门/我骄傲我年青/骄傲我满溢的生命的力/到处开遍花/相思树的绿叶常青/天，像海一样蓝/像海一样湛深/和煦的海风吹着/吹亮了炮台上大炮的口径/吹红了小姑娘的臂膀，双唇。"（彭燕郊《怀厦门》）① 全诗生动活泼，春意盎然，跃动一股巨大的昂奋的生命力，令人怦然心动。

牛汉，这位蒙古族诗人，仿佛是骑在马上，从高坡处久久凝望着在北中国寂寞流淌的黄河，以一个千古不朽的比喻，把滔滔黄河这一中华民族的摇篮，气势雄壮地形容为"像古骑士扔下的一张长弓/静静地/躺在草原上"（牛汉《鄂尔多斯草原》）②。

杜谷曾画出川西平原凄凉的村庄、泥泞的道路、寂寞的田野，尤其是他那著名的诗篇《泥土的梦》写得既温柔又亲切，既真挚又热情："泥土有绿郁的梦/灌木林的梦/繁花的梦/发散着果实的酒香的梦/金色的谷粒的梦/它在梦中听见了/孩子们的刈草镰/和风车水磨转动的声音//它在梦中听见了/潺潺的流水/和牝牛低沉的鸣叫/和布谷鸟催耕的歌/和在温暖的池沼/划着橘色的桨和白鹅的恋曲"③。这是一幅具有水乡情味的水彩画，声色俱佳，楚楚动人。

"七月派"诗人笔下的山川景物大多都带有一种宁静浪漫的色彩和温柔敦厚的情调。"七月派"对祖国山川景物的描写与赞美，与西方浪漫主义诗人和批评家所向往的那些未经文明染指的原始的大自然不同。西方浪漫主义者认为，现代文明是抹杀人的美好天性的罪魁祸首，人类应该有更好的生存方式，应该有更多的人的自然本性，以及更自由的生存方式。大自然是最能体现出人类的自由、理想的最符合人性存在的客观载体。西方浪漫派诗人把自己的理想寄托在大自然中，或留恋湖光山色，或向往原始森林，或追怀宗法式的田园牧歌，等等，其目的就是用自然的美来反衬社会的丑。而"七月派"诗人则是通过对景物的描写与歌咏，表达他们对生活的热爱、和平的渴望和幸福的向往。

① 周良沛选编：《七月诗选》，四川人民出版社，1984 年版，第 81 页。
② 绿原、牛汉编：《白色花》，人民文学出版社，2000 年版，第 266 页。
③ 绿原、牛汉编：《白色花》，人民文学出版社，2000 年版，第 157—158 页。

"礼赞光明，向往自由"也是"七月派"诗人所追求的精神境界。田间、艾青、天蓝、孙钿、鲁藜、胡征、阿垅等都先后去了延安，对民主圣地延安有了更多更新的感受和体验："山上/一列又一列的窑洞啊/一层又一层的窑洞啊/抬起头来/全都像摩天楼呢//歌声/笑声/标语和漫画/学习，工作/人多得蜂一样/而窑洞像蜂巢啊。"（阿垅《窑洞》）①这是一片特殊的西北风光，这是光明、民主与自由的发源地，更是诗人向往的精神摇篮与真理的圣地。"我是一个从人生的黑海里来的/来到这里，看见了灯塔"（鲁藜《山》）②，这是一位热爱民主和自由、崇尚真理和幸福的赤诚歌者的鸣唱，代表了一代人的心声。

　　胡征的《五月的城》一诗对延安城的礼赞，表现了诗人一脉真挚的情愫；艾漠的《自己的催眠》《跃进》等诗篇也都凸显出礼赞光明，追求民主、进步的情思，表达了一代进步青年的共同感情，带有鲜明的时代色彩。

　　"七月派"诗人的庄严歌唱始终是与中国人民为争取国家独立、民族解放的斗争紧密联系的，始终是与时代与祖国的命运联系在一起的。他们不但忠诚地记录了中国现代文学史后一个十年的艰苦卓绝的情感历程，同时也为人类留下了一笔巨大的精神财富，我们不正是从这里感受着震撼灵魂的伟大的力量吗？

---

① 绿原、牛汉编：《白色花》，人民文学出版社，2000年版，第4页。
② 绿原、牛汉编：《白色花》，人民文学出版社，2000年版，第33页。

第四章　个性的张扬："七月诗派"
浪漫主义的美学倾向

第一节　执守个性："七月诗派"的生态环境

40年代"七月派"诗人始终以现实主义身份自居，尤其是该流派的理论家胡风与阿垅等对此深信不疑。然而，当时的周扬、何其芳等以延安为"正统"的现实主义者对"七月诗派"的身份却心存疑惑并予以抨击，他们认为"七月诗派"的理论不是现实主义。那么"七月诗派"到底具有怎样的理论归属？尽管"七月诗派"诗学很难用合乎某一现成的文艺概念或公式来框定，但其浪漫主义的主导倾向是清晰的，美籍学者夏志清认为："在胡风的现实主义观念里，有许多浪漫主义成分。"① 因为浪漫主义本身就有崇尚主观意志、张扬个性的色彩。不过"七月诗派"与以往的浪漫主义相比，又较多地强调现实性因素，这与当时文学理论的主流话语有关。

40年代中国文学理论的主流话语是现实主义，其理论根基是马克思主义文学理论。马克思关于社会生活结构的"经济基础"与"上层建筑"这两者关系的论述，已成为理论家认识文学的性质、特征的有力的理论依据和美学武器，文学反映论成为大多数理论家认可的文学认知范式。这主要由以下三个方面因素所致。

第一，深受马克思主义文学思想、苏联文学的影响，40年代的文艺家都力图改变旧有的文学观念，以便使自己的文学创作能够更有力地

① 夏志清：《中国现代小说史》，台湾传记文学出版社，1979年版，第320页。

反映现实的本来面目，揭示社会发展的规律、趋势和前景，为时代和生活立言。以唯物论的反映论为哲学基础的现实主义文艺观，恰好应和了作家的这一要求，当时一般具有进步倾向的作家都信奉这一文学观，"现实主义几乎成为当时作家唯一的选择"①。难怪胡风在分析当时文学创作的中心任务时说，当时的作家几乎"都是以现实主义者自命的。虽然他们底理解和到达点怎样，是值得深究的迫切的问题"②。由此观之，现实主义在当时的影响程度可见一斑。

第二，由于民族革命和解放战争的迫切要求，救亡图存需要更多的民众广泛参与，文学作为一种工具或利器，更容易发挥作用，因此，反映下层的"血和泪"的现实主义文学极容易得到广大民众的认同和拥护，从而达到唤醒民众、教育民众和鼓舞民众的目的。这是时代客观的需要，"所以写实主义成了主潮"③。

第三，现实主义之所以在 40 年代成为显辞，也在于毛泽东的《讲话》的发表与传播。现代文学发展到 40 年代，由以往多元并存的文化景观逐渐归趋于一景即现实主义。在这样广阔的现实主义的文化语境中，诸如在二三十年代引领风骚的浪漫主义、现代主义诗学，此时就不能不受其浸润与影响，不能不对其艺术观念进行调整与反思，不能不以更加复杂的形态消隐于现实主义这一广义的文化概念中。但是，它们在其复杂的倾向中又各有其自己的主导性思想倾向。胡风的"七月派"诗学和"九叶派"现代主义诗学就是其中的代表。"七月"诗学之所以在这样的情势下，还能拥有自己独特的声音，关键在于它没有放弃个性主义的追求。

个性主义就是以人为本位，承认人的自由，承认自我，承认个人意志为基本内涵。卢梭认为："我们原始的情感是以我们自身为中心的。"④ 人性的首要关怀是对自身应有的关怀，自由就在于"实现自己的意志"，"不屈服于别人的意志"。也就是说，这个被西方浪漫主义推崇的个性主义在反封建传统思想和道德观念的束缚上，起到了极其重要

① 洁孺：《论民族革命的现实主义》，《文艺阵地》，1939 年第 3 卷第 8 期。
② 胡风：《今天，我们底中心任务是什么》，《七月》，1940 年第 5 卷第 1 期。
③ 玄珠：《浪漫的与写实的》，《文艺阵地》，1939 年第 1 卷第 2 期。
④ 卢梭：《爱弥儿》，商务印书馆，1978 年版，第 222 页。

的"破冰"作用。美国学者福斯特在《浪漫主义概观》中明确指出："个性主义是十八世纪下半叶欧洲意识危机的核心，它尤其是为浪漫主义观点的发展奠定了基础。"① 个性主义是浪漫主义基本思想的表征与标志。它既区别于古典主义，也与后起之秀的现实主义不同。法国资产阶级大革命后，西方浪漫主义者对资产阶级革命的后果感到严重的失望，他们以各种方式向资本主义的现实社会提出不满和抗议，但这种不满和抗议，仍然是从个性主义立场出发的，主要是以他们个人的感同身受，向整个社会发出战斗的檄文。"只有到了十九世纪三四十年代之后，资本主义社会的具体社会矛盾才逐步明朗化并尖锐化起来，具体的社会矛盾和下层人民的痛苦才更多地引起了先进知识分子的注意，他们把目光从主观自我移向客观社会，移向下层人民群众，也正是在这个时候，现实主义文学逐步取代浪漫主义而成为西方文学的主潮。浪漫主义者的思想倾向中并非没有人道主义思想因素，但起主导作用的则是个性主义；同样，现实主义者并非绝对排斥个性主义，但最终决定他是现实主义者的主要思想基础则是对下层群众的人道主义同情。"② 从以上的分析与描述中，我们清晰地看到个性主义在浪漫主义中的核心位置与重要作用，它是浪漫主义与现实主义文学的分水岭。

40 年代的中国风雨飘摇，支离破碎。在这样的时代背景下，建立一个整齐划一的集体主义模式，对群体的凝聚力和战斗力更好地发挥能起到相当积极的作用。在艺术领域，强调艺术表现非个性化倾向也是顺应当时的社会潮流的。楚阳在《文艺创作与生活实践》中提出："文学再不是自我表现，而是时代的表现，也再不是个人的事业，而是民众的事业。"③ 由邵荃麟执笔的《对于当前文艺运动的意见》提出："作家的真实感受"，"只有和广大群众的感觉取得一致时，艺术才具有其客观的真实性"，同时，还认为当时的文艺界在"思想上的混乱状态，主要即是由于个人主义意识和思想代替了群众的意识和集体主义思想"。④

---

① 罗钢：《浪漫主义文艺思想研究》，陕西人民出版社，1986 年版，第 102 页。
② 罗钢：《浪漫主义文艺思想研究》，陕西人民出版社，1986 年版，第 10 页。
③ 茅盾等：《新民主主义的文学》，上海新生书局，1949 年版，第 20 页。
④ 邵荃麟、冯乃超等：《文艺的新方向》，《大众文艺丛刊》第 1 辑，香港生活书店，1948 年版。

在这样的背景下，张扬个性主义的"七月诗派"显然不合时宜。

在胡风等"七月诗派"同人的理念中，并没有否认集体主义的进步意义，而且应该说是非常拥护的，但他们只有一点保留，那就是拥护这种集体主义，但不能把它理解为个体对群体的无条件的服从。胡风等为什么总要强调个性主义？其目的就是反封建。胡风认为，"五四"以来的反帝反封建的文学主题并非只剩下了反帝，也并非救亡的主流声音消解或代替了启蒙精神，或者说在反帝中自然而然地包含反封建的内涵，这样的想法是错误的，因此，他一再提醒人们要警惕在"爱国主义"旗帜下掩盖的封建主义的阴魂，不能因为资产阶级提出了个性解放的主张，今天我们就自动地放弃它，如果是这样，那么，这实质上就是向封建主义投降。是不是集体主义与个性主义两者之间宿命般地对立？胡风等"七月派"同人认为，"群众底存在，个人底觉醒，两者并非宿命地违反的敌对的"，"人必须理解自己的'价值'，发挥自己的'力量'"，① 从而服从群众的利益，坚定群众的立场；"集体的英雄主义"不仅要"尊重着大众底利益，服从着集体底命令"，更要"保留自己底能动作用，和必须掌握自己底战斗性能"。② 通过以上的分析，胡风的"七月"浪漫主义诗学有一定的现实主义成分，但它归根结底仍然属于浪漫主义，因为它更注重的是个性主义。这是"七月"浪漫主义诗学向中国现代诗学提供的一份独特而宝贵的思想与精神资源。

"七月派"诗人生活在一个民族危机兼黑暗专制统治的时代，由于他们是时代激流中的新一代知识分子，所以在他们身上既洋溢着"铁肩担道义"的传统士人的英雄主义激情，同时又拥有"五四"以来所形成的独立、平等、民主、自由的现代知识分子的品格和风范，由此而形成了一种既向往强烈的集体主义的政治意识，又决不放弃英雄的个性主义和批评自由的诗学传统。在反抗日本侵略、抨击国民党黑暗统治等方面，"七月派"诗人确实发挥了较大的作用，毛泽东、周恩来等共产党人都曾对胡风的《七月》杂志予以较高的评价，周恩来还曾给予其一

---

① 怀潮：《论艺术与政治》，《蚂蚁小集》，1948 年第 4 辑。
② 阿垅：《人·诗·现实》，生活·读书·新知三联书店，1986 年版，第 277 页。

定的资金支持。但是，"七月派"诗学与延安现实主义诗学有矛盾和分歧，其焦点就在于放不放弃个性精神和知识分子的启蒙立场。显然"七月诗派"没有放弃这种诗学信念与追求，因而，在"七月派"诗歌中所凸显出来的抒情主题与形象就显得尤为复杂、矛盾和深邃。也许"七月派"诗学的精神魅力即基于此。

第二节 英雄主义色彩：

"七月诗派""力"的文化考察

如果对"七月诗派"浪漫主义的文化内涵再做一次深度考察，便会发现"力"是其诗歌内在整体文化精神，正如抗战之初的一位诗人所歌咏的那样："现在，我们向诗人要求的诗句，不是外形的漂亮，而是内在的'力'！因为时代是在艰困中，我们需要大的力量。"① 正因为如此，所以"七月派"诗人一开始就把这种"力"自觉地渗透到他们的创作中，从而使整个诗歌的浪漫主义倾向显示出盎然的生机和蓬勃的生气。

一、"七月诗派"这种"力"的文化精神，大致表现为以下两方面的追求

一是把艺术视角投向了对民族旺盛生命力的追寻，赞美与歌颂中华民族不甘沉沦、不甘屈服的强者精神。中国近代史是一部不堪回首的历史，每一页都沾满了血泪和耻辱。近百年来，尽管中国几经不测，但最终没有消亡，这是因为我们的民族有一种前仆后继、搏斗不息的精神，有一种旺盛的生命力。尽管面对的对手是异常强大，但"我可以流血地倒下/不会流泪地跪下的"（冀汸《今天的宣言》)② 。抗战以来，种种新气象冲击着这片古老的土地，广大民众被动员起来了，民族的自尊心和自信心空前高涨，使人们看到了中华民族蕴藏的伟大力量。"七月"诗人更多地把这种力放置在蛮荒、凄凉的文化背景下，从而使人感受到这种民族生命力的坚韧和顽强，如邹荻帆在《雪与村庄》中写道："寒

---

① 臧克家：《新诗片语》，《文学》，1937年第9卷第2号。
② 绿原、牛汉编：《白色花》，人民文学出版社，2000年版，第111页。

冷的村庄呀/天际是沉坠的灰云……/听啦，遥远的，雪在哭泣……"而士兵们正是在这样的风雪中行军，于是诗人联想到拿破仑败于俄罗斯的大风雪，而等待日本强盗的则是中国的大风雪。结尾昂然扬起炽烈的激情，"虽是贫穷、荒僻而且寒冷的村庄/但决不让盗贼栖息"。① 再如"我看到了他们的战斗的行列/为了消灭那凌辱他们和你的/顽敌/他们倔强地在你的血泊里/仆倒而又爬起"（杜谷《写给故乡》）②。这些诗歌都浮雕般地凸现出中华儿女救亡图存、浴血奋战的精神，如一束微小的视镜折射出中华民族不甘沉沦、不甘屈服的真实心态。这种倔强不息的生命力的执着追求在"七月派"诗中始终占据着主要位置，使"七月派"诗的史诗意蕴的张力得到了最大的扩展。"风，顽固地逆吹着/江水，狂荡地逆流着/而那大木船/衰弱而又懒惰/沉湎而又笨重/而那纤夫们/正面着逆吹的风/正面着逆流的江水/在三百尺远的一条纤绳之前/又大大地——跨出了一寸的脚步！……"（阿垅《纤夫》）③ 风萧萧，江水寒，逆流而行的纤夫们在这苍茫凝重的背景下就显得格外醒目，他们如一尊尊力的雕塑，迸发着不屈的民族意志，回荡着原始的男性的生命呐喊，我们从中能不感受到一种融贯古今、震撼心灵的伟大力量？

二是对优秀的民族传统文化精神的褒扬与价值取向的肯定。"七月派"诗人始终重视诗的战斗功能，始终把价值理想放在人生首位。他们认为坐而论道不如起而仗剑，努力寻求的便是改造这个世界。在改造社会的政治文化实践中，他们的人生价值与行动合二为一，从而构成了完美的人生典范。"战士和诗人原来是一个神底两个化身"，正是他们人文精神的写照。

"七月派"诗人自觉地衔接了古代知识分子启示真理与改造社会的精神源头，更加强调"铁肩担道义"为国家、民族整体献身的精神，"为了明天/为了抖去苦痛和侮辱的重载/人说：无用的笔啊/把它扔掉好啦/然而，祖国啊/就是当我拿着一把刀或者一支枪/在丛山茂林中出没的时候罢/依然要尽情地歌唱"（胡风《为祖国而歌》）④。"七月"诗人就

① 周良沛选编：《七月诗选》，四川人民出版社，1984年版，第124—129页。
② 绿原、牛汉编：《白色花》，人民文学出版社，2000年版，第165—166页。
③ 绿原、牛汉编：《白色花》，人民文学出版社，2000年版，第11页。
④ 绿原、牛汉编：《胡风诗全编》，浙江文艺出版社，1992年版，第55页。

是这样肩负着启示真理与改造社会的崇高使命感，走上文学之途的。

"七月派"诗人敢于为国而战的牺牲精神，也更强化了他们"威武不能屈"的高尚人格境界，"鞭子不能属于你/锁链不能属于我/我可以流血地倒下/不会流泪地跪下的"（冀汸《今天的宣言》）。在屠杀和死亡面前，他们勇敢而无所畏惧地面对，这不正是以文天祥、夏完淳为代表的民族精神的延续和强化吗？

二、"七月诗派"的审美风格。

"七月诗派"浪漫主义所呈现出的审美倾向，即对中华民族旺盛生命力的渴求与呼唤，是以力的美感和美的力感为核心所凝现出来的情感与意象的崇高美。正是在这种审美的烛照下，"七月诗派"才形成了蛮荒、粗粝、汪洋恣肆、大气磅礴的崇高的诗美风格。

（一）慷慨悲歌、雄厚壮阔的情感的崇高美

"七月诗派"属于原欲型文化的诗歌流派，他们在诗歌创作中非常重视情感的作用。胡风曾于1935年10月在《为初执笔者的创作谈》一文这样写道："诗底特质是对于现实关系的艺术家底主观表现，艺术家对于客观对象所发生的主观的情绪波动，主观的意欲；这和以把捉对象真实为目的的小说戏剧不同。所以，是诗不是诗，不能仅仅从文字方面去判断，应该看看那内容所表现的是不是作者底主观的情绪。当然，还应该进一步看那情绪是不是真实的，是不是产生于对于对象的正确的认识基础上面。"[1] "七月诗派"始终就是这样重视情真情美，把情感的崇高美作为他们的崇高追求。

"七月派"诗人大多生活在底层，同时又处于大动荡的悲情时代，他们对多灾的祖国、受难的人民怀有真挚的情感，因而在他们的诗篇里多是流动着战斗的血液，为祖国人民而咏唱、而歌哭。"为了抖掉苦痛和侮辱的重载/为了胜利/为了自由而幸福的明天/为了你呵，生我的，养我的，教给我什么是爱，什么是恨的，使我在爱里恨里苦痛地辗转于苦痛里但依然能够给我希望给我力量的/我底受难的祖国！"（胡风《为祖国而歌》）"七月派"诗人就是这样把祖国与人民的利益放在最重要的情感层面上，从而焕发出流贯天地、震荡宇宙的情感崇高美。阿垅的

---

① 胡风：《胡风全集》第2卷，湖北人民出版社，1999年版，第246页。

《纤夫》不仅是一尊力的雕塑、一个不屈的群体，更是一种不可摧毁的民族力量的象征，表达了诗人对为国家、民族的尊严而英勇抗争的人民的赞美和歌颂，此诗慷慨悲壮，雄厚壮阔，使人油然而生一种肃穆、敬仰之情。

（二）蛮荒、粗粝、沉郁、厚重的意象崇高美

诗仅仅有崇高情感是不行的，而且还要有魅力，这魅力之一是来自于意象的创造。我们知道意象是情感的物化形态，"好的意象，不仅应有明丽优美的外在形态，而且更重要的是必须渗透诗人强烈的主观感受，应融化诗人深沉的思想意念和饱和的内心情绪"①。"七月派"诗人非常注重诗的意象建构。胡风就曾敏锐地指出："诗人底力量最后要归结到他和他所要歌唱的对象的完全融合。在他底诗里面，只有感觉、意象、场景底色彩和情绪的跳动。"②他把意象作为诗美的一个要素提了出来，确属诗家之言。

为了应和崇高的情感，"七月派"诗人自觉地建构了蛮荒、粗粝、沉郁、厚重的意象群来与之相应，并由此而形成了意象的崇高美。"我们一直不停地走向河……//十二月的风/从树梢滑下/压死了荒草/压着失去了青春的颜色的/河流……还有什么呢/呵，狂顽的风呀/呵，滚沸的水呀/狂顽的风/追随着/滚沸的水/从天边奔卷到天边呀……/这些，这些从太古草昧时代以后/再不曾一时有过的/而偏出现在今天的/荒凉与凄厉哟/我不相信/我不相信为我所热烈地爱恋着的河流/就这样/隔绝了为我所同样热烈地爱恋着的两岸！"（冀汸《渡》）③诗中的河流、风、荒草、水、岸等意象构成了一幅江水呜咽、天野阴暗、江岸荒凉而又凄厉的图景，表达了诗人强烈的焦灼感和忧患意识。

（三）自由舒畅、一泻千里的散文美

这是"七月派"诗人在诗歌形式上追求的共同的审美倾向，同时也是诗歌大众化的必然选择。"七月诗派"就非常重视诗的散文美。首先，他们强调诗歌语言口语化，要求用明白晓畅的口头语描绘生活，抒

---

① 吴晓：《意象符号与情感空间》，中国社会科学出版社，1990年版，第72页。

② 绿原、牛汉编：《胡风诗全编》，浙江文艺出版社，1992年版，第603页。

③ 周良沛选编：《七月诗选》，四川人民出版社，1984年版，第347—353页。

写情怀："我们不能逃走/不能离开我们的乡村/门前的槐树有祖父的指纹/——那是他亲手栽种的/池边的洗衣石上有母亲的棒槌印/水里也有母亲的泪/——受了公婆或妯娌们的气/无处摆理，泪偷滴在水里/还有，地里的红薯快熟了/根下挣起一堆土/凸吞吞的像新媳妇的奶头；场上堆着没有打的黄豆/热腾腾的腥香向四面流/这一切我们都不能舍弃/怎肯忍心逃走？"（苏金伞《我们不能逃走》）① 诗句从容自然，娓娓道来，完全是生活化的、口语化的。

"七月诗派"的诗许多都是散文化的，"七月派"诗人善于排句、长句、短句层层递进，加大意象密度，将感情推向高潮："喏，喏/暴雷雨不过是一次酷热的结果/沉闷的电子磨着牙齿/轻快的雨粒的碰击/原是从地面升起/现在从天隙蜂拥奔驶而来/低，压得更低//然后，雨/以它千万只战栗的手指/敲打着玻璃窗/敲打着茅草蓬/敲打着河边翻过来的船底/敲打着还在杆子上悬挂着的飘动的旗帜/花，花，花，花/是冰冷的理智的手指。"（化铁《暴雷雨岸然轰轰而至》）② 全诗在语言上与散文诗几乎没有什么两样，但它的内蕴又纯然是诗的，正是这种毫无韵律的句式造成了连绵气势，化为诗美的整体呈现。

历史不会忘记"七月派"诗人那些杰出的精神创造，他们那些热血沸腾的"主观战斗精神"的作品已深深地刻印在现代诗歌史中。江锡铨对此曾有这样的论断："从这个意义上也许可以说，'七月'诗人们奉献给中国新诗史的，还是这样一部不断向历史深处和社会现实深处掘发的'诗的史'与'史的诗'。"③

---

① 周良沛选编：《七月诗选》，四川人民出版社，1984 年版，第 3—4 页。
② 周良沛选编：《七月诗选》，四川人民出版社，1984 年版，第 244 页。
③ 江锡铨：《"诗的史"与"史的诗"》，《贵州社会科学》，1998 年第 5 期。

第三辑　比较论

第一章 "七月派"诗学与"延安派"诗学、"九叶派"诗学的差异与会通

美国现代学者艾布拉姆斯曾说过这样广为流传的一段话：每一件艺术品总要涉及四个要素……第一个要素是作品。第二个要素是生产者，即艺术家。第三个要素是世界。最后一个要素是欣赏者，即听众、观众、读者。①

艾布拉姆斯这一理论并不复杂，但却能把艺术活动的要素及其联系描述得非常清晰。一切文学作品都有源泉，这就是生活，即他所言的"世界"。生活要经过艺术家的加工创造，这样才能产生出既与现实世界联系又不同于现实世界的精神文本，这就是他所言的"作品"。作品如果不能进行交流，不与读者见面，就不能构成完整的文学活动。文学活动是以作品为中心所展开的活动，这就是他著名的"文学四要素"理论。根据这一理论坐标，纵观 40 年代诗学的本质观，比较突出的大致有以下几种观念：一是以胡风、艾青和阿垅为代表的"表现说"；二是以毛泽东的《在延安文艺座谈会上的讲话》（以下简称《讲话》）为代表的"生活反映说"；三是以袁可嘉、唐湜为代表的"经验传达说"。与此对应的是"七月派"浪漫主义诗学、"延安诗派"现实主义诗学和"九叶诗派"现代主义诗学。"九叶诗派"当时并没有明确的流派名称，偶有人称他们为"新现代派"或"学院派"。1981 年，《九叶集》出版之后，则常被人称为"九叶诗派"，也有人称为"中国新诗派"。"九叶诗派"诗学主张主要体现在袁可嘉和唐湜的诗论上。

---

① ［美］艾布拉姆斯著，郦稚牛、张照进、童庆生译：《镜与灯——浪漫主义文论及批评传统》，北京大学出版社，2004 年版，第 4 页。

第一节 "七月派"诗学：
突现主体——表现说

表现说在"文学四要素"中强调作品与作家的关系，即认为作品是作家情感的自然流露。西方的表现说产生于 19 世纪初兴起的欧洲浪漫主义文学思潮中。英国湖畔诗人华兹华斯在《〈抒情歌谣集〉一八〇〇年版序言》中第一次提出："一切好诗都是强烈情感的自然流露。"① 诗人柯勒律治与他的朋友华兹华斯在文学观点上虽有一定的分歧，但在诗学理念上还是有相似之处的，柯勒律治认为："像诗，是表现植根于人类心灵的理智目的、思想、概念、情感的。"② 雪莱在其著名的《诗辩》中指出，"在通常意义下，诗可以界说为'想象的表现'"③，"情绪每增多一种，表现的宝藏便扩大一分"④，"可见想象的表现同时也是情感的表现"⑤。赫斯列斯写道："诗是表现狂热的情绪和最擅长创造的心灵的产物的最强烈的语言。"⑥ 拜伦则反复强调"诗是激情的表现"⑦，等等。罗钢认为："无论是'想象的表现''感情的流露''心灵的语言'，总之，浪漫派批评家一致认为，艺术是艺术家心灵的表现，艺术的基础和源泉存在于艺术家的主观精神世界。这是浪漫派批评家对艺术本质的基本认识。"⑧ 虽然这些诗人批评家的论点有所不同，但其基本思想是相同的。他们抛弃了延传两千多年来文学是生活的模仿的单纯由外而内的观点，而认为诗是主观的、主情的，亚里士多

---

① ［英］华兹华斯著，曹葆华译：《〈抒情歌谣集〉一八〇〇年版序言》，伍蠡甫、蒋孔阳、秘燕生编：《西方文论选》下卷，上海译文出版社，1979 年版，第 6 页。

② 罗钢：《浪漫主义文艺思想研究》，陕西人民出版社，1986 年版，第 9 页。

③ ［英］雪莱著，伍蠡甫译：《诗辩》，伍蠡甫、蒋孔阳、秘燕生编：《西方文论选》下卷，上海译文出版社，1979 年版，第 51 页。

④ 罗钢：《浪漫主义文艺思想研究》，陕西人民出版社，1986 年版，第 9 页。

⑤ 罗钢：《浪漫主义文艺思想研究》，陕西人民出版社，1986 年版，第 9 页。

⑥ 古典文艺理论译丛编辑委员会编：《古典文艺理论译丛》（第一册），人民文学出版社，1961 年版，第 60 页。

⑦ 罗钢：《浪漫主义文艺思想研究》，陕西人民出版社，1986 年版，第 9 页。

⑧ 罗钢：《浪漫主义文艺思想研究》，陕西人民出版社，1986 年版，第 9 页。

德的理论就此式微。这种立足于表现说的具体内涵是：其一，文学本质上是诗人、作家的内宇宙世界的外化，是情感涌动时的创造，是主观感受、体验的产物。内心主观情感为根本动因、创作根源。其二，表现说也主张以外部现实作为描述对象，但这外部现实必须立足于为情感服务。诗必须忠实，但不是忠实于外部世界，而是忠实于诗人自我和人类的情感。其三，强调想象力的充分发挥，多遵从灵感的召唤。想象力是诗人主观创造的一种能力，尤为突出诗人主体的能动作用。西方表现说的主要内涵为主观的、主情的和想象的。情感表现的基本倾向是由内而外。与西方表现说相似的是中国传统诗学的"诗言志"说和"诗缘情"说。远在春秋时代，孔子在《论语·阳货》中论述诗的功能时就谈到了情感，"诗可以兴，可以观，可以群，可以怨"①。其中，"怨"就含有抒情之意。宋代诗论家严羽则概括得更为简洁："诗者，吟咏情性也。"② 综观这些论述，不难明白，诗歌与情感的关系可谓历史悠久，源远流长。难怪曾创作出新诗奠基之作《女神》的郭沫若那么固执地认为"诗的本职专在抒情"③。也许如此，这也正揭示了诗歌重情感、重表现的本质特征。

40 年代"七月派"诗学是秉承表现说这种诗学理念的。胡风认为："诗是作者在客观生活中接触到了客观的形象，得到了心的跳动，于是，通过这客观的形象来表现作者自己的情绪体验。"④ 他反对 30 年代无产阶级诗歌的工具论观念，进而认为："诗不是分析、说理，也不是新闻记事，应当是具体的生活事象在诗人的感动里面所搅起的波纹、所凝成的晶体。"⑤ 强调诗人主体融入描述本体之中，借此而完成诗意的创造，诗总是通过作者自己的爱憎去体验人民的感情，生发人民的感情，体验到潜伏的深度，升华到综合的高度的。因此，他认为："诗的特质是对

---

① 杨伯峻：《论语译注》，中华书局，2009 年版，第 183 页。

② 严羽：《沧浪诗话·诗辨》，朱良志编著：《中国美学名著导读》，北京大学出版社，2004 年版，第 182 页。

③ 田汉、宗白华、郭沫若：《三叶集》，上海书店影印本，1982 年版，第 46 页。

④ 胡风：《胡风全集》第 2 卷，湖北人民出版社，1999 年版，第 547 页。

⑤ 胡风：《胡风全集》第 2 卷，湖北人民出版社，1999 年版，第 444 页。

于现实关系的艺术家的主观表现，艺术家对于客观对象所发生的主观的情绪波动、主观的意欲，这和以把捉对象真实为目的的小说戏剧等不同。所以，是诗不是诗，不能仅仅从文字方面去判断，应该看那内容所表现的是不是作者的主观的情绪。"从以上胡风论述诗本质的核心内容出发，可以看出，胡风在表现诗之功能中，更为关注主体的力量，强调主体对诗意表达的强力介入，诗是主观"情绪体验"的产物，应该是胡风所建构诗学的关键。

除去胡风，我们无法忽视高擎新诗"散文美"旗帜的艾青，在对诗歌本质功能的认识上，与胡风取同一步调。艾青认为："诗是由诗人对外界所引起的感觉，注入了思想感情，而凝结为形象，终于被表现出来的一种'完成'的艺术。"不可忽视诗人主体的力量，"诗是诗人的世界观的最具体的表现；是诗人的创作方法的实践；是诗人的全般的知识的综合"①，"存在于诗里的美，是通过诗人的情感所表达出来的、人类向上精神的一种闪烁"②。通过艾青对诗的追问，我们看到了诗不是对现实生活的摹写，也不是对诗人情绪的直接鸣唱，而是主观情感对客观的拥抱。这应是其诗学建构的基点。"七月派"诗人代表人物阿垅也在一系列诗论中反复申述情感是诗歌的本质特征这一命题。他推崇诗"是抒情的"，"是强的、大的、高的、深的情感"③，"是人类底感情的烈火，有辐射的热，有传达的热，有对流的热"④。"诗是诗人以情绪底突击由他自己直接向读者呈出的。其他文学形式，例如小说，那里面的人物或者形象，原来也一样在创作过程之中经过作者底选择，并且被批判了的；但是在小说这样的文学形式，作者并不正面发言，一切活动底展开是付托了他底人物或者形象的。诗不然。由于诗主要是情绪的东西，并且是由诗人自己出来的之故，那么，客观世界底形象就不是绝对必要的了。假使说，诗也应该有典型的人物，那么这个典型人物就是诗

---

① 艾青：《诗论》，复旦大学出版社，2005 年版，第 2 页。
② 艾青：《诗论》，复旦大学出版社，2005 年版，第 3 页。
③ 阿垅：《人·诗·现实》，生活·读书·新知三联书店，1986 年版，第 49 页。
④ 阿垅：《人·诗·现实》，生活·读书·新知三联书店，1986 年版，第 6 页。

人他自己，从而，第一，这个典型的人物虽然实在是存在于诗中的，但是我们在诗上也就不可能直接形象地看到他了。第二，于是，我们所要求的，在诗，是那种钢铁的情绪，那种暴风雨的情绪，那种彩虹和青春的情绪，或者可以说：典型的情绪。"① 阿垅的论述可谓一语中的，情感主色调异常突出、鲜明。

这里之所以把这三位诗论大家对"诗的追问"放在一起来考察，是因为他们的诗学观有着相似的一面，比如："诗是作者在客观生活中接触到了客观的形象，得到了心底跳动，于是，通过这客观的形象来表现作者自己的情绪体验"；"诗是由诗人对外界所引起的感觉，注入了思想感情，而凝结为形象，终于被表现出来的一种'完成'的艺术。"② 只要仔细揣摩，便不难发现胡风与艾青对诗的本质的理解有着极大的相通之处，而且艾青与胡风的主观战斗精神的思想也颇为近似。例如，艾青在批评"摄影主义"时认为："这大概是由想象的贫弱造成的"；他在对现实主义不满中强调"作者的主观"，事象的推移一定要"随着作者心理的推移"。③ 他甚至提出："问题不在于你写什么，而是在你怎样写，在你怎样看世界，在你从怎样的角度上看世界，在你以怎样的姿态去拥抱世界……"④ 在对待诗歌重于抒情这一本质特征上，胡风与阿垅有着惊人的相似。针对 40 年代诗坛，当有人提出"放逐"抒情的主张时，胡风与阿垅对此予以强烈的阻击，他们进一步阐发了诗歌重于抒情的本质特征，强调诗歌创作中诗人的生活实践和他的主观精神活动的重要性与必要性。又如，针对当时诗坛强调"大我"、否定"小我"的倾向，胡风指出，诗的主人公是"作家自己"⑤，"诗是作者被客观世界所触发的主观情操的表现"⑥。阿垅的"诗也应该有典型的人物，那么这个典型人物就是诗人他自己"，这与胡风的诗的主人公是"作者自己"

---

① 阿垅：《人·诗·现实》，生活·读书·新知三联书店，1986 年版，第 50 页。

② 艾青：《诗论》，复旦大学出版社，2005 年版，第 2 页。

③ 艾青：《诗论》，复旦大学出版社，2005 年版，第 14 页。

④ 艾青：《诗论》，复旦大学出版社，2005 年版，第 15 页。

⑤ 胡风：《胡风全集》第 3 卷，湖北人民出版社，1999 年版，第 541 页。

⑥ 胡风：《胡风全集》第 3 卷，湖北人民出版社，1999 年版，第 74 页。

有着异曲同工之妙。通过以上分析，可以得出这样的结论：胡风、艾青和阿垅等的现代诗学本质观就是突出主体，表现情感，强调主观精神的发挥。

其实，20年代也曾有过对诗的情感本质之论述，其中，突出的代表人物是郭沫若，他认为："诗的本职专在抒情。抒情的文字便不采诗形，也不失其为诗。情绪的律吕、情绪的色彩便是诗。诗的文字便是情绪自身的表现。"在他看来，诗就等于情绪，就是诗人对情绪的直接歌唱。把情绪推向如此之高的境地，恐怕仅有郭沫若一人矣。事实上，诗的本质特征在于抒情，是正确的；但诗的本职专在抒情，就有失偏颇。实践证明，情绪对于诗歌创作来说是非常重要的，它往往是产生诗意、诗美的基础。正如艾青所言："存在于诗里的美，是通过诗人的情感所表达出来的、人类向上精神的一种闪烁。"但我们也要看到情绪绝对不是诗歌的唯一因素。胡风、艾青和阿垅等对诗学本质观的体认，已经远远超过了20世纪二三十年代，犹如一盏智慧之灯，闪烁着澄明的光芒。

第二节　"延安派"诗学：彰显客体——生活反映论

1942年5月，毛泽东的《讲话》发表，标志着中国新文学进入了历史的新纪元。这既是对"五四"以来文学观的总结与反思，同时又明确建构了一种"反映论"的文学观。毛泽东认为，观念形态的文艺作品，都是一定的社会生活在人类头脑中反映的产物，社会生活是一切文学艺术取之不尽、用之不竭的唯一的源泉。其实，毛泽东提出的"文学是社会生活的反映"的论点，在他之前与之后都有学者或诗人有过论述。如在1941年1月艾青的《创作与世界观——文学的社会任务（一个讲演的提纲）》一文中，就出现了"文学是社会生活之反映"这一理论话语。① 蔡仪、大乃和黄药眠等文艺理论家又从学理层面上对这种反映论的本质特点进行了阐释。1943年6月，蔡仪在《艺术的主观性与客观性》中提出："艺术是作者表现其意识对于自然、现实的摹写，

---

① 艾青：《创作与世界观——文学的社会任务（一个讲演的提纲）》，《新蜀报·蜀道》，1941年1月30日。

或者说自然、现实通过作者意识的反映，所以它是客观的同时又是主观的。没有无主观的艺术，也没有无客观的艺术。"①

1944年4月，大乃在《艺术的认识问题》中，也表达了类似的看法，他说："艺术是反映现实的，所谓反映现实是能动的，不是被动的，是对现实作一种认识。"② 1945年10月，蔡仪在《论艺术的本质》中，对他以前的文艺观又做了进一步的概括和完善。他认为艺术的本质就是"艺术所反映的是现实的美，现实的典型。现实的美的根源，现实的典型性，经艺术家的完全化，纯粹化，充实化，而创造成为艺术的美"③。也就是说，文艺家在反映现实生活时，要有自己的主观立场与思维视角，这种立场与视角既是个人的，同时又是代表群体的。但毛泽东的可贵之处在于把这种文学观上升为集体意识，并加以推广、传播，使之具有了实践意义。"文学反映论"的本质观对40年代文学理论界的影响，可以说已达到了耳熟能详的地步。黄药眠先生在40年代后期一语中的地说："文艺是一种意识形态，文艺是一种战斗的武器，文艺是广泛的教育工具，……到了现在，这个理论已经确定下来，而被大多数的文艺工作者所承认了。"④

作为文学理论重要一翼的40年代现实主义诗学，自觉自愿地要参与这种文学本质观的建构。一是深受30年代左联诗歌的影响。应该说左联诗歌强调的这种鲜明的意识形态性、政治性与工具性，为40年代反映论诗学观的建立，奠定了理论与实践的基础。二是从诗学"自律"因素方面来考察，主要有两方面显得尤为重要。其一，从诗学理论自身发展方面看，反映论诗学与社会和时代生活同构，在当时是最具生命活力的最能阐释、参与和改造社会现实生活的诗学话语。40年代之前"以抽象人性论为基础的资产阶级启蒙文学话语在阐释中国社会现实时日益疲软，丧失了有限的活力"而逐渐淡出了历史舞台，取而代之的是这种新的反映论文学观。其二，从文学创作方法论来看，由于受马克思

---

① 蔡仪：《艺术的主观性与客观性》，《中原》，1943年6月。
② 大乃：《艺术的认识问题》，《新蜀报》，1944年4月8—9日。
③ 蔡仪：《论艺术的本质》，《中原》，1945年第2卷第2期。
④ 黄药眠：《思想和创作》，《论约瑟夫的外套》，香港人间书屋，1948年8月版。

主义文学思想和苏联文学的影响，文艺家都力图突破旧的创作方法的限制，以便使自己的文学创作能够更加有力地反映现实的本来面目，揭示社会发展的规律和趋势，给人们指出生活的前途和未来。以唯物论的反映论为哲学基础的现实主义创作方法，正好契合了作家们的这一要求。当时，一般具有进步倾向的作家、诗人都信奉建立于唯物论哲学观基础上的反映论，并把它作为认识文学性质、特征与文学创造的美学原则与根据。三是战争的残酷性和现实生活的严峻性与复杂性，迫使诗学理论家们必须直面思考诗学与政治与现实生活的关系。这时期诗学作为一种利器、一种工具，"他为"的功能得到了进一步强化。诗人臧克家认为，诗歌"不是漂亮的外形，而是内在的'力'"①。1947年，他指出"诗必须是和时代合拍的"②。"新诗的'新'字，应该译作时代化"，"在今日意义上的'新诗'，语言的近代化、口语化是必须的，而最主要还是内容方面强烈的时代性——也就是斗争性"。③ 他还强调："诗与生活有分不开的血缘关系，有怎样的生活，就有怎样的诗，生活第一，表现的工具还得让它屈居第二位。""有新的生活，才有新的诗，有深的认识和情感，才有深的诗。"④ 他要求诗人在生活中，"必须带着认真的、顽强的、严肃的生活态度和强烈的燃烧的感情。从一定的立脚点，从某个角度里去看人生，爱憎分明，善恶昭然，这样，客观的事物才能在感情、思想、感觉上，起剧烈的反应作用，而使诗人和客观的事物结合、拥抱、亲切，而不是立在漠然不关的情形之下"⑤。也就是说，诗人首先要有正确的世界观和人生态度，以这样的姿态和立场去观照人生，选取诗的主题，这样的诗才是积极的，有生活和社会的意义。像任钧、劳辛、吕剑、林林等也从不同层面和角度论述了诗与现实的关系，都认为诗是从生活中提炼出来的，因而提倡现实主义创作方法，强调诗人世界观的改造，并要求诗歌要充分发挥利器与工具的作用。

反映论诗学说到底就是诗歌如何反映或再现生活的问题。在这里所

---

① 臧克家：《新诗片语》，《文学》，1937年第9卷第2号。
② 臧克家：《诗》，《中学生》，1947年2月号。
③ 臧克家：《新诗》，《中学生》，1947年8月号。
④ 臧克家：《新诗常谈》，《文潮》，1947年第3卷第6期。
⑤ 臧克家：《新诗常谈》，《文潮》，1947年第3卷第6期。

提到的"反映"与"再现"这两个术语，尽管有一定的差别，但都与"模仿"有千丝万缕的联系，就其内涵指向上看基本上是一致的。因为在西方美学史上，"批评家们凡是想实事求是地给艺术下一个完整的定义的，通常总免不了要用到'模仿'或是某个与此类似的语词，诸如反映、表现、摹写、复制、复写或映现等，不论它们内涵有何差别，大意总是一致的"①。"再现说"的本质就是力求艺术真实、客观地反映生活，艺术与现实生活越接近，其作品的价值也越大。其实，这只是一种理想主义的诉求。事实证明，"并不存在什么绝对的写实主义，也没有不偏不倚的或绝对忠实的自然主义，任何对现实的复现都不是自动的和机械的"②。其实，再现、反映等都不同程度地包含着作家主体对生活的选择，有一定的主观意向性。正如鲁道夫·阿恩海姆所说，再现永远不是为了得到事物的复制品，而只是创造一种与此事物相当的另一种结构。③ 也就是说，艺术在再现或反映生活的过程中绝不能排除作家的主体倾向与选择的因素，当然，这里也含有了表现的意味。所以，反映论诗学首先承认诗人的这种主体意向性的客观而合法的存在，它属于艺术本质自律方面不可或缺的内容。40 年代反映论诗学汲取了这方面的精髓，尤其是将诗人对生活反映或再现的态度、主观立场与思想倾向加以合理、合法性地放大与强化，也是一种创造性的继承与化合。

第三节 "九叶派"诗学：知性的凸显——经验传达说

40 年代中后期，中国诗学界提出了新诗现代化的理论课题。朱自清在《新诗杂话》中说："现在是时候了……我们也需要中国诗的现代化，新诗的现代化，这将使新诗更富厚些。"④ 应和这种呼唤，袁可嘉

① ［美］艾布拉姆斯著，郦稚牛、张照进、童庆生译：《镜与灯——浪漫主义文论及批评传统》，北京大学出版社，2004 年版，第 9—10 页。

② ［美］布洛克著，滕守尧译：《现代艺术哲学》，四川人民出版社，1998 年版，第 43 页。

③ ［美］鲁道夫·阿恩海姆著，滕守尧、朱疆源译：《艺术与视知觉》，中国社会科学出版社，1984 年版，第 227 页。

④ 朱自清：《新诗杂话》，广西师范大学出版社，2004 年版，第 31 页。

和唐湜连续发表了一系列有关新诗现代化、新诗戏剧化的文章。其中，"诗是经验的传达而非单纯的热情的宣泄"①，这种现代化的诗歌本质观念就是其核心内容之一。唐湜在《论意象》中说得更直接，他认为，"诗就是情感"的迷信已被颠覆，并进一步指出，诗不是情感而是经验。②"诗是经验的传达"的诗学理念便成为40年代中国现代主义诗歌本质特征的理论支撑，它开启了中国新诗现代化思维路向。

诗为什么是经验的传达，而不是情感的表现或现实生活的记录与反映？按照艾布拉姆斯的"文学四要素"理论来解释，艺术家既与世界也与作品有非常复杂的对应关系。也就是说，这既有再现说成分，也含有表现说的质素。袁可嘉和唐湜的诗学观认为，诗是智慧的象征，是思想的感性显现，必须用"知性的凸显"来取代"感性的主宰"。这种观念是在取法于西方现代主义诗学观念并结合中国现代诗歌现实的基础上形成的。首先，深得西方现代主义诗学精髓。艾略特在《传统与个人天才》中认为："诗不是放纵感情，而是逃避感情，不是表现个性，而是逃避个性。"③换言之，诗不是感情的散漫的转化，而是一种感情的逃避；它不是个性的表现，而是个性的逃避。它要求诗人隐藏自己的个性和情感。里尔克则强调说："诗并非如人们所想的只是情感而已，它是经验。"④他要求把情感升华为理性，把经验提纯为思想，而在升华与提纯中又并不抛弃感性，而使思想"感觉化""肉体化"，使"肉感中有思辨，抽象中有具体"⑤。艾略特和里尔克都谈到了诗不是情感的表达，也不是个性的呈现，它是情感、意志和生活阅历等被打磨、过滤、沉淀后，以感性的形态生成智慧的晶体，即感性中有智慧的因子，理性中有感性的情愫，两者之间浑然一体，不可分割。其次，针对40年代

① 袁可嘉：《论新诗现代化生活》，生活·读书·新知三联书店，1988年版，第47页。

② 唐湜：《新意度集》，生活·读书·新知三联书店，1989年版，第11页。

③ ［美］艾略特：《艾略特诗文集》，国际文化出版公司，1989年版，第8页。

④ 转引自唐湜：《新意度集》，生活·读书·新知三联书店，1989年版，第11页。

⑤ 袁可嘉：《现代派论·英美诗论》，中国社会科学出版社，1985年版，第378页。

诗歌创作的偏颇，当时，诗坛存在着两种创作倾向：其一为说明意志的，其二为泛滥情感的。这两种倾向都未能将"情"与"理"融合起来，使诗呈现了审美失衡。"诗是经验的传达"理念在一定程度上对这些倾向进行了一定程度的纠偏。

"诗是经验的传达"是否意味着抛弃情感和生活？答案是否定的。因为，没有情感和生活就不会有艺术，或者说艺术的构成是离不开情感和生活的。但问题的关键在于，情感和生活毕竟不是艺术，若要成为艺术就必须经过转化。如何转化？袁可嘉、唐湜认为，要把情感或生活中的人生经验转化或内化为艺术经验，即诗的经验。唐湜强调，从"生活经验"到"艺术经验"必然经历三个阶段："原意识"（生活经验的触发）—"潜意识"（生命体验的潜入）—"纯意识"（诗的经验生成、意象的完成）。① 这就是他对整个创作流程的把握与阐释，也是艺术文本是怎样从生活经验转化为艺术经验的过程。同时，他还进一步阐述经过这种转化以后诗经验里的"知性"与"感性"结合形态的重要性，即"把情感升华或凝固为坚实的理智是从感性到理性的发展，但艺术作品本身原是感性的形象的组织，清明的理智仍须在丰富而凝练的感情里找到透彻的澄悟的表现"。也就是说"知性"与"感性"是以优美平衡的姿态水乳相融而凝现出来的，不是以谁为主体，谁制约谁的问题。袁可嘉说得更透彻：由人生经验转化为诗经验取决于两方面因素：一是诗人本身是否有广阔而深远的人生经验；二是诗人的精神主体是否有驾驭、冲击、融会和提升人生经验的能力。这两点也就是感性与理性来决定能否持续创作出真正的诗来。当然也不排除这种情况，按照生活的原样，或许能写出具有诗的质地的文本来，这只是具有或然性，而没有必然性。因此，这就要求诗人一定不要为"情感的主宰"而迷惑，也不要只为反映所谓人生经验而自我满足、陶醉。这只是艺术的胚胎，还不是艺术的果实，若要生成艺术，就要善于将"情感"升华为"理性"，把"经验"提纯为"思想"，只有这样，才能将"意志"和"情感"转化为诗的经验。

---

① 余峥：《现代性与民族性交融的新诗学——论唐湜的诗论与诗评》，《中外诗歌研究》，1995 年第 2、3 期，1996 年第 1、2 期。

40年代的诗学呈现出一种趋同与融合的成熟态势，也就是说，它突破了以往的非此即彼的二元对立思维，并欣然认同与接纳多元文化给养，在重构现代诗学本质观上，表现出非凡的创造实力。细细探究，建构于40年代的这三种诗学本质观，还有相互交融的密切关系。

第一，在对待生活的关系上，生活反映论、经验传达说和情感表现说这三种诗学都认为生活是诗歌的本原，生活是第一性的，诗歌是第二性的。只不过生活反映论更多强调的是要如实客观地反映生活，这种艺术中的生活与现实中的生活越接近，其诗歌价值越大。经验传达说更多强调的是生活经验，认为这种生活经验是现实生活中的智慧结晶，是从现实生活中提炼出来的，诗歌就是要把这种生活经验内化为艺术经验，生活经验转化为艺术经验越丰富，其价值越大。情感表现说认为客观生活非常重要，如果诗歌离开了现实生活，那么诗歌也就失去了赖以存在的基础，诗歌所表现出来的抒情必将是苍白无力的。但是，这种现实生活必须经作家主观情感的冲击，才具有意义。从以上分析，可以看出生活反映论中的现实生活是一种"原生态"的生活，经验传达说中的生活是一种"知性"的生活，情感表现说中的生活是一种"感性"的生活。

第二，在对待情感的关系上，这三种诗学本质观都承认情感在诗歌中的重要性。情感表现说尤其强调个人化的情感对客观生活的主观拥抱与冲击作用，客观生活只有在主观情感的冲击下，才能使杂质成灰，精英更亮，这样的艺术也就具有生命的价值。生活反映论也非常重视情感，但这种情感与表现说相比具有两种倾向：一是表现为消隐的，主要是从现实生活的描述中渗透出来的；二是表现为集体的或大众的，也就是说，这种感情是代表一定阶级、阶层的，有强烈的倾向性。经验传达说所认知的情感与情感表现说和生活反映论不同，它认同的情感是一种零度情感，是一种"知性"情感，也就是说，对生活或艺术中的情感保持了相当清醒的疏离，情感的哲思化是其特征，所有的热度抒情与之绝缘。

第三，在对待意识形态的问题上，经验传达说强调艺术与政治平行，诗歌要反映政治内容，但这些政治内容都需经诗人理性选择后经艺术生成结果；生活反映论则更多地强调"文以载道"的重要性，强调文学的教谕功能；情感表现说也认为，诗歌应为意识形态服务，但在表现政治内容时要尊重艺术自身的规律。对诗人的要求上，生活反映论要求对诗人世界观的改造是其关键；经验传达说要求艺术家要保持相对的独立与自由；表现说承认对诗人的世界观改造是正确的，但这种改造是要靠诗人的艺术自律来解决的，艺术他律往往会损害诗人的自尊。

诗究竟是什么？到底是表现的还是反映的，抑或是两者的结合？其实，对于这些诗歌本质的问题，自古以来就众说纷纭，见仁见智。但有一个基本事实不能忽略，那就是不论是表现的，还是反映的，其诗歌作品都是由诗人创造的另一个世界，"这个世界既不同于现实世界也不同于主观世界，可谓'第三世界'，以纯粹的客观眼光和以纯粹的主观眼光来看这个世界，都是对艺术的误解与贬低"。正如歌德所言："艺术要通过一种完整体向世界说话。但这种完整体不是他在自然中所能找到的，而是他自己的心智的果实，或者说，是一种丰产的神圣的精神灌注生气的结果。"① 按海德格尔的解释就是，作品是一个世界，在大地与天空之间展开，而此时的天空与大地已经是作家与作品里的天空与大地了。

综上所述，40年代的诗学本质观具有一种辩证的哲学观念。表现说尽管强调创作主体的主观作用，但从来也没有舍弃客观的现实生活，客观生活也是构成该诗学本质观的一个重要基点。表现说里含有生活反映论的成分，只不过偏重于主体的主观作用而已。生活反映论虽然强调客观生活对诗人创作的决定作用，但也肯定诗人的主体情感和想象的能动作用。可以说，生活反映论不排斥情感表现说的因子，只不过客观生活在整个艺术创作中所占的比重要大，更注重用事实说话。经验传达说尽管强调生活经验与艺术经验在诗歌创作中的重要作用，但是，也承认客观生活与主体情感和想象仍然是该诗学建构的基点。经验传达说既有情感表现说的成分，也有生活反映论的因素，它的优长是将两者平衡地融合而生成在一起。相对于新诗的历史，40年代的新诗学可谓集大成者，无论是情感的直抒还是"非个人化的"诗学智慧，都在这里幻化出美丽的景象，结出了丰盈而沉淀的硕果。

---

① ［德］爱克曼辑录，朱光潜译：《歌德谈话录》，人民文学出版社，1978年版，第137页。

第二章　启蒙的复调："七月派"诗学与"延安派"诗学、"九叶派"诗学的价值取向

启蒙，对于40年代来说是一个永远也绕不过的话题。也许有人认为，40年代的主题应该是救亡，不应该是启蒙，因为启蒙与救亡是两个概念。对此，当代著名学者李泽厚先生曾以"启蒙"与"救亡"的变奏来概括20世纪初的历史，且论定五四运动是以"救亡"代替了"启蒙"。而李书磊对李泽厚先生的这种提法持有不同见解："这种说法无论有多少意念上的合理性，至少从概念上是荒谬的，因为自史实观之，'救亡'与'启蒙'根本就不是一对平行的对等概念，'启蒙'从来就只是'救亡'的一部分，是"救亡"的一种特殊的也是最后的方式。"① 李书磊先生的观点有可取之处，"启蒙"的确应该包含于"救亡"之中，是"救亡"的一种方式。因为自鸦片战争以降，中国无数仁人志士都曾通过各种不同方式、不同策略对中国进行救亡，既有通过实业救亡的，也有通过科学救亡的，但这些救亡方式与途径所取得的成效不甚明显，因为器物的现代化是解决不了人的现代化的，只有人的现代化才是解决问题的根本，所以说，启蒙是救亡的一部分，也是其中的一种特殊的形式而已。鲁迅先生当年弃医从文走的就是启蒙救亡之路。40年代的中国正处于支离破碎、风雨飘摇之中，与20年代相比有过之而无不及，正因为如此，启蒙任务之艰巨、阻力之大，也是任何时代不可比拟的。对于40年代现代诗学来说，"启蒙"的主题便具有极其复杂而又意蕴丰富的多重变奏。

---

① 李书磊：《1942：走向民间》，山东教育出版社，1998年版，第18—19页。

140

第一节 承传"五四"薪火:"七月派"诗学的精神守望

也许是性格使然,胡风在坚持"五四"精神与鲁迅传统方面是出了名的,是一种"硬"与"韧"的精神雕塑,被认为是"五四"精神的捍卫者和鲁迅的传人。作为"七月诗派"的理论先导和卓越的组织者,胡风与他的导师、战友鲁迅一样,深刻地接受了西方现代文化思想,并希望用这种先进的文化思想来改造东方根深蒂固的封建主义文化,创造以人为核心的中华民族的现代文化。胡风深得鲁迅先生的"国民性"改造之精髓,特别是鲁迅先生所提倡的"取下假面,真诚地、深入地、大胆地看取人生并且写出他的血和肉来"①的实践理性精神,他是大力张扬、忠心服膺的。在此基础上,他提出了"精神奴役创伤"的命题。他认为:"作家应该去深入或结合的人民,并不是抽象的概念,而是活生生的感性存在。那么,他们底生活欲求或生活斗争,虽然体现着历史的要求,但却是取着千变万化的形态和复杂曲折的路径;他们底精神欲求虽然伸向着解放,但随时随地都潜伏着或扩展着几千年的精神奴役底创伤。作家深入他们要不被这种感性存在的海洋所淹没,就得有和他们底生活内容搏斗的批判的力量。"② 由此看来,胡风对封建文化思想的批判不遗余力,是与"五四"启蒙精神与鲁迅传统一脉相承的。以胡风为代表的"七月派"诗学一直把"五四"精神与鲁迅传统作为他们的精神支柱和凝聚力,并把这种文学传统一直贯穿在他们的文艺理论与创作实践中,对其进一步地承续与弘扬。"七月派"代表诗人绿原后来回忆其创作道路时说,是鲁迅"把我一步步引向了广阔而深奥的文学——不,广阔而深奥的人生"。他说自己是在鲁迅的诗歌的影响下走上了诗歌道路。他认为:"鲁迅本人也从来没有写过人们今天所谓的诗,但是鲁迅的任何一篇作品,包括杂文在内,我总觉得,无不比一切形式上的诗更接近诗,更属于诗。这是怎么一回事呢?想来想去,我想无非就是,先生一辈子为了唤醒同胞,鼓舞他们向上,并向一切黑暗势力做

---

① 鲁迅:《鲁迅全集》第 1 卷,人民文学出版社,1981 年版,第 241 页。
② 胡风:《置身在为民主的斗争里面》,《希望》,1945 年第 1 集第 1 期。

斗争——正是为了这个庄严的目的，他充分发挥了文艺作为手段或武器的性能；先生从来不为艺术而艺术，但也从来不为某一主题思想而牺牲艺术，他的艺术和他的思想，永远融为一体，他为人民解放事业贡献出他全部的最高的艺术才能。伟大的志向、宽广的胸怀和高超的艺术才能的统一，应当是他对后辈最基本的诗教吧。"[①]

第一，作为具有独立思想意识的"七月诗派"，他们的全部思想活动源于"五四"的启蒙精神，他们所执守的仍然是知识分子的精英立场，但同时强调这种精英立场不是脱离民众的，而是始终与人民息息相关。这是因为，虽然"知识分子的绝大多数是小资产阶级出身的"，但是，"第一，由于中国社会近几十年的激巨的变化，知识分子有不少是从贫困的处境里面苦斗出来的，他们的生活上和贫苦人民原就有过或有着某种联系。第二，在这个激巨的变化里面产生了民主的文化革命和社会革命，知识分子有不少是在反叛旧的社会出身，被反帝反封建的文化斗争和社会斗争所教育出来，他们和先进的人民原就有过或有着各种状态的结合。第三，他们大多数脱离了原来的社会地盘……变成了所谓下层知识分子，从小资产阶级变成了劳力出卖者，不得不非常廉价地（有的比技术工人还不如）出卖劳力，委屈地（所学非所用）出卖劳力，屈辱地出卖劳力，在没有所谓职业保障的不安情形下面出卖劳力，这就击碎了他们的愿望或幻想……有可能正视以至走向广大人民的生活或实际斗争，有的甚至是抱着狂热的渴望或带着真实的经验，也就是和人民结合的内容的。那么，就这样的具体内容看，说知识分子也是人民，是并不为错的。这样才能理解知识分子革命性的物质的根源"。在中国的最初的思想革命中，正是知识分子把马克思主义的思想传输给无产阶级，给无产阶级带来了指导自己政治斗争的理论武器，随着革命的深入，无产阶级的觉悟提高了，"人民的力量强大了，但知识分子却是思想主力和人民之间的桥梁，开初是唯一的桥梁，现在依然是重要的桥梁。那么，就这样的具体内容看，可以说革命知识分子是人民的先进

---

① 绿原：《〈人之诗〉自序》，人民文学出版社，1983年版，第2页。

142

的"①。这一分析符合当时中国新民主主义革命的历史实际，把知识分子作为人民的一部分，并且是具有先进作用的一部分，正因为如此，知识分子的特殊地位和启蒙作用才显得更加鲜明而突出。这是以胡风为代表的一部分知识分子的思想，也是留给我们的一份值得珍视的精神馈赠。它比"五四"时期知识分子的启蒙精神更加理性、深刻和成熟。

第二，以胡风为代表的"七月诗派"不但努力践行实践理性精神，而且在启蒙思想的维度上也有自己独特的理论视角。首先，他们认为："在现实主义的道路上，是为人生而文艺，并不是为文艺而人生……现实主义者底第一义的任务是参加战斗，用他的文艺活动，用他的行动全部。"② 检视"七月"诗人的作品时，这种印象与感受越来越清晰、深刻。他们将自己的喜怒哀乐与广大人民一样全部掷入了这一伟大的时代潮流中，无论是在抗日战争期间还是在解放战争期间，都留下了许多壮丽的精神碑记。但他们并没有简单地停留在角斗士这样的行动层面上，而是以哲学家的身份为时代立言，并有着鲜明的思想指向，也就是说，他们既要担负着反帝反封建的任务，同时更要警惕随反帝而来的封建主义思想意识的抬头。在反帝战争的大形势下，这种封建主义更容易蒙混过关，这就需要如炬的目光，同时还需要有刮骨疗毒的信心与勇气。在《七月》创刊号中，由胡风撰写的《愿和读者一同成长——代致辞》中就敏锐地指出："在今天，抗日的民族战争已经在走向全面展开的局势。如果这个战争不能不深刻地向前发展，如果这个战争的最后胜利不能不从抖去阻害民族活力的死的渣滓，启发蕴藏在民众里面的伟大力量而得到，那么，这个战争就不能是一个简单的军事行动，它对于意识战线所提出的任务也是不小的。"③

这里所说的"抖去阻害民族活力的死的渣滓"和"启发蕴藏在民众里面的伟大力量"以及后来他总强调的"精神奴役的创伤"等，不

① 胡风：《胡风全集》第3卷，湖北人民出版社，1999年版，第525—526页。

② 胡风：《胡风全集》第2卷，湖北人民出版社，1999年版，第498—499页。

③ 七月社：《愿和读者一同成长——代致辞》，《七月》，1937年第1集第1期。

正是"七月派"诗学启蒙精神之所在吗？不正是他们自觉捍卫的"五四"传统吗？如果在反帝的过程中有意或无意地消解了反封建精神，这将是对"五四"传统的背离，这正是胡风所担心和忧虑的。因此，他强调："并不是反帝反封建的斗争现在仅剩下了反帝，而是以反帝来规定并保证反封建。"① 所以，他一再提醒人们要警惕在"爱国主义"旗帜下掩盖着的封建主义的阴魂，这个警告是十分重要的。尤其是在40年代，这样的思想深度提升了中国现代诗学思想的高度，这也许是"七月派"诗学思想魅力存在的缘由吧。

第三，尊崇个性，张扬主体精神，捍卫与肯定为人生的"人的文学"。以胡风为代表的"七月诗派"，其思想来源为文艺复兴的以启蒙主义和人道主义为主的西方文艺思潮以及鲁迅先生的浪漫主义诗学精神。鲁迅的浪漫主义诗学观"既注重文学本身的特殊规律，又主张尊个性、张精神，强调文学'撄人心'——干预人的灵魂的独特作用。还把情感与想象提到首要地位，追求'崇高美'，由内而外地关注社会现实进行思想启蒙"②。他们从鲁迅的浪漫主义诗学中汲取了丰富的精神滋养，并把这种浪漫主义启蒙精神绵绵不断地延传下来。他们所认同和肯定的，是以鲁迅《狂人日记》为起点的"为人生"的"人的文学"。对于以胡风为代表的"七月诗派"来说就是把人的质素以及人的自由与解放放在核心层面上，尊重与肯定人的尊严与价值，尊崇个性，张扬主体精神便是这一诗学流派紧紧恪守的精神追求。1942年，毛泽东《讲话》发表之后，尊崇集体理性、排斥个人本位的思潮应运而生，时代的发展与要求规约着个性本位向集体本位转向。这是时代潮流所致，也是严肃时代的庄严呼唤。但"七月派"诗学对此却保留着一定意见。他们对集体本位不排斥，但也不放弃个性解放的主张。胡风等人认为个性解放这一概念，不能认为是资产阶级提出的，我们就要自动放弃。如果是这样，那就会导致对实际存在的封建主义的投降，因此提出，要"把反封建的任务从资产阶级底手中夺取过来而完成它"，更高地张扬

---

① 胡风：《胡风全集》第3卷，湖北人民出版社，1999年版，第475页。
② 黄曼君：《中国20世纪文学理论批评史》，中国文联出版社，1989年版，第142页。

起"人民解放，土地解放，个性解放"的旗帜。在他们看来，"群众底存在，个人底觉醒，两者并非宿命的违反的敌对的"，"人必须理解自己的'价值'，发挥自己的'力量'，从而服从群众的利益，坚定群众的立场"；"集体的英雄主义"不仅要"尊重着大众底利益，服从着集体底命令"，更要"保留了自己底能动作用，和必须掌握着自己底战斗性能"。① 胡风等人并不反对，毋宁说是拥护"战斗的集体主义"，他们只有一点保留：不能把其理解为个体对群体的无条件的服从，应该有相对的独立空间。这个独立的空间就是尊崇个性，张扬主体精神。

当然在集体本位将要取代个体本位的情形下，以张扬个性的"七月派"诗学思想尽管有一定的可取之处，但从整个时代发展上看，更多的是不合时宜。一是秉持胡风提出的"精神奴役创伤"的观念，并未大力褒扬人民大众身上的美好品德与先进思想；二是坚持知识分子精英思想及前锋价值，未突出人民群众的创造精神和伟大力量。正是在此基础上，倡导和推进以集体本位为核心的人民大众文学，也就成为一个时代的审美选择。

也许是出于对"五四"启蒙精神的坚守，胡风他们在文艺上也特意强调"五四"新文艺的新质：它与世界进步文艺的联系，由此形成它的"世界性"；它对传统文学的变革，由此形成它的"异质性"。这是构成"五四"新文学的基点，必须坚持，不能动摇。因此，必须坚持文艺本身的先进性，即文学的世界性和"五四"文学以来自身形成的民族性，不能迁就农民的落后性。他们也反对将民间形式（旧形式）美化（理想化）和绝对化，提倡对旧形式加以改造，使之成为"五四"新文学主流形式的一个补充。正是因为他们坚守了"五四"文学方向和鲁迅所开创的新文学传统，所以他们的艺术形式与个性风采异常突出鲜明，尤其是鲁迅先生的尼采主义的精神风格表现得十分鲜明。

40年代，"七月派"诗歌自由奔放、不受拘束的艺术形态可以说是一种大胆而越轨的，正是这种形态才使我国的现代诗歌完成了与西方启蒙主义诗歌的对接，并且与"九叶派"诗歌共同开启了新诗现代化

---

① 阿垅：《人·诗·现实》，生活·读书·新知三联书店，1986年版，第277页。

方向。

第二节　现实主义精神确立："延安派"诗学集体理性的选择

　　1942 年 2 月 17 日，何其芳在延安《解放日报》发表了题为《叹息三章》的诗作。4 月 3 日，又在该报发表了《诗三首》。这两组诗情绪、节奏和调子都很相似，都是用散文一样的句式和语言说了"我"的微妙的情感世界，表达了诗人或纤细或辽阔或在纤细中向往辽阔的日常感受。这些诗当然都够不上伟大，但确实称得上珍贵：它们显示了人的感情所能具有的丰富与复杂，显示了人的感情在日常晨昏细微而生动的变化，显示了个人生命的鲜活与健康，显示了人生因苦涩而甜蜜的真实的体验。在战争与苦难的大环境下，这些作品体现了中国人对生命的珍惜与守护，体现了中国人生命力量的充盈。这些诗并没有刻意去歌颂什么，但这些诗存在的本身就是对种种纯洁的事情的肯定。其中，《我想谈说种种纯洁的事情》可视为其代表。这首诗表现了知识分子敏感温柔的浪漫情怀和"我"个人心灵柔软的部分，极具个人化和私人化色彩，这就是"五四"以来所肯定和张扬的"人的文学"的凝现，也是对非文学的一种反拨，理应倍加珍惜与呵护。

　　何其芳这六首诗发表后两个多月，《解放日报》先后发表了吴时韵、金灿然和贾芝等人的批评文章。金灿然、贾芝都对吴时韵那种简单化与粗暴化的上纲上线的批评文风进行了指责。金灿然认为，吴时韵"对作者的诗的消极方面的批评，大部分值得作者参考"。他更进一步分析并将何其芳错误地比作"他们不了解农民，农民也不了解他们"的俄国民粹派，认为何其芳"与工农之间却有着一个间隔，不能融成一片，也是个在河边徘徊的诗人"。他认为，何其芳歪曲地表现了当时的工农大众。贾芝则从何其芳的生活与创作道路角度对吴时韵那种断章取义的批评予以拒斥，认为这种批评方法对作者和读者都是有损失的。贾芝认为，对何诗首先应该看到他的诗里所表现的一贯的要求突破自己和不断进步的精神，是他朝着工农大众队伍里走，不要简单地从其每首诗中摘取一些属于所谓"叹息"或"悲惨"的片段，随意加以引申与贬斥。他指出，用这种方法评诗，对于诗和诗的作者，都是一种不幸和悲哀。但他同时又认为何其芳诗的缺点是：在同敌人进行残酷斗争的时候，工农大众在诗中只能看到作者而看不到他们自己。这是"由于小资产阶级的幻想、情感和激动，使作者和现实有了隔离"。因此，他要求何其芳抒写他自身以外的大众所熟悉的题材。

在这场对何诗的论争中，金灿然、贾芝等都是以更加理性的立场和态度，对何诗存在的深层次问题与价值取向予以评析，并为何其芳开了药方：一是要丢掉小资产阶级的幻想与情调，这些东西对于工农来说是可笑的；二是在立场上要与工农保持一致，不能与他们有间隔；三是在题材上要由作者的自我抒发转向"他自身以外的大众所熟悉的"。这种批评倾向，对何其芳的诗歌创作乃至整个解放区的抒情诗创作，都产生了一定的影响。在此后很长的一段时间里，何其芳停止了歌唱。

为什么何诗的发表能引起这么多人的关注与争论，其背后深层次的原因是什么？那就是延安文学已经初步有了自己的评价体系与评判标准，预示着中国现代文学开辟出了另一条遵循"五四"传统与鲁迅方向之路。1948 年，有理论家就专门批判了把"五四"看作"单纯的资本主义文化运动"的曲解，以为这是"漠视了'五四'的人民意义，漠视了'五四'以来人民革命的传统与力量"，认为中国共产党所领导的人民革命才是"五四"精神的真正继承者，而"毛泽东思想"正是"'五四'以来，也是几千年以来中国文化上最大的成果"。① 同时，也有专家针对胡风对鲁迅精神理解的内涵展开了批评，认为鲁迅"从小资产阶级的思想立场，向无产阶级立场"的"转变"，是其最重要的思想。从这样的鲁迅观出发，鲁迅的"五四"启蒙话语，他的"改造国民性"的主题，他的个性主义、怀疑主义，等等，都应被看作是鲁迅精神的"负累"，只是"客观上在当时还有相当的革命意义"。延安文艺家认为，现在胡风们所重申的这些话语，其"客观的倾向却只能是小资产阶级对于人民大众的自觉的集体的进取和改革的抵制"。这是对鲁迅精神的误读。因为延安文艺家所要捍卫的鲁迅，是后期向无产阶级立场转变的鲁迅，是与中国无产阶级政治相结合并上升到无产阶级集体主义思想的鲁迅。后期的鲁迅已由揭露国民的劣根性的主题转移到揭露社会

---

① 邵荃麟：《五四的历史意义》，香港《群众》，1948 年第 2 卷第 17 期。

黑暗和歌咏光明等内容上来，等等。这种思想表征着新时代的审美理想和精神追求，这正是延安文学建构的精神支撑。

对何其芳的批评，表征着小资产阶级启蒙主义和个性精神的式微与终结。如王实味那样"暴露黑暗"的偏颇做法不行，就像何其芳这样不"暴露黑暗"而抒写一己之情也不行，这是因为小资产阶级知识分子的浪漫情调与工农大众的欣赏品位有间隔，知识分子要由思想启蒙的角色向工农立场角色转变，要用高昂的格调抒写时代的主旋律，要以歌颂或赞美的方式表现工农大众的情感，这是时代发展的新要求。于是，诗和文艺以一种清新欢快的审美面孔出现了，并为人民大众所接受。艾青在他中秋节写成的一篇文章中即有表达："把政治和诗紧密地结合起来，把诗贡献给新的主题和题材：团结抗战建国，保卫边疆，军民合作，交公粮，选举，救济贫民……以及'今年打垮希特勒，明年打垮日本鬼'，整顿三风，劳动英雄、模范工人赵占魁等。使人们在诗里能清楚地感到大众生活的脉搏。"[①] 此后不久，艾青写了歌颂劳动模范的长诗《吴满有》，他自己也因此被评为边区甲等模范工作者。其实，在当时很多诗人是自觉、自愿地实践这种向政治、向大众靠拢的审美转移的。这种注重歌颂的实践方式，对人民群众的革命实践及其前景做充满景仰的记录，并依据政治家的导向对生活现象做出文学的解释与评判，在当时对共产党领导的无产阶级革命力量的发展与壮大起到了凝聚、鼓舞和推动作用，显示出非凡的功绩。

自"五四"新文化革命以来，文学发展与思想启蒙一直是紧紧连接在一起的，文艺家也一直处于思想启蒙者的位置。但随着时代的发展，人民的觉醒与进步，小资产阶级知识分子的思想启蒙理念已经落伍，对于小资产阶级知识分子，尤其是那些以坚守启蒙理念著称的文艺家来说，也涉及需要重新学习、重新确认身份的问题。这主要有以下几个方面原因：

第一，思想启蒙日益衰微，已呈"明日黄花"之势。一是因为旧中国教育水平普遍落后，知识传播的范围十分狭小。二是因为启蒙者所

---

① 艾青：《展开街头诗运动——为〈街头诗〉创刊而写》，《解放日报》，1942年9月27日。

传播的文化理念、话语的言说方式以及他们的情感和立场，与人民大众有隔膜，现代生活与文化理念无法深入人心。三是随着革命形势的发展，资产阶级人道主义思想越来越显示出它的局限性。虽然在"五四"文学革命中，它曾经是一些思想启蒙者祭起的向封建文学思想展开攻击的一面有力的旗帜，但在阶级斗争和民族斗争异常激烈与冲突的 40 年代，它变得日益疲软，无法也无力与整个时代、社会构成对话与指导关系。

第二，知识分子作家角色的重新定位与立场的选择。这对于延安的知识分子作家来说，就不那么简单，他们需要重新确认身份和角色。一方面是有的自动放弃了原来的观念和立场。当年青年诗人何其芳前往华北战场，途经延安。他回忆说："我那时是那样的狂妄，当我坐着川陕公路上的汽车向这个年轻人的圣城进发，我竟想到了伯纳德·萧离开苏维埃联邦时的一句话：'请你们容许我仍然保留批评的自由。'"[1] 但是延安却以巨大的魅力征服了何其芳，他不但心悦诚服地放弃了原来的想法，而且在延安扎下根来，甚至是心甘情愿、无怨无悔地把自我融化在工农大众中、集体中。他说："在这里，我这个思想迟钝而且感情脆弱的人，从环境，从人，从工作中，学习了许多许多，有了从来不曾有过的迅速的进步，完全告别了我过去的那种不健康不快乐的思想，而且像一个小齿轮在一个巨大的机械里和其他无数的齿轮一样快活地规律地旋转着，旋转着。我已经消失在他们里面。"[2] 另一方面是他们中的很多人在这个重新定位与选择中走过了艰难的路程。在《讲话》发表前，当时的延安文艺界出现了两种倾向：其一是以丁玲、罗烽等为代表的，他们认为还是鲁迅时代，还要鲁迅笔法，倡导文学充分发挥批判现实的功能；其二是以艾青等为代表的，他们强调文学及文学家要有一定的独立和自由的权利。而王实味则更进一步，认为文艺家与政治家是平起平坐。他强调政治家的主要任务是改造社会，而文艺家的主要任务是改造人的灵魂。因此，文艺家要完成这一使命，就要充分发挥文学的暴露功能，制衡政治家不当的权力运用。如果说丁玲、艾青等人仅是尝试着

---

[1] 何其芳：《一个平常的故事》，百花文艺出版社，1982 年版，第 43—44 页。
[2] 何其芳：《一个平常的故事》，百花文艺出版社，1982 年版，第 43—44 页。

谋取一定的自由与独立，体现着文学家与启蒙者合一的思想意识，那么王实味则流露出与政治家平分天下，甚至欲做政治家"精神导师"之倾向。对延安文艺界出现的这些问题，以毛泽东为代表的中国共产党人是上升到现实政治斗争的高度来看待的。如果不根除这种错误的思想，将来会对革命的发展产生诸多不可低估的负面影响。毛泽东的《讲话》否决了一味地弘扬文学批判现实功能和启蒙的倾向，确立了文学必须服从于政治、服务于政治的原则，并要求文艺工作者深入工农兵当中去，歌颂工农兵的革命斗争，激发鼓舞人民的斗志，完成教育人民、打击敌人的任务。为此，延安文艺家们必须重新定位，必须调整自己的文学观念，以适应政治、社会和时代的需求。

第三，建立了以政治标准为导向的诗学观。工农兵方向是延安诗学发展的方向，也是延安诗学所构建的理论和实践的体现。而农民化又是工农兵方向实施结果的一种特征和事实的陈述，其本身并不包含褒贬之意。文艺家们以此方向不断地调整自己的写作立场，他们"努力地表现中国农民的思想感情、心理、生活与命运，认真研究农民的审美趣味、习惯、心理，学习农民的语言，从农民自己创造的民间艺术中广泛吸取艺术养料，创造适应农民接受水平并为农民喜闻乐见的艺术形式。正是在这个文学潮流中，涌现出赵树理这样的与广大农民血肉相连的新文艺作家，产生了《小二黑结婚》《王贵与李香香》《白毛女》这样的真正为农民所接受的新文艺作品，从而结束了'五四'新文学与中国农民相互隔绝的历史，新文学自身也从中获取了新的活力，显出新的特色。在这里，知识分子的那种高贵典雅、多愁善感、纤细复杂的精神气度不见了，取而代之的是'头缠羊肚肚手巾，身穿自制土布衣裳'……的朴素、粗犷、单纯的美"①。

第三节 去蔽与还原："九叶派"诗学的思想张力

也许深受中国传统诗学的"诗言志""诗言情"和"文以载道"的

---

① 李泽厚：《中国思想史论》（下），安徽文艺出版社，1999 年版，第 1070页。

影响，长期以来，这种集体无意识的文化沉淀的艺术观念遮蔽了人们的审美视野。如果与这种艺术观念稍有对抗与偏离，就会被视为"离经叛道"。如果说"七月派"诗学和"延安派"诗学是经典的"言情""言志"说的现代呈现，由此而得到更多人的青睐和体认，那么，抱有"诗言诗"观念的"九叶派"诗学，便具有一种曲高和寡的意味。"诗言诗"这种诗学观念的确立颇具先锋意味，这为40年代诗学发展建设提供了一种现代的审美视角。

一、"九叶派"诗学的艺术启蒙

40年代的诗学界几乎没有人否认诗是表现时代精神和政治斗争的工具。在这种观念的影响下，当时的诗歌创作出现了两大类型："一类是说明自己强烈的意志或信仰，希望通过诗篇有效地影响别人的意志或信仰的；另一类是表现自己某一种狂热的感情，同样希望通过诗作来感染别人的。说明意志的作者多数有确切不易的信仰，开门见山用强烈的语言、粗粝的声调呼喊'我要……'或'我们不要……'或'我们拥护……''我们反对……'；表现激情的作者也多数有明确的爱憎对象作赤裸裸的陈述控诉。"其结果是"说明意志的最后都成为说教的，表现感情的则沦为感伤的，两者都只是自我描写，都不足以说服读者或感动他人"。① 这是现代主义诗学家袁可嘉对当时诗歌现象所做的描述与评价。

由此可以看出，第一类诗歌应属于主题或观念先行的诗，第二类诗歌应属于表现情感的诗。这两类诗又分别代表着各自不同的诗学观，已成为当时的主流观念，深入人心，不容置疑。但是，袁可嘉对此提出挑战。他认为，诗不是政治的附庸也不是工具、武器，更不是情感，"诗是人生经验的传达"。因为"艺术作品的意义与作用全在它对人生经验的推广加深，及最大可能量意识活动的获致，而不在对舍此以外的任何虚幻的（如艺术为艺术的学说）或具体的（如以艺术为政争工具的说法）目的的服役"②，因此，他强调艺术与宗教、道德、科学、政治都

① 袁可嘉：《论新诗现代化》，生活·读书·新知三联书店，1988年版，第3页。

② 袁可嘉：《论新诗现代化》，生活·读书·新知三联书店，1988年版，第3页。

是平行的关系，不是任何主奴的隶属关系。这种诗学观突出了艺术何以成为艺术并何以能独立存在的原因。正是因为有了这种艺术本体意识，所以对一切来自不同方向但同样属于限制艺术活动的企图都"就地粉碎"。这种新诗学本体观对旧的诗学观构成了威胁、消解，甚至是颠覆，因而也备受各方面的反击与责难。从中我们可以感受到"启蒙"的艰难。"启蒙"这个词语在西方话语中的原初之意为"照亮"和"开启光明"。它带有某种时间交替上的"过渡"之意，除陈布新的历史转换地位也注定了它的命运多舛。然而，正是有了这种现代化诗学的启蒙理念，所以它带给人们的不仅仅是艺术观念的澄明，其实更是一种新的审美思想与艺术价值体系的重建。

恩斯特·卡西勒在评述西方 18 世纪的文化思潮时切中肯綮地指出："启蒙思想家的学说有赖于前数世纪的思想积累，这一点是当时的人们没有充分认识到的。启蒙哲学只是继承了那几个世纪遗产；对于这一遗产它进行了整理，去粗取精，有所发挥和说明，但却没有提出什么新的独创观点加以发挥。"① 如果把这一论断用在袁可嘉身上，应该说有正确的一面，因为袁可嘉的诗学启蒙思想主要来源于以艾略特、瑞恰慈为代表的"新批评"理论，这对他强调诗的独立性、诗的艺术本位有着决定性的影响。如诗歌是经验的传达，诗歌的"人本位"与"艺术本位"，反对诗的感伤性和感情的直接抒写，主张诗的客观性、暗示性和迂回性。这些看法在本质上与艾略特的观点相通。袁可嘉所强调的诗歌应表现"最大量意识状态"的观点也是来源于瑞恰慈的理论。同时，对中国新诗传统的挖掘和中外现代诗歌的比较考察与梳理，也使他的学术视野得到了最大限度的拓展。可以说袁可嘉的诗学理论资源异常丰富，但是他并没有停留在"人云亦云"的基础上，而是以"拿来"的方式，对这些理论进行了中国式的转换与创造，因此，也就有了独创的一面，所以说，恩斯特·卡西勒的论断在袁可嘉身上只应验了一部分。

二、"九叶派"诗学的民主文化意识

如果说"五四"文学的最大贡献是"人"的发现，在人的起点上

① ［德］恩斯特·卡西勒著，顾伟铭、杨光仲、郑楚宣译：《启蒙哲学》，山东人民出版社，1988 年版，第 3 页。

开展以科学、民主为内容的思想启蒙运动，那么，与20年代相比，40年代以袁可嘉为代表的现代主义诗学的艺术启蒙思想似乎有异曲同工之妙。袁可嘉诗学体系的逻辑起点是"人的文学"和艺术本体理论。他的诗学思想启蒙的利器或支撑点仍然是民主与科学。当然，这种民主不仅仅是指那种狭义的政治制度，而应该理解为文化的多元形态的构成。在"九叶派"诗人看来，诗的现代化的本质与前提就是诗的民主化。这种民主文化的特质可以概括为"从不同中求得和谐"。它允许并鼓励构成文化的各种不同个体、因素、形态等充分发展，在相互配合中完成它们作为部分的个体价值；而且使它们各个部分的努力不仅不彼此抵消，而且能相互增益，而形成蔚为灿烂的理想文化。从这个意义来说，肯定文化构成中的各种质素的和谐相处，实质上就是要理解和尊重人的个性差异和多元选择。如果不允许这种"歧异"的存在，"而是一个清一式的某因素（如政治）或某阶层的独裁局面"，"所得到的显然不是'协调'而是'单调'，这样的文化形态（或意识形态）也只是变相的极权而非民主"。袁可嘉担忧而困惑地写道："目前许多论者一方面要求政治上的现代化、民主化，一方面在文学上坚持原始化、不民主化，这是我所不能了解的。"[①] 所以，对多元并存的民主文化精神的诉求，应该是"九叶派"诗学的精神向度。

然而，自"五四"新文学开始到40年代积累的新文学运动经验表明，这种民主文化的发展是不均衡的。一方面，是旗帜鲜明、步伐整齐的"人民的文学"；另一方面，是低沉中见出深厚、零散中带着坚韧的"人的文学"。对于"人民的文学"，袁可嘉有如下界定："就文学与人生的关系说，它坚持人民本位或阶级本位；就文学作为一种艺术活动而与其他活动（特别是政治活动）相对照说，它坚持工具本位或宣传本位（或斗争本位）。……从这里出发，社会意识的合乎规定与否自然成为批评作品的标准，因此有异于这一标准的宗派或作品都被否定；过去的士大夫固然遭淘汰，今日的市民文学也被扬弃。"[②] 由此导致了文学

① 袁可嘉：《论新诗现代化》，生活·读书·新知三联书店，1988年版，第41—43页。

② 袁可嘉：《论新诗现代化》，生活·读书·新知三联书店，1988年版，第116页。

作为一种观念，即是政治斗争工具的观念。在当时，"人民"的概念在外延上是有所限制的，也就必然导致"人民的文学"在观念、价值上的限制，其他类型的文学都在它的排斥之列。

而"人的文学"则有所不同，"人"是一个具有普遍性的概念，因此，"人的文学"的基本精神，简略地说，包含两个本位的认识：就文学与人生的关系说，它坚持人本位或生命本位；就文学作为一种艺术活动而与其他活动形式对照着说，它坚持文学本位或艺术本位。因此，"人的本位"的崇奉者相信，文学的创造、欣赏和批评都是人的心智活动和生命活动的一种形式，它们对于人生的特殊贡献是部分在全体中产生的特殊的创造价值。因为强调生命本位，"人的文学"必然强调"最大可能量意识活动的获致"，也就是说，诗歌要表现人与生命本身，而人和生命又是涉及广泛而深刻的，所以文学不能以偏概全，而要在综合的前提下体现对人生、现实等的认识。"在作品的主题意识方面只求真实与意义，而不问这一主题所属的社会阶层或性质上的类别，现实的反抗意识固然是合时的题材，神秘的宗教情绪也是很好的创作对象；也只有这样，文学才能接近最高的三个品质：无事不包（广泛性），无处不合（普遍性）和无时不在（永恒性）。"①

对于"人的文学"与"人民的文学"的关系，袁可嘉有自己的看法，他认为"文学中有一部分是政治文学，但这一部分政治文学却不能代替文学全体"，"作为一个支流，'人民的文学'正如浪漫文学，古典文学，象征文学，现代文学终必在'人的文学'的传统里溶化消解，得到归宿；终必在部分与全体的关系中嵌稳本身的地位，找出本身的意义"。他还特别指出，"人民的文学"是"人的文学"中的一部分，"决不能独尊自己，以自己的尺度来限制全体，否定全体"。② 以上的结论是袁可嘉对"人的文学"与"人民的文学"比较分析后得出的。他基于人性的立场和民主文化观念，强调说明了只要与人和生命相关的对象与题材都可以纳入"人的文学"的审美视野，不要横加干涉，或突出

---

① 袁可嘉：《论新诗现代化》，生活·读书·新知三联书店，1988 年版，第114 页。

② 袁可嘉：《论新诗现代化》，生活·读书·新知三联书店，1988 年版，第122—123 页。

一面而压抑另一面；否则，就有失公允。只有这样，才能获得艺术上的创造并推动艺术的和谐发展。对这种民主文化如何在诗歌中体现，袁可嘉认为，应该在"现实、象征、玄学的新的综合传统"里找到答案。在这里，"综合"二字非常重要，它与复杂的现代社会相对应，"在诗歌批评、诗作的主题意识与表现方法三方面，现代诗歌都显出高度综合的性质"。这种综合的结果体现为现代化的诗是辩证的、包含的、戏剧的、复杂的、创造的、有机的、现代的。这是现代民主文化意识在诗歌艺术上的审美呈现。

三、"九叶派"诗学的艺术本体观

袁可嘉秉持现代艺术圭臬的法尺，以开放的现代化视角，辩证的文化思维和从容不迫、娓娓道来的缜密与自信证明了"诗之所以为诗"的艺术本体理论蕴含，使之具有了不容置疑的思辨力量。

其一，正确地处理了诗歌与政治的关系，使诗歌在与政治的博弈中确立了自己独立的席位。在中国现代诗学中，诗歌与政治的关系一直是备受关注的话题，许多人把诗歌看成政治的附庸；而袁可嘉则把诗歌与政治平行看待，认为现代人如果离开政治，那肯定是对现实的逃避，必然缩小自己的感受半径，而如果把诗歌作为政治的武器或宣传工具，那将使诗歌失去自身的特性，失去对生命的关怀。这种看法与当时流行的诗歌观念，即诗歌从属于政治的观念是截然不同的，其目的是要强调诗的独立性。他在分析当时诗坛现状时，指出了人们对于诗的种种迷信，实际上是在分析诗歌不能独立的多种原因，并呼唤诗歌"返回本体，重获新生"。应该说，袁可嘉对"人的文学"的特征的描述实际上是对诗歌特有地位的关注，使诗歌能从政治的阴影中摆脱出来。当然，诗歌有表现政治的功能，但不能说有这种功能就是诗歌的本质。诗不能脱离广泛的生命现实，必然在坚持自身独立的前提下方可言说其他。

其二，正确地论述了诗与现实的关系，使诗歌在与现实的拥抱中必须突出自己的个性品质。"绝对肯定诗应包含、应解释、应反映的人生现实性，但同样绝对肯定诗作为艺术时必须被尊重的诗的实质。"[①] 袁

---

① 袁可嘉：《论新诗现代化》，生活·读书·新知三联书店，1988 年版，第 5 页。

可嘉在这里所强调的是诗歌具有独立、独特的个性，诗人必须尊重这些特性才能言及创造；否则，诗就不能称其为诗。这实际上还是在强调对诗歌文体规范的尊重。"诗作者必先满足这些内生的先天的必要条件，始足言自我表现，这也就是在制约中求自由、屈服中求克服的艺术创造的真实意义。"①

其三，正确地辨析了诗与情感的关系，击破了"诗只是激情流露"的迷信。他认为，现代诗需要情感，但是这种情感必须与思想融合，从事物深处、本质中转化自己的经验；否则，纵然板起面孔或散发捶胸，都难以引起诗的反映。换言之，袁可嘉所强调的是诗的经验和思想，尤其是反对感情的直接倾泻和泛滥成灾的感伤倾向。他认为，诗是经验的传达，没有思想，自然无所谓诗。

其四，辩证地区分了"人"与"诗"的关系，确定了一种新的艺术评价体系。按照世俗流行的观念，一般认为"诗与人"或"人与诗"是等同的。这种观念错误在于把生活中的"人"与艺术中的"人"混淆起来。在艺术的评价标准上，往往是把对生活中"人"的评价尺度用在了艺术自身，这种标准的歧义，势必造成艺术评价的错位。袁可嘉认为：诗篇优劣的鉴别纯粹以它所能引致的经验价值的高度、深度、广度而定，而无求于任何虚构的外加意义……我们的批评对象是严格意义的诗篇的人格而非作者的人格；诗篇的人格虽终究不过是作者人格部分的体现，但在诗篇接受批评的二者的分别十分明显，似不待深论。浅言之，人好未必诗也好。② 其实，这也是对诗人思想改造提出了质疑，也就是说作家的思想观念的高低与其创作水准不是成正比例的。诗还是有其自身的评价体系。他指出："我们必然记得在情绪里有人的情绪与艺术情绪，在信仰里有抽象的与感觉的，在意识里有逻辑本文与诗本文，在现实里有人生现实与诗现实，在生活里有生活经验与诗经验，在行动

① 袁可嘉：《论新诗现代化》，生活·读书·新知三联书店，1988 年版，第 5 页。

② 袁可嘉：《论新诗现代化》，生活·读书·新知三联书店，1988 年版，第 6 页。

里有具体活动与象征活动等等分别。"① 袁可嘉所看重的是每一对存在的后者，它们体现出诗歌与具体存在的差异，也体现出诗人的艺术发现和创造，因此，对于诗的艺术评价应该基于诗人在这些方面所达到的创造的程度。由于有了上述观照层面和评价原则，他提出"绝对否认好诗坏诗，是诗非诗的不可分"，"决不容忍坏艺术，假艺术，非艺术"。②

"九叶派"诗学的启蒙不仅仅是一种艺术观念的启蒙，更是一种艺术本体的启蒙。这种"诗言诗"的文化审美指向的启蒙，为诗歌归位、重回自身提供了理论支撑。从这个意义来说，就是去蔽与还原。"九叶派"诗学这种艺术本体理论的创建，对政治诗、情感诗是一种很好的制约与平衡。

综上所述，"延安派"诗学和"七月派"诗学更多侧重于政治启蒙和思想启蒙，"九叶派"诗学偏重于艺术本体的启蒙。这三种不同向度的启蒙构成了多维的思想空间，使40年代的诗学思想更加丰富、厚重而深邃。

---

① 袁可嘉：《论新诗现代化》，生活·读书·新知三联书店，1988年版，第67页。

② 袁可嘉：《论新诗现代化》，生活·读书·新知三联书店，1988年版，第7页。

第三章 "七月派"诗学与"延安派"诗学、"九叶派"诗学的审美疏离

1948 年，"九叶派"诗人默弓（陈敬容）在该年 6 月第 12 辑《诗创造》上发表了诗论《真诚的声音》。她认为，中国新诗虽还只有短短的几十年历史，"无形中却已经有了两个传统，就是说，两个极端。一个尽唱的是'梦呀，玫瑰呀，眼泪呀'，一个尽吼的是'愤怒呀，热血呀，光明呀'，结果是前者走出了人生，后者走出了艺术，把它应有的将人生和艺术综合起来的神圣任务，反倒搁置一旁"①。

陈敬容的批评不乏书生之见，却也一针见血地揭示了中国现代诗歌游走极端的事实，即中国现代诗歌发展走向出现了偏至。这主要突出表现为以下两种倾向：一是重视文学作为工具的作用，或把文学服务社会政治看得高于一切，使文学成为政治意识形态的载体，更好地为政治服务；或把情感放在第一位，让情感直接参与现实创造，使生活情感直接跃升到艺术情感，这中间不注重创作主体的精神化和艺术转换作用。其共同之处，都是把文学作为工具，或为政治服务，或为情感服务，而忽视了文学自身的审美属性，即"走出了艺术"。二是把"纯诗"艺术放在首位，醉心于艺术象牙塔的营构，而缺乏对现实问题的热情关注、守望和深层次探讨，即注重了艺术自律，而漠视了艺术所承载的社会功能。这种情况，即"走出了人生"。

这两种倾向，已深深地影响了 30 年代以来中国现代新诗的思维走向。一是时代感、现实感有余而艺术审美韵味不足，如"左翼"诗歌，其鲜明的政治性、战斗性和冲击力令人称道，在充分发挥诗歌的社会功

---

① 陈敬容：《真诚的声音》，《诗创造》，1948 年 6 月第 12 辑。

能上可谓不遗余力、强劲渗透，它突出强调诗人应具有的现实意识、时代感、政治意识、历史感和使命意识，但在艺术自律上重视不够。二三十年代以来的创造社、新月派等诗歌流派，它们过分注重情感、张扬个性，深信诗是热情的产物，认为有热情就足以产生诗篇，因而，这就导致了一种感伤时代、感伤生活现实的诗歌流行开来，这种情感一元论的诗学理念对三四十年代的诗歌创作影响很大。二是艺术韵味有余而时代感和现实感不足，如二三十年代以来的中国现代主义诗歌，主要从意象主义、象征主义和未来主义那里汲取营养，自觉地走向心灵、走向艺术，具有神秘主义的色彩。由于二三十年代以来的现代主义诗歌大多逃避生活、远离现实，其缺憾是明显的，很难与时代和社会同构，难以承担起文学的社会责任，其结局是走进了"艺术"，远离了"人生"。

这两种倾向，在现实主义、浪漫主义和现代主义的诗潮中都有不同程度的显现。当然不可否认，这三大诗潮都曾在新诗史上各领风骚，留下了辉煌的历史，为新诗发展做出了重大的贡献。进入40年代，它们各自的优点与不足均已为新诗探索者所知悉，特别是这三大诗潮在揭示苦难深重的社会现实和旷日持久、惨烈悲壮的战争等方面，都显现出力不从心或浮躁轻佻之态。这就更为诸多诗人和理论家所不满，于是，"纠偏"与"制衡"便成为这一时期现代诗学的共同话题。"纠偏"实际上是对本诗歌思潮内部出现的问题进行纠正。"制衡"主要是针对本诗潮以外的其他诗潮的弊端进行反拨和约束，它往往是以论争的形式出现。实践证明，只有通过对内对外的纠偏与制衡，才能使诗歌文化沿着健康的轨道发展。

进入40年代，中国现实主义、浪漫主义和现代主义诗歌都对各自的传统进行了审视、反思和扬弃，并在此基础上形成了新的审美价值观。40年代是一个诗学成熟的年代，其主要标志是各种诗歌呈现出文化融合的趋势，因为近三十年的多种积累已为融合创造了条件。40年代诗学就是这样朝着一切可能融合的方向发展。独创性寓于变化之中，每一种独特的个性都可以创造出一种独特的融合来。所以说，这一时期的"延安派"诗学、"七月派"诗学和"九叶派"诗学都不是泾渭分明的。正因为如此，才有这种借"他山之石，可以攻玉"的可能。也就是说，有了自己与其他诗学的参照，才能更明晰自己的不足和缺陷。

第一节 "七月派"诗学：高扬主体的战斗精神

"七月派"诗学的理论核心是以胡风的主观战斗精神为主，即强调诗人的主体性。也就是把诗人的整个生活实践和创作过程视为"对于血肉的现实人生的搏斗"过程，并认为其关键是要发挥诗人的主观能动作用，在胡风、艾青以及吕荧、阿垅等人的著作中，都能清晰地感受到这种共同的诗学观。其中，对情感的极度推崇和迷恋，当属文艺理论家阿垅。他对诗所下的定义是："它所要有的，是典型环境中的典型情绪。"显然仍是以"情绪（情感）"作为诗的基本。也就是说，他们仍然秉承浪漫主义的情感传统。但是，他们的这种浪漫主义诗学与二三十年代的有着鲜明的不同。首先，它是扎根于现实主义土壤的，拥有现实主义战斗情怀的浪漫主义倾向。其次，它是反对那种虚伪、肤浅、幼稚和庸俗情感的浪漫主义。二三十年代浪漫主义诗学都不同程度地存在着主观公式主义和客观主义。这是"七月派"诗学在主观上所不取的，因此，必须予以匡正和纠偏。如果仔细研究他们的诗论和创作实践，就会发现他们是要突进到生活的底蕴，正如钱理群先生所言："在主客体相生、相克的搏斗中，创造出包含着个别对象又比个别对象深广的、更强烈地反映了历史内容的（甚至比现实更高的）艺术形象（小说）与'情绪'（诗歌），后者就是阿垅所说的'典型环境中的典型情绪'。即以阿垅自己所作的《纤夫》来说，诗人通过纤夫形象的描绘，传达出了'一团大风暴的大意志力'和'一寸一寸''强进'的坚韧的民族精神，全诗显然具有象征意义，并因而取得了一种思辨的力量。"① 这就是"七月派"诗学所要追求的诗歌图式，正因为有这样的图式作为参照和法尺，所以，"七月派"诗学依此来进行纠偏。

一是针对主观公式主义弊端。在胡风看来，写实主义者只是忠实于主观感觉、印象所及的客观对象，而没有触及对象的灵魂，这就使创作主体对客观对象所做的不过是"主观浮影的描写"，抄录"死样活气的外在形象"而已，而不懂创作主体必须深入到生活的"内在的形象"

---

① 钱理群：《1948：天地玄黄》，山东教育出版社，1998 年版，第 115 页。

使创作主体与客体水乳交融。因而胡风反对诗人把哭泣或狂叫"照直地吐在纸上，而是要压缩在、凝结在那使他哭泣狂叫的对象里面，那使他哭泣使他狂叫的对象的表现里面"，这样的诗才有力量。有鉴于此，胡风对田间在抗战前和抗战初期的诗做了深入思考。他认为诗"应该是具体的生活事象在诗人的感动里面所搅起的波纹，所凝成的晶体。这是诗的大路，田间君却本能地走近了。虽然在他现在的成绩里面还不能说有了大的真实的成功"①。为什么说还没有大的真实的成功呢？因为"诗人的力量最后要归结到他和他所要歌唱的对象的完全融合。在他的诗里面，只有感觉、意象、场景的色彩和情绪的跳动"②。这是胡风对主观公式主义弊端"即客观对象的主观浮影式抒情发出的警告"③。胡风对"七月派"诗人庄涌也曾提出类似的批评："当时正在徐州大会战，他（庄涌）寄来了《颂徐州》。作者是一个中学生，很容易被一种激情所征服，但他的激情是被战争要领或政治要领所刺激起的兴奋，并不是从和人民的生活实际相结合的内在要求出发的，所以这里的苦难主义不能不是一种表面的形象。他继续写下去了，有的气概更雄壮，但基调没有大变化。1939 年在重庆，我把他的诗编成一本《突围令》寄往上海出版了，我认为这种空虚的声音可以结束了。"④ 胡风在分析造成主观公式主义的根源时，认为是创作主体丧失了主观战斗精神在艺术构思中的能动性所致，缺少了一种为生活和艺术殉道的受难精神。他曾说："文艺作品要反映一代的心理动态，创作活动是一个艰苦的精神过程；要达到这个境地，文艺家就非有不但能够发现、分析，而且还能够拥抱、保卫这一代的精神要求的人格力量或战斗要求不可。"⑤ 因此，胡风反对诗歌创作中离开客观的主观主义，是在总结新诗史的经验教训的基础上提出来的，故而，他提出主观战斗精神是策略的。

二是针对客观主义弊端。胡风认为的客观主义即生活形象吞没了思想内容，奴从地对待现实，离开了主观的客观。在诗歌创作中，主要表

① 胡风：《胡风全集》第 2 卷，湖北人民出版社，1999 年版，第 444 页。
② 胡风：《胡风全集》第 2 卷，湖北人民出版社，1999 年版，第 444 页。
③ 骆寒超：《论中国新诗的现实主义》，《文学评论》，1997 年第 1 期。
④ 胡风：《胡风回忆录》，人民文学出版社，1997 年版，第 107 页。
⑤ 胡风：《胡风全集》第 3 卷，湖北人民出版社，1999 年版，第 180 页。

现为"灰白的叙述"①，也就是"诗人的感觉情绪不够，非常冷淡地琐碎地写一件事，生活现象本身"②。由于没有通过和人民共命运的主观思想要求突入对象，进行搏斗，由此创造出的艺术形象，不可能是在"作者自己的血肉的经验里把握到因而创造出来的综合了丰富的历史内容的形象"，他所向往的只是"通过科学理解的现实底客观意义"，"却不能把认识和反映现实当作一个实践斗争"。因此，客观主义所追求的现实不可能"在强大的历史动向里面激动着"，和历史相"呼应着"，并且建立"彼此相通的血缘关系"，甚至会"使现实虚伪化了"。于是，他十分尖锐地指出："客观主义和自然主义有着类似之点，而且保有某种渊源的。"③ 这里，胡风强调的还是要高扬主观战斗精神，不要像客观主义那样被生活形象湮没了思想内容，被迫拘泥于生活本身，这样也会使自己的艺术创造失真。如对"七月派"诗人侯唯动提出这样的警告："你的那些叙事诗，就是由于主观情绪的贫乏而成了非诗的东西。当然，你是诚恳地肯定那些故事的，所以能够提起笔来，但你的肯定只是止于理念上的肯定，并没有达到和对象本身的情绪的交融，因而你的诗还是止于义务地叙述出来的故事。你太相信题材本身了，认为既然题材本身那么好，作者只要尽了叙述的任务就尽够。但你忽略了，题材本身的真实生命不通过诗人的精神化合就无从把握也无从表现，更何况诗的生命还需要从对象（题材）和诗人主观的结合而来的更高的升华呢！"④ 这些话无疑给那些热衷于客观主义倾向的人当头一棒。胡风对冀汸的诗也曾提出过类似的批评："稿，早看过，觉得没有力量。作者只是跟着事迹底过程跑，情绪好像完全是被动的，那些近于抒情的词句好像是硬逼出来，觉得应该有情绪底波动所以才那么写出的……被事迹所束缚，平叙加上控诉，是不能得到叙事诗所应有的力量的。"⑤

胡风等倡导的"七月派"诗学就是这样以清醒、执着的主观战斗精神对自身的偏颇进行了毫不留情的矫正，即对凌空蹈虚、以极度自我

① 绿原、牛汉编：《胡风诗全编》，浙江文艺出版社，1992 年版，第 717 页。
② 胡风：《胡风全集》第 3 卷，湖北人民出版社，1999 年版，第 548 页。
③ 骆寒超：《论中国新诗的现实主义》，《文学评论》，1997 年第 1 期。
④ 胡风：《胡风全集》第 3 卷，湖北人民出版社，1999 年版，第 79—80 页。
⑤ 绿原、牛汉编：《胡风诗全编》，浙江文艺出版社，1992 年版，第 734 页。

膨胀的浪漫主义倾向和以反映论为主、主体性缺失的现实主义倾向进行纠偏。正因为如此，"七月派"诗学的独特价值与意义才被彰显出来，犹如茫茫海上的一座灯塔，导引着诗歌之舟的前行方向。

第二节 "九叶派"诗学：新传统的寻求

"九叶诗派"是"一群自觉的现代主义者"，他们不但进行现代主义诗歌创作，而且有着自觉的理论倡导。他们的这种理论倡导主要建立在袁可嘉、唐湜所强调的"新诗现代化"和文化的融合上，即中国现代主义诗歌一定要形成"现实、象征、玄学的综合传统"。当然，这里的传统不是我们通常所谓文学传统的那个传统，而是艾略特在《传统与个人才能》里所阐述的那个传统。在这里，艾略特对"传统"这一概念做了重新阐释：在成熟的诗人身上，过去的诗歌是他的个性的一部分。过去是现在的一部分，也受到现在的修改。真正要做到创新，必须深切意识到不断变化中的"欧洲思想"的存在，并且意识到自己是它的一部分。为了达到与欧洲诗歌的整体建立有机的联系这一目的，诗人必须树立起消灭自己个性的目标。这就是说成熟的诗人要善于不断地否定自我、否定过去，其艺术理想和艺术追求也就在这不断的否定中有所创新、发展，因此，这才有可能与不断发展的社会、时代构成对话关系。"九叶派"诗学寻求的就是这样的传统。"现实表现于对当前世界人生的紧密把握，象征表现于暗示含蓄，玄学则表现于敏感多思，感情、意志的强烈结合及机智的不时流露。"由此我们可以看出，"九叶派"诗学所要建构的是"现实、象征、玄学的综合传统"的现代主义，即以现代主义为主体，将融合现实主义、象征主义和浪漫主义等优质资源而形成新传统。其理论依据是当代英美现代主义诗学思想，而现实依据则是现代人所具有的综合意识。"新诗现代化的要求完全植基于现代人最大量意识状态的心理认识，接受以艾略特为核心的现代西洋诗的影响。"所以，正是基于这样的理念，"九叶派"诗学主要从以下两方面来进行纠偏。

一、针对现代主义自身弊端

在"九叶派"诗学形成之前，我国的现代主义诗学主要是以法国象征派为首的欧陆现代主义诗歌传统为主。二三十年代，中国现代主义诗歌主要从意象主义、象征主义、未来主义那里汲取营养，形成了走向心灵、走向艺术的价值取向，具有神秘主义的色彩。30 年代现代主义诗歌观念多半是依照象征主义描画出来的。正是在这种背景下，"九叶派"诗人陈敬容才不无意气地痛斥道：中国新诗"无形中却已经有了两个传统，就是说，两个极端"。结果一个尽是反映现实，一个尽是躲进艺术，显然都不符合诗歌表现现代人的"现代"复杂的意识要求。陈敬容所言的"躲进艺术"者，就是指中国形成的以法国象征派为核心的欧陆现代主义诗歌传统，实际上，它没能适应 30 年代中国严峻的社会现实对它的挑战，必须对它进行修正。

首先，要将现代主义诗学建构的重心转移，即由法国象征派为核心的欧陆现代主义诗歌传统转移到以艾略特为核心的英美现代主义诗歌的传统上来。其次，现代主义要与现实接轨，体现出对现实强烈关注的情怀，把"对当前世界人生的紧密把握"作为诗歌综合的第一要义。不像西方现代派和中国 40 年代之前的现代主义只专注于个人精神世界，他们坚持必须首先介入现实生活，切入现实肌理，因为他们已经意识到来自中国现代主义诗歌内部的逃避现实的倾向，这种倾向危害着 40 年代人们对现代主义的接受和认同，所以他们竭力反对以往将诗"监禁在象牙之塔里"的做法，并力图破除人们已经习惯的那种将现代主义与逃避现实拴在一起的观念。这就纠正了现代主义诗歌长期以"尊重诗的实质"而回避反映现实问题的偏颇，从而把现代主义诗学确定在一个新的逻辑起点上。这可以说是 40 年代现代主义诗学的一个突破、一个重要开拓。

这里现实的内涵应该是广义的。其一是指"社会现实"。在反映"社会现实"时，应该注意的是：袁可嘉认为，现代诗人把握现实的能力主要表现为否定现实、批判现实的能力。这同他对英美现代诗歌的演变的认识有关。在《从分析到综合——现代英诗的发展》一文中，他把现代英诗的发展解释成（在某种程度上）一种不断增强的批判现实的能力和发展。其二是指"文化意义的现实"。袁可嘉非常强调现代诗人对现代文明和现代文化意识的关注，并且把这种关注视为现代诗人必须具备的诗歌能力。他认为，中国现代诗人所欠缺的素质之一，就是缺乏对现代文化在现在诗歌写作中的影响和省悟，认为现代诗在现代文化的复杂性面前，应充分显示"给它们适当的安排而求得平衡"的主体性力量。袁可嘉称赞艾略特的"文化综合"的解决方式和奥登的"社会综合"的解决方式为"两面大旗"，并认为现代诗也要显示批判现代文明的能力，"否定工具文化底机械性"。"九叶派"诗作表现了现代人在文明社会里出现的精神困惑、心理失衡、人性异化等病态现象，同时揭示出现代人的孤独感和内心的复杂矛盾。其三是指"心灵的现实"。陈敬容就认为"现实"是有"引申意义的"，"既包括政治生活，也有日常生活在内，既指外部现实，也指人的内心世界，既是时代的，也是个人的"。① "九叶派"诗人主张的突入心灵现实与现代派诗人主张的心灵抒唱不同：突入心灵现实是指以一种自我体验的情感与理性的反思为内核，表现出鲜明的历史文化蕴含或现实情绪指向。"九叶派"诗人强调诗对现实的突入，是对中国现代主义诗学的开拓。他们承受西方现代主义影响，表现人类精神世界，做着人的灵魂探索。同时，将自我置身于现实，在激烈的内心搏斗中，将深层的心灵体验与残酷的社会现实相纠结，从民族的命运中寻找个人的位置，感受自我存在的价值。

在反映现实上，他们也像胡风、艾青那样反对客观主义即拘泥、黏滞于现实，而主张面对现实有所突入，融入现实中去，反映现实的本质，"不能只给生活画脸谱，我们还得画它的背面和侧面，而尤其是内面"②。他们反对对现实做肤浅的、平面的、机械的反映，反对"新闻主义式"的叙述现实生活，"要求自内而外，由近而远，推己及人地面对生活，向生活的深处半意识或非意识处搏斗向前，开创丰厚的雄浑的新天地"③，"绝对肯定诗应包含、应解释、应反映的人生现实"，"肯定文学对人生的积极性"。他们不但强调诗与现实的密切关系，而且对诗歌艺术上的个性与特质相当尊重，他们希望"在现实与艺术之间求得平衡，不让艺术逃避现实，也不让现实扼死艺术"，"要诗在反映现实之余还享有独立的艺术生命"，保留"广阔自由"的想象空间。④

---

① 陈敬容：《和唐祈谈诗》，《诗创造》，1947年第6辑。
② 陈敬容：《和唐祈谈诗》，《诗创造》，1947年第6辑。
③ 唐湜：《论中国新诗》，《华美晚报》，1949年9月13日第3版。
④ 袁可嘉：《论新诗现代化》，生活·读书·新知三联书店，1988年版，第5页。

总之，在诗歌内容上强调表现现实与挖掘内心的统一，即客体与主体、社会性与个人性、时代与自我的平衡。

二、针对感伤的浪漫主义弊端

现代主义脱胎于浪漫主义，这应该是一个不争的事实。陈旭光认为："现代主义诗潮以早期象征主义开其端是基本符合事实的。尽管早期象征主义因为脱胎于浪漫主义诗歌，还不可避免地保留着与浪漫主义的千丝万缕的联系（甚至因而被称为后期浪漫主义或新浪漫主义）。正如杰弗里·哈特曼指出的，'在浪漫主义主要关心意识，主客体关系和强烈经验方面，现代主义是与之相通的'。然而，无论如何，象征主义表现出来的异质性显然是远远大于延续性或同质性的。"① 如果我们从现代主义与浪漫主义同质性角度来观照 40 年代"九叶派"诗学，则会发现现代主义诗人陈敬容、唐湜等早期也倾心于浪漫主义。据唐湜回忆，他于 1943 年春进入战时的浙江大学外文系学习，开始迷恋于浪漫主义诗国，后来在学习中接触到一些欧美现代派诗作与诗论，"就由雪莱、济慈飞跃到了里尔克与艾略特们的世界"②。正因为如此，他们对浪漫主义自身的弊端是心知肚明的。又由于三四十年代对于中国而言是一个悲情的年代，人们很容易被些表面的感性东西或现象所感染、所刺激，于是大量浮夸感伤的诗篇层出不穷地涌向诗坛，现代主义诗学理论家袁可嘉把这种现象称作"文学的感伤"，并视为"最富蚀害力"的倾向。他之所以对"迷信感情"的"浪漫派"与"人民派"给予强而有力的批评，是因为"浪漫派"迷恋于感情的柔与细，"人民派"则陶醉于情绪的粗粝，同时也"没有经过周密的思索和感觉而表达为诗文"③。这与胡风所反对的主观主义如出一辙。

如何对这种感伤的浪漫主义进行矫正？首先要击碎"情感"对诗国的绝对统治，如果不击碎这种情感的绝对统治，那么现代主义就不会有所发展和超越，相对于浪漫主义而言，也不会实现"质"的变化。正因为如此，"九叶派"诗学强调"知性与感性的融合"，官能感觉与

① 陈旭光：《中西诗学的会通》，北京大学出版社，2002 年版，第 31 页。
② 唐湜：《我的诗艺探索历程》，《新文学史料》，1994 年第 2 期，第 444 页。
③ 袁可嘉：《论新诗现代化》，生活·读书·新知三联书店，1988 年版，第 211—253 页。

抽象玄思的统一，使生活的内在经验通过转化而升华为底蕴丰富深厚的诗。他们认为，"现代诗人重新发现诗是经验的传达而非单纯的热情的宣泄"①。袁可嘉比其他人更频繁地强调诗与经验的关系，并毫不含糊地把"经验"同"热情""说教""感伤""单纯"这样一些他所说的"新诗的毛病"尖锐地对立起来，并指出"诗经验"与"生活经验"的差别，要求诗人努力"从事物的深处、本质中转化自己的经验"②。为此，他们强调诗歌表现上的客观性与间接性，而且最明确响亮地提出了"新诗戏剧化"的口号。他们认为："从抒情底'运动'到戏剧底'行动'"，"却不是说现代诗人已不需要抒情，而是说抒情的方式，因为文化演变的压力，已必须放弃原来的直线倾泻而采取曲线的戏剧发展。造成这个变化的因素很多（如现代文化的日趋复杂，现代人生的日趋丰富，直线的运动显然已不足应付这个奇异的现代世界），最基本的理由之一是现代诗人重新发现诗是经验的传达而非单纯的热情的宣泄。热情可以借惊叹号而表现得痛快淋漓，复杂的现代经验却绝非捶胸顿足所能道其万一的。诗底必须戏剧化因此便成为现代诗人的课题"。③ 他们认为，"说明自己的强烈意志或信仰"和"表现自己某一种狂热的感情"的两类诗作，大多数之所以失败，都在于没有能将其表现的过程"客观化"和"间接化"。为了闪避说教和感伤的倾向，就要设法使"意志和情感都得着戏剧的表现"，使"意志和情感转化为诗的经验"，使诗歌取得客观抒情的效果。在他们看来，新诗戏剧化重要的是"思想知觉化"，即"用外界的相当事物寄托作者的意志或情思"。从对象的具体形态中开拓心灵的历史，力求知性与感性的融合、情绪与物象的交融。他们对感性的描写不只是现象的模仿，而是包含自然、社会、人生的内容，包含主体心智的创造。在他们的诗里，感性的东西经过心灵化了，而心灵化的东西也借感性化显现出来。这种感性与知性的统一，使诗人

---

① 袁可嘉：《论新诗现代化》，生活·读书·新知三联书店，1988 年版，第 47 页。

② 袁可嘉：《论新诗现代化》，生活·读书·新知三联书店，1988 年版，第 29 页。

③ 袁可嘉：《论新诗现代化》，生活·读书·新知三联书店，1988 年版，第 47 页。

在说理时不陷于枯燥，在抒情时不陷于显露，在写景时不陷于静态。这实际上是矫正因主观抒情而导致的不够内敛和节制的倾向，使其"诗质富于金属性的硬度，情绪坚实，蕴含着思想与经验，拥有内在密度和强度，宛如雕塑凝聚的内力"。正是基于这一点，"九叶派"诗人突破了传统诗歌单一的实象结构，在抽象与实象之间寻求到内在的契合点，由此建立起诗歌的双重结构，为情感寻到了寓所，对生活题材实现了超越，对感伤的浪漫主义的阻击与矫正起到了一定的作用。

第三节　"延安派"诗学：训谕性与历史叙事的融合

40年代初，由30年代现代派转向现实主义的诗人徐迟曾在《顶点》杂志上发表了名曰《抒情的放逐》一文，他说："抒情的放逐是近代诗在苦闷了若干时期以后，始从表现方法里找到的一条出路。"他认为，抗日战争的炮火使无数人亡命天涯，无家可归，人们产生的是愤恨或其他感情，而绝不是感伤。但是，他为了反对在诗中抒发感伤情绪而一概反对抒情。因为在他看来，抒情是"破坏"的，抒情诗人是"近代诗的罪人"；而日寇的轰炸又"炸死了抒情"，因此，要将抒情"这个公爵放逐在外"。在"召回这个放逐在外的公爵之前，这世界这时代还必须有一个改造"，而放逐抒情是"改造这世界这时代所必需的一个条件"。徐迟所言日寇的轰炸"炸死了抒情"其实并不成立。日寇的疯狂侵略激发了千百万人民同仇敌忾的激情，新诗正应该抒写这种感情，以唤起人们对祖国的爱、对日寇的恨等更大更强烈的爱憎情感。而徐迟提出反对抒情、放逐抒情的看法无疑是忽视了诗歌强烈的抒情特征的，是有偏颇的。

徐迟为什么要提出放逐抒情？抗战开始后，现代派由强盛走向衰微，徐迟也由于走向社会，扩大了生活视野并接触了马克思主义，而抛弃了一度曾热衷的现代派。他曾说："抗日战争的爆发与发展改变了我的生活、思想和文学风格。"[①]

"从40年代一开始，我接触了马克思主义和毛泽东思想，初步弄懂

---

① 《中国现代作家传略》第3辑，徐州师院编印，1979年版。

168

了一些革命的道理，就跟了共产党走。我批判了，并舍弃了现代派。"1942 年发表的《〈最强音〉增订本跋》记录了他的诗歌美学观变迁的历程，其中说："我已经抛弃纯诗，相信诗歌是人民的武器。"①

抗战中期，徐迟学习了马克思、恩格斯致斐拉萨尔的信，懂得了作品的倾向性应当通过艺术形象自然流露出来，而不能用概念、说教宣传的方式直白地宣泄。他对自己 1941 年出版的诗集《最强音》中"'目的论'臭味的口号标语抗战诗"进行了反思，认识到"文艺作品中的'目的论'真是该死"，直白地宣说诗人目的的诗篇将不为人民大众所欢迎，因此，应该"让时代淘汰它"。②当时，整个诗坛标语口号、概念化诗篇盛行，出现了"只有形而无实体""形似诗而实非"的诗歌现象。徐迟对此不满，他指出当时不少新诗只是抒写由具体的事物引起的感想，不是写那实实在在的事物。他不满意当时的不少新诗只是"说些'入情入理'"的话，而不去抒写实情实理，③因而才有那篇矫枉过正的引起种种非议的诗歌评论《抒情的放逐》。

其实，徐迟所痛斥的是现实主义诗歌所呈现出的政治学的浪漫主义倾向以及缺少历史叙事密度的空泛。他认为，诗歌形象化是解决这一问题的最好途径，因为"不形象化绝对没有找到听众和观众"。那么，如何才能使诗歌形象化呢？徐迟认为，形象化只是两件事："一、图画；二、动作。"也就是强调诗歌的叙事功能。这也许是扭转诗歌标语口号化、概念化不良倾向而下的一剂"猛药"。但由于过分排斥抒情，也使他在矫枉的同时，走向了另一种偏颇。但无论如何，40 年代现实主义诗歌更多地倾向于叙事已是不容置疑了。

徐迟的诗学观某种程度上代表着 40 年代现实主义诗学观。"延安派"诗学思想主要来源于以下理论与思想资源：一是毛泽东的《讲话》；二是新诗现实主义传统；三是苏联的"社会主义现实主义"。其主要理论建构就是把训谕性从真实性中凸显出来，确定了训谕性决定并规范真实性的原则。这样，既强化和巩固 30 年代以来现实主义诗学所

① 《中国现代作家传略》第 3 辑，徐州师院编印，1979 年版。
② 徐迟：《最强音》增订本跋《诗》，1942 年第 3 卷第 3 期。
③ 徐迟：《入情入理与实情实理》，《诗垦地》，1946 年第 5 辑。

形成的训谕性这一理智主观性成果，又特别偏重于真实性的叙事写实密度，与30年代现实主义诗学有所不同。这也是对30年代现实主义革命诗学反思与纠偏的结果。

新诗现实主义思潮在40年代之前，一直存在着这样两种倾向或弊端：一是纯自然的客观写实主义；二是概念化说教宣传，即理智主观性极强的现实主义。这两种倾向都严重地戕害了现实主义的诗歌艺术。因此，进入40年代以来，许多现实主义诗人或诗学家都自觉地将两者进行融合，既要突出训谕性，又要加大历史叙事的密度。历史叙事的厚重为训谕性奠定了升华的基础，而训谕性又为历史叙事注入了魂魄。这两者相互渗透，可以使现实主义诗歌生态得以平衡。徐迟所言的偏颇，应该属于后者。这种情况直接导致了概念化或标语口号诗的泛滥，其理论根源是苏联的"拉普"式的现实主义。

从现实层面来看，"延安派"诗学观对所谓的政治学的浪漫主义进行了有力的反拨；从学理层面来看，它直接受到马克思恩格斯的文艺思想的影响，即作品的倾向性要"更多地通过剧情本身的进程"，"生动地，积极地，所谓自然而然地表现出来"①，而不能用概念、观念以及说教宣传的方式赤裸裸地宣泄。当然，诗歌的这种叙事功能的完善与成熟也不是一蹴而就的，也出现过这样的弊端，如训谕性与历史叙事还没有达到水乳交融，或者不同程度地出现了主体性的缺失、情感的淡漠和形象的贫弱等倾向。但由于现实主义诗人不断地进行着艺术的反省和平衡，在强化诗歌叙事功能的同时也自觉地加大了主体性介入的力度，使诗歌逐渐摆脱了空洞的叫喊和灰白的叙述。事实上，40年代优秀的叙事诗作，就是将训谕性与历史叙事性有机地结合的结果，它在展现伟大时代的壮丽画卷，在描写人生社会之动态情景，在创造出典型人物，在唤起广大民众的爱国热情等方面，比火性的喊叫、空洞的抒情更具感召力量。如李季的《王贵与李香香》等这类优秀的叙事诗作，既深刻地揭示了历史进程的本质方面：在阶级社会中，阶级斗争是推动历史前进的主要动力，革命斗争的成败与被压迫人民的个人幸福有着深刻的内在联系；又充分显示了历史进程的精神特征：革命斗争总是集中体现被压

---

① 《马克思恩格斯选集》第4卷，人民出版社，1995年版，第558页。

迫人民的恨与爱。所以它既彰显了训谕性特点，又重建了社会生活的"新现实"和社会心理情感的"新现实"。40 年代中期以后，一个以《王贵与李香香》为中心和前导的叙事诗运动在解放区迅速展开。如田间的《戎冠秀》《赶车传》，方冰的《赵巧儿》，张志民的《死不着》《王九诉苦》，阮章竞的《漳河水》等一大批优秀诗作相继面世。在一个时期内，优秀的叙事作品如此集中、持续地涌现，而且能够像抒情诗一样，甚至比抒情诗更能赢得广大读者的青睐，这在新诗史上是第一次，可能也是唯一的一次。这是现实主义诗学自身纠偏所带来的一次有突破意义的叙事诗美学的新进展。

40 年代现代诗学的发展和成熟不仅仅得益于自身的纠偏，而且还在于三大诗潮间的相互制衡。40 年代的诗学论争比以往任何时期都多，而且还很激烈，颇有诸子百家之风。也许这与各自诗学观念形态成熟有关。论争的目的就是要使现代诗歌均衡发展，在现代诗歌观念与图式的建构上谋求最大公约数。

30 年代以来，整个诗坛呈现出真善美不甚和谐的审美态势：一是突出了真与善而弱化了美；二是突出了美而偏离了真与善。这种审美失衡态势对诗歌的健康生长极为不利，因为良好有序的诗歌都是按照真善美的方向均衡发展的。正如艾青在《诗论》中开宗明义地提出："真善美，是统一在先进人类共同意志里的三种表现，诗必须是它们之间最好的联系。""我们的诗神是驾着纯金的三轮马车，在生活的旷野上驰骋的。那三个轮子，闪射着同等的光芒，以同样庄严的隆隆声震响着的，就是真、善、美。"① 在艾青看来，真、善、美属于不同的价值范畴："真"是我们对客观世界的真切认识；"善"是社会的功利性，它是以人民的利益为准则的；"美"是依附在人类向上生活的外形。也就是说，"真"是科学追求的境界，"善"是伦理追求的境界，"美"是艺术追求的境界。但这三者又有着不可分割的联系。而对于艺术的最高形式的诗来说，艾青认为，它不仅仅是"真"的，也不仅仅是"善"的，还不仅仅是"美"的，而是要将这三者统一起来，成为一个整体："一首诗必须把真、善、美，如此和洽地融合在一起，如此自然地调协在一

① 艾青:《诗论》，复旦大学出版社，2005 年版，第 1 页。

起，它们三者不相抵触而又互相因使自己提高而提高了另外两种——以至于完全。"① 艾青的真、善、美相统一的观点，排斥了那种"唯真"即把对社会现实的真实反映作为艺术唯一的价值评价标准，"唯善"即把艺术的教化功能和工具作用作为艺术唯一的价值评价标准，"唯美"也就是把艺术的"纯化"，即为艺术而艺术作为唯一的价值评价标准。其实，真、善、美综合起来就是如何认识人生、如何认识艺术的问题，如将人生与艺术割裂开来是不正确的，但在40年代却恰恰出现了这种失衡的现象。

如何对这种失衡现象进行规范和平衡？这是浪漫主义、现实主义和现代主义共同思考的问题。或许是这三大诗潮各自的优点太突出了吧，因而它们各自的缺憾也很鲜明。这些缺憾也许只有对立者才能抓住并能给予致命的一击。比如说，"真"与"善"是现实主义的突出标志，这既是它的优点，也是其缺点，因为它既能真实地反映生活的原生态，同时也更能突出训谕性即功利性的特点，应该说是很好的范式。但是，"延安派"理论家对现实的理解过于褊狭，即符合某种政治观念的现实才是真正的现实，这无疑就影响了现实主义的深化和拓展。由于具有集体主义理性特色的延安现实主义诗学偏重于政治宣传与教化功能，因而他们的诗基本上更多地具有政治、文化的品格，而少有诗的品格，在诗与非诗之间，它更多是非诗的因素。也就是说，突出了"真"与"善"，而弱化了"美"。在这一点上，浪漫主义与现代主义是持有批评与否定态度的。如现代主义诗学绝对否定诗与政治之间有任何从属关系，不赞成"诗是政治的武器或宣传的工具"，他们希望"在现实与艺术间求得平衡"，"在反映现实之余还享有独立的艺术生命"，保留广阔、自由的想象空间。"七月派"诗学认为现实主义缺少情感的冲击，既缺少"力"也缺少"美"。"一边是生活'经验'，一边是作品，这中间恰恰抽掉了'经验'生活的作者本人在生活和艺术中间受难（Passion）的精神！这是艺术的悲剧。然而在现在却正是一个太普遍了的悲剧。"②

---

① 艾青：《诗论》，复旦大学出版社，2005年版，第2—3页。
② 胡风：《胡风全集》第2卷，湖北人民出版社，1999年版，第429页。

"七月派"诗学将情感视为诗歌的基本要义,它所要有的是"典型环境中的典型情绪",这是"一种偌大的雄厚的充满生命力的战斗意志的歌声,必然会具有强迫性,而且是巨大的强迫性",这就是"七月诗派"所肯定的诗的强大感性力量对读者的征服作用。但由于对激情和个性的过度迷恋,因而容易产生"文学的感伤",这是"最腐蚀害力的倾向"。"九叶派"诗学对浪漫主义倾向的"七月"诗学过分泛滥的情感提出批评。如唐湜在《中国新诗》代序中所言的"浮嚣的泡沫""市侩式的天真""可怜的乐观""不成腔的高调"等,都是针对着"感伤"的倾向的。但唐湜在批评"七月诗派"时还是做了区别对待的,如对绿原与阿垅的诗就给予了较高的评价。"九叶诗派"的形成应该是在1948年前后,它之所以拥有"中国式现代主义"这样的理论与实践形态,可以说与它所提倡的"现代主义话语"分不开。最重要的是它与同时期所流行的"革命话语"之间有一定的疏离,这是它与"延安派"诗学和"七月派"诗学的迥异之处。袁可嘉认为现代诗人重新发现诗是经验的传达而非单纯的、热情的宣泄。其实,他们所认同的是智慧的诗,目的就是要打破情感对诗歌王国的绝对统治,达到"知性与感性的融合"。"九叶诗派"的这些理论主张与实践,自然而然地在"七月诗派"和"延安诗派"那里引起强烈的反响。如阿垅在其诗论《理智片论》《人和诗》等文中,尖锐地批判了瑞恰慈的理论和现代派诗人所提倡的"智慧的诗"和"诗是感觉底"的主张,认为这些观点不过是"神秘而颓废地谈玄","不过是超现实主义、'逃避主义'、'世纪末'、空想家,和反动派罢了"。① 再如,对穆旦的诗集《旗》的指责更能看出这一点来,他认为诗集《旗》宣扬的是一种"无可奈何的悲观主义""冰冷的虚无主义"。如果从功利的角度上看,阿垅的批评和指责不能说没有道理。同时,他还批判了现代派诗学的"人民性"的缺失。"那种'格律诗派'呀、'象征诗派'呀,在那里面,却更无从寻问什么'人民性'的;就是说,在那里面,'公众世界'是连影子也不存在的。"当然,革命现实主义更是断然否定现代主义诗学,劳辛认为:"一切的象征主义者都成为玄学的奴役,逃避现实的浪漫主义者大都是

---

① 阿垅:《人和诗》,上海书报杂志联合发行所,1949年版,第7—8页。

唯心论的俘虏。"他甚至这样指责 40 年代运用浪漫主义和象征主义创作方法的诗人诗作："在现在的诗坛上还有浪漫主义者和象征主义者在徘徊低吟地哼着时代的低调","他们的谵语是抒发个人的生活的轻如游丝的感触"。① 秉承现实主义、注重新诗大众化的新诗潮诗社在 1948 年 7 月，在复刊的《新诗潮》第 3 期上发表了张羽的《南北才子才女的大会串——评〈中国新诗〉》一文，论者无视"九叶诗派"对国民党反动派统治下的黑暗现实的揭露，对祖国光明未来的追求，对其强加了许多诬蔑不实之词，认为"九叶诗派"是"新诗的恶流"。在《关于新诗底方向问题》中，王采也指责当时的"九叶诗派"为"文艺骗子"，"披着革命的外套，死死地咬紧'波特莱尔'的尾巴"等。此外，舒波、晋军等也都从不同角度对"九叶诗派"进行谩骂与攻击。② 当然，这种不讲学理式的批评话语是粗暴的，也是我们所不提倡的。但是，从阶级论和功利性的角度来看，"九叶派"诗学确实在训谕性和政治性方面不强。

然而，我们仍能从这三大诗潮间的冲突与纷争中看出问题，这就是平衡与融合的问题。因为冲突与纷争的过程就是一个相互制衡的过程，同时也是一个相互融合的过程。如果只看到对方的缺点而无视其长处，这应是短视行为。这对于本诗歌流派或思潮的长远、健康的发展是不利的。在这一点上，"七月派"诗学和"九叶派"诗学就处理得很好，可以作为一种模式借鉴。尽管这两大流派之间的对抗和冲突是很激烈的，甚至达到了白热化的程度，但"七月派"与"九叶派"并非单纯地为了对抗而对抗，而是在相互砥砺中汲取养分。如绿原与阿垅的诗不能说没有西方现代派的痕迹，唐湜、唐祈、陈敬容、辛笛和杭约赫等人的诗不能说没有浪漫派的影子。而同时他们也都接受了较多的现实主义精神，否则，他们也不会成为"诗的新生代"的"两个浪峰"。

总之，40 年代现代诗学的纠偏与制衡是在内力与外力共同作用下而形成的结果，这是中国现代诗学思想成熟的表征。它拓展了诗歌的发

① 潘颂德：《中国现代新诗理论批评史》，学林出版社，2002 年版，第 662 页。

② 潘颂德：《中国现代新诗理论批评史》，学林出版社，2002 年版，第 684—685 页。

展空间，使诗歌走向了厚重与高度融合之美。如 40 年代现实主义诗歌是在以反映论为主体的基础上不同程度地汲取了浪漫主义表现说的合理因素，使之具有现实主义的浪漫倾向；"七月诗派"是在以表现说为主体的基础上吸收了现实主义反映论和现代派的艺术手法的合理因素，使之具有了浪漫主义的写实和象征倾向；"九叶诗派"是在人生与艺术的平衡中同时吸纳了现实主义反映论和浪漫主义表现说的合理成分，使之具有了客观化抒情的效果。因此，经过纠偏和制衡后的诗歌呈现出比较好的生长态势。

第四章　诗体建设："七月派"诗学与"九叶派"诗学、"延安派"诗学的差异

　　考察 40 年代的穆旦、李季等诗人诗作，会发现他们的诗歌在形式与风格上确实有着鲜明的不同：穆旦的《赞美》一诗体现的是一种博大、沉郁和雄浑的品格，而李季的《王贵与李香香》等诗则体现出的是一种朴素、清新和单纯的美。这两种形式与风格分别代表着 40 年代不同的诗体观与诗体建设。有学者认为："从《女神》到'七月''九叶'等大量作品，这些作品在形式风格上全都是洋的、新的，从西方移植过来的；在内容上也都有明显的西方影响，大都含有个性解放和人道主义思想。"① 而也有如《王贵与李香香》等为数不少的作品，"形式基本上是土的、旧的，在内容上也大都是民族民间固有的传统观念。其中最突出的就是感恩与复仇，对大救星的感激、对英雄的崇拜、对敌人的仇恨，以及由此而来的效忠意愿和斗争精神，唯独没有自我"②。当然，这种论断未免有偏颇和情绪化倾向，但也确实道出了这样一个不争的事实，40 年代诗体建设出现了上述两种路向，即"七月派"诗学、"九叶派"诗学沿着"五四"新文学所开辟的自由体诗体之路前进，"延安派"诗学按照工农兵大众化的民族诗体回归。

　　40 年代，民族诗体建设可以说达到了理论自觉的程度，这主要缘于延安文艺的民族意识觉醒与强化。1938 年 10 月，毛泽东在中共中央六届六中全会上做了《中国共产党在民族战争中的地位》的报告。同

---

　　① 姜弘：《五十年来是与非——反胡风运动五十周年断想》，《随笔》，2005年第 6 期。

　　② 姜弘：《五十年来是与非——反胡风运动五十周年断想》，《随笔》，2005年第 6 期。

年 11 月 25 日，这个报告以《论新阶段》为题，全文在《解放》周刊第 57 期发表。在《学习》一节中，毛泽东提出了把国际主义的内容和民族形式紧密结合起来，创造新鲜活泼的，为中国老百姓所喜闻乐见的中国作风和中国气派的要求。围绕毛泽东提出的创造民族形式的要求，边区、敌后和抗日前线展开了热烈的讨论。接着，国统区也开展了讨论，形成了民族形式问题的论争高潮。1939 年 2 月，延安首先展开了民族形式问题的讨论。在讨论中有人提到了"这种中国化的民族形式的文学基础应该是五四运动以来的还在生长着的新文学，还是旧文学和民间文学"的问题，但没有充分展开讨论。1940 年初，延安《中国文化》杂志发表了毛泽东《新民主主义论》，毛泽东阐明了中国文化民族形式的内涵：中国文化应有自己的形式，这就是民族形式。民族的形式，新民主主义的内容——这就是我们今天的新文化。并指出民族文化遗产中凡属我们今天用得着的东西，都应该吸收，但反对生吞活剥地毫无批判地吸收，应当排泄其糟粕，吸收其精华。毛泽东对于民族文化遗产的辩证观点促使人们重新思考上述民族形式基础的问题。

第一节　与现代化互渗：民族诗体理论建设的开放视角

关于民族诗体建设问题主要体现为以下两个方面：

一是出于对本民族固有诗体的执守与肯定，认为这应该是我们民族形式和文艺建设的发展方向。而"五四"以来的新诗体有欧化倾向，曲高和寡，与大众有隔膜，不应该成为我们民族形式的发展方向。国统区的向林冰认为："新质发生于旧质的胎内，通过了旧质的自己否定过程而成为独立的存在。因此，民族形式的创造，便不能是中国文艺运动史的'外烁'的范畴，而应该以先行存在的文艺形式的自己否定为地质。"从这样的观点出发，他认为民间形式在本性上"具备着可能转到民族形式的胚胎"，这就导致他否定新文艺的成绩，而认为"五四"以来的新兴文艺形式"在创造民族形式的起点上，只应置于副次的地位"。①

---

① 北京大学、北京师范大学、北京师范学院中文系中国现代文学教研室：《文学运动史料选》，上海教育出版社，1979 年版，第 425—842 页。

1939 年 11 月，萧三发表了《论诗歌的民族形式》，认为唱本、大鼓词、莲花落、弹词等"民间习惯了的调子，是'老百姓所喜闻乐见的'，是大众文学形式之一种，是民族形式的东西"，而新诗只是"欧化，洋式的"，"它不是中国的民族形式"。因此，他主张，发展诗歌的民族形式应根据两个源泉，也就是说，发展民族体诗歌的两大理论或实践来源："一是中国几千年来文化里许多珍贵的遗产，楚辞、诗、词、歌、赋、唐诗、元曲……二是广大民间所流行的民歌、山歌、歌谣、小调、弹词、大鼓词、戏曲。"① 尽管他们道出了"五四"以来中国新诗不受老百姓尤其是农民欢迎的事实，并由此来抹杀新文艺的全部功绩，但以这种二元对立思维来思考如此复杂的文艺问题，难免有些简单粗暴和偏执。

二是出于对"五四"以来中国新诗体的肯定，认为这是中国化的民族形式的发展方向。周扬在《对旧形式利用在文学上的一个看法》上指出："把民族的、民间的旧有艺术形式中的优良成分吸收到新文艺中来，给新文艺以清新刚健营养，使新文艺更加民族化、大众化，更为坚实和丰富，这对于思想性艺术性较高，但还只限于知识分子读者的从来的新文艺形式，也有很大的提高作用。"② 周扬还认为，民族形式之建立，并不能单纯依靠于旧形式，而主要还是依靠对于自己民族现实生活的各个方面的缜密认真的研究，对人民的语言、风俗、信仰、趣味等的深刻了解，尤其是对目前民族抗日战争的实际生活的艰苦实践。离开现实主义的方针，一切关于形式的论辩都将成为烦琐主义与空谈。

国统区的葛一虹对向林冰的观点持否定态度。他在论争的文章中，批评了重视旧形式、轻视新文艺的观点，但他却倒向了另一个极端。他认为，"表现新事物而用属于旧事物的旧形式，是决不可能"，因为"旧形式将必归于死亡"，因此不能放弃"比旧形式'进步与完整'的新形式"。他认为，必须"继续了'五四'以来新文艺的艰苦斗争的道

---

① 萧三：《论诗歌的民族形式》，《文艺战线》，1939 年 11 月第 1 卷第 3 号。
② 周扬：《对旧形式利用在文学上的一个看法》，《中国文化》创刊号，1940 年 2 月 25 日。

路","来完成表现我们新思想新情感的新形式——民族形式"。① 黄药眠也认为，旧诗这种形式"不能成为我们今天诗歌运动的模范"，旧诗与现代语言之间距离太远，现代文学一定要根据现代语言，新诗的产生"一方面是受当时整个新文化运动之推动，另一方面则是受着中国的近代语言的制约"。针对萧三的新诗民族形式两个源泉说，黄药眠提出了补充意见，那就是应该把五四运动以来诗歌的收获以及世界文学所给予我们的丰富遗产放到民族形式的源泉里面去。他认为："在文化上我们正应大量输进外来的文化作为发展我们民族形式之一个最丰富的源泉。"② 同时，他还辩证地指出，对"五四"以来的新诗，应当否定其中机械模仿性的部分，即反对过去脱离了中国民族的立场，离开了中国大多数人民的需要，离开了中国语言的自然的韵律的生吞活剥的西洋崇拜，而一部分中国化了的东西，应当作为建立新诗的民族形式的最宝贵的遗产。

力扬在《关于诗歌的民族形式》一文中，针对萧三否定新诗的观点，旗帜鲜明地捍卫了"五四"以来新诗的发展方向。他认为，初期新诗运用大众口语，这条道路是正确的；注意词句中音节的和谐，即注意到节奏的协调，它们是诗，而不是散文；初期新诗最一贯而坚定的方向是写实主义。他认为，初期新诗的"这些优点都是'民族形式'必须据以发展的基础"。"今日大众所提起的'诗的民族形式'，主要的应该是'自由诗'的形式，而且是比'五四'时代更自由的更发展的形式"，"目前大家需要努力的途径"，"除了把在初期的新诗里已经萌芽的优点加以发展和深入外，更须吸收民间文学适合于现代的因素，和接受国际文学进步的成就"。因此，"诗的民族形式，是发展了自由诗的形式，它必须吸收民间文学适合于现代的因素，接受世界文学进步的成分，并切实地实践大众语的运用，而贯彻以现实主义的创作方法"。③ 由此可见，当时一部分诗人与学者在如何构建民族新诗体的问题上，是以一种辩证客观的态度和开放的学术视角来对待的。

① 葛一虹：《民族形式的中心源泉是在所谓"民间形式"吗?》，《蜀道》，1940 年 4 月 10 日。
② 黄药眠：《诗歌民族形式问题之我见》，《救亡日报》，1940 年 1 月 5、6 日。
③ 力扬：《关于诗歌的民族形式》，《文学月报》，1940 年第 1 卷第 3 期。

从以上不同的论争可以看出，无论是坚持以本土的民族诗体形式为主，当然也不否认吸收国际上的先进的文化因素，还是坚持以"五四"以来的中国化的新诗自由体形式为主，当然也不排除吸纳民族形式中的优秀的文化因素，它们的共同特点都是要创造出为"中国老百姓所喜闻乐见的中国作风和中国气派"的诗体形式，使诗歌由贵族化、精英化向大众化和平民化转变。但在诗体向现代和民族转化的过程中，如果处理不好就会出现两种弊端：一种是民粹诗体倾向，另一种是土洋杂糅体的欧化倾向。这样的情况曾在以往的诗体建设中出现过，而在40年代如何避免这样的倾向便成为亟待解决的问题。

其实，这个问题在40年代已经得到了初步解决，即诗体建设实现了民族化与现代化的互渗：本土的民族诗歌体不断向现代转型，西方自由体不断向民族化与本土化方向发展。这两种诗歌体就是40年代民族诗歌体的主体部分。比如，李季的《王贵与李香香》等民歌体，就已经对其进行了现代化改造。它是以民歌形式为载体，传递的是一种理智的主观性与思想性，内容大多是对敌人的恨、对共产党和人民军队的爱以及通过阶级斗争而追求翻身解放等主题，具有极强的针对性与时代性。也就是用这样的诗体才能如此亲切地表现出这样明朗而单纯的理念。这样的诗体与未改造的原生态的诗体是有区别的，最突出的就是具有一种理智的主观性与秩序性，同时也有经过现代知识者合理地吸收了西方自由诗体的某些优长。著名学者李泽厚认为："在这里，包括形式也是理智地被安排着，这就是强调'民族形式'，而与'五四'以来借重外来形式的新文艺传统相脱离。这里的'形式'当然远不只是具体的外来形式或表现技巧而已，它是关于如何对待、处理本土传统与西方文化的问题。如果说，在瞿秋白等人那里，西化观念与中国上层的士大夫传统有所交融，那么，这里则主要是以中国下层农民传统战胜和压倒了西来文化。"①

李泽厚的说法有一定的道理，但也有补充的必要。因为一提到下层农民传统大多都认为是落后、封闭的，如果说下层农民传统战胜和压倒

① 李泽厚：《中国思想史论》（下），安徽文艺出版社，1999年版，第1071页。

了西方文化，是否可以理解为 40 年代的民族形式具有向后转的意味，与西方文化相比缺失了现代性，是否该对这样的民族形式持有保留态度？其实，40 年代延安所倡导的民族形式尽管是以农民传统为主，但总的倾向与表现民族解放和人民解放的革命主题一脉相承。

在中国这一特殊的文化语境中，革命化与现代化是如此复杂地纠缠在一起，因为现代化必须建立在革命化的基础之上，"中国现代化不仅要面对西方殖民主义者霸权威胁带来的国家四分五裂和严重的危机，而且要面对封建帝国衰落、崩溃带来的国家和文化重建的危机。中国在一定的历史条件下，只有革命化才能推动现代化，或者说革命化成了现代化的一种特殊形式，是现代化进程中的'题中应有之义'"①。如果从这一层面来看，延安所倡导的民族形式是具有现代化指向的，也正因如此，民族诗体完成了一定的现代图式的转变。古人云："形而上者谓之道，形而下者谓之器。"长期以来，我们常有这样的观念和思维定式，认为"道"与"器"的关系就是内容决定形式的关系。我们不否认有些诗体变化首先是由社会与时代的内容发生变化所决定的，但是，有时形式也规定着内容，内容与形式是须臾不可分的，既没有无内容的形式，也没有无形式的内容。其实，它们之间不存在简单的谁决定谁的关系。白话诗之所以不完全成功，是因为诗学精神的"道"与诗体建设的"器"两方面都不完全成功所致。民族诗体向现代文化的转变与"七月派"和"九叶派"的纯粹的西方自由诗体向民族化本土化转变有着异曲同工之妙。如穆旦的《赞美》，"即他用的诗体是来自西方的纯粹的自由体而不是那些带着民歌痕迹和传统格律痕迹的新诗体。我们发现这种纯自由体在表达现代中国人情感的丰富性与深厚性上比其他任何诗体都更有力量，它显得更加深挚、曲折而又悠长……汉语在穆旦的这种外来诗体中也显得新鲜而优美"②。持有该观点的李书磊先生认为，以穆旦这位完全在国内成长起来的青年作家为标志，"现代的文学形式与文学精神在 40 年代初期基本上完成了它在中国的本土化"③。这一论

---

① 黄曼君：《新文学传统与经典阐释》，湖北教育出版社，2005 年版，第 479 页。

② 李书磊：《1942：走向民间》，山东教育出版社，1998 年版，第 114 页。

③ 李书磊：《1942：走向民间》，山东教育出版社，1998 年版，第 114 页。

断较有说服力。他所言穆旦所采用的诗体是来自西方的陌生的、纯粹的自由体，也应该是正确的。不同的是这种西方纯粹的自由体，对于现代中国人尤其是对知识者来说是不陌生的，因为自胡适、沈尹默等借助西方异域之诗体，利用"白话"的自由与灵活冲破了传统诗体的束缚，为中国现代新诗体，即自由诗体建设开了先河以来，历经三十余年的艰难探索，这种自由诗体已经形成了中国现代新诗的宝贵的传统资源，这也是从另一种路径来建构民族诗体建设。

第二节 "延安派"诗体的现代转型

40 年代初，毛泽东就提出了要创造新鲜活泼的、为中国老百姓所喜闻乐见的中国作风和中国气派的新文学。那么，这种为"中国老百姓所喜闻乐见的中国作风和中国气派"的新文学一定是具有浓郁的民族特色和民族形式的，同时，也为广大老百姓所喜爱。但问题是要通过怎样的途径才能建立符合这样要求的民族诗体的范式。是通过古典诗歌体？这条路肯定不行，因为"告别古典，面向现代性"① 是 20 世纪整个人类社会的发展趋势，有着现代性倾向的延安文学不会逆历史潮流而动。那么，通过完全化的西方自由诗体？这也行不通，因为这种诗体比较繁复，不易识记，还只是在知识界流行，在老百姓的心中还没有完全扎下根来，不可能为老百姓所喜闻乐见。那么，选择走民间歌谣体这条路应该说是较好的路径之一，因为这种诗体是经民间历代口耳相传的集体无意识的文化产物，无一不打着民族的烙印和痕迹。它能传达出诗中说话者真实的语言和声调，而且还极具生命的活力。与民族古典诗歌体相比，显得更灵活、自由。具体来说，民间歌谣体主要表现为以下几方面特点：第一，它尊重民间的欣赏习惯，注意题材的新鲜性、人物的传奇性和故事的曲折性，这正好适应了民族群体的审美心理与欣赏习惯。第二，它具有讲究押韵、重复和一唱三叹等特点，为平民百姓所耳熟能详。朱自清在《抗战与诗》中说："诗的民间化还有两个现象：一是复沓多，二是铺叙多。复沓是歌谣的生命。歌谣的组织整个儿靠复沓，韵

---

① 周宪：《20 世纪西方美学》，高等教育出版社，2004 年版，第 2 页。

并不是必然的。歌谣的单纯就建筑在复沓上，现在的诗多用在复沓，却只取其接近歌谣，取其是民间熟悉的表现法，因而可以教诗和大众接近些。"① 第三，在基本词汇和句式上，完全脱去了文人气、高雅味，而透出乡土气和平民味。当然这种民间诗歌体形式也有其弊端，它毕竟是旧形式，仍然受制于传统思维的束缚，非对它改造不可。当年，胡风提出研究与吸收民间歌谣的艺术素质，来补救诗人语言的不够和诗的贫乏是可行的，他同时又强调："对于民歌和童谣，诗作者应该批判地加以改造，吸收到我们的形式里来。因为，要认真充分地表现我们所要表现的复杂生活，原来的形式不可能，非改造提高不可。"②

在这种意识的烛照下，解放区的很多诗人都上山下乡去采风，搜集整理了五十多种民间歌谣集；在学习民间歌谣的基础上，创作民歌体新诗高潮迭起，这成为现代诗歌史上一道独特的景观。以延安为代表的解放区诗歌选择这种民族诗歌体形式作为其主要的审美形式，原因是多方面的。最主要的原因是文艺为什么人的问题。毛泽东做了非常明确的回答：我们的文学艺术都是为人民大众的，首先是为工农兵的，为工农兵而创作，为工农兵所利用的。因此，文艺大众化问题便成为解放区文艺运动的中心问题。

其实，文艺大众化的问题不只是在延安才被提起的，因为自"五四"以来的新文学运动始终努力向大众化方向靠拢，正如周扬所言，"新文艺在其基本趋向上是向着大众的"，这是因为"文学革命是在谋文学与大众结合的目标之下实行的。第一是提倡了白话，宣布了文言为'死文学'，相当地吸收了民间话语和方言，使文学与大众之间的距离缩短了一大步；第二是创作视野伸展到了平民的世界，对于下层民众的生活和命运给予了某种程度的关心；第三是'五四'以来新文学最优秀的代表者向大众立场的移行"。③ 所以在周扬看来，继承"五四"以来的新文学传统，首先就是"继续文艺大众化的路线，学习大众的活生

① 朱自清：《新诗杂话》，生活·读书·新知三联书店，1984 年版，第 39—40 页。
② 胡风：《胡风全集》第 2 卷，湖北人民出版社，1999 年版，第 551 页。
③ 周扬：《周扬文集》第 1 卷，人民文学出版社，1984 年版，第 319—320 页。

生的言语，研究民间文艺的形式，摄取其中的长处和精华，把大众化的路线贯彻到底"。

当然，"五四"新文学运动也是有缺陷的，这一缺陷首先表现在与大众结合的程度非常之微弱。此外，它还缺乏为中国老百姓所喜闻乐见的中国作风和中国气派的民族审美形式。在40年代重提文艺大众化的问题，这既有政治上的考虑，也有文化审美上的需求，但归根结底还是文学的工具理性在起作用。那么，如何才能使文艺大众化呢？其途径之一是必须建立属于自己民族的审美形式。唯其如此，文艺才能真正地走进大众生活，发挥其作用。鲁迅当年曾认为，文艺大众化的实现，必须借政治之力的帮助，就是说要等到人民当家做主的政权建立的时候。40年代主要以解放区为主，当然也包括部分国统区，能够掀起这样的运动可以说具有这样的政治基础。在固有民族诗体的基础上，经过改造与创新，逐渐形成了以下几种主要诗体形式：

1. 民间诗歌体形式。它主要是以民间歌谣为主的一种民族的诗体审美形式。如李季的《王贵与李香香》、张志民的《王九诉苦》、阮章竞的《漳河水》等，就是在民间诗歌形式基础上创作出来，独具浓郁的民族情调。

2. 朗诵诗体形式。40年代朗诵诗体的发展与定型，为中国新诗大众化的发展提供了一种可能。1934年，鲁迅在《致窦隐夫》的信中，批评新诗"没有节调，没有韵，它唱不来；唱不来，就记不住；记不住，就不能从人们的脑子里将旧诗挤出，占了它的地位"，他说，诗虽有"眼看的"和"嘴唱的"两种，"也究以后一种为好"。① 穆木天说："朗诵诗就是诗歌大众化的一个方式"，并且认同"朗诵运动与大众化运动的一致性"。② 朱自清在《论朗诵诗》一文中把朗诵诗看作是一种听的诗。它"只活在听觉里，群众的听觉里"，因此是一种听的诗，是"新诗中的新诗"。他还指出，朗诵诗与一般诗的区别是能够表达出大家的憎恨、喜爱、需要和愿望，这些情感的表达，不是在平静的回忆之中，而是在紧张的集中的现场。他批评文艺必须与现实生活保持距离的

---

① 鲁迅：《鲁迅全集》第12卷，人民文学出版社，1981年版，第556页。
② 穆木天：《诗歌朗诵与诗歌大众化》，《时调》，1937年第3期。

说法，认为朗诵诗"要求行动或者工作，直接与生活接触。它是宣传的工具，战斗的武器"①。1948年，李广田在《诗与朗诵诗》一文中对三四十年代朗诵诗的发展道路做了这样的说明："一、从个人的，到群众的；二、从主观的，到客观的；三、从温柔的，到强烈的；四、从细致的，到粗犷的；五、从低吟的，到朗诵的。"②

从诗歌与人民，诗歌与生活，诗歌的语言风格、表现手法的角度来说，朗诵诗体的发展之路，也的确是与时代生活、新诗历史发展进程相适应的，在一定程度上促进了诗歌的大众化。

3. 街头诗体形式。街头诗是由田间、柯仲平等人在延安营构的一种诗歌形式。田间曾谈道："1934年左右，当时看过马雅可夫斯基的论文，对诗如何到广场去，如何在'罗斯塔之窗'等等，其革命精神，吸引了我。我们后来（1938年8月）在延安发动街头诗运动，和这有一些关系。"③田间等人提倡的街头诗是受了马雅可夫斯基等革命诗人在苏联内战时期将短小的诗作展示在街头橱窗做法的影响。同时，这也是继承中国现代文学革命传统的影响。更重要的原因在于，抗战要求诗人采用大众化的艺术形式，让诗歌走向人民大众，或者让人民群众直接参与诗歌创作，宣传抗战，使诗歌成为鼓舞人民的号角，打击敌人的武器。田间在《街头诗歌运动宣言》中强调："在今天，因为抗战的需要，同时因为大城市已失去好几个，印刷、纸张更困难了。我们展开这一大众街头诗歌（包括墙头诗）的运动，不用说，目的不但在利用诗歌做战斗的武器，同时也就是要使诗歌走到真正的大众化的道路上去，不但有知识的人参加抗战的大众诗歌运动，更要引起大众中的'无名氏'也多多起来参加这一运动。"关于其诗体建构形式，主要还是以旧有的民间歌谣为主，同时，也吸纳了马雅可夫斯基等短小的诗体形式，内容比较简洁明了，"比标语丰富、具体、复杂，有大体可念的音韵，

---

① 朱自清：《论朗诵诗》，《朱自清选集》，开明书店，1951年版。

② 李广田：《诗与朗诵诗》，《李广田文学评论》，云南人民出版社，1983年版，第310页。

③ 潘颂德：《中国现代新诗理论批评史》，学林出版社，2002年版，第595页。

有情感"①，因而，为人民大众所喜闻乐见。

综上所述，可以看出无论是民间诗歌体形式、朗诵诗体形式还是街头诗体形式，它们共同的特点是通过对民族固有的诗体建设，使之成为现代新诗的一种民族审美体式，并最大限度地发挥诗歌的工具作用，强化其现实功利性，更好地为工农大众服务，使民族诗体初步完成现代图式的转变。

第三节　"七月诗派"与"九叶诗派"的诗体建设模式

"自由诗"在中国属于"新诗"，"是一种贬抑韵律、强调节奏的诗歌体式，为了自由，它把律诗的破格现象发展到了抛弃格律的地步：诗行长短不一，也不押韵，只留下了分行的形式和节奏来作为诗歌的标识"②。新诗自由体对于中国来说，虽然是一种新的外来的诗歌体式，但其也在逐渐地趋向中国化、民族化。

一、现代新诗体的两种路向

（一）以郭沫若为代表的完全自由体。闻一多曾对郭诗赞赏有加："若讲新诗，郭沫若君的诗才配称新呢，不独艺术上他的作品与旧诗词相去甚远，最要紧的是他的精神完全是时代的精神——二十世纪底时代的精神。"③ 的确，郭沫若的诗从内容到诗体形式都是新的，真正道出了"五四"时期狂飙突进的时代精神。但是郭诗的这种诗体也有一定的流弊，那就是过于西化、欧化，与丰富的民族本土相比，显得过于空疏、简单和散漫。因此，郭诗的自由体距民族化、本土化还很远，不是本民族所期望的诗歌体式。

（二）以闻一多为代表的格律诗体。它要求建立一种新的格律秩序，划分诗与散文的界限，倡导"戴着脚镣跳舞"，并以此来校正自由体过于自由、泛滥的弊端。新月派的崛起，标志着新诗从自由到规范的

---

① 潘颂德：《中国现代新诗理论批评史》，学林出版社，2002 年版，第 596 页。

② 王光明：《现代汉诗的百年演变》，河北人民出版社，2003 年版，第 116 页。

③ 闻一多：《女神之时代精神》，《创造周报》，1923 年 6 月 3 日第 4 号。

位移。当新月诗在格律的强调上达到极致后，这种诗体便像古典诗体一样不可避免地走向了衰落。新格律诗的功绩在于自由诗体也能像古典诗体一样有规律可循（包括冯至十四行诗等），在某种程度上对民族集体无意识的文化心理起了一定的慰藉与补偿作用。与此同时，戴望舒等现代派诗人又主张以内在节律为诗歌形式，进一步吸纳与融合了郭诗的自由体与闻诗的格律体之长，形成了一种新的自由诗体。这种诗体既包括"自由"也包括"格律"两种质素，它们之间互相包容、互相渗透，有机地生长在一起，使自由体新诗在民族化、本土化中寻到了一个比较好的结合点与生长点。这为 40 年代新诗自由体的发展成熟奠定了坚实的基础。

二、"七月诗派"与"九叶诗派"的诗体模式

（一）艾青和"七月诗派"以自由体为主，自然也吸纳了格律的成分而形成的诗体形式。新诗发展到 40 年代，散文化似乎又成为一个重要的趋势。朱自清在 1941 年明确指出："这个时代是个散文的时代……抗战以来的诗又走到了散文化的路上，也是自然的。"① 朱自清在考察中国诗体演变历史的基础上，确认"散文化"是新诗发展的必然趋势。他以对中国诗歌历史的洞悉为根据论述道："过去每一种诗体，都依附音乐而起，然后脱离音乐而存在"，而新诗却与之相反，它从诞生之日即"不依附音乐"，完全走着"自力更生"的路，因而它的"自由性格"是天然生成的，其"散文化"的趋势就是不可避免的了。他还总结一些新诗人的试验，指出："屡次有人提倡新诗采取民歌（徒歌和乐歌）的形式"，但效果绝不显著，原因何在呢？即在于"那种简单的音乐已经不能配合我们现代人复杂的情思。现代是个散文的时代，即使是诗，也得调整自己，多少倾向散文化"。② 诗的散文化的一个重要的含义就是表现形式的灵活、自由和多样，而它正好满足了时代生活的这种需求。诗人力扬说："在这暴风雨的时代，诗歌必须是自由的形式，才能容纳了我们民族的可歌可泣的内容与万马奔腾似的情绪。所以我以为今日大众所提起的诗的'民族形式'，主要的应该是'自由诗'的形

---

① 朱自清：《新诗杂话》，广西师范大学出版社，2004 年版，第 25 页。
② 朱自清：《新诗杂话》，广西师范大学出版社，2004 年版，第 67—68 页。

式，而只是比'五四'时代更自由的更发展的形式。"① 胡风在30年代后期大力提倡自由体诗，他认为："这种诗体最能表现最新最先进最深挚的人民（尤其是青年）的欲求和感情。"他还宣称，这是革命的自由诗的形式，没有约束的形式，"它对定型诗是一个有力的反抗"②。

的确，艾青和"七月诗派"的这种散文化的自由诗体，在传递和处理现代民族现代中国人的那种丰富、厚重以及复杂的思想和情绪上，显得是那么娴熟与得心应手。尤其是这种诗体段无定行，句无定字，既无标点，也不押韵，而呈现出的口语化的散文美，又是那么妥帖、自然和流畅。这种自由体并不像有人所认为的那样不受约束、完全自由，而是有一定规律的自由、奔放，即"是在变化里取得统一，是在参错里取得和谐，是在运动里取得均衡，是在繁杂里取得单纯，自由而自己成了约束"③。也就是说，自由体也要讲究格律，正如朱自清所言："格律运动实在已经留下了不灭的影响。只看抗战以来的诗，一面虽然趋向散文化，一面却也注意'匀称'和'均齐'，不过不一定使各行的字数相等罢了。"④

（二）以穆旦为代表的"九叶诗派"更多地体现出"格律"化而形成的一种自由诗体形式。在40年代自由诗体的建设中，尽管诗的散文化有一定的自由与宽松之美，但这种诗的散文化还是要受一定节律的约束和限制，否则就等同于散文化的诗。当时已有学者、诗人反对把诗和散文写得没有区别，如果把诗等同散文，也就等于取消了诗。诗和文有质的不同，诗的组织比文的组织要"经济些"。就是写自由诗，诗行也得短些、紧凑些，而且不宜过分参差，跟散文相混。

"九叶派"诗人、评论家袁可嘉对诗的过度散文化感到很忧虑，袁可嘉认为："在艺术媒剂的应用上，绝对肯定日常语言、会话节奏的可用性，但绝对否定日前流行的庸俗肤浅、曲解原意的'散文化'；现代诗人极端重视日常语言及说话节奏的应用，目的显在二者内蓄的丰富，只有变化多、弹性大、新鲜、生动的文字与节奏才能适当地、有效地表

---

① 力扬：《关于诗歌的民族形式》，《文学月报》，1940年第1卷第3期。
② 胡风：《胡风评论集》（下），人民文学出版社，1985年版，第393页。
③ 艾青：《诗论》，复旦大学出版社，2005年版，第6页。
④ 朱自清：《新诗杂话》，广西师范大学出版社，2004年版，第73页。

达现代诗人感觉的奇异敏锐、思想的急遽变化，作为创造最大量意识活动的工具；一度以解放自居的散文化及自由诗更不是鼓励无政府状态的诗篇结构或不负责任逃避工作的借口。"①

"九叶诗派"反对的是那种诗体无节制的散文化与自由化，因为在一定的内容当量下，不是所造的诗体这一容器越大，所装载的容量密度就越大。应该是在有限的诗体中能容纳最大量意识活动的量为最佳。也就是说，"传达现代心灵固然需要自由，但容量较大的诗过度自由散化将冲淡联想氛围与抒情浓度"②。所以说诗体建设不能只看长度，而应看密度，这才是对诗体建设负责任的表现。"九叶"的诗就在此基础上，创造了兼有散文化长处的律化诗体形式。一种诗体的发展与成熟是自由与格律相互制约、并生共荣的过程。诗歌"自由化"体现了中国诗歌体式流变的规律。"九叶诗派"的这种纳情思于节律、自由中求法度的诗体形式，"不仅吻合了'非个人化'的智慧倾向，以节律注入的严谨、自由注入的活泼而强化了诗歌内涵；而且也因古典、现代交错的形式对照而增强了吸引力，为沉思品格的诗找到了合体衣裳"③。正如唐湜所言："从自由化的奔突到格律化的凝练是一个辩证的探索与巩固的过程，一个自由与必然的矛盾又统一的过程。没有海阔天空的自由探索，新诗会僵化而停滞不前；没有不断地及时地创造相适应的新格律、新形式，新诗就不能达到成熟的新阶段，也就不能达到越来越高的艺术水平。"④

从40年代自由诗体建设上看，如果说"七月诗派"主要以自由为主，那么"九叶诗派"则以格律为主。之所以如此，归根结底取决于两种诗格的差异。前者是主情的诗歌，讲求情绪节奏，需要汪洋恣肆、回环复沓增强情绪感染的绵长悠远的效应。后者是主智的现代主义诗

① 袁可嘉：《论新诗现代化》，生活·读书·新知三联书店，1988年版，第7页。

② 罗振亚：《中国现代诗歌史论》，社会科学文献出版社，2001年版，第144页。

③ 罗振亚：《中国现代诗歌史论》，社会科学文献出版社，2001年版，第144页。

④ 唐湜：《诗的自由化与格律化运动》，《诗探索》，1981年第1期。

歌，它主要讲求智慧节奏；并且它的知性不经逻辑推理而由瞬间顿悟实现，所以它不需铺排张扬、回环复沓而求大幅度腾挪跳跃，诗体内敛、经济和严谨，颇具格律诗的遗风。

"七月诗派"与"九叶诗派"共同构筑的这种自由诗体已经得到了民族文化心理的认同，并成为民族诗歌的一种审美范式。40 年代新诗体建设表明，无论是本民族固有诗体的现代性转型，还是西方自由诗体民族化、本土化的进程，它们共同的特点都是要建构"五四"以来属于本民族自己的诗歌审美体式。本民族固有的诗体建设更多地立足于工农大众，尤其要考虑满足农民的审美习惯，使诗歌成为教育群众、鼓舞群众，并为群众所喜闻乐见的文艺样式。这种诗体在建设中，也应不断地从自由诗体中吸取营养，以弥补自己诗体中的不足。但遗憾的是，这种诗体的现代性改造不很彻底，只完成了部分现代图式的转变，与建立中国作风和中国气派的诗体形式还有一定的距离。西方自由诗体建设更多地立足于知识者群体，它以开阔的世界性和民族性的视野来建立本民族自己的诗体形式。这种诗体建设，一是体现了中国现代诗歌与世界先进诗歌同构；二是有了适合自己民族特点的言体形式，为中国新诗体建设提供了一种民族审美范式。

第四辑　诗人论

第一章　燃烧的生命火山

——胡风现代新诗透视

在中国现代文学史上，文艺理论家、编辑家、诗人胡风先生可谓独树一帜，别具风采。他的一生在诗歌创作和理论研究等方面，为我们留下了一座具有启迪意义的丰碑。可以说没有胡风的理论和卓有成效的组织，也就没有"七月诗派"的形成、发展和成熟，也就更不能推进现代诗歌改革和开放的历程。从这个意义上说，胡风作为一位杰出的文艺理论家、编辑家是当之无愧的。同时胡风又是一位伟大的诗人。"他一生最看重诗人这个称号。"① 他生前曾多次说过："我首先是个诗人。"事实上，胡风的确是我们现代诗坛上举足轻重的缪斯巨子：以他呕心沥血、苦心经营的诗集为证；以他诗的独特风格和卓越的成就为证；以他充满主观战斗精神和火山爆发般的激情为证。然而，由于历史的原因，人们很少论及作为诗人本体的胡风，对于诗人那些惊世骇俗、令人战栗的诗篇就更少有人了解和问津了。鉴于胡风在诗歌创作上的卓越成就，以及当前理论界对于胡风创作文本研究的匮乏，笔者试图在缪斯的版图上，标示出诗人本应有的位置和风采，还原出一个真实生动的诗人的"火山"世界……

第一节　崇高的史诗：胡风诗歌的脉络经纬

胡风的诗歌创作活动，从 20 世纪 20 年代开始，到 80 年代结束，整整经历了六十多个春秋，几乎贯穿于中国现代诗歌史。在这漫长的岁

---

① 　绿原、牛汉编：《胡风诗全编》，浙江文艺出版社，1992 年版，第 764 页。

月里，尽管由于种种原因时断时续，甚至一度搁笔，然而作者的诗心始终搏动着，为我们镌刻了一部惊心动魄而又波澜壮阔的民族情感史、心灵史。尽管诗人创作的时间跨度很大，然而爱国主义精神始终是胡风创作的主体情结，尽管表现的形态多元繁复，但仍可辨认出几条明显的情思走向。

一、契合时代呼唤，艺术而真实地记载了新民主主义革命光辉而艰难的斗争历程

胡风于 20 世纪 20 年代中晚期步入诗坛。当时整个社会正处于"五四"落潮后那种苦闷彷徨时期，连顽强的反封建斗士鲁迅先生尚且发出"两间余一卒，荷戟独彷徨"的悲凉之音，更何况一个出道不久二十来岁感伤忧郁的文学青年呢？当然他的诗也不可避免地染上了这种时代病。如《儿时的湖山》就传达出受了伤而躲在时代大潮之外的青年知识分子寂寞孤独而又哀人生之多艰，叹理想之渺茫的心灵音响。然而诗人并没有在记忆的碎片上做着精神逃遁的守望者，而是敢于面对惨淡的人生，仍然彳亍前行："天涯海角/有颗明星/朋友啊/捧着颤动的心/沸腾的血/严霜之夜冷月下/我们寻去吧！"（《赠S》）① 再如"我从田间来/抱着热血满腔/叫我洒向何处呢/对着无际的苍茫？……"（《我从田间来》）② 等等。这既是诗人真实的情思写照，又何尝不代表着那些孤独的寻路者的形象呢？遍地忧患的土壤怎能不使人倍感忧患和迷惘呢？像《风沙中》《旅途》和《闷》等诗篇也表现出诗人忧患的情思。

然而可贵的是，胡风在这普遍感伤的文学浪潮中，没有一味地沉湎其间，仍然保持着清醒的理性精神，在苦闷彷徨中仍以民族殉道者的责任感和深刻思考，沉毅地探索和坚定地前行："不能狂吻着过去的伤/流点基督之泪/一切强暴底袭来/羞涩地张不起两臂/只一双未死的脚儿/不由主地拖着拖着/一步一步的……"（《寒夜》）③ 这既是诗人的形象，更代表着千千万万个不甘沉沦、积极进取的青年知识分子的形象。微小的视镜透视出时代的心灵，折射出一代人苦苦求索的真实心态。

---

① 绿原、牛汉编：《胡风诗全编》，浙江文艺出版社，1992 年版，第 8 页。
② 绿原、牛汉编：《胡风诗全编》，浙江文艺出版社，1992 年版，第 10 页。
③ 绿原、牛汉编：《胡风诗全编》，浙江文艺出版社，1992 年版，第 32 页。

忠于时代主潮的进取精神，忠于人民历史命运的真诚感情，始终是诗人所追求的宝贵品格。1927年大革命失败后，胡风迫于国内形势的高压而不得已东渡日本。诗人漂泊异邦，更为直接地感受到由于民族的衰弱而招致的歧视和耻辱，从而更激起强烈的个人身世感和民族郁愤感。特别是"九一八"事变后，惨痛的民族灾难使诗人更是义愤填膺，于是他站在中日两国人民的高度上，唱出了启蒙与反抗的时代强音："起来呵，海这边的奴隶/起来呵，海那边的奴隶/起来呵，全世界的奴隶/挣脱你们头上的锁链/争取我们自由平等的'祖国'，它底名字叫作'大地'。"(《仇敌底祭礼》)[1] 此外，还有《武藏野之歌》等，在哀婉的曲调中倾注了诗人心灵的苦痛和精神郁愤。

全国抗战开始不久，胡风最先以燃烧的怒火和昂扬愤激的情绪，发出了一声嘹亮的呐喊，呈现出救亡文学特定的民族情绪和典型的心理状态，表现了中华民族的坚强意志和不屈精神："在黑暗里在高压下在侮辱中/苦痛着呻吟着挣扎着/是我底祖国/是我底受难的祖国！……祖国呵/你的儿女们/歌唱在你底大地上面/战斗在你底大地上面/喋血在你底大地上面。"(《为祖国而歌》)[2] 这是一代诗人的战歌，代表着一切为民族解放、为反抗帝国主义侵略而战的人民意志，代表着整个华夏民族的心声。抗战的八年，是胡风一生中比较辉煌、绚丽的时期，也是他创作业绩比较突出的时期。"战士和诗人原来是一个神的两个化身"，正是胡风精神的真实写照。他用他的笔为我们描绘出一段令人振奋、催人上进的历史，真诚而忠实地记录了人民的声音、时代的声音。

新中国成立的初期，胡风同全国人民一样欣喜和激奋，他饱蘸激情写下了系列政治抒情长诗《时间开始了》[3]，艺术地传达出那段无限欢乐、无限幸福的共和国的童年历史，抒写了一曲曲充满感激和幸福的赞歌，感情的灼热，几乎达到可以燃烧的程度。因为这是"蕴积在诗人心灵深处的许多难以忘怀的历史感受，又经过将近十年的心血淘洗和凝

---

① 绿原、牛汉编：《胡风诗全编》，浙江文艺出版社，1992年版，第46—47页。

② 绿原、牛汉编：《胡风诗全编》，浙江文艺出版社，1992年版，第54页。

③ 绿原、牛汉编：《胡风诗全编》，浙江文艺出版社，1992年版，第77—229页。

聚，以更为宏大的意境抒写"①的。他向烈士们的英魂表达了崇高的敬意（《英雄谱》）②，他为"小草"（《小草对阳光这样说》）③、"雪花"（《雪花对土地这样说》）④、"晨光"（《晨光曲》）⑤、"村庄"（《睡了的村庄这样说》）⑥ 等新生事物和意象充满了纯真的感激……他写出了诗人们想写的诗，他唱出了亿万人民想唱的歌。毋庸置疑，这些诗篇可以称得上新中国成立初期诗坛上的扛鼎之作、洪钟大吕。

我们读胡风的诗总能看到历史的影子。胡风的诗是半个多世纪来中国悲欢岁月的真实记录，或者说就是一部形象的中国革命史。胡风笔下的历史以其超重的内涵凝固在可感的物化形态之中，投射出深深的民族文化背景。

二、对烈士的歌颂和赞美，凝聚着诗人无比虔诚的爱戴之情

诗人的诗篇中，有许多是描写革命烈士的，形象地传达出作者的孤愤、正直和哀悼。1926 年"三一八"惨案发生后，胡风怀着无比的愤恨写下了这样的诗句："死者/火样地，你们生/火样地，你们死//死者/血染红了他们底爪牙/血也染红了我们底心/……我们底心颤动了/来呀，来呀/我们底兄弟/我们底心愤恨了/来呀，来呀/我们的仇敌！"（《给死者》）诗句慷慨激昂，热烈深沉，以长歌当哭的痛楚和愤郁控诉了军阀及其走狗们的暴行，表现了诗人要与敌人血战到底的决心和勇气。正如鲁迅在《记念刘和珍君》中所说的那样："苟活者在淡红的血色中会依稀看见微茫的希望；真的猛士将更奋然而前行。"⑦

---

① 绿原、牛汉编：《胡风诗全编》，浙江文艺出版社，1992 年版，第 775—776 页。

② 绿原、牛汉编：《胡风诗全编》，浙江文艺出版社，1992 年版，第 155—228 页。

③ 绿原、牛汉编：《胡风诗全编》，浙江文艺出版社，1992 年版，第 131—134 页。

④ 绿原、牛汉编：《胡风诗全编》，浙江文艺出版社，1992 年版，第 136—142 页。

⑤ 绿原、牛汉编：《胡风诗全编》，浙江文艺出版社，1992 年版，第 134—136 页。

⑥ 绿原、牛汉编：《胡风诗全编》，浙江文艺出版社，1992 年版，第 148—155 页。

⑦ 鲁迅：《鲁迅全集》第 3 卷，人民文学出版社，1981 年版，第 277 页。

早年参加革命的诗人胡风有许多志同道合的文友，像杨天真就是他最钟爱的一位。这位"留得子胥豪气在，三年归报楚王仇"的烈士于1927年11月被反动派杀害后，诗人就经常回忆烈士的音容笑貌，并为他写下了多首悼念诗，以此来祭奠他。在《英雄谱》中，诗人以一往情深的笔墨叙述了自己与杨天真相识、相知乃至共同斗争的历史，真诚地讴歌了烈士杨天真在风雨如磐的黑暗社会里，乐观、进取、热爱自由和追求真理的精神。然而，革命是艰苦的，也是残酷的，更是复杂的，这么勇敢有为的正义的革命青年，由于缺乏斗争经验，被他那当法官的叔父诱杀了。此诗写得沉痛悲壮，哀声切切："我麻木了/没有眼泪/但我哀悼了你/……当暮色袭来/群鸦噪晚的时光/我将匍匐古道旁/静听你临近的足音……"① 他的《冬之三部曲》一诗也是歌咏烈士杨天真的，对烈士的敬慕、哀悼的情愫深沉感人。

诗人多情的目光不仅仅对男性烈士做着崇敬的注视与馈赠，就是对那些不知名姓的女性英雄也是充满了爱和敬仰。诗人的笔下为我们提供了这样一群为民族解放而英勇献身的巾帼英魂，她们无怨无悔，死得其所，死得壮烈："告诉你/在罗店/有几个女护士/用他们白衣下面的胸膛/在前面陷住敌人底刺刀/好让医生从后门逃出/向大队/报告敌军偷袭的消息//告诉你/在'大世界'附近/有一个开店的中年妇人/被炸断了两只脚一只手/倒在血泊里/但在微笑地死去之前/还挣扎着用那只剩下的手/从怀里摸出五分的镍币/叫人投进自动电话/喊红十字会来/救护那几百个负伤者。"（《同志——新女性礼赞》）② 这一幅幅悲惨的画面，这一桩桩撼动灵魂的事件，通过深切的意象和鲜明的形象展现在我们面前，这是中国女性的悲歌，是华夏儿女的骄傲，诗人的深沉的笔触倾诉了对她们的挚爱，表达了诗人对她们由衷的赞美和钦佩。

三、对新生的社会主义祖国的未来和前途寄予希望和憧憬

胡风是主情派的爱国诗人，他的绝大部分诗作是与祖国前途命运紧密地联系在一起的。每到新旧历史嬗变之际，他都会用他那对祖国充满

---

① 绿原、牛汉编：《胡风诗全编》，浙江文艺出版社，1992年版，第168页。
② 绿原、牛汉编：《胡风诗全编》，浙江文艺出版社，1992年版，第68—69页。

希望和憧憬的歌喉，咏唱出一曲曲令人热血沸腾的诗篇，向人们报道着祖国黎明的信息和未来美好的前景……

胡风的诗首先表现了他对祖国的解放和人民领袖毛泽东的赞美之情。1949 年解放初期，诗人同全国人民一样沉浸在无比幸福无比激动的日子里，他怀着对毛泽东的敬仰之情写下了《欢乐颂》政治抒情诗，表现了人们欢呼祖国解放、欢呼人民领袖的真诚感情："三万个激动的心/拥抱着、融合着/汇成了掀播着的不能分割的海面/圆形海面的边缘/整列着/湿透的了无数红旗/飘舞得更响更欢/好像在歌唱/飘舞得更红更鲜/好像是跳跃着的火焰/它们歌唱着/朝向一点/它们跳跃着/朝向一点/三万个战斗的生命/每一个都在心里告诉自己：——毛主席，毛主席，他在这里！——毛主席，毛主席，他和我们在一起！"（《欢乐颂》）①通过这样火爆的场面描写，把人们对领袖的爱一览无余地烘托出来，表达了人们对开国伟人的由衷敬仰。

诗人描述更多的是内心深处对温暖和幸福的感受，进而更加奋发地为祖国工作。如《小草对阳光这样说》，就是把自己比喻为小草，把祖国比喻成阳光，以此来表达自己对祖国的赤子之爱："我要用青得更青的小叶儿片/我要用红得更红的小花朵儿/来看你爱你。"② 如果说《小草对阳光这样说》表达的仅仅是一种炽热的情感，那么到了《晨光曲》中就是一种行动："母亲、母亲呵/你的奶汁哺养了我/你的泪水烧痛了我/你的勇气鼓动了我/我要走出门去/我要走出门去。"③ 此外，《雪花对土地这样说》《月光曲》以及《睡了的村庄这样说》等诗篇也都强化了愿为祖国的未来奉献自己全部生命的个体情思，表达了诗人与祖国和人民同呼吸共命运的心情："亲爱的！亲爱的/握得更紧一些更紧一些罢/让我更深更深地听到你的心跳和呼吸/让我们更深更深地听到我们的/大地慈母的心跳和呼吸。"（《月光曲》）④ 再如："祖国守卫着我/祖国环绕着我/祖国拥抱着我/我睡了/要睡得更好/要睡得更安静/要睡

---

① 绿原、牛汉编：《胡风诗全编》，浙江文艺出版社，1992 年版，第 88 页。

② 绿原、牛汉编：《胡风诗全编》，浙江文艺出版社，1992 年版，第 133 页。

③ 绿原、牛汉编：《胡风诗全编》，浙江文艺出版社，1992 年版，第 135—136 页。

④ 绿原、牛汉编：《胡风诗全编》，浙江文艺出版社，1992 年版，第 148 页。

得更深沉/我的力量要长得更强大更新鲜/好迎接祖国的又一个幸福的黎明。"（《睡了的村庄这样说》）①

综上可见，胡风诗歌的爱国主义意蕴几乎涵盖了不同时期不同阶段，时代性因素的渗入使之实现了对传统文学的扬弃。它不仅强化了与民族解放命运联系的新内涵，使其更具体、更丰满，而且祖国命运与诗歌命运的一体化，成了胡风诗歌的灵魂支撑和魅力来源。

第二节　燃烧的火山：胡风诗歌的艺术风姿

我们知道，胡风是"七月诗派"的组织者和倡导者，他不仅对"七月诗派"的诗美艺术进行理论上的点拨，而且还进行着创作实践。通过他的努力，中国现代新诗在艺术上有了新的发展，在现代诗歌创作中显示出了巨大的潜力和生命力。同时，胡风也由此而构建出了自己独特的艺术世界。

一、汪洋恣肆、大气磅礴的情感美

诗人胡风是一位至情至性之人，他在诗歌创作中非常重视情感的作用。他曾在1935年10月写的《为初执笔者的创作谈》一文中这样写道："是诗不是诗，不能仅仅从文字方面去判断，应该看那内容所表现的是不是作者的主观的情绪。当然还应该进一步看那情绪是不是真实的，是不是产生于在对于对象的正确的认识基础上面。"② 胡风生前在回答两个国外文学团体提出的"你为什么要写作时"，他答复了五条，其中第一条是"为抒发自己的真情实感而写"③。罗丹也曾说过情感即艺术，可见胡风深得其艺术创作之真髓。故而追求诗的情真情美一直是胡风的终极目的。他的系列长篇政治抒情诗《时间开始了》就是其杰出的艺术范本。诗中迸发出了如喷泉、如奔流、如火如荼的高昂的激情，是那样撼动心灵，深深地打动了百万颗读者的心。如在《欢乐颂》这一乐章中，描述了毛泽东主席主持三万人会议时的情景，表达了人民

---

① 绿原、牛汉编：《胡风诗全编》，浙江文艺出版社，1992年版，第153页。
② 胡风：《胡风全集》第2卷，湖北人民出版社，1999年版，第246页。
③ 胡风：《胡风全集》第7卷，湖北人民出版社，1999年版，第269页。

欢呼祖国解放、欢呼人民领袖的真诚感情。诗人以会场为海，把主席台喻为海的最高峰，而毛泽东就站在最高峰上。通过选择如此宏大的意象，就把作者和祖国人民对伟大领袖的爱毫无遮拦地表达出来。"掌声爆发了起来／乐声奔涌了出来／灯光放射了开来／礼炮像大交响乐的鼓声／'咚！咚！咚！'地轰响了进来／一瞬间／这会场／化成了一片沸腾的海／一片声浪的海／一片光带的海／一片声浪和光带交错着的／欢跃的生命的海／海／沸腾着／它涌着一个最高峰／毛泽东／他屹然地站在那最高峰上／好像他微微俯着身躯／好像他右手握紧的拳头／放在前面／好像他双脚踩着一个／巨大的无形的舵盘／好像他在凝视着流到了这里的／各种各样的大小河流。"①

诗人为什么能把这种情感美写得如此汪洋恣肆、大气磅礴呢？

首先，是波澜壮阔的时代需要这种惊天地泣鬼神的洪钟大吕。因为"纤巧典雅"的内敛抒情撑不住，举不起"革命的最现实最粗犷的形象"，因而诗人激赏和企望的是这种不加雕琢和粉饰的、直抒胸臆而又一气呵成的情感的厚重美与沉雄美。故而，诗人选用了这种开放式的情感，是自觉地与时代精神的应和。

其次，是诗人想象的丰富性。情感活动与想象活动是紧密相随的。雪莱在其著名的《诗辩》中指出，"诗可以解说'想象的表现'"，"情绪每增多一种，表现的宝藏便扩大一分"。② 想象的表现，也是情感的表现；想象的发展，又能进一步强化情感的发展，加深对情感的理解，将情感上升到新的高度或强度。想象越生动活泼，也就更多地引起心灵的活动，激起的感情也就更加强烈。

再次，从诗人选择的意象符号来看，诗人采用的是较多的厚重意象，像湖山、野火、夕阳、天空、黑夜、北方、大地、大海、雪花、晨光、村庄……这些意象内涵的丰富在一定程度上加大了诗歌的抒情力度。

最后，从诗的句式组合来看，诗人多选用排比句、短句、长句，极有层次地将众多句子铺排成气势磅礴的感情流，形成一个强化的情感

---

① 绿原、牛汉编：《胡风诗全编》，浙江文艺出版社，1992年版，第78—79页。

② 罗钢：《浪漫主义文艺思想研究》，陕西人民出版社，1986年版，第9页。

场，使诗人火山般的灼热情感得到尽情的宣泄。

二、自由洒脱、清新自然的散文美

胡风反对诗的形形色色的形式主义，或是用使人不懂的奇怪的手法来掩饰内容的空虚和感情的苍白，或是用难的型律或固定的格式将感情束缚得毫无生机……他要求诗应该表达诗人从实际生活中得来的真实感受和情绪，而为了能更好地表达这种感受和情绪，就要继承和发展新诗史上的革命传统，采取自由奔放的形式，即自由诗的形式。当然，这并不是说诗不需要内在的韵律和节奏。因而，他特别强调，诗歌创作应保持情绪的自然状态，而反对矫揉造作。

我们读胡风的诗就颇能感受到这一点。那就是他非常重视诗歌语言的口语化，并能娴熟地运用单纯朴素的口头语描绘生活，抒写情怀："我从你得到了热/我的生命有了力气/我的小叶片儿青过/我的小花朵儿红过/我结了一球好种子//你是奶我的奶母/你是爱我的爱人/你是感到自己心跳的我自己/我爱过你/我爱着你/我要永远永远地爱你。"（《小草对阳光这样说》）[1]

再如："为了明天/为了抖去苦痛和侮辱的重载/朝阳似的/绿草似的/生活含笑/祖国呵/你的儿女们/歌唱在你的大地上面/战斗在你的大地上面/喋血在你的大地上面。"（《为祖国而歌》）全诗娓娓道来，从容自然，完全是口语化的，但却精确而有风姿，有节制的潇洒和功力的深厚，大量排比复沓句式的使用，造成了强烈的节奏感和旋律美。口语化与审美化的高度统一，是一种接近口语的"赋"的风格。

胡风大量的诗作始终都是散文化的，他多用排句层层递进，将感情推向高潮："我们年青的笔也要追随着《我们底行进》/直到仇敌底子弹打得我们血花飞溅的时刻/直到力尽声枯，在行进中间倒毙了的时刻/直到也许我们苦痛于自己的歌声不能和祖国/底脉搏，新生的祖国儿女们的脉搏和谐/地跳跃，像你似的把一粒枪子打进自己底脑袋里的时刻……"（《血誓》）它在形式上与散文诗几乎毫无二致；但它的内涵又纯然是诗的。尽管不是一行一行地写出，但这种长短相间、毫无韵律的句式造成了连绵气势，化为诗美的整体呈现，是一种不同于字句节奏

---

① 绿原、牛汉编：《胡风诗全编》，浙江文艺出版社，1992年版，第131页。

的典型的情韵节奏。

胡风诗的这种简练、流畅、硬朗的口语化的散文美，为诗坛送来了一股亲切朴素、自然清新的气息，使诗人内心世界的抒写更为绵密而繁复，更利于表现现实题材和诗人的主体情思。

三、舒展有度、颇具开放格局的结构美

任何文学精品，无不是内容与形式双重因素的和谐共振。诗人深得其中三昧，因而在艺术探索中，努力使形式完美地为内容服务，并获得了独特的审美价值。其中，比较突出的就是切合内容呼唤而呈现出的开阔雄放的结构美。

首先，胡风诗的结构，是一种开放的情感空间布局。他不讲究精雕细刻、内敛经济，而是纵横开阖，刀刻斧削，有着古朴、苍劲的粗拙美。这样的结构就能完美地把他那火山般的情思酣畅淋漓地凸显出来。如在《光荣赞》里，他采用的是"横空出世"的艺术结构。他首先热情讴歌的李秀真、戎冠秀、李凤莲三位杰出女性，然而，全篇并没有一脉相承地去叙说她们，而是在中间部分插入了诗人的母亲，并对其苦难一生进行了回忆。最后又照应开头，回到了叙述的主体。像这样的结构方式在一般人看来是不算很严谨的，但我们认为这种结构安排恰恰表现了胡风的那种无拘无束的风格。同时，通过母亲与那三位女性的对比，就把他对新中国的爱表现了出来。

其次，诗人也讲究运思，讲究诗歌的起承转合。比如《月光曲》《睡了的村庄这样说》等，也都颇具艺术性和欣赏性，都是不可多得的艺术佳品。

以上所述，显然未能概括胡风诗歌创作的全部内涵。但我们可以确切地说，诗人那昂扬炽烈的情怀，那照耀天地、震荡宇宙的阳刚豪迈大气，那宏伟奇丽的艺术世界已经给人类留下了巨大的精神财富。时代呼唤着无愧于自己的歌手，诗人的创造融进了时代的脚步，伟大的诗人胡风，就是在完成时代的崇高使命中完成了自己艺术灵魂的铸造。

历史将会证明：诗人用自己的心血创造的艺术结晶，会跨越时间与空间的界限，走进人们渴求美与智慧的心灵。

第二章 力的雕塑

——阿垅诗歌的崇高美

阿垅诗歌的崇高美即诗人在与自然和社会等敌对力量的抗衡中产生出来的赤诚而崇高的思想情感，并通过诗歌将其呈现出来而形成的美。它包含价值形态和艺术形态两个层面：崇高美的价值形态体现了诗人"为天地立心，为生民立命"的感时忧国的情怀以及威武不屈、宁为玉碎不为瓦全的人格境界，真正实现了"战士和诗人是一个神的两个化身"的理想追求；崇高美的艺术形态则表现在情感的崇高美、意象的崇高美和形象的崇高美上，构筑了一个以"力"为美的艺术世界。

第一节 阿垅诗歌崇高美的丰赡意蕴

"七月派"诗人阿垅，是最不该被现代文学史遗忘的作家。诚如周燕芬所言："阿垅是一个丰富、复杂而又沉重的话题。如果说研究中国现代文学绕不过胡风，那么同样也不应该绕过阿垅。"① 在现代中国文学史上，或能小说、诗歌、报告文学、评论及文艺理论等多领域开拓的作家实为罕见，阿垅是其中少有的一员，给我们留下了诸多不可复制的文学遗产。下面仅以反映南京大屠杀作品《南京》（1987年，人民文学出版社以《南京血祭》为名出版）为例，从中可以窥见阿垅卓越的精神创造。1939年底，在医院疗伤期间的阿垅创作出二十万字的报告文学体长篇小说《南京》，这部作品被胡风誉为"当时中国唯一的一部写

---

① 周燕芬：《阿垅的文学成就及其文学史意义》，《海南师范大学学报》（社会科学版），2009年第3期。

南京大屠杀的作品"①，当年被评为全国文协征稿评奖第一名。尽管胡风对阿垅的《南京》赞许有加，可惜的是，没能得到国民党当局应有的重视和评价，据说是由于太真实的缘故，才未能得以出版，胡风还为此事愤愤不平。阿垅的《南京》之所以有较高的文学价值和史学价值，就在于书写者的身份是国民党下层军官——时任连长的阿垅亲身参加了1937年12月的南京保卫战，南京失陷后，他目睹了南京大屠杀惨烈的场面，他历经磨难，九死一生，最终逃出南京。小说叙述的故事是真实的，所选用的人物是有原型的。虽然目前书写南京大屠杀题材的文学作品不胜枚举，但真正以亲历者的个人视角去控诉日寇惨绝人寰的暴虐，国民党政府的腐败无能，这样的作品却少之又少，尤其是以纪实的镜头记录下了那段备受痛苦煎熬、屈辱挣扎的历史，就显得更加弥足珍贵。作者以饱含真挚的感情和郁愤的笔触，塑造了一批保家卫国、热血沸腾的男儿形象，他们气壮山河、感天动地的英雄壮举，如一束微小的视镜透视出波澜壮阔的战争历史，谱写了一曲"落后就要挨打"的苦难深重的民族的悲壮之歌，犹如一尊力的雕塑屹然耸立，为我们镌刻了一幅血脉偾张、义愤填膺的血祭图。在书写战争方面，胡风是很认同"战士作家"这一身份的，比如，他对"七月派"作家丘东平和曹白等就给予了极高的评价。战士作家对战争的书写有着得天独厚的优势，这自不待言，更重要的是战士作家的血肉之躯已与战争思维、话语、行为和价值诉求等战争文化逻辑融为一体，因为他们本身就是战争的一部分，或许只有他们才能真正地接近或揭示战争的实质，这一点与非战争亲历的作家所想象的战争书写有着本质的不同。战士作家的作品基调一般都蕴含着崇高的底色，洋溢着"苟利国家生死以，岂因福祸避趋之"的家国情怀和不屈不挠的斗争精神。一般认为"七月派"作家的美学特征是崇高，这一概括还是很有道理的。"七月派"文学群体就是这样的一个群体，他们与受难的祖国和人民休戚与共，悲壮前行，他们带着满腔热忱和深情爱恋书写了一个时代的悲壮和痛苦，"呈现出崇高与悲郁的

---

① 胡风：《胡风自传》，江苏人民出版社，1996年版，第142页。

复合文风"①。其中作家、诗人阿垅又显得格外醒目，尤其在诗歌创作上更具崇高美特征。

崇高是一种美学范式，主要来源于西方美学界。崇高与优美、悲剧、滑稽等审美范畴一道共同构建了西方审美类型。德国哲学家康德认为，崇高是主体在与外部势力与环境的搏击中不畏惧外部力量而勇于反抗，最终取得胜利，其中包括精神和气势上的，同时指出"真正的崇高必须只在判断者的内心中，而不是在自然客体中去寻求"②。

康德强调崇高来自于主体，与客体和对象无关，这是康德从理性和道德的层面对崇高施以判断的。然而，当康德把美与崇高联系起来的时候，却把崇高的对象分为数学的崇高和自然界的力学的崇高两大类，其实他这又分明承认了崇高与客体对象有关。当然这是康德美学中的自相矛盾之处，我们不必去苛求。实际上，崇高不仅与客体和对象有关，而且还与客体和对象存在着共生共克的关系，如果没有客体和对象，崇高也就失去了存在的基础。所以说，崇高即主体在与客体及对象的抗争中体现出来。康德认为崇高的客体及对象是自然的敌对力量，其实也不尽然。李茂民认为崇高的对象既包括自然的敌对力量，也包括社会的敌对力量和人的内心深处的黑暗力量。③

从崇高的对象分类上来看，李茂民首次将崇高的对象扩展到社会和人的内心，这是将社会学上的崇高对象引入了审美视野，这是对康德美学的发展与完善，具有突破性的价值与意义，必须引起重视。从这个意义上说，崇高的对象就不仅仅包括恶劣狂暴的自然环境即敌对的自然力量，更包括黑暗腐朽的社会环境、社会力量以及根植于人的内心深处的封建、愚昧和落后的思想力量。一般来说，这也就意味着主体不仅要与自然的敌对力量做斗争，而且更要与社会的敌对力量进行搏击，当客体对象力量大于主体力量时，主体要战胜它就必须付出极为昂贵的代价，甚至是流血和牺牲，所以说崇高蕴含着悲剧意味。那么，什么是崇高

---

① 周燕芬：《阿垅的文学成就及其文学史意义》，《海南师范大学学报》（社会科学版），2009 年第 3 期。

② 康德著，邓晓芒译：《判断力批判》，人民出版社，2002 年版，第 95 页。

③ 李茂民：《论"红色经典"的崇高美》，《山东师范大学学报》（人文社会科学版），2018 年第 3 期。

美？崇高美就是主体在与自然和社会的敌对力量的搏击中所产生的自信而悲壮的思想情感，这种思想情感通过文学艺术呈现出来，呈现出来的这种独特的思想情感的美，即为崇高美。那么，对于诗歌来说，崇高美就是诗人在与自然和社会等敌对力量的抗衡中产生出来的赤诚而崇高的思想情感，并通过诗歌将其呈现出来而形成的美，我们把这种美称为诗歌的崇高美。

如果认可诗歌崇高美的释义，那么，称阿垅的诗歌具有崇高美学的典范，应当说不是夸张。一般说来，一个时代有一个时代的美学特色和审美基调。众所周知，20世纪三四十年代是一个刀光剑影，战乱频仍，光明与黑暗错综复杂、交织缠绕的悲壮年代。也正是这样的年代，才磨砺出了热烈而赤诚、历经磨难"虽九死其犹未悔"的阿垅，从他身上我们能感受到"一种强烈的爱国热忱，一种渴求未来、奉献自己的精神气质"①。

阿垅的生活经历就足以证明这一点。阿垅的生活坎坷、命运多舛，可以说超出了常人的想象。他在十年间，经历了许多刻骨铭心的事件，其中以下几件事情对他影响很大：1937年在上海"八一三"抗战和南京保卫战中光荣负伤；1939年到延安进"抗大"学习；1946年3月，妻子张瑞自尽；1947年被国民党反动当局通缉，不得不抛家弃子，潜逃出川。从这几个标志性事件中可以梳理出阿垅的心路历程，还原出一个时代的角斗士形象。

1937年7月，中华民族的伟大抗战全面爆发，不当亡国奴，全民抗战，救亡图存的怒潮席卷了中国大地。阿垅作为国民党第88师少尉排长参加了上海"八一三"抗战，并在战场上身先士卒，奋勇杀敌。不幸的是，他的牙齿被敌人的子弹击碎，留下了残疾。阿垅所属的军队在上海坚守了七十余天后，由于伤亡惨重，于1937年11月被迫西撤，回防首都南京。此间，阿垅升任为连长参加了南京保卫战，于是这才有了反映南京大屠杀题材的报告文学体小说《南京》问世。

阿垅为什么要投笔从戎？主要还是在于他的爱国情怀和报国之志。阿垅1907年出生于杭州郊区的一个贫寒之家，只上过小学和初中。他

① 张业松编：《路翎批评文集》，珠海出版社，1998年版，第313页。

后来完全靠自学，奠定了坚实的文化基础。1928年，他考入上海工业专科学校。1931年毕业之际，正值"九一八"事变爆发，为祖国前途命运担忧的阿垅遂立志从军报国，他考入国民党中央陆军军官军校第十期步兵科。1936年军校毕业，他即选择在军队服役。他开始对国民党抱有热切的期望，然而，随着对国民党黑暗反动独裁的政治体制、败坏的人事作风等了解体会得越来越多、越来越深入，他的失望也就越来越大。同时他又受到中共地下党陈道生等人的影响和鲁迅为代表的"五四"启蒙文化的熏陶，他的信仰与政治根基崩溃了，思想观念发生了巨大的变化。

南京保卫战失败后，身负重伤的阿垅被送到后方医院里疗伤，在住院期间，他对自己的思想、生活经历和所走过的道路进行了深刻的反省与反思，"他开始追求一种能为广大人民谋生存谋幸福的崭新生活"①。

1938年7月，阿垅专程来武汉拜见了《七月》主编胡风先生，并希望胡风帮助他到陕北打游击去。当时，胡风是大家公认的鲁迅先生的大弟子以及鲁迅精神的传人，在文学青年中享有崇高的地位和影响。在与胡风见面之前，阿垅已于《七月》上发表了《闸北打了起来》《从攻击到防御》两篇报告文学。阿垅的创作得到了胡风的赞许和肯定，胡风认为："这两篇，是抗战初期的忠实的记录之一。"② 战争的真相在阿垅的笔下得到了原生态的呈现。初次见面，胡风对这个经过刻苦锻炼，"身材不高、言语不多但显得很坚定坦诚"的好军官留下了深刻、良好的印象。胡风把他介绍给在武汉八路军办事处工作的周恩来秘书吴奚如，由吴奚如介绍他到延安进了抗大学习。1939年，阿垅在抗大的一次野战演习中，因眼球被野草划伤，经组织同意，转到西安医治。后因局势恶化，交通受阻，无法再回延安，于是利用中央军校几个老同学的关系，进入国民党战时工作干部训练团第四团。1941年初，阿垅赴重庆就职，在国民党军委政治部工作。同年5月，他进入国民党陆军大学学习，毕业后任战术教官。在重庆国民党军事机关工作期间，阿垅虽是国民党军官，实际上他一直为共产党搜集情报。

---

① 胡风：《胡风自传》，江苏人民出版社，1996年版，第94页。

② 胡风：《胡风自传》，江苏人民出版社，1996年版，第94页。

1944 年，阿垅在成都与张瑞结婚，次年儿子出生。1946 年 3 月，张瑞在娘家自尽。张瑞之死对阿垅来说，无异于五雷轰顶，肝肠欲断，中年丧妻的阿垅无端地品尝到了人间悲剧的苦酒。阿垅、张瑞夫妻两人感情甚笃，阿垅对张瑞的爱又是那么纯真、无私和执着。1955 年 5 月，阿垅因极左政治的构陷而被关进了监狱。他入狱时，"只带着妻子张瑞在订婚时送给他的一对戒指，上面用英文镌刻着：勿忘我。他至死也没有忘记这份爱情和挚爱"①。"阿垅说过：'就我底理解，爱情，是，把最好的自己献出。'"② 罗洛说阿垅"真诚得痛苦，严肃得固执，热情得偏激"③。"大概，由于个性的缘故，'爱情，对于阿垅来说，是苦味的蜜，流血的幸福，断弦的琴'。"④

张瑞为什么选择自尽？阿垅的解释是：他的妻子张瑞为了"被侮辱与损害"自杀而完成人生。⑤ 尽管阿垅语焉不详，但我们知道当年他的妻子张瑞是因为思想受到了刺激得不到解脱而自杀的，是带着负罪感而死的。实际上，张瑞的死与封建吃人的礼教和腐朽愚昧落后的半殖民地半封建社会文化有关。阿垅痛恨这个毁灭他爱情和婚姻的荒唐透顶的社会与五千年的封建文化。妻子张瑞死后，在不长的一段时间里，他又有两位亲人即岳母和母亲先后离世。⑥ 可见当时阿垅的心境是多么沉郁与悲愤。

为了照顾幼子，阿垅只好留在成都。在成都军校工作期间，他和一些进步的大学生来往密切，还共同编辑了《荒鸡小集》《呼吸》等进步刊物。就这样，他被国民党特务盯上了，国民党中央军校教育长关麟征下令通缉他，他得到消息后星夜逃出了成都。1947 年 5 月，"阿垅已搭

---

① 刘扬烈：《诗神·炼狱·白色花——七月诗派论稿》，北京师范学院出版社，1991 年版，第 91—92 页。

② 罗洛：《罗洛文集》（诗论卷），上海社会科学出版社，1999 年版，第 35 页。

③ 罗洛：《罗洛文集》（诗论卷），上海社会科学出版社，1999 年版，第 26 页。

④ 罗洛：《罗洛文集》（诗论卷），上海社会科学出版社，1999 年版，第 35 页。

⑤ 阿垅：《无弦琴》，中国文联出版社，1998 年版，第 2 页。

⑥ 阿垅：《无弦琴》，中国文联出版社，1998 年版，第 2 页。

上'民宪号'轮船在江水苍茫中东去了"①。

阿垅写下了《莺啼序》一词，嬉笑怒骂，慷慨激昂，表达了诗人的愤懑和埋葬蒋家王朝的决心。再如1947年5月创作的《去国》诗，记录了他逃亡时的悲愤情绪，并向国民党反动统治发出决裂的檄文。他匿名先后辗转于南京、上海和杭州等地。就在如此困难时期，他仍然冒着生命危险，千方百计地为我党提供军事情报，并创造条件进行策反活动，直至解放。

综上，可以看出时代之悲与家国不幸始终伴随着命运多舛的阿垅，他生活在风雨如晦、苦难深重的中国大地上，他对祖国和人民饱含深情，他希望改变国民党统治下的中国现状，给人民带来幸福和希望，但他却绝望了。因为他从国民党反动黑暗独裁的专制统治那里看不到希望和未来，他看到的是政治上的倒行逆施、军事上的昏庸腐败、人事上的败坏和愚昧落后的半殖民地半封建文化以及戕害人的封建礼教的泛滥盛行。在延安的一段学习与生活，点燃了埋藏在阿垅心中的火种，阿垅曾对路翎说："延安是一面旗帜，那里充满了光明和希望。"② 他倾向革命，倾向于革命的进步事业，他对中国的未来充满了牺牲和奉献的情怀，这就决定了他在同各种敌对力量做斗争时，从不为外部任何险恶环境所压倒的思想与精神基础。这也是阿垅诗歌崇高美丰赡意蕴生成的根由所在。

第二节　阿垅诗歌崇高美的价值形态

阿垅诗歌崇高美的价值形态，就是诗人主体在同自然的敌对力量、帝国主义的侵略、黑暗腐朽的社会力量以及根植于人的内心深处的封建、愚昧和落后的思想力量进行斗争的过程中所建立的价值观念。这种价值观念在阿垅的诗歌世界中呈现出来，我们将其称作崇高美的价值形态。阿垅诗歌崇高美的价值形态主要包括以下三个维度。

---

① 阿垅：《阿垅诗文集》，人民文学出版社，2007年版，第34页。

② 张业松编：《忆阿垅》，《路翎批评文集》，珠海出版社，1998年版，第313页。

一、从社会维度上看，主要表现在反抗日本帝国主义的侵略、揭露和抨击国民党反动统治，以及对吃人的封建文化和礼教的憎恨上

（一）对"苟利国家生死以，岂因福祸避趋之"的赤子情怀的赞颂。《在生的日子》描述了诗人自己在上海"八一三"闸北战斗中牙齿被日寇打碎时的情景："我是一个浑身上下红尽了的人／当有血的时候是没有眼泪的。"① 这是诗人的铮铮誓言。面对武装到牙齿的日本侵略者，诗人没有屈服，表达的只有仇恨，以及坚决与日寇抗争到底的决心和勇气。在这场伟大的全民抗战中，中国人民同仇敌忾。以弱抗强的民族性格和精神面貌在阿垅的笔下得到了淋漓尽致的展现："'你还太小啊，你当兵还早！'／'不，我要当兵，我能打日本的。'"（《小兵——为宝安十二团五连二等兵赵云南作》）② 这是诗人与十六岁的"头还没有枪口高"的孩子兵赵云南的对话，传递出这种不可战胜的人民力量。《到战争里去啊！》组诗三首，也同样凸显了这方面主题。诗人刻画了"马夫""老兵"和"难民"三个有代表性的底层人民形象，尽管他们遭受了战争的磨砺、煎熬和生与死的严峻考验，但他们没有退缩、灰心和消沉，"从战争里来的，到战争里去啊！"③ 就是他们不畏强暴、不怕牺牲的真实写照。《读信》是诗人写给烈士黄德美的诗，黄德美自抗战以来，一直在紫金山一带坚持战斗，打击敌人，直到流尽最后一滴血。诗人以饱含深情的笔墨表达了对捐躯者的哀思和怀念。

（二）对黑暗腐朽的社会现实的揭露和对国民党倒行逆施的抨击。诗人以笔为剑、以笔为火，义无反顾地向敌人开战："对于敌人，他使用的是剑；对于黑暗王国，他放的是火。""我愤怒，我愤怒得好苦／我愤怒得要在我这屠宰场和垃圾桶的世界上毁灭地放火／虽然一场毒火可以烧尽一个原始森林／和这原始森林里居住的三头的毒蛇和九面的怪鸟／但是我也认识，我自己底渺小／而我不过是一粒火星。"（《琴的祭献》）④ 诗人忧愤难耐，怒不可遏，面对1944年国民党统治的腐朽、黑暗、肮脏的社会现实，诗人只希望一把大火将其烧毁，才能化解心头

---

① 阿垅：《无弦琴》，中国文联出版社，1998年版，第53页。
② 阿垅：《无弦琴》，中国文联出版社，1998年版，第2—3页。
③ 阿垅：《无弦琴》，中国文联出版社，1998年版，第7页。
④ 绿原、牛汉编：《白色花》，人民文学出版社，2000年版，第19—20页。

之恨。然而，诗人也清楚地明白，自己不过是一粒渺小的火星，尽管弱小，也要去点燃，表现出诗人与黑暗社会的决裂与斗争到底的心志。又如，抗日战争结束后，国民党反动派为了实行独裁和法西斯统治，倒行逆施，不惜挑起内战，骨肉相残，制造了多少家破人亡的人间惨剧："愚昧和骚乱，智慧的繁星在哪里/正义的洞瞩在哪里/啊，傀儡人和机械化部队潮水一样涌来……//可悲的不是奴隶底重荷，不是/可悲的无耻的奴才甘有的贱骨/而且那么乐于被主人怂恿去打击他底骨肉，叛变的兄弟……"（《写于悲愤的城》）① 在一腔愤懑的痛斥中，诗人用思辨警醒的诗句表达了反内战的鲜明立场。再如《在流血》一诗中陈列国统区种种乱象，触目惊心，令人毛骨悚然。这是国民党反动统治最后的疯狂，预示其即将走向灭亡的命运。

三是对戕害人、吃人的封建社会文化及礼教的愤恨。张瑞去世后，阿垅写下了许多首悼亡诗，悼念与反思他们之间的爱情。阿垅说："在人生斗争中，爱情，好像是纯然个人的事，但在现实人生的斗争中，连爱情本身也不得不是一个斗争，而且被历史的——社会的条件所约束。"② 罗洛提到阿垅的爱情诗时说：阿垅的爱情诗，既深情而又无情。深情的是用血泪凝成的，真挚而又沉痛；无情的是敢于对自己和爱者的灵魂进行解剖，对那个剥夺爱情的社会和压迫爱者的历史，那个半殖民地社会和五千年封建的历史进行解剖。③ 从而揭示了他的爱情诗为什么"总令人感到一种时代的压迫，和斗争的血泪"④。妻子张瑞自杀不久，对痛定思痛的阿垅来说，除却回忆当初美好的爱情之外，更多的是进行灵魂上的拷问。对妻子张瑞的死，阿垅满怀愧意。牛汉认为，阿垅的爱情诗是其"心灵自剖与疚心的忆念。他的爱情诗所以发表得极少，除去有时代严峻的因素外，我认为还反映了诗人内心隐秘的悔恨，这种感情

---

① 绿原、牛汉编：《白色花》，人民文学出版社，2000年版，第22页。

② 罗洛：《罗洛文集》（诗论卷），上海社会科学出版社，1999年版，第35页。

③ 罗洛：《罗洛文集》（诗论卷），上海社会科学出版社，1999年版，第35页。

④ 阿垅：《无弦琴》，中国文联出版社，1998年版，第2页。

他宁愿深深地藏在心灵里"①。诚然，在妻子张瑞需要精神鼓舞与扶持的时候，远在重庆的阿垅未能及时赶回成都去抚慰妻子，帮她解开心中的死结，驱走笼罩在她心头抑郁的阴霾，这是他灵魂中永远的悔恨和内疚，这种痛苦的煎熬使他常常不能自持："你所痛苦的，难道不也是/我所痛苦的么/手所痛苦的脚不感觉么/肉所痛苦的心不跳动么?"（《无题》）②诗人情愿为自己的所爱奉献一切，甚至包括牺牲："索性让我以我底体力作为另一只/你底，也是你自己底/血肉的脚!"（《愿歌》）③尽管诗人为爱人付出了全部的努力，但仍然没能阻挡住张瑞死神的脚步。张瑞这个做了母亲不久的年轻妻子选择了自杀，其自杀的原因却使人疑窦丛生。一般女性自杀不外乎以下几种情形：生理上有无法回避的疾病困扰、不堪忍受的经济压力或家庭暴力、与当时所处的社会环境和传统文化的影响与压迫（包括精神、情感上的抑郁、苦闷而无法得到排解）有关等。由是观之，张瑞的自杀一定与最后这种情形有关。因为阿垅受过"五四"新文化、新思想的洗礼，他热爱并尊重妻子，不可能有什么家庭暴力；阿垅作为职业军人，有稳定的工作，家庭也不会有什么经济压力；张瑞也没得过什么不治之症。所以说，张瑞的死一定与黑暗愚昧的社会有关，尤其是与这吃人不见血的封建文化、礼教有关。妻子是无辜的、纯洁的，更是无罪的，而有罪的是这个肮脏的社会和文化，而这丑恶吃人的封建文化的力量又如此强大，于是在《无题（又一章）》中，阿垅义愤填膺地向世界发出这样的吼声："要开作一枝白色花/因为我要这样宣告，我们无罪，然后我们凋谢。"④"我们无罪"表达了诗人与旧势力不妥协，坚决斗争到底的精神。

阿垅爱妻子愈深，那么他就对这个吃人的封建文化和礼教就恨之愈切，如《求诉》《对岸》等诗也都蕴含了这种思辨意蕴。

二、从恶劣的自然的环境维度上看，主要表现出诗人对中华民族身上所蕴含的那种顽韧的斗志和不屈不挠的崇高精神的赞美

崇高的对象除却社会和人内心的各种敌对力量之外，还包含恶劣的

---

① 牛汉：《梦游人说诗》，华文出版社，2001年版，第176—177页。
② 阿垅：《阿垅诗文集》，人民文学出版社，2007年版，第81页。
③ 阿垅：《阿垅诗文集》，人民文学出版社，2007年版，第75页。
④ 阿垅：《阿垅诗文集》，人民文学出版社，2007年版，第84页。

自然环境。从与狂暴的自然环境的搏击中，诗人主体也能从中感受到自己的伟大，体验到自己的崇高，《纤夫》一诗就表达了这种价值取向。诗歌开篇就营构了极其险峻恶劣的自然环境，纤夫们在这种风雨飘摇的环境中逆势而行，与江水和狂风搏斗，构成了一幅中国版的"伏尔加河上的纤夫"的壮阔图景，令人怦然心动："逆吹的风""逆流的江水""笨重而衰败的大木船""又大大地跨出了一寸的脚步"，说明了纤夫们负重前行的环境之恶劣、阻力之巨大、行动之艰难。开篇只是一个序幕而已，而纤夫们真正接受的考验是如何与阻碍他们前进的反动力量进行殊死搏斗，就显得尤为惊心动魄：他们"倔偻着腰/匍匐着屁股/坚持而又强劲/四十五度倾斜的/铜赤的身体和鹅卵石滩所成的角度/动力和阻力之间的角度"[1]，他们的"脚步是艰辛的啊"，既有尖锐的石子、松软的沙滩和不规则滑动的鹅卵石挡路，又有漫长的路途要跋涉，更有急流险滩的考验：面对被风浪逼迫即将搁浅的大木船，纤夫们跳进半腰深的江水中"去小山一样扛抬着""去鲸鱼一样拖拉着"，尽管"用了那最大的力和那最后的力"，也"决不绝望而用背退着向前硬走"。纤夫们正是这样以一种不可阻挡的气势背负着大木船逆风水缓慢而沉着地前行，他们用最大的力和最后的力，历经艰难险阻，像乌龟、蜗牛那样坚定而强劲地前进着，"一寸的前进是一寸的胜利啊"。从纤夫的身上可以感受到中华民族勇于在逆流、危难中挣扎、崛起和奋进的磅礴力量以及威武不屈的精神气概，"纤夫就是历史的动力与阻力相互搏斗的艺术化身"[2]。

阿垅描绘狂暴的大自然的危殆反衬出纤夫们的勇毅和顽韧的精神品格，以及对旺盛的原始生命力的推崇，从而呈现出崇高美的价值形态。《孤岛》一诗也反映了这方面主旨：虽然"海面上的波涛"和"迷惘的海雾"阻断了"我们"，但阻断不了诗人向往"大陆"的决心和信心，表达了诗人虽处于国统区这一黑暗的"孤岛"之中，但与解放区的光明"大陆"却血肉交融地联系在一起，表达了诗人敢于战胜"嚣然的

① 阿垅：《无弦琴》，中国文联出版社，1998年版，第10—11页。
② 周燕芬：《执守·反拨·超越——七月派史论》，中华书局，2003年版，第20页。

波涛"和"黯淡的海雾"的决心，体现出了一种顽韧不屈的斗争意志。

三、从人格、气节等维度上看，主要表现为诗人不畏惧外部环境的压迫，坚守人格精神的圣洁与高贵

"我走过了漫长的道路/仿佛从阿非利加的沙漠/现在我，到达了我自己底梦想和绿洲/但是我只饮洁净的露珠。"（《饮》）① 这是一首表明诗人心志的诗，诗人有自己的"梦想与绿洲"，他"只饮洁净的露珠"。阿垅的一生经历了各种曲折与艰难，浸透了血和泪，但是他的人格是无愧的，他不畏压迫、坚守神圣和高贵不屈的品德仍然值得人们钦敬。

（一）不畏压迫。阿垅"是诗人之中心灵最本质的"，"因为他的诗突破了破碎而麻痹的、颠倒而卑污的表面的现实行迹。因此，生活在历史的核心外面，没有感受到内在人类精神和灵魂的人，不但不能感到亲切，而且要诅咒，甚至要给予诗人以恶毒的痛苦"。② 但是，诗人却不畏施压，敢于反抗，甚至以生命一搏来捍卫自己的权利。"与其卑贱地活/不如高贵地死/人，有人的生活/不是昆虫的，不是寄生植物的，不是不戴链子的奴隶们的……//与其黯澹地活/不如光辉地死/人，有人的权利/力，命运，天空，土地，在我们全是必须自由的……//从无畏的死/得不朽的生/流十字架的血/击碎巴士底狱的铁门!"（《街头》）③ 阿垅认为："诗人是历史的人。……他要的是，简单得很——自由或者死。"④ 不自由，毋宁死，决不苟且地活，这是诗人的人格的誓言。1955 年 5 月，阿垅被定性为"胡风分子"而被投进监狱，但他决不委曲求全，始终在抗争，仍然保持着做真人、讲真话的高贵人格："我可以被压碎，但决不可能被压服。"⑤

（二）坚守神圣。阿垅是个持枪的诗人、流血的诗人、求真的诗人，同时还是一个单纯而热情的理想主义者和浪漫主义者。浪漫主义本

---

① 阿垅：《阿垅诗文集》，人民文学出版社，2007 年版，第 79 页。
② 牛汉：《梦游人说诗》，中国文联出版社，1998 年版，第 155 页。
③ 阿垅：《无弦琴》，中国文联出版社，1998 年版，第 24 页。
④ 阿垅：《箭头指向》，《希望》，1945 年第 1 集第 1 期。
⑤ 阿垅：《可以被压碎 决不被压服》，晓风主编：《我与胡风》，宁夏人民出版社，2003 年版，第 37 页。

身就含有神圣之意。为了坚守心中那神圣的"梦想和绿洲","在他的精神世界里，'是'和'否'，'全'和'无'之间是绝然相对的，没有缓冲和过渡。他信念执着，百死无悔，不向别人让步，也不宽饶自己。"①

即使在痛苦中煎熬挣扎，也绝不改变其心志。罗洛评价阿垅说："他真诚得痛苦、严肃得固执、热情得偏激。……为了真理，他从不让步，甚至对自己，对爱者，也不让步。"②

叔本华指出："意志愈是激烈，则意志自相矛盾的现象愈是明显触目，而痛苦也愈大。"③

阿垅的性格赤诚而激烈，自我意识很强，执守自己的独立个性，他对美好人格和理想世界有着崇高的追求与向往，这是许多诗人无法比拟的，更是无法达到的境界。这也给他带来了无法调和的痛苦，甚至还为之付出了生命的代价。

（三）高贵不屈。阿垅崇尚刚直不阿的气节和高贵不屈的人格，如对屈原、文天祥等中国古代知识分子的向往和崇敬，表现了诗人的圣洁和高贵。正如路翎所言："在 S. M 底诗里显露的诗人的精神，或者说人格的特色，是对于人生高度的诚实和善良，以及一种道德上面的高贵、仁爱和勇敢。"④

阿垅对内奸和变节者是不齿的，更是深恶痛绝的。阿垅唾弃他们的人格和气节，鞭挞他们卑污的灵魂，并把他们钉在了历史的耻辱柱上。"革命是无可出卖的/胜利是无可出卖的/世界是无可出卖的/历史是无可出卖的/人之子一个人/是无可出卖的/出卖了的是/一个卑贱而又卑贱的灵魂/那个犹大他自己。"（《犹大》）⑤ 表现了诗人正气凛然的人格和气节操守。

综上所述，主要从社会维度、自然环境维度和人格气节维度等深入

① 周燕芬：《阿垅的文学成就及其文学史意义》，《海南师范大学学报》（社会科学版），2009 年第 3 期。

② 罗洛：《罗洛文集》（诗论卷），上海社会科学出版社，1999 年版，第 26 页。

③ 叔本华著，石冲白译：《作为意志和表象的世界》，商务印书馆，1982 年版，第 539 页。

④ 张业松编：《路翎批评文集》，珠海出版社，1998 年版，第 52 页。

⑤ 绿原、牛汉编：《白色花》，人民文学出版社，2000 年版，第 10 页。

探讨了阿垅诗歌的情思世界与崇高美的价值形态。阿垅诗歌崇高美的价值形态体现了中国知识分子"为天地立心，为生民立命"的感时忧国的情怀和百折不挠、自强不息的精神，以及威武不屈、宁为玉碎不为瓦全的人格境界，真正实现了"战士和诗人原来是一个神的两个化身"的理想追求。

第三节　阿垅诗歌崇高美的艺术呈现

阿垅认为，情感是诗的生命，诗歌所要追求的就是"那种钢铁的情绪，那种暴风雨的情绪，那种彩虹和青春的情绪，或者可以说：典型情绪"①。由于推崇主体情感的强烈投入，阿垅的诗歌呈现出桀骜不驯、个性张扬的审美特征。如果从文化审美与归属上来看，阿垅的诗歌文化应该属于"原欲型文化"。"原欲型文化"是与"理性型文化"相对的概念，这种文化"具有张扬个性、放纵原欲、肯定人的世俗生活和个体生命价值的特征，具有根深蒂固的世俗人本意识"。这种"世俗人本意识是原欲型的，虽然其中也不乏理性精神，但这种精神主要体现为对人的肯定上，而不是与原欲相对意义上的理性意识和道德规范"②。

一般来说，情感扩张、个性凸显的原欲型文化更多地与浪漫主义、理想主义和英雄主义密切相关或为题中之义。阿垅期望诗歌能发出充满生命力的战斗意志的歌声，诗歌能传达出"一团大风暴的大意志力"，其情感的力量最终要归结到"能引致直接行动"上。同时他"也一样用身体的感官与生活的'肉感'思想一切"。③

阿垅的创作正是以这样赤诚灼热的情感体验、个性张扬的浪漫品格和沉郁厚重的思辨色彩等构筑了崇高的艺术世界。

一、情感的崇高美

第一，阿垅诗歌的崇高情感来自于诗人崇高的"大我"情怀。阿

---

① 阿垅：《人·诗·现实》，生活·读书·新知三联书店，1986 年版，第50—51 页。

② 蒋承勇：《世界文学史纲》，复旦大学出版社，2000 年版，第 3 页。

③ 唐湜：《新意度集》，生活·读书·新知三联书店，1990 年版，第 23—24 页。

垃的"大我"情怀，主要表现在他的国家民族和人民的宏大叙事立场上。深受"五四"新文化熏陶的现代知识分子，他们身上既有古代屈原、杜甫、文天祥等忧国忧民、关心社会、体恤民情的精神品格，同时也具有追求民主、自由、平等的责任担当，"铁肩担道义，妙手著文章"是他们崇高情怀的映射。诗人阿垅作为祖国和人民的时代歌者，始终与祖国和人民休戚与共。他不赞成在民族危亡的关头，吟哦缠绵悱恻的一己悲欢，也不屑于抒发那种风花雪月的茫然、孤独和抑郁的情调，他书写的是时代、历史和人民的洪钟大吕，回荡的是从心底升腾起来的庄严而雄浑的声音。从他那崇高而悲郁的诗歌里，我们能感受到他那滚烫的家国情怀和炽热的灵魂鸣唱。第二，阿垅诗歌的崇高情感来自于诗人的献身情怀。为了正义的革命事业，阿垅敢于牺牲自己的一切，甚至包括生命。"沐着血，我和世界再见／我是一个浑身上下红尽了的人／当有血的时候是没有眼泪的／一个兵是没有一滴眼泪的／一滴朝露那样小小的也没有啊／流血的人不是流泪的人。"（《再生的日子》）① 这是诗人描绘自己迎着抗战的滚滚硝烟，亲赴战场，英勇杀敌，用鲜血和生命去"殉道"信仰之情景，慷慨悲歌，壮怀激烈，表达了诗人勇于献身祖国的情怀。第三，阿垅诗歌的崇高情感还来自于诗人的乐观主义的浪漫情怀。阿垅的身上洋溢着浪漫主义色彩，他对共产党领导的中国革命充满着必胜的信心。"一月的夜的延安／前线带回来的一身困倦／从这深深的夜逾越过去／又是新红太阳的战斗的明天。"（《哨》）② 1939 年，阿垅终于来到了他渴望已久的革命圣地延安，他在这里学习、工作和生活了一段时间，对这里充满了深厚的感情，在诗歌里表达了对这里的人们的赞美之情，并对未来革命的胜利充满了乐观与自信，诗句简洁明快，清新自然。即使诗人身陷"孤岛"也没有磨灭心中的激情，尤其在最痛苦最悲愤之际，其浪漫乐观心态仍一如既往。如在妻子张瑞去世后，诗人经历了人生中的一段至暗时刻，他的悼亡长诗缠绵悱恻、如怨如诉，"仿佛切开通向心脏的大动脉，流啊流啊流啊，直到全生命的血流尽了，

---

① 阿垅:《无弦琴》，中国文联出版社，1998 年版，第 53 页。
② 阿垅:《无弦琴》，中国文联出版社，1998 年版，第 4 页。

这首诗才戛然地结束"①。但在痛定思痛之后，他没有消沉，而是勇于乐观地面对生活，如他对孩子的安慰和祝福就充分地表明了这一点："不要恐惧/你是在我底可靠而平静的怀中/我没有恐惧/我是经过风暴和沙漠来的/因为我没有恐惧/因为你要经过风暴和沙漠而去。"（《不要恐惧》）②"不要为我们哭泣，不要悲啼，雨过了，天要晴，虹已显现，太阳正在早晨，我的孩子！你底母亲，还有，我，你底父亲，除掉祝福，没有遗嘱。"（《笑着吧，好的》）③表达了一个父亲对孩子未来美好生活的殷殷期盼之情。

二、意象的崇高美

意象是诗人思想与情感的载体，也是诗人心灵秘史的观照物。胡风认为："诗人的力量最后要归结到他和他所要歌唱的对象的完全融合。在他的诗里面，只有感觉、意象、场景的色彩和情绪的跳动……"④ 胡风还特别强调，诗"应该是具体的生活事象在诗人的感动里面所搅起的波纹，所凝成的晶体"⑤。胡风非常注重意象在诗中的作用，并将其作为不可或缺的诗美要素提出来，确属诗家之言。古今中外的诗歌历史表明，大凡成就斐然的诗人一般都有相对稳定的意象符号⑥，如李白之月，艾略特之荒原，艾青之太阳、土地等，这些意象符号都已融化为艺术生命的象征物，闪烁着精神的光芒，概莫能外。阿垅也非常重视意象的建构，在意象的选择与生成上，他是独具匠心的。为了使意象与崇高的价值理念相契合，他营构的意象一般都具有深厚广博的审美特征。如"纤夫"和"大木船"意象，既是实指，又是虚指，其中隐藏着极其丰富的象征意蕴，"大木船"象征积贫积弱而又伤痕累累的中国形象，"纤夫"代表着中华民族不甘屈服、不甘沉沦的精神象征。"纤夫"背负"大木船"迎风逆水艰难行进，凸显了"人的意志力"与"创造的

---

① 牛汉：《读阿垅，悼亡诗》，《学诗手记》，生活·读书·新知三联书店，1986年版，第151页。

② 绿原、牛汉编：《白色花》，人民文学出版社，2000年版，第26页。

③ 阿垅：《阿垅诗文集》，人民文学出版社，2007年版，第100页。

④ 胡风：《胡风全集》第2卷，湖北人民出版社，1999年版，第444页。

⑤ 胡风：《胡风全集》第2卷，湖北人民出版社，1999年版，第444页。

⑥ 罗振亚：《新诗解读方法说略》，《求是学刊》，2007年第1期。

劳动力"的艰苦卓绝，可以说"纤夫"的意象既是历史的动力和阻力相互搏斗的艺术化身，又是中华民族精神境界的升华。

崇高的价值理念一般都蕴含着悲剧精神。阿垅为形象地表现这种悲剧精神的崇高之美，偏爱选取那些苍凉、厚重、沉郁、悲愤等冷色调的悲剧性意象，这些意象选择能更好地凸显诗人的主体人格精神和浓烈情感的表达，传递出一种壮怀激烈而又深沉悠远的审美力量。如"无弦琴""白色花""悲愤的城""孤岛"以及孤独的"星"，等等。这些意象是诗人苦难人生的浓缩，更是诗人悲剧人格的审美选择。牛汉认为："阿垅诗的意象都是他自己的独创，表面上显得有些粗疏，但它是从他那积淀着沃土的心灵中萌发出来的。"① 《圣经》意象融入现代诗歌是阿垅的独特的艺术贡献。"《圣经》作为西方文明的两大渊源之一，人们所公推的美学特征是崇高。"② 阿垅诗歌的宗教意象的生成与渗透使他的诗歌颇具崇高美感。阿垅站在中西方文化的交汇点上，勇于借鉴西方文化和精神资源，启用《圣经》中的意象和象征符号，并使之高频次地重复、强化，由此而形成了"主题语象"。如"十字架""光"和"人之子"等主题语象就凝聚着阿垅的苦痛人生的经验和舍生取义的价值追求。"基督受嗤笑，戴荆棘冠，背十字架到刑场，忍受殉道者的苦刑和拖得很久的死"③ 而"显现出精神超越的崇高"。"十字架是这样流血的/荆棘的皇冠/是这样流血的/人之子/于是复活了啊/复活了啊!"（《再生的日子》）④ "十字架"的意象含有舍己、牺牲和救赎之意。诗人希望自己能像基督那样具有救赎精神而不惜舍生取义，殉道而死。视死如归，"虽死犹生"是诗人追求的精神归宿。阿垅诗歌中的宗教文化意象的介入，使其诗具有了神性的光彩和形而上的沉思，在他的诗歌意蕴结构中，感性与理性、肉体与灵魂等多重因素既相互排斥又相互融

---

① 牛汉：《无愧而圣洁的爱情——解说阿垅的诗〈誓〉》，《梦游人说诗》，华文出版社，2001年版，第177页。

② 陆扬：《论〈圣经〉的崇高美学特征》，《东方丛刊》，2004年第1期。

③ 陆扬：《论〈圣经〉的崇高美学特征》，《东方丛刊》，2004年第1期。

④ 阿垅：《无弦琴》，中国文联出版社，1998年版，第52页。

合，"这使得阿垅的诗歌在激烈之外，又有了一种宗教般的宁静和超达"①。

三、形象的崇高美

阿垅认为，如果说诗也应该有典型的人物的话，"那么这个典型人物就是诗人他自己"②。同时还要"充满着特定的诗人底由于战斗要求而来的对于人生形象的拥抱的春情和强力"，并"要求他底真实、庄严和强壮"。③ 由是观之，阿垅诗中塑造的抒情形象是诗人自己。换言之，诗人的形象是从诗的整体结构中呈现出来的，从中可以感受到阿垅遒劲和阳刚的形象。"力之美"是阿垅诗人形象建构的核心。"力"蕴含两方面意蕴，即"阳刚"和"遒劲"的力量。"阳刚"是指力量的热度与强度；"遒劲"是指力量的厚重与持久。"美"为沉雄之美。"力"与"美"的融合，使诗人的形象呈现出慷慨激昂、刚健厚重的力度美。如："偻伛着腰/匍匐着屁股/坚持而又强劲/四十五度倾斜的/铜赤的身体和鹅卵石滩所成的角度/动力和阻力之间的角度/互相平行地向前的/天空和地面/和天空和地面之间的人底昂奋的脊椎骨/昂奋的方向/向历史走的深远的方向/动力一定要胜利/而阻力一定要消灭/这动力是/创造的劳动力/和那一团风暴的大意志力。"（《纤夫》）对于阿垅而言，"力"是战斗，是向前突击的精神力量。"力"的强弱决定了文学力量的强弱。同时他还特别强调，战斗的诗歌需要更大更强的力。那么，诗人阳刚之美来自于哪里？胡风认为诗人真实而康健的歌唱是"从丹田叫出来的真的叫喊"④，因为"丹田"之"真的叫喊"，不仅需要"力"的支撑和一种"进击"的态势，更需要"全身筋肉底总动员"⑤。也就是说，阳刚之美的产生是由内而外的，它是鲜活的而又具沉甸甸的心与

---

① 周燕芬：《阿垅的文学成就及其文学史意义》，《海南师范大学学报》（社会科学版），2009年第3期。

② 阿垅：《人·诗·现实》，生活·读书·新知三联书店，1986年版，第50页。

③ 阿垅：《人·诗·现实》，生活·读书·新知三联书店，1986年版，第57页。

④ 吴宝林：《作为"雄辩员""总编辑"与"委员长"的胡风——以新见〈东南大学附中周刊〉为中心》，《文学评论》，2019年第3期。

⑤ 胡风：《思想者》，《希望》，1946年第2集第1期。

力融合的"肉感"，有强制灌输的作用。阿垅要用自己的身心化成"力的排列"，使战斗的诗行"血肉浮雕地凸出"。① 正如胡风评价路翎的小说那样："是追求油画式的，复杂的色彩和复杂的线条融合在一起的，能够表现出每一条筋肉的表情，每一个动作的潜力的深度和立体。"② 阿垅的诗歌与路翎的小说有异曲同工之妙，亦即胡风所青睐的"农民的原始强力""突击""突入"客体对象所必需的"战斗"行为那般而呈现出来的强悍之美。唐湜在《诗的新生代》一文中言道，绿原、阿垅等"七月派"诗人有堂吉诃德的勇敢和自信，"他们气质很狂放"，"一把抓起自己掷进这个世界，突击到生活深处去"。③ 是的，从阿垅的诗里确实能感受到诗人那灼热而激烈的阳刚形象。或许悲剧的力量更能撼动心灵，颇具悲剧色彩的诗人"阿垅是一个既有火药味，渴望同敌人肉搏献身的勇武军人；又有着文人气质，柔和时又很忧郁"④。这种复杂的矛盾体，使阿垅的诗歌呈现出一种遒劲悲壮的力量。正如牛汉所言："由于压抑太久的痛苦，他的诗才成为更有喷发力的泉水。"⑤ 这张力是在痛苦与压抑中蓄势，具有百炼成钢绕指柔的韧劲，一旦释放出来，犹如决堤之水，绵绵不绝，势不可当。如《琴的献祭》："现在我是到了你这里/我才有了这一份真正的欢悦/因此干枯得只剩沙粒两眼会放光/铁液一样无情的泪滴会在微笑里流出来/而微笑，注视你的时候微笑得如此美/我要为你抚奏/即使仅仅为你，为一个人/即使这琴不剩一弦。"⑥ 再如，《对岸》一诗充满了悲壮与崇高的力量："对岸是无人的/然而我看到了你底隐约的影子，你底永远使我凝视的背影/……我伸过手来，向你这样伸出了我底手/我要，要再拥抱你底肉体一次而不再让你消失/我伸出我底手，我在河水中照出我底为热望和祈求而战颤而向对岸伸出的双手/隔着河，又近又远呵。""又近又远啊，隔着河，可望

① 阿垅：《人·诗·现实》，生活·读书·新知三联书店，1986年版，第12页。

② 胡风：《胡风全集》第3卷，湖北人民出版社，1999年版，第102页。

③ 唐湜：《新意度集》，生活·读书·新知三联书店，1990年版，第23—24页。

④ 张业松编：《路翎批评文集》，珠海出版社，1998年版，第314页。

⑤ 牛汉：《梦游人说诗》，华文出版社，2001年版，第55页。

⑥ 绿原、牛汉编：《白色花》，人民文学出版社，2000年版，第20—21页。

而不可即/永远洁白的花枝，永远背影的背影"，然而"没有桥梁，没有渡船"，诗人无法越过河去，只能望着对岸妻子的背影流泪："我要捉到一只蝴蝶/在它底鳞翅上写好你底名字/或者写下我底感激/而放它飞到对岸/为我寄一封信给我所感激的/那个背影。"诗人泣血的呼唤和揪心的悔恨仍旧未能换回妻子的回头："于是，我自己将取出心来/在繁星的天空下面，在秋虫的荒原之中/而捧着，而跪着/我底爱人！你要回过头来，你不扶我一下吗？"① 梦中妻子的背影又近又远，一河之隔，仿佛遥不可及而又分明就在眼前，诗人伸出双手期望能抱住她而不让她再从他怀抱中消失，然而，即使在梦中也不能如诗人所愿。梦醒时分，诗人惆怅满怀，伤心欲绝，此情此景，令人痛彻心扉，肝肠寸断。诗人以独白的口吻、排比的句式、极具暗示力的象征、瑰丽的想象和自由而不受约束的散文化笔触形成特有的雄浑的节奏，回环复沓，层层递进，使他的诗歌充满了一种雄浑悲壮的审美张力。从他的诗中我们又能感受到一个沉郁而遒劲的诗人形象，犹如一尊力的雕塑真实而生动地耸立在人们面前。

阿垅诗歌崇高美的艺术呈现，还包括纵横捭阖庄严的结构的美、汪洋恣肆的长短句式参差交错的美及其独创的鲜活的语言美，等等。这些美的元素的构筑，使阿垅诗歌呈现出文体风格的崇高美。

---

① 阿垅：《阿垅诗文集》，人民文学出版社，2007年版，第95—96页。

第五辑　影响论

"七月派"诗学、"九叶派"诗学对新时期诗歌的影响

新时期文学得以确立并蓬勃发展，重要的思想基础就是对"人"的重新认识与解放，经过深入的理论探讨之后被广泛理解和接受，不再成为束缚人们思想和行为的樊篱，并且为此后文学的发展奠定坚实的思想基础，新时期文学也因此迎来将近十年的"黄金时代"。而新时期文学中最早进行思想探索，并取得丰硕成果的文学体裁当属诗歌，尤其是以朦胧诗为代表，这一"预示的是中国艺术悄悄开始的革命的最初信息"（谢冕语）的诗歌流派，不仅复归了中国新诗现实主义、浪漫主义的诗学传统，还将40年代所形成的新诗现代化道路无限延伸下去，"为后来者签署通行证"。从这个意义上说，以朦胧诗为代表的80年代诗歌不能简单地被视为现代主义诗学的"开路者"，它们其实更是一种继承之后的发扬，这种继承的源头十分确切地指向曾经创造无数辉煌、留下不可计数的思想与艺术遗产的40年代诗学。

第一节 个性主义诗学传统的衔接与再现

作为"后发外生型"的中国新诗尽管最初的探索是在旧诗内部渐次展开的，但我们不得不承认从草创期开始，中国新诗理论就一直深受西方诗学的影响，"启示""借鉴""追逐"等语汇，总是伴随着中国新诗与西方诗学关系的讨论。"当中国20世纪文学的革新运动首先从诗歌开始的时候，当一批新文学运动的倡导者站在自己时代的立场，运用自己掌握的西方诗学理论的资源对中国文学传统中最难攻克的堡垒发起攻

击时，中国文学理论的现代性建构也就拉开了历史的序幕。"① 新诗发生时的状态确实如谭桂林所言，西方诗学对中国新诗有着深刻的不可回避的借鉴、启迪意义以及催生作用，这也是很多学者坚持认为，对西方诗学资源的持续吸纳是中国新诗现代化的必由之路和无法逃避的"宿命"的原因所在。现在看来，这样的判断只看到西方诗学资源对中国新诗影响的一面，只是注意到获得有益的诗学经验对新诗发生的意义，却忽视甚至是拒绝了本土的、古典的诗学经验对新诗的继承与借鉴的价值。"中国作为一个拥有深厚的实践理性精神传统的现代化国家，是不会被西方文化全盘同化的，因而，在文化的选择与建构上，既要参照西方文化的模式和标准，又要选择把本民族的历史文化作为新的现代化追求的发展道路。"② 应该说，中国新诗哪怕在草创期也没有完全失却传统诗歌的滋养和哺育，即使是作为新文化主将之一的胡适提出"作诗如作文"的主张，也依然没有脱离中国传统诗学理念的影响，同样要承认"我那时的主张颇受了宋诗的影响"。因此，新诗的发生发展是中国传统诗学与西方现代诗学共同作用的结果，单纯或夸大地强调某一方面的作用，都是对中国新诗的误读，并不符合新诗发生发展的实际。

如果说中国传统诗学和西方现代诗学是新诗借鉴的"大传统"的话，那么新诗自身的成熟就逐渐成为一种"小传统"，亦即新诗内部渐渐生成一种自我繁衍、自我影响的"再生"机制。新诗在发生的过程中，将中西传统诗学资源充分吸收之后，再经过一番"为我所用"的转化，逐渐形成既不同于中国古典诗学，也不完全等同于西方现代诗学的真正属于新诗自己的"传统"。传统诗学和西方现代诗学渐渐成为一种"远景"，新诗内部的"小传统"成为"近景"，成为随手可掬的"源头活水"，而这种自我再生机制才是新诗发展的真正动力。新时期诗歌被认为是"重新衔接"了"五四"诗学传统之后，才取得如此辉煌的成就，其中最为重要的是新时期诗歌重新接续了"五四"时代的启蒙主义精神。而作为"五四"启蒙主义核心的"人道主义"被重新

---

① 谭桂林：《本土语境与西方资源——现代中西诗学关系研究》，人民文学出版社，2008 年版，第 2 页。

② 吴井泉：《现代诗学传统与文化重构》，黑龙江人民出版社，2016 年版，第 4 页。

认识，既是新时期文学走向成熟的起点，也是构建新时期文学圣殿的最牢固的精神基石。"强调人性使反思的主体具有真正的历史起点，它沟通了中国现代以来未竟的启蒙事业，以人的自觉、人的存在价值为主导理念，这是对威权政治最低限度的自主性诉求。如果说一个人的存在都得不到尊重，如果说人的存在的肉体基础都不可能得到保障，那么，其他任何更高的精神自主性更无从谈起。"① 纵观中国新诗发展历程我们会发现，最能体现"五四"启蒙精神的诗歌时代是在 40 年代，尤其是体现在"七月诗派"身上。"七月派"诗人阿垅曾明确表示，他们"不是扩音机，也不是回声，他底声音只是他自己底，只是人民底，只是人类底"，也就是"七月派"诗人在面对"集体主义"的问题时，既不是单纯地强调"个人""个性"，也不盲目地服从，既不对抗，但也不妥协，保持"个人"与"集体"的和谐共生。他们认为，"集体主义"不仅要尊重大众的利益，服从集体的意志，还应该保留个体的能动性。确切地说，在"七月派"诗人那里始终强调只有保证"个体意志"优先的前提下，才可能谈"集体主义"的问题。胡风也坚决反对将"人民"神圣化，在他看来，不存在纯粹理想状态的"人民"，这种将"人民"抽象化的行为是非常危险而有害的，容易将人民崇拜变成人民代言人崇拜，而真正的人民被遮蔽了，因此，一定要使人民真正成为自己命运的主宰。

历史总是惊人地相似，新时期诗歌重现了"七月派"诗人这种对"个性""自我"的强调，尽管产生"启蒙主义"需求的时代语境已经完全不同。顾城在 80 年代初，曾非常明确地传达出对"个性"的不懈追求："我们过去的文艺、诗，一直在宣传另一种非我的'我'，即自我取消、自我毁灭的'我'。如：'我'在什么什么面前，是一粒砂子、一个铺路石子、一个齿轮、一个螺丝钉。总之，不是一个人，不是一个会思考、怀疑、有七情六欲的人。如果硬说是，也就是个机器人，机器'我'。这种'我'，也许具有一种献身的宗教美，但由于取消了作为最

---

① 陈晓明：《表意的焦虑——历史祛魅与当代文学变革》，中央编译出版社，2003 年版，第 27 页。

具体存在的个体的人，他自己最后也不免失去了控制，走上了毁灭之路。"① 新时期这种对"个性""自我"的强调，导源于"文化大革命"结束后压力释放的强势反弹。而这种"把人放在高于一切的地位"的吁求与呼告，在舒婷笔下展现出来的就是一个充满决绝意志的新人形象："我决不申诉／我个人的遭遇／错过的青春／变形的灵魂／无数失眠之夜／留下来痛苦的回忆／我推翻了一道道定义／我打碎了一层层枷锁／心中只剩下／一片触目的废墟……／但是，我站起来了，站在广阔的地平线上／再没有人，没有任何手段／能把我重新推下去。"（《一代人的呼声》）② 新时期诗歌由于受时代观念的影响，它所吁求的"人本主义"立场并不是那种极端的"个人主义"，依然是将自己和国家、民族、社会等宏大观念紧密联系在一起，由个体到群体，由当下到历史，诗歌中充满着强烈的社会忧患意识。舒婷曾说过："我们经历了那段特定的历史时期，因而表现为更多的历史感、使命感、责任感，我们是沉重的，带有更多的社会批判意识、群体意识和人道主义色彩。"这里所追求的"人"依然是社会人，一个"大写的人"。

同样的人本主义追求，在不同的时代有不同的内容，侧重点也不一样。诸如关于个人与群体的关系，40 年代"七月派"诗人强调个体在先，人必须理解自己的"价值"，才能发挥自己的"力量"，从而服从群众的利益，坚定群众的立场。而朦胧诗人更多地将自己视为社会责任的担当者，即使自己已经"伤痕累累"，却依然要为国家、民族贡献自己的青春与生命。诚如诗人江河的《纪念碑》所表现的那样："中华民族的历史有多沉重／我就有多少重量／中华民族有多少伤口／我就流出多少血液。"③ 无论如何，"七月派"诗人与朦胧诗人在社会意识层面是一致的，即都把自己视为国家、社会的一分子，与祖国休戚与共的情怀是不变的，"体现这一流派最为可贵的品质，是'七月'同人对于社会、民族的哀乐与共的参与精神，'七月'的诗人一方面体认自己作为

---

① 顾城：《请听听我们的声音》，《诗探索》，1980 年第 1 期。
② 阎月君等编选：《朦胧诗选》，春风文艺出版社，1985 年版，第 62—63 页。
③ 阎月君等编选：《朦胧诗选》，春风文艺出版社，1985 年版，第 150—151页。

诗人的使命，一方面他们更乐于承认自己属于历史、属于社会、属于民众"①。

第二节　思辨的力量：新时期诗歌感性结构与知性结构的融合

正是因为都具有对个性、独立、主体意识等观念的不断追求的需要，使得40年代诗歌与新时期诗歌表现出一种共性特征——思辨性。中国新诗在40年代出现一次创作观念的突破，诗人们逐渐开始认识并实践着"诗是经验的传达"这一重要的诗学主张。中国新诗自创生那一刻起，其实一直在走"诗是情感"这一路线，高举着"主情主义"的大旗。无论是"文学研究会"主张的"血和泪的歌吟"、"创造社"追求的"浪漫主义"、"湖畔诗派"极力推崇的"情诗"，还是"新月派"提倡的"三美"主张，包括戴望舒的诗歌在内，依然是中国古典诗学"诗缘情"的现代延续，是一种"强烈情感的自然流露"。而到了40年代，无论是"现代主义"诗歌、"浪漫主义"诗歌，甚至是"现实主义"诗歌，在诗人们的诗学理论中，都或明或隐地表达出"诗是经验"这一主张。里尔克曾说过："诗并非如人们所想的只是情感而已，它是经验。"他认为，诗歌直接和诗人的生活经验有关，来源于诗人个体所经历、体验到的社会、自然、现实与生活。诗歌不能单纯、直接地"反映生活"，而是要经过诗人个人经验的"过滤"，将芜杂、无序的现实生活现象"升华"为一种个人的独特的"观察"和诗的"理性"，否则，单凭一时的情绪"喷薄"而创作的诗歌很少能经得起品读与鉴赏。臧克家曾结合自己的诗歌创作谈及"经验"的重要性："我的每一篇诗，都是经验的结晶，都是在不吐不快的情形下写出来的，都是叫苦痛迫着，严冬深宵不成眠，一个人咬着牙齿在冷落的院子里，在吼叫的寒风下，一句句、一字字地磨出来的、压榨出来的。没有深湛的人生经验的人是不会完全了解我的诗句的，不肯向深处追求的人，他是不

---

① 谢冕：《新世纪的太阳》，时代文艺出版社，1993年版。

会知道我写诗的苦痛的。"① 如果没有早年的农村生活经历和经验，很难想象臧克家能写出像《烙印》这样优秀的、充满个性化经验的诗篇。同样，能创作出《大堰河——我的保姆》这样作品的诗人艾青，如果没有孩童时代那段刻骨铭心的乡村生活的记忆，恐怕也创作不出这篇名垂诗史的佳作。艾青谈道："诗是作者在客观生活中接触到了客观的形象，得到了心底跳动，于是，通过这客观的形象来表现作者自己的情绪体验。""诗是由诗人对外界所引起的感觉，注入了思想感情，而凝结为形象，终于被表现出来的一种'完成'的艺术。"② 诗人对所经历的生活，如果没有触动过真正的感情，或者感情不深厚、不浓烈，不可能写出真正有生命力的诗歌；情感是诗歌的基础，而没有"人生经验"的感情是虚浮的，是一种"想象"出来的感情，并非真情实感。因此，纯粹的"写实主义"或单纯的"主情主义"都是诗歌的某种缺陷的表现，很难产生经典，这是百年新诗的一个重要经验。

正是因为有了"经验"对"情感"的节制，40 年代的诗歌整体表现出比二三十年代诗歌更多的理性与深刻。单纯的情感和原生态生活毕竟不是艺术，若想将生活素材和情感变为艺术，就必须经过"转化"，而这种"转化"在"九叶诗派"诗人那里其实就是"内化"。唐湜认为，把情感升华或凝固为坚实的理智，是从感性到理性的发展，但艺术作品本身是感性的形象的组织，而丰富凝练的感情才能使理智得到透彻的表现。袁可嘉指出，把生活经验转化为诗歌经验需要两个方面因素，首先是诗人是否拥有深广的人生经验，其次是诗人作为精神主体驾驭、融会、提升人生经验的能力是否强大。用经验支撑诗歌写作而不是靠充沛的情绪，使得诗歌的理性元素极大提升，进而带来诗歌整体的思辨色彩的提高，知性、辩证、理性思考成为诗歌的主导性标志。"歌者蓄满了声音 / 在一瞬的震颤中凝神 / 舞者为一个姿势 / 拼聚了一生的呼吸 / 天空的云、地上的海洋 / 在大风暴来到之前 / 有着可怕的寂静 / 全人类的热情汇合交融 / 在痛苦的挣扎里守候 / 一个共同的黎明"（陈敬容

---

① 臧克家：《我的诗生活》，《臧克家文集》(4)，山东文艺出版社，1994 年版，第 554 页。

② 艾青：《诗论》，复旦大学出版社，2005 年版，第 2 页。

《力的前奏》)①，诗歌极力表现一个蓄势待发、充满张力的瞬间，歌者的凝神、舞者的呼吸、风暴来临前的寂静、黑暗即将结束之后的黎明，每一个瞬间都是短暂的定格，是蓄积巨大能量将要爆发的临界点，是宁静中的震撼。诗歌有着里尔克式的静默与凝重，充满着哲理思辨色彩，表现一个个力量的瞬间，渗透着量变与质变转换的哲理思考。"青山是白骨的归藏地／海正是泪的累积／在愁苦的人间／你写不出善颂善祷的诗"（辛笛《海上小诗》)②，这首小诗同样深藏哲理，探讨事物发展的因果关系。诗的前两句强调的是事物发展的"果"，而后两句则转折进入辩证思考的层面，阐释的是事物的"因"。在苦难面前，谁也写不出廉价的温情，否则将是对诗歌伦理的背叛与藐视。

正所谓思索的时代必将产生思索的文学，诚如诗人公刘写道："既然历史在这里沉思，我怎能不沉思这段历史。"③ 就这样，40 年代的诗歌思辨性特征在新时期文学中得以再现，诗人们善于在事物的细微处发现和阐释哲理，而朦胧诗人在这方面做得最好。"即使冰雪封住了／每一条道路／仍有向远方出发的人／我们注定还要失落／无数白天和黑夜／我只请求留给我／一个宁静的早晨／……要是没有离别和重逢／要是不敢承担欢愉与悲痛／灵魂有什么意义／还叫什么人生"（舒婷《赠别》)④，诗人选取冰封与远行、白天与黑夜、离别与重逢、欢愉与悲痛等矛盾的事物，阐释人生的深刻哲理。任何矛盾我们都要辩证地加以对待，人生不可能总是一帆风顺，总是充满艰辛坎坷。人生的意义就在于正确处理生活的矛盾，悲观总是与"片面"相随，而乐观则常常和"辩证"相伴。朦胧诗人总体来说属于"思考的一代"，特殊的时代造就了他们总是理性、思辨地对待历史、社会、文化等宏大问题，审慎、清醒甚至警惕、怀疑，不再轻易相信，总是在别人习以为常的事物中发现荒谬。"在向你挥舞的各色花帕中／是谁的手突然收回／紧紧捂住自己的眼睛／当人们四散而去，谁／还站在船尾／衣裙漫飞，如翻涌不息

---

① 罗佳明、陈俐编：《陈敬容诗文集》，复旦大学出版社，2008 年版，第 187 页。

② 辛迪等著：《九叶集》，作家出版社，2000 年版，第 25 页。

③ 刘粹编：《公刘诗草》，人民文学出版社，2006 年版，第 258 页。

④ 阎月君等编选：《朦胧诗选》，春风文艺出版社，1985 年版，第 58 页。

的云／江涛／高一声／低一声／／美丽的梦留下美丽的忧伤／人间天上，代代相传／但是，心／真的能变成石头吗／为眺望远天的杳鹤／错过无数次春江月明。"（舒婷《神女峰》）① 这是一首从女性生命角度反思其悲剧命运和中国传统道德的诗歌。舒婷运用反向思维的方式介入对中国传统女性命运的思考，在大家的惯性理解中，发现存在一种荒谬，并且不断地追问"心，真的能变成石头吗"，就是要引起人们对生命和道德的沉重思考。生命"片刻"的欢愉与道德"永恒"的丰碑对人来说，哪一个更重要呢？诗人对此决绝地发出自己面向传统道德的挑战之声："与其在悬崖上展览千年／不如在爱人的肩头痛哭一晚。"这一时期很多的诗歌，如北岛《古寺》、杨炼《北方的太阳》、顾城《内画》、江河《葬礼》等，都表现出强烈的理性思辨的特征，给人以无限的遐思和审美的愉悦。

40 年代诗歌与新时期诗歌都在致力于诗歌的"知性建构"，因为二者面临着近乎相同的前期的文学语境。30 年代的新诗"主情主义"成为诗坛主流，侧重在平凡事物中挖掘诗情，情调偏于凄婉朦胧，意象明确，感性十足。同样，新时期诗歌发生前的时代，正是中国诗歌虚假、滥情的鼎沸时代，迫切需要诗歌的"后来者"改变这种"空前狂热"的非理性状态。于是，新时期诗人们就责无旁贷地承担起这个任务。正是这种近似的诗歌语境，使得 40 年代与新时期诗歌具有某种相似性，都历经诗歌由"主情"向"主智"的发展，尤其在处理诸如"国家与个人""大我与小我""主体与客体"等问题时，表现出高度的一致性。加之新时期很多诗人，如"七月诗派""九叶诗派"中的绿原、牛汉、曾卓、彭燕郊，以及郑敏、陈敬容、辛笛、杜运燮等 40 年代早已成名的诗人，在新时期重新焕发写作的生机，在新时期诗学建构中奉献自己的光热。由此，我们不难看出 40 年代与新时期诗歌之间看似遥远却异乎寻常的亲近关系。

① 洪子诚、程光炜编选：《朦胧诗新编》，长江文艺出版社，2009 年版，第188—189 页。

第三节　象征与意象：新时期诗歌审美精神重构

无论是中国古典诗歌还是新诗，都非常重视意象艺术，其中，既有诗歌传统的深远影响，也有新诗受英美意象派诗学理论影响后的"再意象化"，而且这种"再意象化"，包括新时期以来的朦胧诗在内，一直在现代主义诗歌中延续。刘勰在《文心雕龙·神思》中提出"窥意象而运斤"，并将其视为"驭文之首术"，可见"意象"在中国古代文论中占据着重要地位。古诗中意象是处理"情"和"景"之间关系的最佳方法，清代叶燮云："必有不可言之理，不可述之事，遇之于默会意象之表，而理与事无不灿然于前者也。"意象作为一种诗歌表现方法，经过现代改造之后，更加适合表达个体的本能感觉，诸如痛、苦、硬、冷、热等。同时，诗歌的暗示性、象征性、知性等特征得到极大提高，改变了诗歌发泄情感时毫无节制、无病呻吟的弊端，诗歌因此变得更具客观性与凝练性。"从某个角度说，象征主义诗歌是通过意象和象征的方式来间接（而非直接）地隐喻或象征（而非再现或表现）经过主体心灵投射浸染的艺术世界。这使得象征主义诗歌的表达更为含蓄、曲折、隐晦甚至神秘，也使得象征主义诗歌所建构的象征的艺术世界，因为淡化了与客观世界和主体世界的直接关系，而呈现出更多的自足、自律、自为的独立品性。"①

象征性是 40 年代诗歌和新时期诗歌很重要的特征之一。"九叶诗派"承接此前"象征派"和"现代派"诗歌的意象化写作流脉，将意象作为诗歌写作的主要艺术表现方式。"金黄的稻束站在 / 割过的秋天的田里 / 我想起无数个疲倦的母亲 / 黄昏的路上我看见那皱了的美丽的脸 / 收获日的满月在 / 高耸的树巅上 / 暮色里，远山是 / 围着我们的心边 / 没有一个雕像能比这更静默 / 肩荷着那伟大的疲倦，你们 / 在这伸向远远的一片 / 秋天的田里低首沉思 / 静默。静默。历史也不过是 / 脚下一条流去的小河 / 而你们，站在那儿 / 将成了一个人类的思想。"

---

① 陈旭光：《中西诗学的会同——20 世纪中国现代主义诗学研究》，北京大学出版社，2002 年版，第 339 页。

（郑敏《金黄的稻束》）① "九叶诗派"重视通过景物的描写创造出与众不同的意象，在景物描写中深蕴盎然的诗意。在一般人看来，金黄的稻束与疲倦的母亲形象很难联系在一起，金黄的稻束既意味着丰收，也意味着喜悦，与"疲倦的母亲"在形象上距离很远，但郑敏打破了传统的意象组接方式，显示出诗人对社会生活氛围的独特感应和思考。收获的稻束背后是母亲艰辛的付出，是一种大"象"希声般静默的雕像，而静默恰恰是一种伟大却无法言表的体现。"在寒冷的腊月的夜里，风扫着北方的平原／北方的田野是枯干的，大麦和谷子已经推进了村庄／岁月尽竭了，牲口憩息了，村外的小河冻结了／在古老的路上，在田野的纵横里闪着一盏灯光／一副厚重的、多纹的脸／他想什么？他做什么／在这亲切的，为吱扭的轮子压死的路上？"（穆旦《在寒冷的腊月的夜里》）② 诗人用了多重意象传达出对中国社会现实的沉重叹息，一幅北方隆冬时节没有生机的图画，映衬着一张"厚重的多纹的脸"，尽管没有过多地、表面地渲染苦难，但诗歌的象征意蕴却是厚重而深邃的。作为中国浪漫主义典型代表的"七月派"诗人，同样也重视诗歌的意象作用，尽管他们擅长描写客观具象物，"用真实的感觉，情绪的语言，通过具体的形象来表达作者的心"，但是这些客观具象却是经过"主体化"之后呈现出来的，也就是"理智和感情刹那间的错综交合"（庞德语）而形成意象。主观和客观结合在物质的具体形象上，也就形成物质外形和内在精神高度统一的"张力"体，也是对事物的审美的综合把握。"由于寒冷／村庄的房舍蹲下腿来／挤在一处了／由于寒冷／山坡用有史以来的战争的血／凝结起来了／／由于寒冷／中国农夫的犬叫出了／忠实于自己的家的／听起来很温暖很温暖的吠声"（彭燕郊《不眠的夜里》）③，诗中的形象应当是外在的形体和内在的精神统一，诗人正是基于这样的诗学理念表达出对温暖的向往，即使是家园和土地已经沦亡，但是，家乡村庄的犬吠之声依然使人备感亲切和温暖，这是对故园眷恋的拳拳赤子之心的最素朴的传达。

---

① 辛迪等：《九叶集》，作家出版社，2000 年版，第 136 页。
② 辛迪等：《九叶集》，作家出版社，2000 年版，第 250 页。
③ 彭燕郊：《彭燕郊诗文集诗卷》上，湖南文艺出版社，2006 年版，第 38—39 页。

龙泉明先生认为："40年代的民族危机，使文坛普遍生长出一种回归传统的倾向，这种回归，不仅是获取一种民族的自信心，而且是从本民族的文学传统那里获取某种依靠的力量。作为诗人，对意象的青睐，则自觉地达成了与传统的契合，获取了对传统的支持。因为传统诗歌讲究'托物言志'、重主客观统一和诗歌重象征、重含蓄、重精致、重和谐的民族特色，只有在'意象'那里才能找到最切近的原型、最可靠的依托。"① 不但40年代诗歌的意象在回归传统，其实中国新诗的意象创造从来也没有离开过传统的滋养，而且这种以现实为依托的意象创造对后世的诗歌尤其是朦胧诗产生过广泛的影响。可以说，朦胧诗的意象创造与传统的关系很密切，我们很难在朦胧诗中找到类似象征诗派那种西化色彩强烈、晦涩堂奥的诗歌意象；相反，一组组充满民族色彩和现实感强烈的意象让朦胧诗不再高深莫测，只要摸清了传统意象的路径，解诗将变得轻而易举。"我是你河边上破旧的老水车／数百年来纺着疲惫的歌／我是你额上熏黑的矿灯／照你在历史的隧洞里蜗行摸索／我是干瘪的稻穗，是失修的路基／是淤滩上的驳船／把纤绳深深勒进你的肩膊"（舒婷《祖国啊，我亲爱的祖国》）②，诗人用一组意象描写沉重、落后、滞缓、伤痕累累的"中国形象"，诗歌凝重而深沉。而诗歌的意象简单明确，看不出任何欧化色彩。尽管朦胧诗属于典型的现代主义诗歌，很多艺术表现方法，如蒙太奇、通感、变形、视角转换、暗示等属于现代主义手段，但是，关于意象，却很难说是完全西化的，因为朦胧诗的意象多了些传统的韵味。可以说，传统的意象手段一直薪火相传、绵绵不绝，表现出文化的强大生命力。无论是40年代诗歌还是新时期诗歌，在意象化问题上，有一个共同的特征，就是意象的中西融合。既不是单纯的欧化手法，也没有完全回归传统，而是一条传统现代化和欧风中国化相交相生的融合之路。这种博采众长的诗学之路，显得更加成熟，没有让诗歌成为曲高和寡的小众化文体，而是积极、自觉地从传统与现代两个方面，探索和实践诗歌的发展之路。历史证明，这样的象征

---

① 龙泉明：《中国新诗流变史》，人民文学出版社，1999年版，第542页。

② 洪子诚、程光炜编选：《朦胧诗新编》，长江文艺出版社，2009年版，第173页。

化之路是成功且充满活力的。杨炼的《大雁塔》《半坡》《敦煌》、舒婷的《土地情诗》、江河的《纪念碑》等，都是诗歌意象中西融合的典型文本。

"九叶诗派"的袁可嘉先生曾说过："我只愿意着重指出这群来自南北的年轻作者如何奋力追求艺术与现实间的正常平衡。而这一平衡对于艺术、人生又是何等不可计量的重要而可贵。"① 这种对"平衡"的追求，不仅是美学层面，还有诗人个体精神的体现。40 年代诗人和新时期诗人面临共同的课题是如何解决主体与客体、社会与个人、时代与自我的平衡。也就是诗歌如何坚持反映社会问题，又能保留抒发个人心绪的自由，追求个人感受与人民大众的心志相通，同时在诗歌艺术上，走一条综合与多元化之路，强调知性和感性的融合，强调民族传统和外来影响的结合，继承与创新并举。纵观 40 年代诗歌和新时期诗歌，尽管二者有并不算短的时间间隔，但二者却有很多相近甚至相同之处。主要是诗人都有执着的投入生活激流的热情，并且都能以各自的方式去表现社会生活、表达情感，无论是现实主义的延安诗人和浪漫主义的"七月派"诗人，还是现代主义的"九叶派"诗人以及朦胧诗人，都在积极探索各种表现手段，以期更艺术地把握现实生活，传达思想感情。尤其是朦胧诗人，以往的诗歌研究比较偏向于认为朦胧诗是"非主流"文学，甚至说成是"沉渣泛起"的"新时期社会主义文艺发展的一股逆流"，现在看来，这样的观点有失客观公允。朦胧诗在思想表现和艺术表达上，其实是很"传统"的。朦胧诗整体来说表现出对时代的密切关注，没有走入极端自我的封闭之路，不仅有对民族命运的反思，对沉重现实的批判，还有对未来的信心和瞩望；在艺术上也是传统与现代的"合璧"，并没有陷入晦涩难懂的艺术怪圈中，这一切都无法让我们产生朦胧诗是社会"异端"的片面的价值判断。

当新诗完成对古典和西方诗学的双向超越（吴思敬语）之后就形成独立的、闭合的"小传统"，而且这种"小传统"的影响是返诸自身的。40 年代诗歌的意象化既是二三十年代诗歌现代主义运动的延续，

---

① 袁可嘉：《诗的方向》，《论诗的现代化》，生活·读书·新知三联书店，1988 年版，第 223 页。

也对新时期诗歌，尤其是朦胧诗产生深远影响；90年代"叙事性"诗歌对"场景""细节"等元素的强调，暗合着"九叶诗派"的"新诗戏剧化"主张；个人化写作的精神实质与"七月诗派"尊崇个性、张扬主体精神的观点何其相似。百年新诗传统也许还不算长，其影响也曾因为某些特殊社会生活而中断，但新诗自身的继承性、延续性，以及螺旋式上升的重复性，都将预示着新诗生命的无限顽强与不断进步。

附　　录

第一章　当代先锋诗歌的文化走向

—— "知识分子写作" 与 "民间写作" 论争的启示

先锋，原本是军事用语，就是俗称的 "先头部队"。"先锋" 一词引入文学艺术领域后，它的词义就变为一种文化精神、姿态和方法。在诗歌领域里，"先锋" 就是指那些 "勇于进行形式实验的、标新立异" 的 "一小批" 前卫诗人以及他们的诗歌。"先锋诗歌" 大体上有三个鲜明的特征：反叛性、实验性和边缘性。当代诗歌中的 "朦胧诗" 和 90 年代出现的 "知识分子写作" "民间写作" 以及新世纪以来的一部分 "70 后" 诗人（包括 "身体写作" "垃圾写作" "荒诞写作" 等）"女性诗歌写作" 等，都可以涵盖在内。这样，从 20 世纪 80 年代初到 21 世纪，当代先锋诗歌推动着中国诗歌的发展。就目前来看，先锋诗歌已经不再前卫和先锋了，先锋诗歌 "进入静水流深的常态化写作" 中。

第一节　先锋诗歌 "知识分子写作" 与
"民间写作" 论争事件由来

20 世纪末至新世纪初，诗坛上发生了一起论争事件，即 "民间写作" 与 "知识分子写作" 两派诗人唇枪舌剑，你来我往，好一番厮杀。同属于先锋诗歌的 "民间写作" 与 "知识分子写作" 的诗人为什么要打仗？首先我们来看看什么是 "知识分子写作" 和 "民间写作"。所谓 "知识分子写作" 主要是指那些具有贵族化和精英立场观念的诗人，他们主要是思想型写作。"民间写作" 是指那些具有民间观念立场的诗人，主要书写世俗生活的家长里短，是一种情感型写作。"知识分子写作" 和 "民间写作" 这种概念的提出和命名有其合理的成分，也有不合理的地方。这种分法的好处是指向明确，但缺点是显得简单、粗暴，而又不科学，很难涵盖诗歌界复杂多样的个人化写作风貌。目前，还没有更好的命名，那我们还是姑且用"知识分子写作"和"民间写作"这两个概念。"知识分子写作"代表人物有：西川、王家新、程光炜、臧棣、陈超和孙文波等；"民间写作"代表人物有：于坚、伊沙、沈奇、杨克、徐江等。

1999 年 4 月 16 日至 18 日，由北京市作家协会、中国社科院文学所和《诗探索》编辑部等联合举办了一个会议，这个会议的名称为"世纪之交：中国诗歌创作态势与理论建设研讨会"，在北京平谷的"盘峰宾馆"召开。这个会议的时间节点选择得非常好，即在朦胧诗首次发表二十周年之际（1979 年首次发表朦胧诗至 1999 年恰好是二十周年）。此时的朦胧诗已经日薄西山，即将退出历史舞台，在这个时间节点召开这样重要的会议，按理说应该开得祥和与庄重，可出乎意料的是，"民间写作"与"知识分子写作"这两派诗人却在研讨会上争吵起来，互不相让。在评估当下诗歌现状时，"民间写作"阵营对"知识分子写作"多有不满并提出批评。徐江说目前诗歌正在日益书斋化，语言的原创性匮乏，远离了生活和读者；伊沙说有些诗人诗集像造密码，不说人话；于坚断言诗歌已经衰落，但衰落的不是诗歌本身而是那些假诗人，真正的好诗在民间。"知识分子写作"阵营对"民间写作"的批评也是针锋相对的，寸土不让，指责"民间写作"不负责任地说他们的诗歌远离生活和现实。唐晓渡说是谁给了你们那么大的权力，动不动就用人民和生活的界说来压制别人，这也太霸道了；陈超认为评价当下诗歌应该从兼容并蓄的标准出发，讲究多元性，批评"民间写作者"们心胸过于狭隘。在诗学主张和诗学立场上，双方分歧更大。"民间写作派"主要攻击"知识分子写作"的虚妄性，即假大空，指责他们的写作脱离生活实际，热衷去写那些仰望星空的"神诗"和"圣诗"；批评他们写作理论上的贵族心态，他们的诗歌文本让人"头晕"。伊沙和徐江认为诗歌在市场经济时代不必要太矜持，应该谋求生存之道，甚至可以走中型的"炒作"之路。面对"民间写作"的频频发难，"知识分子写作"成员们仍然为自己写作的优越性辩护。王家新从别人戏谑称他为"家新斯基"（王家新为"知识分子写作"代表诗人、中国人民大学教授）等，并对他创作的那些所谓的中国"流亡诗"不够鲜活的批评说开去，追问"知识分子写作"何罪之有，并列举大量的创作史实说明诗人没有必要完全和时代保持一致。也就是说，伟大诗人的作品可能与时代错位，因为同时代的人有的理解不了他们超前的思想。在王家新看来，写日常生活，讲究炒作，无疑是将诗人降低到了和"生活美容师"一样的水准；西渡认为反对借鉴西方资源不过是强词夺理；孙文波谈到"知识分子写作"概念是相对的，在全球化时代下，任何写作者都无法回避西方的文化和精神资源。诗歌界把这次会议称为"盘峰论剑"，因为是在"盘峰宾馆"召开的，带有武侠江湖的味道。

1999 年 11 月 12 日至 14 日，《诗探索》编辑部又和《中国新诗年鉴》编委会联合在北京郊区的龙脉温泉宾馆举办了"龙脉诗会"。《诗探索》主编吴思敬先生等专家、学者想弥合"知识分子写作"和"民间写作"两派诗人之间的对立矛盾，希望双方化干戈为玉帛，这对中国新诗的发展、繁荣有益。然而，"知识分子写作"阵营出于对"民间写作"成员太深的隔阂而集体缺席。由于"知识分子写作"阵营的集体缺席，"民间写作"的诗人感到了失去对手的空虚和无聊。会上虽然有吴思敬等学者对 90 年代以来诗歌出现的圣化和俗化倾向，也就是"知识分子写作"的圣化和"民间写作"的俗化的两种审美倾向做了总结和梳理，分别肯定了两方写作的价值意义和贡献，这个观点与论断对当时的诗歌发展和建设有着非常积极的意义，可惜的是没有引起"民间写作"一方的注意。

"民间写作"一方，在"知识分子写作"一方不在场的情况下，他们仍然继续炒作"盘峰论剑"的话题，继续攻击"知识分子写作"。于坚认为"知识分子写作"靠卖弄知识，堆积知识，而不靠生命的体验与感受；伊沙认为"知识分子写作"根本就不是先锋，他们的叙事是做作的，是臆想的，属于古典主义小儿科，既缺少细节发现，也不漂亮；沈浩波指出西川追求圣化，追求思想的高度，但思考没有沉下来，思想变得模糊不清，王家新的诗有尖叫式的伪沉痛，多数"知识分子写作"的诗人是技术主义者，他们的诗歌找不到鲜活的日常生活场景；谢有顺认为某些文学史将"知识分子写作"代表诗人王家新列为专章是缺乏基本判断力的表现，等等。

"盘峰论剑"和"龙脉诗会"后，这场文坛风波又持续了几年之久。"知识分子写作"和"民间写作"的世纪末论争，其规模、影响和激烈程度实属空前，已经成为一种文化现象令人关注。

下面我对这两派写作论争的情况简要地分析一下，绝没有各打五十大板之意。

一是两派都不够冷静，都运用了非此即彼二元对立的思维模式。两派所下的结论，有的确实不够客观、公正。比如，"民间写作者"断言"知识分子写作"崇洋媚外，使诗坛蒙羞，这样的论断就有言过其实之嫌，与历史真相也不符。"知识分子写作"批评"民间写作"的作品大多平庸之作，充满了垃圾的臭味。其实，这种评判也是很难服众的，毕竟新时期以来许多好诗来自于民间是不争的事实，比如，于坚、韩东、伊沙等都是从民间走向成功的。

二是党同伐异，有失传统中和之道，对诗人的形象与影响都非常不好，同时也助长了搞圈子立山头等江湖帮派之风的盛行。

三是对立的论争姿态，对诗学建设破坏较大，非但没有提供有价值的思想和美学向度，反而掩盖与歪曲了一些有意义的诗学问题，使本来就十分模糊的汉语诗学问题愈加混乱。

发生在 20 世纪末的"知识分子写作"与"民间写作"之争也不是一无是处，比如，"知识分子写作"与"民间写作"的概念得到了比较明确的界定，写作资源、语言策略、知识气候和美学指向等问题也逐渐清晰，诗歌观念也得到了积极的反思与拓展。这场诗歌论争是先锋诗歌内部的一次开诚布公的平等对话，各派敢于亮出自己的观点，敢于反驳对方的观点，这一点就值得肯定。论争打破了若干年来诗坛温文尔雅、沉闷无聊的局面，带来了冲击和活力。

第二节　同盟与分裂：先锋诗歌必然的文化走向

实际上，"知识分子写作"和"民间写作"这两大群体曾经有过一段"蜜月期"，或者说带有同盟军的性质。我们知道1979年朦胧诗横空出世，带来了中国先锋诗歌的崛起。20世纪八九十年代，那时朦胧诗风靡全国，著名诗人舒婷、北岛、顾城是朦胧诗的三大领军人物。朦胧诗的特点是唯美化、贵族化，主要运用意象的书写方式，隐喻地表达自己的思想和情思，如果想理解他们的诗，就必须先破解这些意象密码。如果一首诗里的意象过多，就容易造成阅读障碍，不知诗里到底表达什么样的思想或情感，读诗如同破解密电码，很考验读者的耐心和智商。当然前期的朦胧诗还是非常经典的，如舒婷的《致橡树》、北岛的《迷途》《回答》和顾城的《一代人》，等等。这些诗到现在也堪称经典中的经典。下面以北岛的《迷途》为例，领略一下朦胧诗的审美特征：

> 沿着鸽子的哨音
> 我寻找着你
> 高高的森林挡住了天空
> 小路上
> 一棵迷途的蒲公英
> 把我引向蓝灰色的湖泊
> 在微微摇晃的倒影中
> 我找到了你
> 那深不可测的眼睛①

朦胧诗最大的艺术手段就是象征，诗人北岛身上有很浓的浪漫主义气质，但是不同于以前的像郭沫若那样的浪漫主义，他不是那种汪洋恣肆地直抒胸臆，而是借助象征来暗示自己的情愫。诗中的"鸽子的哨音""高高的森林""迷途的蒲公英""蓝灰色的湖泊""深不可测的眼睛"等意象，究竟是指代什么，我们无法准确地解读出来，但是这些意象经过组合之后，却形成了一种整体的意境，传达出那一代人在困惑、迷茫中不断求索的精神追求。这就像朦胧诗人顾城的《一代人》"黑夜给了我黑色的眼睛/我却用它寻找光明"一样，在伤痛中奋起，永不放弃探寻自己生活之路的信念。盛极必衰，这是事物发展的一般规律，当然，朦胧诗也不例外，后期的朦胧诗由于使用意象过多过滥，形成了固化的审美定式，引起了人们的不满和反感。同时朦胧诗在中国当代诗坛

---

① 阎月君等编选：《朦胧诗选》，春风文艺出版社，1985 年版，第 19 页。

上风行了十几年之久，也已经出现了衰败的气象。这时候，"民间写作"与"知识分子写作"等先锋诗歌已经孕育成熟，开始吹响了对朦胧诗美学发起总攻的号角，他们发出了《别了舒婷、北岛》等讨伐朦胧诗的檄文，开始不遗余力地对朦胧诗进行解构和颠覆。"民间写作"和"知识分子写作"这两大诗人群体精诚团结，互相配合，轮番上阵，共同颠覆朦胧诗。"民间写作"阵营是从"莽汉""他们""大学生诗派"等平民美学诗歌群体中发展起来的，他们反对诗歌的唯美化、贵族化和意象化，主张诗歌粗鄙化、下里巴人化，在抒情策略上，坚持口语化和平民化。如伊沙的诗《结结巴巴》：

结结巴巴我的嘴
二二二等残废
咬不住我狂狂狂奔的思维
还有我的腿
你们四处流流流淌的口水
散着霉味
我我我的肺
多么劳累
我要突突突围
你们莫莫莫名其妙
的节奏
亟待突围
我我我的
我的机枪点点点射般
的语言
充满快慰
结结巴巴我的命
我的命里没没没有鬼
你们瞧瞧瞧我

246

一脸无所谓①

　　这是一首典型的带有后现代主义意味的口语诗，诗歌中充满了解构式的反讽。而伊沙的诗歌就是要用奇特的、怪异的语言对抗朦胧诗的僵化和意象。《结结巴巴》看似语言的残缺、不完整，而伊沙就是用这样的语言讽刺、反抗朦胧诗语言的精英化、唯美化，打破朦胧诗所造成的语言的固化的秩序，使得诗歌语言进入到狂欢化境界。由此可以看出"民间写作"对待朦胧诗的态度，是一种釜底抽薪式的，是彻头彻尾的一场暴力革命。

　　而"知识分子写作"却是在"整体主义""非非主义"等文化诗的基础上发展起来的。他们在对待生活的态度上，以文化、思想的启蒙者自居。在对待朦胧诗的立场上，有批评、有继承，走的是温和的文化改良路线。他们的精英化和贵族化的美学倾向比朦胧诗更加明显，他们更多地走向了形而上的哲学思考。他们在语言上有一个共性的追求，喜欢用翻译语体。大多数"知识分子"诗人都出自高等学校，受过科班教育，多是大学教授，写诗之外还做些翻译工作，因此外语诗歌中的一些语汇、语体比较容易进入他们的诗歌。尤其是诗歌中的某些理念、哲理思考都受外语诗歌或诗人的影响，甚至直接取材于外国诗人的生活。阅读这样的诗歌必须有与诗人相同或相近的阅读储备，否则你无法读懂"知识分子写作"中的外国典故。如王家新的《帕斯捷尔纳克》（节选）：

　　　　正如你，要忍受更剧烈的风雪扑打
　　　　才能守住你的俄罗斯，你的
　　　　拉丽萨，那美丽的、再也不能伤害的
　　　　你的，不敢相信的奇迹
　　　　带着一身雪的寒气，就在眼前
　　　　还有烛光照亮的列维坦的秋天

---

　　① 安琪、远村、黄礼孩编：《中间代全集》，海峡文艺出版社，2004年版，第1234页。

普希金诗韵中的死亡、赞美、罪孽

春天到来，广阔大地裸现的黑色

把灵魂朝向这一切吧，诗人

这是苦难，是从心底升起的最高律令

不是苦难，是你最终承担起的这些

仍无可阻止地，前来寻找我们

发掘我们：它在要求一个对称

或一支比回声更激荡的安魂曲

而我们，又怎配走到你的墓前？

这是耻辱！这是北京的十二月的冬天

这是你目光中的忧伤、探寻和质问

钟声一样，压迫着我的灵魂

这是痛苦，是幸福，要说出它

需要以冰雪来充满一生①

  帕斯捷尔纳克原来是一位注重自我内在体验的现代诗人，但是在苏联建国后被逐渐剥夺了自由写作的权利。后来因为他的小说《日瓦戈医生》获得诺贝尔文学奖而遭到更为严厉的批判，他不得不屈服于这种压力直至去世。王家新的这首诗就是在"体认""感受"帕斯捷尔纳克的精神痛苦，同时也表达对帕斯捷尔纳克承受全部压力却没有放弃承担人类命运的思考的认同。在王家新看来，这是诗人的内心良知的体现。阅读这样的诗歌，必须要了解诗歌中的背景。拉丽萨是《日瓦戈医生》中的一位女性形象，而列维坦是俄国现实主义风景画家，普希金是俄罗斯伟大的诗人，只有了解这些背景知识，你才能进入到"知识分子写作"中，否则只能是一头雾水。我们从中可以感受到"知识分子写作"的特点，"知识分子写作"的特点既不同于朦胧诗也不同于"民间写作"，它是以知识、理性为基础，走的更是更加精英化和贵族化的审美套路。"民间写作"与"知识分子写作"同是颠覆朦胧诗这座美学大山

---

① 杨克编：《90年代实力诗人诗选》，漓江出版社，1999年版，第28—29页。

的两支极其重要的主力军，当朦胧诗这座高山被推倒之后，"民间写作"与"知识分子写作"这两大阵营便由之前的同盟、合作逐渐走向了分裂、对抗。随着双方各自美学规则的建立，并已形成了一定的规模、影响，于是争夺诗坛话语权的欲望和想法也就愈加膨胀起来，"民间写作"与"知识分子写作"的"盘峰论剑"之争，便成为历史与文化的必然选择。

第三节　原欲与理性：先锋诗歌两种文化冲突的向度

其实，"民间写作"与"知识分子写作"各有短长，难分伯仲。如果从文化的角度来看"民间写作"与"知识分子写作"之争，就更容易理解他们之间的差异。我们都知道，中国新文学来源于"五四"新文学，"五四"新文学来源于西方文学，西方文学来源于古希腊文学和希伯来文学。古希腊文学具有张扬个性、放纵情感、肯定人的世俗生活和个体生命价值的世俗人本意识，这种世俗人本意识是原欲型的，虽然其中也不乏理性精神，但更多的是对人的情感与欲望的肯定。而希伯来文学强调的是人对上帝的绝对服从；尊重灵魂，强调人的理智压制人的欲望，轻视人的现世生命的价值与意义。显然，希伯来文学是一种重灵魂、重理性的文化。这两种文化既有冲突的一面，也有统一的一面，互补性很强，犹如一枚硬币的两面，差异明显但又不可分割。如果我们按照这一文化维度对"民间写作"和"知识分子写作"进行分类，大致可以这样认为，"民间写作"属于原欲型文化，而"知识分子写作"属于理性型文化。现在将这两种文化简要地加以概括，厘清它们的关系，分析它们的各自特点。

"知识分子写作"是相对于"民间写作"的一种特定称谓。"民间写作者"也是知识分子。我们这里所说的"知识分子写作"是指在写作立场和审美精神上具有宏大叙事倾向的诗人群体。"知识分子写作"有以下两个鲜明的特点：一是"知识分子写作"是一种思想型写作，主要反对用市井话语来描写平民的日常生活，他们担心中国诗歌被庸俗无聊的大众生活所湮没。他们认为诗歌应该有更高的精神追求，应该高扬崇高的美学精神，应该追求思想自由和精神独立。其主要指向是生产思想，传播思想。"知识分子写作"的理论家程光炜教授在一篇名为《90年代诗歌，另一种意义的命名》的论文中指出，"知识分子写作"所秉持的文化立场是凭借知识优势，以批判、自由的个人化精神和人格魅力介入时代和社会，以达到对当下物欲精神和世俗思想的救赎。西川更是大胆呼吁，在中国要做诗人必须先做思想家、哲学家和神学家。西川的提法在"知识分子写作"中产生了共鸣，因为在中国缺少的不是诗人而是思想家。

　　二是"知识分子写作"是一种文化启蒙意义上的写作。知识分子的使命是什么？那就是"为天地立心、为生民立命、为往圣继绝学、为万世开太平"，这既是中国古代知识分子的精神追求，也是现代知识分子的文化理想。20世纪90年代的中国，世俗之风日盛，物欲横流，新的世俗精神占领了思想高地。"知识分子写作者"们主张坚决不向庸俗的社会低头，不向失望和痛苦投降，要以一种理性精神关怀与改造当下的世俗生活状态，以重新建立崇高美的价值体系。不过能与诗人的精神发展同步的读者毕竟是少数，这也注定了这种启蒙文化曲高和寡、凌空蹈虚、不食人间烟火、远离普通大众的倾向，比如王家新的《帕斯捷尔纳克》这首诗，如果没有与诗人相近的文化背景，一般人是读不懂的。既然读不懂，也就谈不上什么启蒙了。正因为如此，"民间写作者"紧紧抓住了"知识分子写作"的这一软肋，火力全开，进行痛击。"民间写作"不像"知识分子写作"那样热衷于构筑什么远方理想的乌托邦，依赖文化上的优势去眺望空灵的彼岸，以形成具有理性知识特点的文化霸权，"民间写作"关注的是当下，关注的是下里巴人的日常生活状态，把诗歌女神从仙气缭绕的天上请回到民间的大地上。

　　"民间写作"也有两个鲜明的特点：一是"民间写作"文化是一种世俗人本的文化。我们知道"民间写作"坚持的是一种平民立场，核心理念是以人为本。主要表现的是对世俗生活的热爱，对人的原始欲望的肯定，以及对凡夫俗子的生命价值的尊重，他们的诗歌充满了世俗的烟火气息。二是"民间写作"具有一种张扬个性、放纵原欲的文化特征。民间文化、世俗生活中蕴含着极其丰富的文化资源，当这些文化资源没有被文人加工改造的时候，它或许还显得粗糙、通俗，然而，它却具有鲜活的生命力和震撼力，具有率性而为、张扬个性、放纵原欲的特点。正是具有这样的特点，才能真实地表现出当下人们世俗生活的原生态，具有强大的亲和力。"民间写作者"看到了民间生活潜藏着如此丰富的写作资源和文化宝藏，他们心悦诚服地放下身架，躬耕民间，将那些不入主流的、难以登上大雅之堂的世俗生活记录下来，写到诗里，于是我们就看到了"民间写作"构建的是另一种文化景观。像于坚、韩东的口语诗，伊沙的解构主义等，都给人们留下了深刻的印象。下面以于坚的诗为例，我们来感受一下口语诗的特色

寄小杏

小杏我现在想念着你
我在一个陌生的城市
和一群熟人坐在一起
今晚他们深感不安
见我沉默不语
不时停住谈话朝我看看
我的目光穿越墙壁
穿越朋友们的友情
望着他们望不见的地方
那是你拉开窗帘的地方
那是我遇见你的地方
这不是孤独的时刻
生活就在我的近旁
这是属于你的时间
我爱把你想念
我只是想念着你
一切都已不在眼前
夏天过去天气就要凉了
小杏你睡觉的时候
要关好窗户
你出门的时候
要穿上毛衣

你要的围巾我明天就去买

现在十一点了

街上空无一人

我看见你轻轻地转过头来

抿嘴一笑

我很高兴又加入朋友的聊天①

　　这是诗人于坚写给妻子小杏的诗，写自己在另外一个陌生的城市里与朋友们聊天时，忽然瞬间走神想念妻子小杏的情景，表达了诗人对妻子小杏的一往情深。诗中的语言完全口语化、平民化，但我们从诗里仍然能感受到一种温情的力量。由此可见，"民间写作"与"知识分子写作"是完全不同的美学风格，姚黄魏紫，各有千秋。"民间写作"与"知识分子写作"之争，其实就是原欲型文化和理性型文化之争，那么，双方之间的论争到底能给我们带来哪些启示呢？我们都知道"文学是人学"这一论断，文学创作和文学研究都离不开人，写人与研究人也都离不开研究人的原欲（情感）与理性。原欲与理性是人不可或缺的两个方面。"民间写作"与"知识分子写作"之争，使我们看到了这两种文化的优缺点。重视原欲型文化而排斥理性型文化，就会是使人的情感、个性和欲望得到最大限度的解放，但人的理性精神和思想高度则会被弱化和消解。反之，如果重视理性型文化而排斥原欲型文化，则会使人的理性精神和思想高度得到极大的张扬，但人的情感、个性和欲望就会被压制，带来的是主体性的萎缩。我们既要看到"民间写作"与"知识分子写作"冲突对立的一面，也要看到他们之间也有相互补充融合的可能。因为每一种健康的文化都不应该只有一种色彩、一种声音，而应该有多种文化因子的融合与展现。

第四节　平衡与生长：先锋诗歌的文化走向

　　"民间写作"与"知识分子写作"之争，虽然我们看到了他们碰

---

① 于坚：《于坚的诗》，人民文学出版社，2000年版，第177—178页。

撞、冲突的一面，但是还要看到他们积极的一面。一般来讲，文化的碰撞、冲突，往往会产生新的思想的火花，这对文化发展有利，对当代先锋诗歌的健康发展大有益处。读过外国文学史的人都知道，希伯来文化与希腊文化出现第一次碰撞，是在公元 1 世纪中叶到 2 世纪末的"希腊化"时期，希伯来文化吸收了古希腊文化的某些成分后，演变成一种新形态文化，即基督教文化。事实证明，"民间写作"与"知识分子写作"之争，不仅终结了 20 世纪 80 年代以来中国先锋诗歌沉寂的历史，而且为"70 后"先锋诗歌的出场搭建了文化平台。"70 后"诗人分别借鉴了"民间写作"与"知识分子写作"的文化成分，构成了 21 世纪初中国诗坛上不可低估的主流力量。

如果说"民间写作"与"知识分子写作"还要保持自己的文化态势，也要以这次文化争鸣为契机，不能再走闭关锁国之路，要进行改革开放。我认为他们各自理想的诗歌审美模式应该这样建构：一是"民间写作"的原欲型文化吸收"知识分子写作"中的理性型文化，形成原欲与理性相对平衡的文化发展模式。当然，这种文化仍然是以原欲型文化为主体的。二是"知识分子写作"文化要吸收"民间写作"中的原欲型文化，形成理性与原欲相对平衡的文化发展样式，当然，这种文化也仍然是以理性型文化为主体的。理论上讲，先锋诗歌的文化走向应该是按照这样的审美路向进行的，因为它符合文化发展的自身规律。但在实际发展中要比这复杂得多。这取决于"民间写作"和"知识分子写作"能否以开放的胸襟和海纳百川的气象来看待文化融合。

随着时间的推移，我们欣喜地看到"民间写作"与"知识分子写作"这两大阵营也不再处于剑拔弩张的非此即彼的二元对立状态，他们也在不断地调整诗歌方向和抒情策略，相互借鉴，相互渗透，向更加健康的常态化的方向发展。

下面以诗人朵渔的《高原上》诗歌为例，简要地介绍一下先锋诗歌向常态化方向的变化特点：

当狮子抖动全身的月光，漫步在
荒野枯草间，我的泪流下来。并不是感动
而是一种深深的惊恐

来自那个高度，那辉煌的色彩，忧郁的眼神

和孤傲的心①

　　这首短诗通过狮子的意象，表达出诗人的内心感受，传递出一种对人格、思想和精神的敬畏与恪守的价值取向。这首诗情感丰富，思想深刻，既具有口语化的平易，也具有理性的高度，是原欲与理性相互融合的典范，代表了先锋诗歌向常态化写作方向发展的走向。这也是目前诗歌的书写方向。

----

　　① 黄礼孩主编：《追蝴蝶：朵渔诗选（1998—2008）》，《诗歌与人》，2009年特刊（民刊）。

第二章　新世纪先锋诗歌批评的价值估衡

　　从 20 世纪 70 年代末的朦胧诗开始，先锋诗歌不仅一直引领着中国当代诗歌的发展走向，也代表着当代诗歌的艺术高度。每一次先锋诗潮的脉动，都会形成巨大的"蝴蝶效应"并引起诗坛的轰动与格局变迁，同时催生出一批标新立异、卓尔不群的诗歌理论主张，更会诞生出数量庞大的诗人以及诗歌文本，为诗坛也为诗歌批评提供许许多多鲜活且信息度极高、效能特征鲜明的样本。伴随着诗人与诗歌文本的涌现，先锋诗歌批评也呈现出蓬勃发展的态势，从谢冕、孙绍振、徐敬亚等人冲破层层理论禁区给予朦胧诗的赞许与界定，到洪子诚、程光炜、陈晓明、唐晓渡、吴思敬、罗振亚、耿占春、沈奇、陈超等一大批诗评家持续地对先锋诗歌展开批评与鉴赏，使当代先锋诗歌的语言特征、文体形式、修辞意识、叙事性、结构、语言等众多问题得到准确而清晰的定位，为当代先锋诗歌经典的留存与传播做出了具有奠基意义的贡献。孙玉石先生曾这样评价八九十年代诗歌批评家们的贡献："这样，在这片'荒原上'，许多的学术的拓荒者们，解放思想，勇闯禁区，蹚开土地，放火烧荒的创造性气概；排除传统观念的沉重压力，奋力探索前进的悲剧性精神；打开封闭的大门之后，努力恢复历史的本来面貌，勇于与世界的文学潮流寻求认同的开阔宏放的眼光。这三种力量和精神特征的结合，构成了这十五年里中国现代诗歌史、诗人创作和新诗美学研究历程中许多真诚而又勇于探索的老、中、青几代学者们共同拥有的宝贵的学术精神和治史品格。"①

---

① 孙玉石：《十五年来新诗研究的回顾与瞻望》，《中国现代文学研究丛刊》，1995 年第 2 期。

同样，新世纪先锋诗歌批评最令人瞩目的成就就是及时对诗歌进行准确的指认、定位和评析，对先锋诗歌的精神、价值、意义等问题进行持续的探索并给予高度肯定，同时对先锋诗歌的技艺特征进行充分总结，对其艺术走势给予准确的预判。"毋庸置疑，对先锋诗歌文本透视、现象扫描、文化解析等多层面的学理性思考和探究，已增强了阐释和揭示先锋诗歌社会的、文化的、诗学的价值与意义的深度和广度。这种'处身性'批评对当时和当下的先锋诗歌写作及其批评所产生的和将要产生的影响是深远的。"①

这些不曾间断的文本评析和理论探究为新世纪先锋诗歌的立足与发展起到至关重要的作用，推动先锋诗歌持续表现出探索与实验的不竭活力。

第一节　先锋诗歌批评的文学意义

纵观先锋诗歌的批评实绩会发现，批评家们对先锋诗歌的价值定位始终囿于评析诗歌的诸如超前意识、实验探索和革新精神等层面，进而总结出先锋诗歌的反叛性、实验性和边缘性等特征。他们更多地关注于先锋诗歌所呈现出来的叛逆精神和叛逆姿态，并给予大量的、积极的理论支持，但对先锋诗歌所具有的批判性特征梳理得不够充分，往往与先锋诗歌的叛逆性混淆在一起，并没有进行积极的、富有建设性的理论言说与评析。先锋诗歌的批判性与反叛性是一种相生相伴的关系，正是意识到反叛对象的落后、停滞甚至腐朽，才会产生强烈的批判意识，继而完成对反叛对象的超越。批判精神是核心，而反叛是一种姿态、一种结果。从这个意义上说，先锋诗歌的批判性才是诗歌的核心精神。中国先锋诗歌的理论与精神源头——西方的先锋意识的崛起和出现，正是从批判社会、反对社会开始的，对抗社会中的"普遍愚昧"、沉滞不前的观念。尽管"先锋"或"先锋意识"是一种流变不居而富于变化的"动态"表现，但是批判性始终占据着重要位置，这也是先锋诗歌得以持续

---

① 崔修建：《1978—2008：中国先锋诗歌批评研究》，中国社会科学出版社，2013年版，第83—84页。

发展、永不枯竭的精神动力。先锋诗潮在新世纪之所以能够掀起波澜壮阔的发展态势，其中的缘由可以说是多方面的，既有外在后现代主义文化思潮的显著影响，相对宽松的文学出版与发表环境，促使先锋诗歌文本以一种"数量"的优势展示自己；更重要的是先锋诗歌内在的、冲破一切束缚的"燃烧"的激情，显示出强烈的诗歌艺术创新的冲动。同时，众多诗歌批评者们深入诗歌现场，对先锋诗歌的精神内涵以及艺术素质做及时、准确的理论定位，也是新世纪先锋诗潮风起云涌的助力因素。而其中诗歌批评者们最为看重、最为欣赏并极力给予理论支持的，当属先锋诗歌所呈现出来的叛逆姿态和叛逆精神，而这种叛逆的姿态与精神直接表现出的就是一种批判性。譬如，新世纪初高喊着"身体觉醒的时代开始了"的"下半身写作"所批判的对象，就是他们所要超越的诗歌中的"知识、文化、传统、诗意、抒情、哲理、承担、使命"等"非诗"元素。在这里，叛逆与批判是完全可以相互置换的。值得关注的一点在于，当先锋诗歌以无所畏惧的批判精神一路高歌猛进时，诗歌批评者们同样将犀利的笔锋对准了当下的文化之弊，对僵化、保守的诗学理论与诗歌写作风气给予坚决有力的批判。可以说，先锋诗歌浪潮在新世纪里能展示出强劲的姿态，这与诗歌批评者们的共同努力是分不开的。

新世纪先锋诗歌的批判性可以说直接承继着20世纪80年代以来的先锋诗歌品质，如对主流意识的坚决疏离与反抗，对宏大叙事和圣词的自觉抵制，对诗歌边缘化的抗争或自我放逐，对诗歌语言的贫乏无力、诗歌艺术表达方式的"一成不变"等层面的持续批判，这些都清晰明白地表现出先锋诗歌自我精神确立的强度与力度。诗歌批评者们面对先锋诗歌的"狂飙突进"般的态势，尽管他们各自的诗学理念、诗歌价值定位、问题切入角度、批评准则等都存在很大差异，彼此之间的观点冲突极大甚至于完全对立，但是并不影响批评者们对先锋诗歌的共同态度——扶持、认可其批判精神和批判手段，也就是用客观冷静的批评态度对待先锋诗歌。因为他们深知一点，无论是"捧"还是"棒"，对先锋诗歌都是一种伤害，甚至是"扼杀"，都不利于新世纪诗歌的健康有序的发展。如批评家陈仲义对当下先锋诗歌的"精神出逃"、承载与挣扎的现实给予充分的指认，吴思敬对诗歌写作中的"俗化"与"圣化"

的矛盾分流的评判，张清华对"中产阶级趣味写作"的犀利分析与客观评价，罗振亚对"70后"诗歌中的精神误区的准确评价；以及于坚对诗歌写作中"庞然大物"的警惕和欧阳江河对"圣词"的坚决抵制，陈超对先锋诗歌"噬心"主题的深切呼唤，霍俊明对"70后"诗人的尴尬历史地位的确认，等等。从这些诗评家的批评实绩不难看出，新世纪先锋诗歌依然处在多重矛盾、纠葛的缠绕之中，存在许许多多不确定的元素在或隐或显地影响着当下诗歌的发展路径。面对纷繁复杂的诗歌表现，众多诗歌评论者深入新世纪诗歌现场，对先锋诗歌的价值定位、精神走向、群体特征、艺术品位等问题都进行了深入的批评、阐扬，尽管也存在一定的争议性，但是不可否认，诗歌批评者们正不遗余力地参与到先锋诗学的构建之中，而不是仅仅由诗人们一味地文本呈现。同时，新世纪先锋诗歌批评最突出的文学贡献就是持续不断地对先锋诗人与诗歌文本进行指认与分析，敏锐地发现、追踪和确认一大批优秀诗人和诗歌文本，对当下先锋诗歌的经典化留存做出卓有成效的探索和努力。

先锋诗歌批评在众多诗歌批评者——这其中既有"学院派"和研究机构的专业批评家，也有各类媒体的诗歌专栏作者以及诗人等——共同参与下，逐渐将诗歌批评发展成一种富有创造性的具有文体意味和形式的"写作"。与当代诗歌史写作不同，先锋诗歌批评更多的是对诗人和诗歌文本的评价与阐释，批评者往往凭借自己的知识建构、学术兴趣以及阅读偏好等，对诗歌文本进行感悟式、生发式的解读，这就需要批评者既要具备深厚的知识储备，驾轻就熟地运用各种知识和经典文献以佐证自己观点的正确性，同时也要求批评者具有对诗歌的高度敏感，深谙诗歌的艺术规律，能深刻体验到诗歌肌理、节奏、语言、情绪、经验等诸般妙处，当然还要具备写作的能力，也就是可以将自己深刻的领悟转化成辞章的能力。"一方面源于对独特的意义形态的敏锐感知，一方面是缘于诗歌文本的某种秘传或密封属性，一个诗歌批评家不能不意识到批评自身需要独具一种文体意味的写作。理想的批评话语与它阐释的诗歌文本要能够呈现在一条语言的水准线上，而非一种没有语言意识、缺乏修辞能力的解释。一种够格的阐释与批评写作，将成为它所阐释的诗歌文本的扩展了的语境，敞开其意义及沉默的氛围，以构成批评文本与诗歌文本之间真实的互文性。"① 那些真正产生广泛影响的诗歌批评，一定是深具创造性气质的，不能依附在诗歌文本做简单的思想或艺术的价值判断，而是将诗歌文本深蕴着情感、经验、精神、技术等元素提炼出来，并且还要在更广大的空间里做哲理、美学意蕴的阐释，形成自己独特的诗歌批评风格与学理主张。新世纪先锋诗歌批评家的文体意识经过多年的批评实践已经逐渐确立并且日趋强化，努力改变诗歌批评曾经的单一、封闭的现状，将诗歌批评引向创造的、生动的、理性分析与感性体验相结合的综合批评。沈奇的《沈奇诗学论集》、陈仲义的《中国前沿诗歌聚焦》《扇形的展开——中国现代诗学谵论》、罗振亚的《朦胧诗后先锋诗歌研究》、陈超的《中国先锋诗歌论》、程光炜的《程光炜诗歌时评》以及霍俊明的《尴尬的一代——中国 70 后先锋诗歌》、刘波的《当代诗坛"刀锋"透视》等，彰显了新世纪先锋诗歌批评在文体创造方面的积极探索。一方面使诗歌批评具有了理性的穿透力和历史感，同时也让诗歌批评不再枯燥晦涩而具有了辞章、诗性之美，并且将自己的生命体验、哲理思考、生活体味都融入其中，诗歌批评有了更广泛的延伸性。诚如陈仲义先生所言："就新诗研究的特殊性讲，它还断断少不了研究者面对第一手感性对象，弥足珍贵的生命灵悟。这种生命灵悟，强烈感应着诗歌本体的生命化，达成活络的对流，在此前提下，才可能使研究生动光彩起来，它大大高于经院思辨。那种靠吃'本本'、理念先行的'演绎'是走不远的，它太欠缺生命活体的热气。而无论是侧重本土的灵性思维或外来分析思路，关键是，充满个性化的求索、开拓、原创（或曰问题意识、创新意识——原作者加）应该永远摆在新诗研究意识的首位。"②

陈仲义先生所强调的诗歌研究中的最重要的问题，其实就是一种鲜明的文体意识的体现。

第二节 先锋诗歌批评的"个人化"与"公共性"

正如中国当代先锋诗歌写作的演进过程一样，从起初阶段，如"朦

---

① 耿占春：《当代诗歌批评：一种别样的写作》,《先锋诗：语言，是一种开始》，长江文艺出版社，2015 年版，第 159 页。

② 陈仲义：《中国前沿诗歌聚焦》，中国社会科学出版社，2009 年版，第 355 页。

胧诗"时期，重视诗歌的思想启蒙，诗歌为时代"代言"，到 80 年代中期的"第三代诗歌运动"的众声喧哗的个性展示，再到 1990 年代和新世纪诗歌对个人心灵关怀和全面的"个人化写作"，先锋诗歌批评也逐渐摆脱了政治、文化的依附地位，开始以个人化的独立和自由的身份、立场、原则介入诗歌现场，不再遭受来自于诗歌文本之外的诸多政治、历史、思想等束缚与钳制，而是更多地听从内心的召唤，自觉抵制和纠正"意识形态化"批评和庸俗的"市场化"批评，以及以"集体意志"为准绳的"集团式"批评，在众声喧哗中坚守"个人化"立场，从而实现理想的、真正符合艺术准则的诗歌批评。"只是在现代历史文化语境中，本身充满了诸多矛盾与悖论的'个人化言说'在具体展开时，既有明确的旨归，又有找寻的困惑，既表现出可贵的执意坚守，又有着陷入迷失的缺憾，由此构成了先锋诗歌批评的'个人化言说'色彩缤纷的壮丽景观。"①

　　新世纪以来的先锋诗歌批评总体表现为理论多元、方法多样、个人化视角独特而深刻，一改过去那种单一"政治话语"或"集体话语"的批评模式，由意识形态主导的思想批评逐渐向纯粹的诗学批评转化，从带有感情色彩的论争式批评转向深刻的学理批评，冷静、客观而不失精彩。诗评家耿占春借助西方哲学的一些观念，通过个人化的"心灵"处理，以一种带着终极关怀的生命意识进入诗歌，在哲理性与心灵化的和谐统一中完成对先锋诗歌的深刻解读，从而达到"个人经验的理论书写"，《失去象征的世界——诗歌、经验与修辞》《隐喻》这样的诗歌批评著作是他诗人般个人隐秘心灵的终极展示。诗评家陈超强调诗歌批评首先建立对诗歌文本的"生命体验"，而后才能进行有效的阐释与解读。他在自己大量的诗歌批评实践中，着重体现自己对生命体验与语言之间关系的理解，诗歌批评常常运用生命哲学、精神分析等理论方法，强调生命体验是诗歌写作"原动力"这一思想。"面对这种主观和绝对的抒情写作，我感到诗在变成单向度的即兴小札，消费时代某些文化人的遣兴，而不是与时代生存和人的生命经验彼此呼应或观照的'特殊知

---

① 崔修建：《1978—2008：中国先锋诗歌批评研究》，中国社会科学出版社，2013 年版，第 83—84 页。

识'。因此，我认为有必要扩大诗歌文体的包容力，由抒情性转入经验性，由不容分说的主观宣泄，转入对生存和生命的命名乃至'研究'。"① "一首诗就是诗人生命过程中的一个瞬间展开" "诗歌作为对生命和语言无限可能性的洞开，其话语领域是无限广阔的" "语言和生命是互为因果、互为表里的完整形式，是一种相互发现和照亮的过程"，等等，这些带着强烈生命感觉的精彩绝伦的论述，可以说在陈超的诗歌批评中随处可见。同样专注于"生命诗学"的诗评家陈仲义则更喜欢通过细致的修辞批评，完成对一些诗学理论和文体的深度探索。通过对"意象征"诗学、后浪漫诗学、超现实诗学、知性诗学、禅思诗学、意味诗学、生命诗学、语感诗学等十几种诗歌形态的分析，"试图测试中国现代诗学最具活力的部位，挖掘其中生长性元素，由此构筑转型期的现代诗学"②。文本细读是陈仲义进入诗歌内部最有效的途径，微观解剖从而抵达诗歌精神和诗人意志，是陈仲义诗歌批评的特色。唐晓渡诗歌批评的深邃思想性、沈奇诗歌批评的"在场感"、臧棣诗歌批评的诗人气质，等等，构成了新世纪以来先锋诗歌批评的强烈的"个人化"话语体系和思想体系，在努力迫近先锋诗歌"真相"中显示对先锋诗歌书写无限可能性的大胆想象和诗学建构的自信。

先锋诗歌批评如何在"个人化"思想体系下展现一种"公共性"，这是很多诗评家都面临的问题。作为个人思想深刻表达的批评，在对批评对象的选择、甄别上，在批评理论的构建上，以及批评立场和批评策略的确立上，都要受到批评家个人的知识体系、审美趣味、语言习惯等诸多因素的影响。也正是众多批评家各具风采的"个人化"批评实践才形成多角度、多维度、多层次的批评格局，预示着批评早已摆脱政治意识的先验预设，而进入到不可通约的个体独立的艺术感知、体验的自由的批评境界，使批评呈现相当鲜明的个人气质。而批评的"公共性"与"个人化"批评看似矛盾、不可调和，其实二者并非是完全对立的矛盾范畴，也就是批评的公共效应并不是以牺牲批评家的个性气质为代

① 陈超：《求真意志：先锋诗的困境和可能前景》，《最新先锋诗论选》，河北教育出版社，2003 年版，第 5 页。

② 陈仲义：《中国前沿诗歌聚焦》，中国社会科学出版社，2009 年版，第 364 页。

价的，甚至可以说，二者绝非是你死我活的对立关系，许多优秀的诗歌批评家恰恰是将批评的"公共性"与"个人化"完美、和谐地统一在一起，才形成当下异彩纷呈的诗歌批评局面。

构建诗歌批评的"公共性"与"个人化"的统一，现阶段当务之急是要有限度地重新强调"新批评"方法的重要性与必要性，以期使诗歌批评真正做到"内部批评"与"外部批评"的均衡。当下的诗歌批评中依然存在着很浓重的"非文本"的外部因素的制约，如文化批评、道德批评、社会意识批评等，曾几何时这种"外部批评"甚至完全取代了专业的审美阐释，使得诗歌批评陷入深深的危机之中。在文学批评中将任何作品都简单地离析为内容与形式的彼此隔绝的态势已经存在很久了，甚至成为文学批评的某种思维定式和习惯。这种"内容决定形式"的批评定式更多地关注文学内容而忽略了文本的形式元素，把形式当作内容服务的附属物，完全没有将批评对象的形式元素视为一种主体并加以重视。诗歌批评虽然无法完全脱离对文本生成的具体历史语境的观照，但同样更离不开对诗人话语和文本修辞的分析，单纯地强调诗歌的外部因素有抹杀诗歌的个性化写作的嫌疑。诗歌批评中对外部因素的强调，将历史、社会、文化、地域、生命、精神等元素作为诗歌批评的标准，是构建批评的"公共性"的一种方式，但不是全部。恰恰受历史、社会、文化等元素的"易变"性影响，诗歌批评永远无法找到一种恒定的评价标准，这也就是为什么总不断出现"重读"的原因之一。"如果文学批评已失去了它的质的规定性，而完全与文化批评、社会问题研究相混同，那么，文学批评是必要的吗？文学批评是否可能？"① 虽然我们不能完全接受把文本视为一个孤立世界的做法，但是同时也要注意到，"新批评"的某些合理性是要吸纳与借鉴的，也就是当我们在强调诗歌文本的唯一性与语言形式的时候，将文本看作是一个完全独立的存在之物；而对文本进行阐释与解读时，则要采取开放的方式。这样既保证诗歌文本的独立价值，又可以在更广阔的时代、社会等背景下深刻地理解诗歌的内涵。而当批评者们都把诗歌文本视为一个

---

① 洪子诚：《批评的"立场"断想》，《文学与历史叙述》，河南大学出版社，2005 年版，第 131 页。

"独立"的存在物而不是某种观念的"注脚"的时候，可以打破许多理论束缚和挖掘出诸多新的艺术要素，而不是用外部标准框架和压制文本的内部之美。这样，才真正建构起诗歌批评的"个人化"范式。

"个人化"诗歌批评其实正是一种"源自个人话语又超越个人话语"的思想表达，不能狭隘地将其与批评的"公共性"对立起来。新世纪先锋诗歌批评在形形色色的诗歌现场进行追踪分析，总结起来大致有如下关键词：诗歌本体、语言意识、生命体验、本土化、多元化、母语诗学、现代性、诗歌伦理、精神架构、互文、综合、叙事、口语、语感、语言张力、反讽、戏剧性，等等。从这些常见的关键词中不难发现，当下先锋诗歌批评其实一直在构建批评的公共性，因为先锋诗歌本身也已经越来越走向公共性。城市诗歌、女性诗歌、生命书写、日常主义诗歌、口语诗、诗歌叙事等，其接受程度越来越高，绝不再是小众诗歌写作的"独门武器"。而诗歌批评的最终归宿也不可能走向"小众""圈内"，而是一种共同经验的输出，最终要进入整个文化所构成的有机整体的语境中，要完成诗歌精神的辐射，因此上说，诗歌批评的意义绝非个人的。

当下先锋诗歌批评中很多命题涉及当代性，譬如"底层诗歌"批评、"城市诗歌"批评以及"女性主义诗歌"批评等，都牵扯诗歌当下性的问题。当下的先锋诗歌更广泛地占有此在的、日常的话语语境，只有深入"现时"的诗歌场域，在诗歌现象的无限丰富性中完成对先锋诗歌的阐释与批判。由于多年来形成的一种"偏见"——文学批评的当代性会背离学术本位，让当下诗歌批评在处理现实题材时"顾虑重重""如履薄冰"，因为一旦介入"当下性""公共性"话题时，会减损先锋诗歌批评的"终极"意义。其实，这是一种严重的认识偏差，正如王晓明曾经说过的那样，作为研究者要对当代生活保有一种关怀，而这种关怀恰恰是人文学术活力的重要来源。先锋诗歌批评要有勇气直接地指向并深入时代、深入当下，摆脱批评的"自我抚摸"的幻象，真正引领先锋诗歌走向创造的辉煌。

第三节　如何应对诗歌批评新危机

当下新世纪先锋诗歌取得无数辉煌的成绩，但是也存在诸多亟待解决的问题，譬如批评的"自闭"、批评标准的滞后、学术视野的褊狭，以及批评界的"内耗"，都严重影响着新世纪诗歌批评的公正性与严肃性。先锋诗歌批评曾在 1980 年代里有过多次的"轰动效应"，如"朦胧诗"争鸣、1986 年的"现代诗流派大展"，这些诗歌批评活动以及准确、深刻的诗歌文本分析，为先锋诗歌写作提供了强有力的理论支撑，有效地清理了芜杂的、错误的诗学偏见，为先锋诗歌的发展起到巨大的推进作用，同时也显示了诗歌批评的强大的社会效应与公共性特征。而伴随着 80 年代末期发生"深刻的中断"的影响，不仅诗歌被迫走向"边缘化"，诗歌批评也随之变得"无人问津"。尽管新世纪迎来了诗歌"复兴"的大好局面，但是诗歌批评在短时间内还是无法改变"少人关心少人问"的尴尬境地，这种"边缘化"处境暂时不会有太大改观。尤其是在"后现代主义"文化语境下，存在着对"先锋诗歌"理解和认知的偏差，我们现在对很多诗歌无法再像认定"朦胧诗"或"第三代诗歌"的先锋性那样来确定其精神内涵，更无法从先锋的艺术本质的角度进行阐释与言说。也就是说，我们已经存在着先锋诗歌批评标准的滞后性。比如，对"口语诗"与"口水诗"的认定，对"身体写作"中"肉欲""色情"的划分，对"垃圾写作"与诗歌垃圾的区别，等等。正是由于诗歌批评标准的不确定、不统一，导致新世纪诗学纷争持续出现，诗歌批评也遭受着诸如"缺席""失语""失效"的指责。职业化批评固然有学术规范、治学严谨的优点，但也存在着批评的"自闭性"遗憾，远离了诗歌写作，自说自话。诚如诗评家陈超所言："就总体看，近年的诗歌批评进入了'衰退期'，这是一种蹊跷的衰退，它不表现为沉寂，而是以价值不高的话语喧哗，体现出批评家在视野、心智和价值判断力上的萎缩。"① 另外，当下诗歌的阐释性批评也让诗歌失去文学的活力与艺术美感，变成某些人自我学术理想的乏味展示。这些都表明，当下诗歌批评，尤其是先锋诗歌批评不再具有批评的有效性，而且这种情况已经相当严重了。

新世纪以降，先锋诗歌写作也在悄然发生变化，由世纪初的集团

---

① 陈超：《近年诗歌批评的处境和可能性——以探求"历史—修辞学的综合批评"为中心》，《文艺研究》，2012 年第 12 期。

式、"狂飙突进"般的喧嚣写作逐渐转向个人化的、静默的常态化写作。"可以看出，绵延二十多年的先锋诗歌运动已然到了一个临界点，而跨越世纪的现代汉诗也由此历史性地进入了一个新的发展阶段——这个阶段的开端，将由以'先锋性写作'为主导的'运动态势'，过渡到以'常态性写作'为主导的'自在状态'，并由此逼临一个以'经典写作'为风范的诗歌时代的到来。"①

换句话说，先锋诗歌的"经典化"将回归到诗歌艺术本身，不再是依靠着某些"揭竿而起"的诗歌运动造势而成为时代经典。先锋诗歌回归艺术自身同样要求诗歌批评也与时俱进地改变、调整自己的批评准则和批评方法，适应先锋诗歌发展的态势，及时切近诗歌现场，从纷繁复杂的诗歌现场中发现、评说、辨析出先锋诗歌的经典，否则很难奢谈诗歌批评的前瞻性与经典留存的意义了。诗歌是诗人生活经验、生命体验和跃动的情感、智力相遇碰撞而生成的审美产物，不是僵直的观念阐释或者泛滥的情绪抒发，而诗歌批评同样也应该具有与之"对话"的资本，不但是理性的深度，还要有批评的活力、趣味，更要掌握可以深入诗歌内部的"技艺"。纵观先锋诗歌批评的发展历程，每一次诗歌浪潮涌起时的"迹象"是非常清晰而明确的，诗评家们凭借着敏锐的艺术嗅觉可以很快地提炼出诗歌的精神气质和艺术特征，如谢冕、孙绍振、徐敬亚之于朦胧诗，程光炜、唐晓渡之于20世纪90年代"知识分子写作"等。当新世纪诗歌"常态化"写作来临之际，如何从"静水流深"的诗歌现场指认出优秀之作并加以艺术界定，这需要批评者具备更厚重的知识储备以及更好的艺术直觉，方能承担起诗歌批评的任务。如何解决诗歌批评面临的诸多问题，很多人开始进行一些有益的尝试。面对当下职业化批评中存在的"滞后""失语"现象，一些诗人开始加入诗歌批评的行列，一边写作诗歌，一边评论诗歌，结合自身的诗歌写作经验，对幽微、复杂的诗歌写作过程进行感悟式、片段式的批评。应该说，这样的批评对规范化、学理性批评是一种有益的补充，同时也拉近了诗歌批评与诗歌写作的距离，是一种比较不错的批评模式的尝试，

---

① 沈奇：《从"先锋"到"常态"——先锋诗歌二十年之反思与前瞻》，《诗探索》，2006年第3期。

当然也要警惕和拒绝诗歌批评的随意性和非系统性的弊端，因为率性而为的批评往往增加阐释和理解的歧义性，对广大读者来说，是一种严重的误导。诗歌批评不是一种专业"认证"，也很难真正建立起学术规范，幻想着建设学术规范的诗歌批评毫无疑问将失去活力，失去与深蕴着感知力和想象力的诗歌平等"对话"的机会。

新世纪诗歌批评不仅要面临先锋写作的转轨带来的话语转型，同时还要面对诗坛普遍的"与语言搏斗"的技巧写作形成的诗歌批评困境。批评家们承受的不但是对诗歌中的社会性、艺术性、消费性和游戏化等诸多问题的深邃观照的任务，甚至还要重新调整对诗歌的认识——当下诗歌的变化在一定程度上已经部分地溢出了人们对新诗所形成的认识界限。诗歌渐渐地变化了自己与现实的关系，是"语言中的现实"（欧阳江河语），诗歌跨越了边界，语言成为诗歌写作的核心，诗歌只是一种特殊的语码转换，也不再像抒情诗那样直接地表达自我情感。"现代诗歌的写作，与其说是全面地摧毁现存的语言系统，不如说是对现存的语言系统的巧妙的周旋、适度的偏移和机警的消解，以期为它自身特殊的感受力寻找到一个话语的寄存处。"①

批评的疲软、乏力显示了对诗歌变化的不适应，无力解释变化着的诗歌世界。西川曾说过，没有阅读就没有写作，这句话同样可以是对批评家的要求。当下的诗歌批评，是一种综合批评，如果只是依附于某种理论，固守着"一招鲜吃遍天"的观念，无疑是现代版的"南郭先生"。作为批评的主体不应该陷入知识的贫乏，而应该追求专业的难度，这样才能达到批评的有效性。与此前相比，新世纪诗歌写作最大的变化莫过于网络、博客、微博以及微信写作的大行其道。这股诗歌写作的"新势力"的出现极大改变着诗歌批评的样态和走势，改变着读者的认知，同样使诗歌批评表现出一种无力和疲软。面对新媒体、自媒体中爆炸一般的诗歌文本和批评的专业性的要求，诗歌批评者首先应该建构起自身对诗歌的"知识谱系"和对世界、对人的复杂而清醒的认知，在这普遍怀疑文学精神的物质时代坚守住诗歌不再沉沦的底线。

---

① 臧棣：《后朦胧诗：作为一种写作的诗歌》，《最新先锋诗论选》，河北教育出版社，2003年版，第435页。

我们倡导和呼吁真正有效的诗歌批评，首先需要诗歌批评者"放下身段"，放下诗评家俯视的批评目光，平等地走进诗歌文本内部，以对话、交流的姿态评论阐释批评对象，这样才能让诗歌批评更客观、更准确。甚至是想象自己是一位读者，带着初次阅读时的好奇与惴惴不安，小心地接近诗歌，然后去尝试理解它、把握它。诗歌批评者要坚信诗歌批评同样是一种文学写作，也是一种艺术创造，犹如"纯棉"一般温暖和舒适："'纯棉'的诗歌批评需要一种深入灵魂、探询历史、叩问现场、磨砺语言、直面生存的勇气，进行批评家以诗人、诗歌、时代和历史的直观诗歌核心的'肉贴肉'的对话、摩擦和诘问。"① 当下是网络与自媒体时代，任何人都可以利用网络平台进行诗歌批评，如何让网络成为诗歌写作与批评的良性传播平台，而不是泥沙俱下的"斗兽场"，这是诗人以及诗歌评论者共同面临的问题。净化诗歌批评环境，给诗歌营造一个自由、真实、深刻的批评空间，这是新世纪诗坛共同努力的方向。

---

① 霍俊明：《呼唤"纯棉"的诗歌批评》，《南方文坛》，2009 年第 5 期。

第三章　小海非虚构诗歌写作的考察

文学是什么？人们对这一问题的回答，可谓见仁见智，但谁都不否认"文学是人学"这一经典的答案。既然我们认同"文学是人学"，那么从创作发生学的维度来看，作家创作的指向一定是"人"，也一定离不开"人"。"人"包括本人和他人，以及在"人"的视域下缠绕的各种事物关联的共同体。一个杰出的创作主体一定是在人群之中写作，在人群之中歌唱，这样才能扛起"为天地立心，为生民立命"的崇高使命，而成为备受人们敬重的优秀歌者。著名诗人小海就是这样的一位歌者，正如罗振亚先生所言："1980 年代后期以来，诗坛上大词和圣词流行，在很多诗歌远离读者、远离生活的时候，与大量悬置生活、站在人群之上、之外写诗的诗人相比，小海是站在人群之中写诗。"① 罗振亚先生这一论断点明了小海诗歌的写作特点，我从中归纳出三点：一是小海的诗有空间观念，即"站在人群之中写诗"，说明他的写作是在场的；二是有时间和生活观念，即他的写作没有远离生活、远离当下；三是有"人"的观念，即他的写作始终以普通人为中心，写自己和他人的真实感受以及人世间的阴晴冷暖。如果一定要用当下比较热门的写作类型来对小海诗歌写作进行归类的话，我认为非"非虚构写作"莫属。这么说不是否认小海的那些虚构作品的写作，他的那些卓越的虚构作品在我看来，仍是不可复制的精神创造，但这不是我要考察的范畴。我考察的是小海非虚构写作对当下诗歌的贡献和个人化诗歌写作介入公共空间的可能。实践表明，小海的非虚构诗歌写作同样与报告文学写作、新

---

① 罗振亚：《小海与新时期江苏诗歌》，《苏州教育学院学报》，2021 年第 4 期。

闻写作、散文写作和其他非虚构文学写作一样出彩，在介入社会、干预生活和书写复杂、丰富的现实生活面前，小海的诗歌没有缺位，更没有退位，仍然发出自己独特而富有魅力的声音。

第一节　小海非虚构诗歌写作的两种路向

目前，"非虚构写作"仍然是一个热词、显词，人们对它关注的热度十多年而不减，这说明人们都有探求真实、了解真相的心理需要和审美需求。"非虚构写作"这一提法是从 2010 年《人民文学》启动的"非虚构写作计划"的名称中得来的，它是与"虚构写作"相对的概念。当时提出这一概念的目的，就是希望作家和写作者们要承担起社会责任，为时代立传、为生民代言，呼吁他们从书斋和办公室中解放出来，走向现场、走向生活、走向田野和都市，以行动介入生活，以写作见证时代，走向这个时代复杂、丰富的生活内部。目前非虚构写作还是一个宽泛的概念，还没有达成统一的共识，但不可否认的是，真实性和实践性是其本质特征。如果离开真实性和实践性，那么非虚构写作的逻辑根基就会坍塌，必然会失去合法性存在。

小海的非虚构诗歌写作既具有非虚构写作的一般共性，也具有自身独特的个性，这是由诗歌这一抒情文体特点所决定的。一般而言，诗歌在对"此在"经验的占有、对复杂事体的处理能力等方面，绝对逊色于其他文类[1]，但就其个人化色彩来说，是要远远超越于其他文类的。然而，小海的非虚构诗歌写作对此有独到的处理方式，他将非虚构写作的优势与诗歌的本质特征完美地结合起来，这就使他的非虚构诗歌写作既做到了突破抒情文类的限定，同时又保留了个人化的特征，这为丰富非虚构文学写作的审美范式提供了经验借鉴，所以说小海的非虚构诗歌写作是一种颇具个人化色彩的写实性的诗歌写作。细读他大量的非虚构写作的精神文本，也就更加印证了这种判断。

小海的非虚构诗歌写作主要有两种路向，即主观化的非虚构写作和

---

[1]　罗振亚：《小海与新时期江苏诗歌》，《苏州教育学院学报》，2021 年第 4 期。

客观化的非虚构写作。"主观化的非虚构写作"和"客观化的非虚构写作"只是两个相对的概念，这是从作家主观战斗精神的层面提出的。实际上，对作家创作而言，主观与客观是融为一体的，其界限并没有严格地做一区分。因为无论是主观化的作品，还是客观化的作品，都凝结着作家的主观情思、价值取向。这只是创作主体在切入作品时所表现的姿态不同而已，无论是主动现身，还是幕后藏匿，其主观立场、价值取向都是不变的。

一、主观化的非虚构写作

这种写作是以作家主观的视角抚摸现实世界，以构建生活事件的真实关系为主要目的的。既然是主观化的非虚构写作，那么进入小海写作视域的对象一定是与自己密切相关的人和事，甚至包括诗人自己。一是诗人为亲人、朋友们歌唱。如《钟声响起——写给我们相爱的人》的诗作就表达了小海的心声。他歌唱的这些人都是现实生活中的人，也是与小海关系最亲近的人，或是生命中最不可或缺的人。他写给父母、妻子和女儿的诗作多篇，并在这些诗篇中将他们的形象塑造得栩栩如生，如《父姓之夜》《想念亲人》《大月亮——送杨新》《走稳了——送涂画》等诗作是那样温馨动人，真实可信。如《想念亲人》就是感人至深的经典之作。这首诗是写母亲的故事。母亲每天都站在楼上一个固定的窗口盼望"我"回家吃饭，"从她的角度能够看见我/我却不能看到她"，当"我"每次恰巧到家门口的时候，"不用我敲门/她已为我打开家门/她做的饭菜不停地冒着热气/我的米饭和筷子/摆放在固定的位置上……"① 这样的日子虽美好，但不恒常。当发现母亲不在"我"身边的时候，"我"才感觉到是那样地难以割舍她："我的好妈妈不在我身边/可是我知道她在等着我/当她站在窗口的时候/这一天我就不会离开。"② 小海的这部分诗作主观色彩浓厚，情感丰富，读之令人动容。如《悼念敬容先生》一诗就是如此。陈敬容先生是"九叶诗人"之一，也是小海诗歌写作的启蒙恩师。从《悼念敬容先生》一诗中我们感受

① 小海：《必须弯腰拔草到午后》，河北教育出版社，2003年版，第275页。
② 小海：《必须弯腰拔草到午后》，河北教育出版社，2003年版，第275—276页。

到的不仅仅是诗人炽热情感的喷发，更有陈敬容先生那种不畏苦难煎熬的精神斗志和圣洁的人格的映现，这些都给读者留下了极为深刻的印象。小海还有许多歌唱同学、朋友的诗篇，这些作品记录了与他们相处的生活片段，或有意义的情景、瞬间的场面，但都属于日常生活的原生态。无论是回忆李冯、贺奕等弟兄的《阿扎，阿扎——送给李冯、贺奕诸弟兄》，或是写去医院探望重病在身的老友陶文瑜的《祝福文瑜》，还是写给著名诗人李德武的《清明前送德武》，以及为画家朋友题诗的《画家曾毅和他的马》，等等，从中可以看出小海为亲人和朋友们的歌唱是从心灵深处发出的"真"的声音，流露的是深切的爱。同时他描绘的那些神采飞扬的人物写意像也将成为不可复制的精神创造，由此可以感受到生活的美好。二是诗人为自己的感情与生活歌唱。写自己真实的感情与生活，记录自己真实的心灵秘史，这不是每位作家都能做到的，小海的作品之所以有震撼心灵的力量，其真正的奥秘就在于情感的坦诚与真实。小海从不掩饰自己的喜怒哀乐，始终以真诚的情感面对生活。他以"我笔写我心"的写作态度去书写自己生活中的情感遭遇、思想困惑和精神危机等。他的作品不矫情，不伪饰，自然天成，有一种"清水出芙蓉，天然去雕饰"的美感。正由于他坚守这种写作立场和审美精神，我们才能从他的作品中感受到一个处于伟大时代中的小人物所遭遇的"苦闷"和"疼痛"，如果诗人不能将这种痛苦的生命体验真实地呈现出来，人们就会有理由对这个社会和时代的真实性产生怀疑。小海在诗歌中所表现的这种非虚构的日常生活的痛感、冲突感以及种种焦虑感恰恰回应了人们的关切，由此也构成了这个时代和社会的一个原生态的精神样本，值得我们珍视。人是社会和文化的产物，人离不开社会和时代而独立存在。人都有自己的梦想和追求，作为向往自由和美的抒情诗人，小海也同样怀有梦想与追求。他热爱写作，渴望专职从事写作，但为了养家糊口，却又不能辞去公职而专心写作，这对视写作为生命的诗人来说不能不是一种痛苦的折磨。他说"我没有成就感/整日里郁郁寡欢/人前笑容可掬/人后牙根痒痒"，他还说"我，一个孤独的男人/对什么都不信任"（《父亲的宣言》）。[1] 小海这首诗里以父亲的身

① 小海：《必须弯腰拔草到午后》，河北教育出版社，2003 年版，第 29 页。

份向女儿告白，放弃梦想，非其所愿。然而，在现实生活和各种压力面前，他只能无可奈何地选择与生活妥协："那就让我们做无腿的先生和女士/满世界爬吧。"① 诗人袒露心志，将自己的矛盾、痛苦、纠结的心路历程和盘托出，我们仿佛看到了一个不做作、不虚伪、真诚坦率的父亲形象立在了人们的面前。

面对城市生活的不如意和工作上的压力，诗人没有做遮遮掩掩"欲说还休"状，而是将这种不满、愤懑痛快淋漓地表达出来。诗人在《告诉妈妈》这首诗中向母亲吐槽，表达自己对目前生活状况的不满和愤激："我这个城市工作者，就是个屁。"② 管中窥豹，可见诗人受到的伤害之深。如果我们将诗人的这种情感链条延展到他的组诗《村庄与田园》中，我们发现小海书写田园村庄，根本不是寄寓乡愁，村庄只是他的一个借口（《村庄》之七）③，那么诗人抒情的目的是什么，恐怕是要从田园村庄中寻求一种情感上的慰藉，以抚慰疲惫受伤的心灵。

如果说《父亲的独白》和《告诉妈妈》等作品的意蕴还略显单薄，那么《北凌河》一诗就具有了丰富幽远的人生况味。诗人笔下的北凌河是其故乡的一条河，小海五岁时认识它至今，一直感觉到它没有发生多大的变化，"现在我三十一岁了/那河上/鸟仍在飞/草仍在岸边出生、枯灭/尘埃飘荡在河水里/像那船上的孩子/只是河水依然没有改变"，但我必将老去，"我爱的人/会和我一样老去"，诗人喟叹"逝者如斯夫"，"失去的仅仅是一些白昼、黑夜/永远不变的是那条流动的大河"（《北凌河》）。④ 诗人表达的是物是人非、山河无恙，以及时光易老、壮志未酬的感慨，这样就与《父亲的独白》和《告诉妈妈》等构成了互文性。

二、客观化的非虚构写作

这种写作是以作家客观的视角呈现现实世界，以构建生活事件的真

---

① 小海：《必须弯腰拔草到午后》，河北教育出版社，2003 年版，第 30 页。
② 小海：《必须弯腰拔草到午后》，河北教育出版社，2003 年版，第 147 页。
③ 小海：《男孩和女孩：小海诗集（1980—2012）》，北岳文艺出版社，2016 年版，第 105 页。
④ 小海：《必须弯腰拔草到午后》，河北教育出版社，2003 年版，第 27—28 页。

实关系为主要目的的。如果说主观化非虚构写作是以创作主体"现身"的方式实现写作意图，那么客观化非虚构写作则以创作主体"匿身"的方式完成写作。小海说"我就隐匿在简单事物背后"（《弹棉花小店之歌》）①，此言不虚，它代表了小海近乎零度抒情的写作态度。他经常以旁观者、台下观众的身份去绘制场景，即使作品中有"我"现身，但"我"只是充当一个"道具"或一条"线索"而已。抒情主体后撤、隐匿，使场景趋向某种自然主义状态，人、物、景都被还原为原初的物质状态。小海客观化非虚构写作的内容之丰富、领域之广阔、主题之深邃，令人叹为观止。我主要从人、事、景、物等四个方面对小海客观化非虚构写作进行概括和梳理。一是写人。进入小海客观化视野中的人物，都是生活中普通的人。如写从前是"农药厂的工人/如今中外合资/保健品企业的员工"（《邻居》）②的邻居，写戴着口罩"木讷讷的，只露眼睛、耳朵/抱着棉被，一天到晚哼歌"（《弹棉花小店之歌》）③的弹棉花的小哥，也写期盼"再有一个顾客光临/当然更好"（《鞋匠》）④的修鞋摊的鞋匠，还写那个"年轻而又本分"（《小叔》）⑤的具有生理残疾的麻子小叔，以及写那个"臭烘烘的拾荒人"（《拾荒人》）⑥。再如《阿姨一家》《早安，母亲》，等等。这些人是生活中真实存在的，他们就是我们身边熟悉的陌生人。诗人对他们的生存状况充满了关切和同情。二是写事。小海的客观化叙事有"新闻眼"倾向。如《鸡鸣》《空巢老人之歌》《老地方》《不是意外》等，这类作品基本具备了新闻六要素和相对完整的故事情节，仿佛是充满诗意的"新闻特写"。如《不是意外》一诗就颇具代表性。《不是意外》讲述的是，与"我"在同一病房的病友，这位来自边疆的快乐老汉"得知自己患

---

① 小海：《必须弯腰拔草到午后》，河北教育出版社，2003 年版，第 121 页。

② 小海：《必须弯腰拔草到午后》，河北教育出版社，2003 年版，第 76 页。

③ 小海：《必须弯腰拔草到午后》，河北教育出版社，2003 年版，第 121 页。

④ 小海：《必须弯腰拔草到午后》，河北教育出版社，2003 年版，第 142—143 页。

⑤ 小海：《必须弯腰拔草到午后》，河北教育出版社，2003 年版，第 221—222 页。

⑥ 小海：《男孩和女孩：小海诗集（1980—2012）》，北岳文艺出版社，2016年版，第 25 页。

273

上了癌"，并被"切除了四分之三的胃"后，他歇斯底里地"拔掉输液管/和深圳赶来的闺女/大闹一场"后，他"终于平静入睡/醒来时，他盯着窗外，问我/'几点了？我这是在哪儿'/'凌晨三点，医院'/'哦，跟我想的也差不多'"。① 在这令人忍俊不禁的情节背后流露出的却是人生的一种无奈与悲凉。三是写景。如《写给人民路 80 号大院内的一棵树》《有鸟儿的风景》《无名神女峰》《雕像》等，这类作品就是小海在日常生活中观察到的景物。他笔下的这些景物客观、真实，给人一种素描风景画的感觉。如《有鸟儿的风景》一诗写"寒冬里/光秃树梢上的/鸟巢，逐一现身/却难觅鸟儿的身影"。春天回归，"树叶长起来/鸟儿们渐渐飞回/听得到喧叫/却再也看不到/它们的巢了"②。候鸟归巢，生机盎然，表达了诗人对万物生长的春天的赞美。四是写物。主要是指小海写的各种动物。如他写"没有名字，没有主人"（《流浪狗》)③ 的流浪狗，也写"天暗了黑了""又飞回来"的"放生的鸟儿"（《放生的鸟儿》)④，还写"像一群外星生物/一样的固执、丑陋和智慧"（《癞蛤蟆之歌》)⑤ 的癞蛤蟆以及写那只被店主从鸟笼放出可以让它"自由地""飞翔在/货架上"（《店主与鸟儿》)⑥ 的鸟，等等。小海所写的这些动物都是日常生活中常见的动物，属于"弱势群体"那类，从中表达了诗人对它们命运的同情与思考。以《店主与鸟儿》为例分析。"今天，那个年轻的店主/打开了鸟笼/让鸟儿自由地/飞翔在/货架上。"被囚禁的鸟儿从笼子被放飞到货架上，就可唤作"自由地""飞翔"，真是可笑。诗人虽然是客观描述，但在字里行间渗

---

① 小海：《男孩和女孩：小海诗集（1980—2012）》，北岳文艺出版社，2016年版，第 205—206 页。

② 小海：《男孩和女孩：小海诗集（1980—2012）》，北岳文艺出版社，2016年版，第 169 页。

③ 小海：《男孩和女孩：小海诗集（1980—2012）》，北岳文艺出版社，2016年版，第 19 页。

④ 小海：《男孩和女孩：小海诗集（1980—2012）》，北岳文艺出版社，2016年版，第 197 页。

⑤ 小海：《男孩和女孩：小海诗集（1980—2012）》，北岳文艺出版社，2016年版，第 115—116 页。

⑥ 小海：《男孩和女孩：小海诗集（1980—2012）》，北岳文艺出版社，2016年版，第 16 页。

透了对受人摆布的弱者鸟儿的同情，并对其生命和"自由"的生态环境表示担忧，通过鸟儿的命运表达了诗人对自由的渴望："晨光/照耀着/广场上的/白云和积雪。"① "晨光""白云""积雪"等意象都有自由、辽远、圣洁和希望之意，从中寄托了诗人的情思和想象。

第二节　小海非虚构诗歌写作的发生动因

众所周知，当代诗歌最大的贡献和成就就是诗人建立了日常生活的美学观念，摆正了诗歌与日常生活的关系，表现为诗歌与日常生活是同质同构的。诗歌的生命力在于它与日常生活保持着真实的关系。新世纪以来，进入"诗典"的那些优秀作品无一不是以书写真实的日常生活题材而见长。日常生活不是一个空洞的概念，它是真实存在的客观产物，也是历史和时代的载体和表征。"日常生活"与"非日常生活"是两个相对的概念，"日常生活"主要表现的是常态化生活，当然也不否认"非日常生活"在一定的条件下也有转化为常态化的可能。日常生活的概念是丰富的，它既指凡俗、琐碎、自然的本真状态的生活，也指超越物质生活层面的精神生活，二者互为依存，密不可分。一个杰出的诗人是不能脱离他的生存现场的，必须拥有立足当下、关注日常的责任感和实践意识，否则在他的诗歌中感受不到时代发展的脉搏和凡俗生活的烟火气息，那么诗歌在参与和建构公共生活的过程中就是失语的，更谈不上介入生活、干预生活了。小海的非虚构诗歌写作是建立在日常生活的基础上的，日常性与非虚构性联系紧密，日常性具有原生态特点，非虚构性一般都蕴含在日常性中。小海非虚构诗歌写作的独特之处，就在于他注目日常、取材日常，而且对日常充满了诗意的期许，他为什么那么热衷于书写那些日常的非虚构生活，这或许与他的写作理想、写作伦理和写作的价值取向有关。

一、写作理想

小海20世纪90年代的"村庄与田园"系列作品甫一问世，便在诗

---

① 小海：《男孩和女孩：小海诗集（1980—2012）》，北岳文艺出版社，2016年版，第16页。

歌界产生了轰动效应，人们无不为他笔下描绘的真实的海安乡村生活所感动，也为他审美风格的变化而赞叹。实际上小海在"村庄与田园"系列作品中已经明晰了自己的写作理想，他在《回答沈方关于诗歌的二十七个问题》中这样说道："这是对 80 年代写作的调整，也是一种延续。我的想法是希望诗歌能够与自己的国家和自己所处的时代建立一种对应关系，使自己真正成为这个国家的诗人。"① 同时他还进一步强调："我希望诗歌达到的效果是与这个国家和时代契合，'村庄与田园'只是看上去与这个国家在'地理'上近了一些，但还是有不少疑问，我是知道的，与这个时代更有断裂感，这都是我在今后写作中必须解决的问题。"② 他又进一步解释说他的诗歌确实有了一定的变化，"那也是我想让诗贴近一点，或者说使之更具有真实性，……同时，我也在调整，让诗歌更加真实地发生，自发地呈现"③。从以上的言论中可以清晰地看出小海的写作理想，即他希望"真正成为这个国家的诗人"。他认为要成为这个国家的诗人就必须使自己的作品与这个国家和时代相契合、相对应，不能有断裂感，"诗歌与这个国家的对应，包括它的过去和现实等等，这才是一个诗人诗歌精神体系的真实的部分"。小海一言以蔽之："你在这个国家生活，你就得报国土恩。"④ 他还认为要实现国家诗人的理想，那么只能通过"笔墨当随时代"，"让诗歌更加真实地发生，自发地呈现"来实现，实际这种写作理念与方式和非虚构写作的本质是相通的。小海的写作理想决定了他"诗歌入世"的实践品性。事实表明，他的诗歌在题材、内容和主题等方面基本做到了与这个国家和时代同频共振，诗人客观真实地再现了生活在这片土地上的人们的生存状况，记录了他们的喜怒哀乐、他们的家长里短、他们的生老病死，他们就在眼前、就在身边，仿佛就是我们的亲人或邻居，因为诗人就是他们

---

① 小海：《回答沈方关于诗歌的二十七个问题》，《必须弯腰拔草到午后》，河北教育出版社，2002 年版，第 285 页。

② 小海：《回答沈方关于诗歌的二十七个问题》，《必须弯腰拔草到午后》，河北教育出版社，2002 年版，第 285—286 页。

③ 小海：《回答沈方关于诗歌的二十七个问题》，《必须弯腰拔草到午后》，河北教育出版社，2002 年版，第 287 页。

④ 小海：《回答沈方关于诗歌的二十七个问题》，《必须弯腰拔草到午后》，河北教育出版社，2002 年版，第 287 页。

中的一员，和他们一起辗转、挣扎，和他们一样同乐同忧，和他们一样倔强坚韧。如《希望你活着，别瞎想——赠马容》就是一首催泪的祝福诗，表达了诗人对患病好友马容的问候与祝福。小海与时代脉搏紧扣的诗，其主题更多表现在社会、民生和生态环境等领域上。如《老地方》一诗就触及了社会该如何对待人才的问题，诗人笔下描写的一棵枝繁叶茂的大槐树，它生前低调，虽然为村民做了许多好事，由于它不愿声张，仍不被人关注，甚至有人对其诅咒："迟早会被雷劈了/生这么大个儿/还能让它戳破了天。"当它被锯掉后，它的重要性才凸显出来，人们对它的怀念也愈加强烈："把它锯了真可惜/它是老大的/遇到阵雨呀，躲都来不及。""这儿，从前是棵大槐树/垂弯了腰好让人喘口气，歇歇脚……""真叫活见鬼，我在村里长大/从没见识过，空荡荡一望到头……"① "大槐树"现象，其实是一种社会现象。"大槐树"在自然界可谓木秀于林，是伟岸之木，它也可暗指社会上的那些杰出的人物和"老实人"，诗人呼吁社会应该善待他们、尊重他们，为他们创造良好的生态环境，不能让他们既奉献又流泪与流血，如果不正视这一现实，则会犯历史性错误。《空巢老人之歌》《养老院》《邻居》等诗作是写人口老龄化、养老和国企职工下岗再就业等社会与民生问题，表达了诗人直面现实的情怀。如《空巢老人之歌》反映了中国进入了老龄化社会，空巢老人养老的问题，该诗以第一人称叙述"我"得了个小感冒，"躺着躺着就病倒了/无法翻身"，"开始生褥疮了/疽在溃疡处涌动"，"我断气了/它们还围着我/忙乎了七天七夜"。② 空巢老人只因一个"小感冒"就去世了，"小感冒"本不该致人死亡，只因身边没有人及早发现、照顾，才酿成了人间惨剧。更触目惊心的是，人都死了一个星期竟没被发现，可见其性质的严重性。空巢老人之死，是整个社会的悲剧，这里既有社会问题、家庭问题，也有子女问题和个人问题，应引起整个社会的注意。对生态环境的关注也是小海诗歌表现的主题之一。在《土地的供词》《清水谣》《北方的诗行》等诗歌中就表现了这种鲜明的态

---

① 小海：《男孩和女孩：小海诗集（1980—2012）》，北岳文艺出版社，2016年版，第117—118页。

② 小海：《男孩和女孩：小海诗集（1980—2012）》，北岳文艺出版社，2016年版，第190—191页。

度。如"小城黑色的河水像她的内脏"（《北方的诗行》），表达了诗人对城市环境污染的憎恨和厌恶，"楼下的清清河水/一瞬间变成了黑水/一河的墨汁/又能怨谁/这就是我们的生活"，人类逐利的心像黑水一样，"狭隘、贪婪、自私/酿就的风景：末日苦果"（《清水谣》）①。环境污染，生态恶化，土地被破坏得"完全没有生育的希望了/就像土地上的铁器"，诗人还看到了"在刨开的表土下/少胳膊短腿的土狗、蚯蚓"（《土地的供词》）②，由此可见土地污染对生命戕害的严重程度，表达了诗人的忧虑和不安，借以唤起人们的环保意识、生态意识。因此，我们说小海的诗歌在介入社会、干预生活方面是没有缺位的，正因为它真实和非虚构，所以才更有力量，小海的写作理想是成为"国家诗人"，我认为他已经接近了这一目标。

二、写作伦理

写作伦理跟一般的现实伦理和道德伦理具有相关性，就是有些禁区能不能突破，有些主题能不能写、如何写，以及以什么样的方式切入更合适，这里涉及作家作为写作主体在现代社会的精神和审美选择。秩序更多是既定规范的东西，一旦进入到心理和思想的范畴，就变得更为复杂了，是对既定的写作伦理墨守成规，还是对其有所突破，这对作家来说是一种考验。但是文学的生命力在于创新和创造。文学若想取得更大的发展，那就一定要打破各种边界的限制，让它伸展到一切可能的空间和领域。所以说对既定的写作伦理既要尊重，但也不要盲从，因为今天的中国正处于一个前现代、后现代和现代互相交叠、信息爆炸的时代，一切创新创造皆有可能。小海认为："诗歌其实是没有历史的……创造永远是唯一的。每一位发出自己独特声音的诗人，只能终老于自己创作的诗歌中。"③ 这句话也可以理解为诗人的权利是创造。那么，小海创造了什么？我认为小海突破了一般的写作伦理，他将非虚构写作引入诗中，当然不能否认其他诗人也尝试了这方面写作，但小海的非虚构写作从理论到实践都是明晰而自觉的，并且也是一以贯之的。如他最早的出

---

① 小海：《必须弯腰拔草到午后》，河北教育出版社，2003 年版，第 79—80 页。

② 小海：《必须弯腰拔草到午后》，河北教育出版社，2003 年版，第 198 页。

③ 小海：《小海诗学论稿》，北岳文艺出版社，2018 年版，第 443 页。

道之作《狗在街上跑》《搭车》等就流露出这种非虚构写作的端倪，尤其是他的那些客观化的非虚构写作确实个性鲜明，独具一格。如《大家伙儿吃碗拉面吧——送给一户回族家庭》："我和妻子/常常乘 31 路/我们总是碰见/那几个回族人/有一回我们碰见了/孩子/还有一回碰见了/孩子的母亲//岳母告诉我/我们这街上新开了家/兰州拉面馆//一次，我们深夜回家/刚过街角/听见"啪""啪""啪"/三声枪响/无人倒地死亡/只有一白衣白帽的师傅/立在店堂门口/将手上的面团/往案板上狠摔/弄这么大动静/只为了引人注目//记得我们俩吃完了还在说/怎么就没想到是回族人开了这家店。"① 这首诗如不进行分行排列，或许会被人误为新闻特写，但它确实是诗，有着诗的情感、语言内在的张力。一般而言，诗歌跨界进入新闻领域是不占天时地利的，也不符合诗歌的写作伦理，因而许多诗人也不愿去冒险。但是小海的非虚构诗歌写作却敢于突破禁区，打破了诗歌不能染指、不敢染指新闻领域的可能，使其个人化诗歌在介入公共领域时发出了具有话语权和公信力的声音，引起了人们的关注。再如《鸡鸣》《不是意外》《弹棉花小店之歌》等诗作都具有新闻化倾向。小海的这种新闻化的诗歌写作伦理是对诗歌日常化写作伦理的一种补充，也丰富了非虚构写作的种类，这是小海的经验和贡献，其价值和意义不可小觑。这或许是小海选择非虚构写作的动机之一。我认为小海的非虚构诗歌写作伦理还有许多空白点值得关注，值得探究。

三、写作的价值取向

小海是站在人群之中为真实的生活、善良的道德和美好的人性歌唱的歌者。他说："我希望我的诗能从真出发、从善出发去求得美，从而有益于我们的心灵和生活并使人产生实际的力量，诗的力量就是求真求善求美。"② 从这段论述中可以看出小海的写作的价值取向。在小海看来，"真"的本身蕴含着强大的力量，善和美的力量是要通过"真"才能展现出来。这或许也是小海选择非虚构写作的考量吧。非虚构写作就

---

① 小海：《必须弯腰拔草到午后》，河北教育出版社，2003 年版，第 269—270 页。

② 小海：《回答沈方关于诗歌的二十七个问题》，《必须弯腰拔草到午后》，河北教育出版社，2002 年版，第 296 页。

是直面"真"的人生，是直接切入生活真实的内部，而不是悬置生活之上、之外，或隔靴搔痒，这样的写作才有力量，所以它是抵达求真、求善、求美之路的最佳途径。我们知道，求真、求善、求美是小海写作价值取向的内质，那么其外在的表现形态有哪些呢？我认为有三种表现。一是对普通人美好精神与品德的认同和赞美。进入小海非虚构写作视野中的人物都是芸芸众生中的普通一员，小海从他们身上感受到了善与美。小海歌咏他们、赞美他们，以唤醒人们对生活的热爱和美的向往。如写善良、勤劳的岳母，小海的岳母是一名教师，退休后来到诗人家为他们照顾女儿，并打理家务，她勤勤恳恳、任劳任怨，诗人从她身上感受到了无私的母爱和奉献精神。小海满含深情地咏叹道："你需要怎样的母亲来慰藉心灵/让她更加柔韧，更加坚硬/此刻，她疲倦地立在楼下，放下菜篮/爬上睡梦中的六楼之前，她要稍做停顿。"（《早安，母亲》）① 此时，家人正在熟睡中，而岳母去早市买菜归来，她疲倦地立在楼下，"放下菜篮"，准备在爬上六楼之前稍做休息，从这一细节和画面中可以感受到岳母的劳累和辛苦。二是对边缘人或弱势群体的同情、悲悯。小海在非虚构写作中写了许多边缘人或弱势群体，如精神病患者（《精神病院访客》）、阿尔茨海默症患者（《养老院》）、癌症患者（《希望你活着，别瞎想——赠马容》）、上访者（《告诉我，你想说什么……——送给轮椅上的白发老人》）、拾荒人（《拾荒人》）和空巢老人（《空巢老人之歌》）等，他对这些人的生存境遇、精神状态给予了同情与悲悯以及热情的关注，表达了诗人与他们休戚与共的情感联系。如写在垃圾房里过夜的老汉，"他刚刚从垃圾房里探头出来/打着哈欠，挥着空荡荡的衣袖/划着拳，但不是想砸向我的身体/他的意思不过是/'你是在哪里过的夜'"（《秘密的生活》）②，这个屈身于垃圾房的老汉是个失去胳膊的人，他在最寒冷的"首尾相连的岁末"竟睡在垃圾房里，诗人早起出门上班时看到了这一幕，同时感觉到老汉不希望诗人说出他住在垃圾房里的秘密，如果说出来，或许老汉再也不能屈身于垃圾房了。老汉在垃圾房里"度过了与寒冷抗争的一夜"，这一事件

---

① 小海：《必须弯腰拔草到午后》，河北教育出版社，2003年版，第74页。
② 小海：《必须弯腰拔草到午后》，河北教育出版社，2003年版，第144页。

对诗人的触动是巨大的："我依然去上班/他也沿着河边走去/我所发现的秘密/不过是给我的一次羞辱/说出来也许比沉默更糟。"① 这是诗人的反思、自省和谴责，或许他痛恨自己无能为力，不能改变老汉目前的生存状态，表达了诗人的愧疚和良心不安。三是对假丑恶的揭露和批判。在这贫困的时代里，诗人何为？小海总是不停地追问自己，面对环境污染、生态恶化、人际关系的淡漠和物欲横流的社会现实，小海没有冷眼旁观，视而不见，而是以笔为旗，抢占着真善美的精神高地，对假丑恶进行无情的揭露和批判，以启迪、警醒人们。如《土地的供词》《清水谣》等诗作就是揭露和谴责环境污染、生态恶化对人的戕害，如果不能引起整个社会的重视，任其发展下去，那么"土地从来不留人哪"（《土地的供词》)②，人类就要失去那些孕育生命的土地，最终的结局是自取灭亡，这绝不是危言耸听。《空巢老人之歌》则反映了社会伦理关系，揭露了社会的冷漠和人情的淡薄。一个空巢老人死了七天七夜竟没被发现，说明这个社会的伦理价值体系出现了问题，诗人呼唤整个社会要行动起来，要构建一个有爱、有情、有温暖和关怀的人际关系网络和美好的人性环境，这是诗人的期许和希望。

第三节　小海非虚构诗歌写作的技巧与策略

众所周知，非虚构文学写作的先天不足和弊端主要表现在不能虚构，更不能展开天马行空的自由想象上，这势必要求作家所写的人、事、景、物必须是真实的和原生态的，但同时还要求它具备文学性，否则就滑入新闻体的泥淖中，这犹如让作家"戴着镣铐跳舞"，考验着作家的创作智慧和"腾转挪移"的写作本事。小海的非虚构诗歌写作也同样面临着这样的写作窘境，如何在非虚构写作中幻化出灿烂的诗意，使诗歌本体更加纯正？小海以卓越的创作实践化解了写作上的困境，使"小海体"的非虚构写作的特征更加鲜明和独特。

---

① 小海:《必须弯腰拔草到午后》，河北教育出版社，2003 年版，第 144—145 页。

② 小海:《必须弯腰拔草到午后》，河北教育出版社，2003 年版，第 198 页。

一、叙事巧妙

这里主要指小海的非虚构诗歌写作的叙事技巧，因为非虚构写作决定了人物和故事内容不能虚构，但又不能不具有文学性，那么写作者只能从叙事的生动性上寻求突破点，以弥补该方面的不足，使非虚构写作的文本充满文学的张力。小海深谙此理，故而在非虚构写作中巧妙地运用大量的叙事技巧，使诗歌的故事情节既委婉曲折而又生动有趣。如《伙伴》："和村上的鬼魂握手言和吧/我回到九月/死者使人英俊、年轻//我试图回忆那个古怪的下午/仿佛结束了饥渴的行程/他在北凌河的旋涡中消失/又在一片刺槐地的树干上重现/丧失了任何形体的变化/当风穿过那块斜坡/那稻草人般的影像/或许是某个童年时代的谈话伙伴。"① 该诗首先运用倒叙写明了村上一个年轻、英俊的人在九月份的一天死了，诗人与这个死者生前或许有过误会、矛盾，但随着他的死，这一切都化解了。诗歌开篇内容起到了先声夺人的作用，引起读者的阅读期待。那么死者的死因是什么，诗人运用顺叙描述了死者在北凌河溺死，打捞出的遗体如"稻草人般的影像"被挂在树干上的经过，事情过程的始末交代得清晰完整。诗歌的结尾处是以补叙的方式结束全篇，点明了死者的身份"或许是某个童年时代的谈话伙伴"，这与诗歌开篇的那句"和村上的鬼魂握手言和吧"形成了照应，让读者产生了无尽的遐想，使诗歌的悲剧色彩更加浓厚。《伙伴》一诗短短十二行，诗人切换了多种叙述方式，使叙事波澜起伏，引人入胜。再如《大家伙儿吃碗拉面吧——送给一户回族家庭》一诗也是如此，该诗运用了多种叙述方式，使其线索清晰而又妙趣横生。如"岳母告诉我/我们街上新开了家/兰州拉面馆"这一段内容是全诗的插叙部分，主要为后面出现的拉面馆做以铺陈，以引起读者注意。尤其诗中出现的这一情节，可谓叙事巧妙："一次，我们深夜回家/刚过街角/听见"啪""啪""啪"/三声枪响/无人倒地死亡/只有一白衣白帽的师傅/立在店堂门口/将手上的面团/往案板上狠摔/弄这么大动静/只为了引人注目。"这一叙事采用了顺叙、倒叙和补叙，使诗歌情节紧扣，张力无穷。小海的非虚构写作除了多种叙述方式的娴熟使用外，他还在叙述人称的选择上颇费苦心，为了

---

① 小海：《必须弯腰拔草到午后》，河北教育出版社，2003 年版，第 42 页。

突出真实感，他多用第一人称写作，以突出现场感和实践效果。如《空巢老人之歌》就采用了第一人称叙述，将空巢老人——"我"得病、卧床、生褥疮、生疽、死亡等过程描绘得具体、生动，极容易引发读者共情。

二、画面感

小海的非虚构诗歌写作之所以有较高的艺术性，其秘籍之一还在于他营造的画面感。画面是绘画领域的术语，即用不同的笔墨、线条和色彩构成的图案，其特点是生动形象。画面感就是作家通过语言、叙事和意象等元素在作品中营造出的画面或场景被读者感知，并在脑海中显现出来的一种审美感觉。画面感与古典诗歌美学的意境相似，但又有一定的区别。意境的营造主要靠意象来完成，而画面感的形成，除意象之外还有其他元素。在一首现代诗歌中可以营造多幅画面感，而古典诗歌的意境则不能。正由于有画面感，才使现代诗歌的审美精神充满了无限自由的空间。如《必须弯腰拔草到午后》① 一诗主要由四帧画面连缀而成：第一帧画面为"男孩和女孩在拔草"，第二帧画面为"男孩的姑妈朝脸上擦粉/女孩正哀悼一只猫"，第三帧画面为"他停下来/看手背也看看自己的脚跟"，第四帧画面为"那些草/一直到她的膝盖"。全诗的画面是按以上顺序组合的，但这里有个疑问，"正哀悼一只猫"的女孩是拔草的那个女孩吗，如果是同一人，那么这首诗的逻辑关系就会出现问题；如果不是同一人，这首诗的完整性就会被破坏。但我认为诗中出现的女孩为同一人，只是应把第二帧画面调换在第四帧的位置上，这样诗歌内在的逻辑线索就清晰了，读者的阅读障碍就化解了。这首诗表达的主题是劳动能创造出美好的生活。"姑妈朝脸上擦粉"，这是暗喻老一辈人衣食无忧后对美的向往，这种美好的精神生活来之不易，是通过"弯腰拔草"取得的。"女孩正哀悼一只猫"，暗喻女孩在"拔草"之后，不再为生计发愁，有时间享受自己的精神空间。同时也表明女孩心地善良，有爱心。诗人或许暗示年青一代如果希望拥有美好的生活，那就"必须弯腰拔草到午后"。诗人在诗中没有说什么，他只营造出客观

---

① 小海：《必须弯腰拔草到午后》，河北教育出版社，2003年版，第21—22页。

化的场景、画面，使读者从中体认到更多的思想意蕴和美的启迪。

　　小海在非虚构写作中营造画面感的作品俯拾即是，已成为其个人化的标记。他在诗中营造的画面感主要有几种类型。一是通过作品中人物的语言、行为和动作等营造画面感。如《老地方》中的两村民对话："这儿，从前是棵大槐树/垂弯了腰好让人喘口气，歇歇脚……""真叫活见鬼，我在村里长大/从没见识过，空荡荡一望到头……"从他们的对话中我们能感受到被伐前的那棵大槐树枝繁叶茂的形象，表达了人们为失去它而惋惜和愤懑。再如《地面上的体育——给涂画》："涂画和韩逸在楼下打羽毛球/羽毛球飞了，不见了/两个孩子举着球拍/一齐朝楼上喊话。"① 这是一首妙趣横生的短诗，极富画面感，通过对孩子的语态、动作等捕捉，将他们的"萌态可掬"的样子展现出来，给人一种栩栩如生的感觉。二是通过意象营造画面感。如"广场上正下着雨/这个上访者坐在轮椅上/膝盖上一半是剥开的橘皮/可惜，他已睡着了"（《告诉我，你想说什么……——送给轮椅上的白发老人》）②。这是写给一位坐轮椅上访的白发老者的诗，读之令人怆然。诗中那个失去行走能力而只能坐轮椅上访的老人不知遇到了什么冤屈或不公之事，竟在雨天来上访，看来他等待的时间比较久了，"膝盖上一半是剥开的橘皮"，他实在太困倦了，坐在轮椅上睡着了。诗人用"广场""雨""白发""睡着的老人""轮椅"和"橘皮"等意象营造出灰暗、阴郁的色调，画面感异常丰富，颇具穿透力，令人过目不忘。诗人对老人的同情、悲悯、怜惜的心态跃然纸上。三是通过比喻、拟人等修辞手法营造画面感。如"开始生褥疮了/疽在溃疡处涌动/翻上翻下/像是一群实习大夫/从头到尾/穿着耀眼的新大褂"（《空巢老人之歌》）。诗人把新生的"翻上翻下"的疽比喻成穿着新白大褂的实习大夫，非常逼真、形象，极富画面感。看似轻松、欢快的画面背后，实则隐藏着诗人的忧虑和不安。再如，"他们围坐一圈等浑水变清/看月亮摇摇晃晃下坠到坑底/山风渐渐收起了他们身上的热汗/然后他们接力/又将水送回山脚太湖之中/四个人分头梦到了月亮/直到月亮变成了无腿残疾的大佬/孤零零躺

　　① 小海：《必须弯腰拔草到午后》，河北教育出版社，2003 年版，第 189 页。
　　② 小海：《必须弯腰拔草到午后》，河北教育出版社，2003 年版，第 196 页。

倒在水坑中央"（《行为——送王绪斌》）①。诗人以拟人的手法将月亮比喻成无脚残疾的大佬"摇摇晃晃下坠到坑底"，"孤零零躺倒在水坑中央"，这就把月亮的动感、神态烘托出来，颇具画面感。四是通过色彩的搭配营造画面感。如"晨光/照耀着/广场上的/白云和积雪"（《店主与鸟儿》）。"晨光"多为红色、金色，天空为蓝色，"白云"和"积雪"为白色，这些色彩皆为亮色，代表着生命、希望和自由之意。诗人将这几种颜色搭配在一起，营造了一个时空交融，辽阔、自由而又充满希望的空间环境。这与"今天，那个年轻的店主/打开了鸟笼/让鸟儿自由地/飞翔在/货架上"的画面形成了强烈的对比，流露出诗人对自由的向往与礼赞的强烈情感。

三、戏剧化

小海的非虚构写作具有较高的辨识度，其中很重要的因素就是诗歌的戏剧化。新批评派领军者兰色姆充分意识到戏剧场景在抒情诗中的作用，"要理解诗歌，'戏剧情境'差不多应是第一门径……抒情诗脱胎于戏剧独白。抒情诗完全可以直抒胸臆般'慷慨陈词'，但它更喜欢让芸芸众生中的普通一员作为'人物'代言"②。兰色姆认为新诗"戏剧情境"的表现是让普通人作为诗歌中的人物代替诗人说话。这与我国20世纪40年代"九叶诗学"的理论奠基者袁可嘉先生的观点有异曲同工之妙："我们从来没有遇见过一出好戏是依赖某些主要角色的冗长而带暴露性的独白而获得成功的；戏中人物的性格必须从他对四周事物的处理，有决定作用的行为表现，与其他角色性格的矛盾冲突中得到有力的刻画；戏中的道德意义更必须配合戏剧的曲折发展而自然而然对观众的想象起拘束作用。"③当然袁可嘉先生所言的"行为表现"，我认为它既包括作品中的人物语言（对话），也包括肢体语言。总之，诗歌戏剧化一定离不开诗歌中人物语言的营造。小海的非虚构诗歌写作就擅用戏

① 小海：《男孩和女孩：小海诗集（1980—2012）》，北岳文艺出版社，2016年版，第146—147页。
② 兰色姆著，王腊宝、张哲译：《新批评》，江苏教育出版社，2006年版，第41页。
③ 袁可嘉：《论新诗现代化》，生活·读书·新知三联书店，1988年版，第25页。

剧化这一建筑诗歌的元素，创造出许多具有戏剧化的诗歌作品。如《鸡鸣》："十点钟/刚刚入睡尚未暖席/对面阳台的鸡叫了/带着怯意的咯顿/初次打鸣的雄鸡/它的生物钟拨错了时辰/有人下床到阳台拾掇/鸡扑腾几下/叫声惊慌、短促/两只鸡爪在互相蹭擦/叫声开始像小鸟般甜蜜/这不可以，它被装进纸箱/拎进了厨房或者储藏室/'要不要喂点什么'/'傻瓜，夜晚它什么也看不见'。"① 诗人家对面邻居家的阳台上，有一只鸡在深夜里突然间打鸣，鸡的主人应该是一对夫妻，他们到阳台上去拾掇鸡，其中有人建议把它装进纸箱，拎进厨房或者储藏室，或喂点什么等，但都遭到另一人的否决，"'傻瓜，夜晚它什么也看不见'"。诗中夫妻的对话虽短，却意味深长，鸡在夜晚什么也看不见，那它打鸣的原因不一定是要东西吃，但人的惯常思维是"孩子叫了给奶吃"，但这一做法对夜晚中打鸣的鸡来说是无效的，那它鸣叫的原因是什么呢？或许是生物钟错乱，或许是恐惧，但诗句中有一个"怯"字就足以表明诗人的态度。这似乎暗示鸡在没有安全感和生物钟错乱（方向感缺失）的情况下发声是一件令人悲伤的事情，作者似乎要传递这种人生经验或生存苦境。另外，从这对夫妻的对话中也能感受到他们的家庭是安全的、和谐的，比如，在处理深夜鸡鸣事件时，夫妻二人同时行动，而且一个"傻瓜"的昵称，足以说明他们夫妻是相爱的。诗中人物的对话仅两句，却胜过写作者千言万语的独白，这就是戏剧化的魅力和力量。

小海的这种诗歌戏剧化主要表现出三种形态。一是作品中人物的自言自语。如《养老院》一诗："年迈的母亲每天早晨起床都在找人/'这么美丽的人是谁啊？快告诉我/哦，原来就是我自己亲爱的女儿'//一对可怜的母女快乐地生活在一起/'与心灵相比，脑子思考有什么用'。"② 再如，"她把吃下的又吐了/'你看病把我折磨的'/我的朋友内疚地流下泪水"（《希望你活着，别瞎想——赠马容》）③。二是作品中人物的对话，如《鸡鸣》《老地方》等诗。三是作品中人物的肢

① 小海：《男孩和女孩：小海诗集（1980—2012）》，北岳文艺出版社，2016年版，第77页。

② 小海：《男孩和女孩：小海诗集（1980—2012）》，北岳文艺出版社，2016年版，第189页。

③ 小海：《必须弯腰拔草到午后》，河北教育出版社，2003年版，第257页。

体语言。如"只有一白衣白帽的师傅/立在店堂门口/将手上的面团/往案板上狠摔/弄这么大动静/只为了引人注目"（《大家伙儿吃碗拉面吧——送给一户回族家庭》）。这里的"立""摔"和"弄"等肢体语言非常鲜活地传递出这个回民师傅为了生计，欲争取更多客源的心理，也暗示了他的勤劳与朴实的品格。

戏剧化使抒情主体和抒情对象之间的"间离"，不仅为作品带来了"陌生化"的美学效果，同时也促使读者保持理智的思考、敏锐的知觉，诚如布莱希特在论述"记叙性戏剧"时所说的，"让观众对所描绘的事件，有一个分析和批判该事件的立场"①。

---

① 童道明：《对布莱希特戏剧理论的几点认识》，《论布莱希特戏剧艺术》，中国戏剧出版社，1984年版，第26页。

后　记

　　自20世纪90年代大学毕业至今，我断断续续地对现代诗歌研究了三十年，虽没有取得多大的成绩而备受瞩目，但聊以自慰的是，我从未放弃，坚持所爱，并乐此不疲。我始终有一个情结，就是写一本有关"七月诗派"方面的书稿，今天这一愿望即将实现，我终于卸下了心中的重负，不由得长长地舒了一口气。

　　我最早走进"七月派"的诗歌世界还是在1995年的春节前夕，与哈尔滨师范大学中文系王宝大、罗振亚二位先生在北京中国青年出版社修改诗歌赏析丛书的书稿时开始的。我那时被分配的任务是撰写、修改"七月派"诗人的作品赏析，"七月派"诗人的作品无论是思想内容还是艺术形式在当时都强烈地震撼了我，如胡风的《为祖国而歌》、阿垅的《纤夫》、鲁藜的《泥土》、杜谷的《泥土的梦》、化铁的《暴雷雨岸然轰轰而至》，等等。这些作品都给我留下了深刻的印象。后来，我撰写的赏析作品以《黄皮肤的旗帜》为题在中国青年出版社出版。

　　罗先生见我对"七月诗派"感兴趣，便鼓励我以"七月诗派"作为学术的研究方向，力争取得一些研究成果。我开始也确实按照罗先生设定的目标进发，陆续地发表了一些关于"七月诗派"方面的论文，但后来工作岗位有了变动，由教学岗位变为行政管理岗位，并在这一岗位工作了十几年之久，使我不能真正潜下心来研究"七月诗派"，辜负了先生对我的期望。2009年5月，我的工作由哈尔滨调转到苏州，在一家大学学报做编辑工作。先生仍然关心我的学术进展，督促我继续写文章。去年5月由苏州市职业大学（主办）与南开大学穆旦诗歌研究中心（协办）联合举办了"吴文化视野中的苏州新诗暨小海诗歌学术研讨会"，先生作为本次会议的学术主持，他不辞劳苦，亲力亲为，为会议的圆满成功做出了巨大的贡献，得到了学术界的认可和肯定。会后，先生还是期望我继续研究"七月诗派"，最好能完成一本专著。遵循先生教诲，除了工作之余，我便全身心地投入到"七月诗派"的研究之中。好在天道酬勤，不负韶华，这本二十八万余言的《"七月派"诗学研究》专著最终完成，即将由中国文史出版社出版，我感到非常高兴，可以向先生交上一份迟来的"答卷"，期望得到先生的批评和谅解。

在本书出版的过程中，得到了苏州市职业大学的大力支持和亲切关怀，得到了同门师弟宋宝伟博士的帮助，其中《新世纪先锋诗歌批评的价值估衡》一文（附录第二章）是与他合作的成果，也是我们友谊的见证。感谢学兄刘中文教授的热情鼓励和无私奉献，感谢同事宋现山为本书稿的编排付出的心血，感谢我所工作的学术期刊中心为我提供的和谐、舒畅的写作环境。

限于本人才疏学浅，拙著又是在匆忙中完成，错讹在所难免，期待大家批评指正。

吴井泉

2022 年 7 月 16 日于石湖之畔惠和楼